U0050765

秀華文創
須尖文庫 EA019

魏晉南北朝文學

跨域研究

王力堅 著

自序：換個角度，跨域思考

以往學界，對魏晉南北朝文學諸多現象都有習以為常的既定印象及認知，倘若換個角度，跨逾文學領域進行思考，或便有不一樣的解讀。

關乎漢末建安文學的既定印象：世積亂離的時代背景，慷慨悲涼的建安風骨，三曹七子的鄴下文人，詩賦欲麗的文學自覺，五言騰踴的詩歌創作……

如果說要換個角度思考一下，那就是一個文學領域外的角度：疫災。

在有關漢末建安時期的史書記載中，頻頻出現此類詞語：「疫」、「癘」、「癘疫」、「疫疾」……這便是所謂「疫災」——「瘟疫災難」。

從這個應該是醫療史、災難史的概念切入，觀照漢末建安文學，當有不一樣的解讀：

世積亂離的時代背景，不僅是朝政黑暗、誅戮交加、戰爭頻仍，疫災的介入，使這一切變得更加複雜：疫災往往與戰爭、饑荒交織在一起，形成互為因果的關係。戰爭陣亡者得不到妥善處理，易於引發瘟疫等傳染病；而軍隊大規模、大範圍移動，又是疫災爆發流行的主要管道。二者惡性循環互動，更造成饑荒連年、生靈塗炭的慘景。而饑荒連年生靈塗炭，又使疫災更易爆發與流行。這一切，對朝廷造成致命的衝擊，對百姓造成極大的摧殘。

於是，慷慨悲涼的建安風骨，便不僅僅是時代風格、文學風格的意義，而是具有生命意識的意義——驚懼於人生如蟻、世事無常的遷逝感。這種遷逝感，在三曹七子鄴下文人身上得到充分體現：一方面，在連番疫災毀滅性的衝擊下，鄴下人的心理更顯脆弱慄惕，他們的詩文往往在弦歌酒色中融匯著悲涼哀怨之情。他們驚懼人生短促，更期望抓住有限的人生盡情享樂；他們痛惜生命消逝，更企圖擁抱短暫的生命沉醉不醒。另一方面，王粲、徐幹、陳琳、應瑒、劉楨，更是相繼歿於建安二十二年大疫，可謂以短暫一生印證了人生如蟻、世事無常的遷逝感。

於是，詩賦欲麗的文學自覺，五言騰踴的詩歌創作，也就更應該聚焦於遷逝感來思考了。一方面，遷逝感引發了以關注個體自然生命為標誌的「人的自覺」，而「人的自覺」，也正是「文學自覺」的必備條件；另一方面，遷逝感作用於文學，產生了不同的審美觀念與風貌迥異的文學樣式。這些觀念及其文學實踐，不僅構成漢末建安文學的主體風貌，還對後世文學產生深遠影響。

關乎魏晉文學的既定印象：玄言詩文、太康詩風、緣情綺靡、世說新語……

如果說要換個角度，找一個能統攝這一切的現象，或許就是「魏晉風流」──魏晉名士文化。而在魏晉名士文化中，找一個能勾連起上述一切的現象，或許便是「品鑒」或說「品鑒文化」。而品鑒文化的發展演變，上溯東漢下延兩晉。

在政治史上，品鑒文化與東漢黨錮及魏晉九品中正制等密切相關：前者體現為當時的人物品鑒本身就是政治文化──東漢選官制度的產物，其政治化的極境即是東漢末年文人士大夫與宦官集團的抗爭。後者體現為品鑒被制度化而成為「九品中正制」：「州郡皆置中正，以定其選，擇州郡之賢有識鑒者為之，區別人物，第其高下。」[1]

在文化史上，品鑒文化與名士生活型態及精神風貌等密切相關：品鑒日漸趨於與清談合流，蛻變為世家大族標榜身份、矜誇門資、以玄談為尚、以品題相高的活動。極大淡化了東漢人物品鑒那樣的現實政治及儒家倫理道德

---

[1] 《通典．選舉二》，杜佑《通典》（杭州：浙江古籍出版社，2000），頁 77。關於九品中正制度，唐長孺與毛漢光皆有甚為全面且深入的討論。參唐長孺〈九品中正制試釋〉，《魏晉南北朝史論叢》，頁 85-126。毛漢光《兩晉南北朝氏族政治之研究》（臺北：臺灣商務印書館，1966），【上】，頁 67-266。

因素，而表現出與魏晉清談名理相一致的玄虛色彩。

在美學史上，品鑒文化與審美觀念及書畫藝術等密切相關：形象化手法普遍運用於品評人物的儀容、體態、風姿及神情，彰顯魏晉名士風標氣度，體現出生活審美化的觀念。品鑒文化與書畫文化聯繫起來，品書畫即品人、品人亦如品書畫，顯示出品人與品書畫其理相通、融洽無礙。

在文學史上，品鑒文化與文學批評及形式表現等密切相關：魏晉人物品鑒最為鮮明的語言特徵當為引喻類比、簡潔精緻、含蓄雋永、蘊藉多義。由品人而品文，顯示了魏晉品鑒對文學批評影響的邏輯演進及深化過程；而品人論文時，仍呈現形象生動、簡約玄澹的語言表現特徵，由此形成晉代以及後世文學批評的一個特殊範式。魏晉品鑒對「佳句」與「清」的崇尚，亦成為文學發展的追求與表現。

關乎齊梁文學的既定印象：士族文化、文人集團、唯美追求、宮體風氣……

如果說要換個角度，找一個能與上述諸現象交集者，那便是饗宴文化。

從歷史發展看，齊梁的饗宴文化是北府將領文人化及寒門[2]世族[3]化的一條重要途徑：出自南蘭陵蕭氏豪家將種的齊梁王室成員，以政壇及文壇領袖的雙重身份，充分利用饗宴文化，促進並完成了北府將領文人化及豪族士族化的轉型。饗宴文化是催化劑也是潤滑劑，既對立又相互利用的高門甲族／寒門士族以及皇室，在饗宴文化氛圍中，得以雖然不那麼和諧卻也頗為自由不拘地交流／爭鬥／融合／轉化。

---

[2] 史籍有寒門、寒士、寒人等稱謂，宮崎市定區分為：「第一，身為士而門地寒者，我想稱之為寒門、寒士。第二，庶人躋身於士列，以及登上準士的地位反而被貴族形容為寒者，我想稱他們為寒人。」見宮崎市定著，韓昇、劉建英譯《九品官人法研究》（北京：中華書局，2008），頁153。宮崎市定還指出，所謂門地寒，即鄉品為三品至五品者；而寒門亦有次門、後門之稱。（同前著，頁 155。）事實上，寒門（次門、後門）、寒士、寒人的區別分界並不十分清楚，也不太容易釐清，故本書一概以寒門稱之。

[3] 本書所採用的「世族」概念指世家大族，即士族社會中的最高階層。關於「寒門」與「士族」的涵義，詳見第三章第一節「士族文化與饗宴文化」。

從文學發展看，齊梁的饗宴文化是以皇族為中心形成文人集團[4]的一個主要形式：齊梁文壇的一個重要現象是文人活動與創作集團化，齊梁王室成員以政壇領袖及文壇領袖的雙重身份，主導及強化了文人集團化的形成與演變。具有政壇領袖與文壇領袖雙重身份的齊梁王室成員，常常將政治活動與文學活動交混進行，而二者得以和諧交混的平臺／場域往往就是饗宴；換言之，饗宴既是王朝宮廷活動，亦可視為齊梁文人集團的文學交遊。

從文學創作看，齊梁的饗宴文化是文學創作群體化及模式化的主要場域，同時也是文學內容宮體化、風格唯美化的重要原因。齊梁文士集團的活動大體是呈現為在輕鬆隨性的氣氛中宴遊賦詩的型態。聲律新變與宮體輕艷，為當時文壇兩大潮流，齊梁文士集團成員，便是這兩大潮流的主導者及積極參與者。在交融著政治與文學雙重元素的饗宴文化場域中，應詔、奉和、同題（拈韻／限韻）共作及續作往往成為常態性的創作模式，群體化／集團化也就必然成為常態性的創作現象，文學作品，也就往往以批量化／流水線作業的方式湧現，也因而形成了從形式到內容都以繁華富麗為標識的文學盛景。從獨立文類意義上說，齊梁饗宴文學體現出雙重性質：政治實用與遊戲娛情，這種「饗宴－文學」的文化生態對後世文壇產生了十分深遠的影響。

如果說以上關乎建安、魏晉、齊梁文學是基於既有的文化／文學現象，進行轉換視角、多元思考的研究探討；那麼，以下關乎魏晉南北朝園林文學，則似乎可以說是在「空白」的基礎上，「無中生有」地展開論述、探究。

首先，魏晉南北朝園林已無實存，專門的園林文獻亦不多見，然而，對魏晉南北朝園林有所記述的文史資料仍不為少數。根據文史互證原則，這些資料中有關園林的記述，已為魏晉南北朝園林研究的主要依據[5]。其次，目

---

4 文人集團往往也稱為文學集團（見後所引論著），但魏晉南北朝的文人集團多具政治結盟色彩，稱之為文學集團，或會產生誤解，故本書以文人集團稱之。

5 事實上，對魏晉南北朝園林有所記述的詩文賦，也正是魏晉南北朝園林文學得以成型的主要體現。

前學界對魏晉南北朝園林的討論雖然不少，但鮮有放置在「文學」——尤其是「園林文學」——的背景或平臺來進行的。換言之，作為獨立文類，魏晉南北朝園林文學尚未得到學界的充分重視甚至是正視。

在中國園林發展史上，魏晉南北朝期間，三大園林體系——皇家園林、士人園林、佛寺園林——並駕齊驅。

春秋戰國至秦漢，是皇家園林獨霸天下的時期，甚至可說是皇家園林獨自形成、發展、成熟，並達致鼎盛的歷史過程。魏晉南北朝，則是士人園林與寺廟園林崛起成型時期。士人園林經由模仿（皇家園林）而走向獨立發展，貴遊文化與隱逸文化的交替雜糅構成魏晉南北朝士人園林的文化底蘊。寺廟園林是魏晉南北朝宗教文化（佛／道）興盛的副產品或衍生物，宗教文化與隱逸文化同質性（避塵世／脫世俗）的發展，也致使寺廟園林呈現出與士人園林相類似的文化底蘊。所不同者，士人園林較趨內斂而私密，寺廟園林則相對相容且開放。

魏晉南北朝時期，皇族與士族的勢力發展此消彼長，交相嬗替，促使皇家園林得以持續發展的同時，也趨向民間化的演變；同時，士人園林也「應運而生」——政治的黑暗（傾軋／殺戮／門閥制度）刺激、助長了隱逸思想。這樣一種政治背景，也成為士人園林文化底蘊的重要組成部分。

處於發展初始階段的士人園林，各種要素的布局設計及建築規模尚處於動態演化之中，然而，山水兼備，花樹交雜，野趣盎然的「人化自然」（即「第二自然」）本質已然確定；而這樣一種「人化自然」的本質，往往交織著人們好尚自然嚮往隱逸的思想意趣。

隱逸思想內涵，或可從三方面解讀：政治姿勢疏離化（非脫離）；生活態度怡情化（非憂患）；自然觀念審美化（非實用）。這三方面的演化，皆落實到士人園林文化的範疇；於是，隱逸思想作為中介，連接朝野（亦吏亦隱／方內與方外），促進了士人園林文化的興盛，也促進了士人園林文學的興盛。

魏晉南北朝，隨著佛教興盛發展並趨向中土化，佛寺在大量興造的過程中，佛寺形制亦迅速趨向中土化——園林化。即佛寺園林化的現象益見普遍，佛寺園林迅速蔚為大觀，而且還越來越呈現出與山水自然環境緊密結合的趨勢。

佛寺園林化主要緣由，來自佛寺建造的途徑。魏晉南北朝佛寺的建造主要有兩大途徑：山林建寺與捨宅為寺。山林佛寺的園林化，一開始便與自然山水有天然的聯繫。帝王、皇族，以及達官貴人捐（捨）出自己的宅院，大多已有園林或有園林化的環境，改建為寺，便順理成章成為佛寺園林。

「遊觀－賦作」的模式，在魏晉南北朝佛寺園林文化中已然為普遍的模式。在魏晉南北朝佛寺園林文學中，則體現為悟道與審美交集的「禪行教化」範式。從文體學的角度思考，魏晉南北朝佛寺園林文學不失為一種具有豐富內涵的文體形態，其文體構成的諸要素在相互作用中形成了相對穩定的關係，從而構成了獨特的審美規範。

魏晉南北朝，除了士人園林與寺廟園林相繼興起，皇家園林亦得以延續並不無新意的發展演變。魏晉南北朝皇家園林的發展變化，緣自帝國象徵的趨落，諸種中心的南移，帝王皇族文士化。

魏晉南北朝皇家園林的文化活動，以上位者為中心，聚集文士，亦宴亦遊，最終導向群體性創作的傳統。北方皇家園林的功能，多用於供帝王宴遊享受，與文學較少交集。南方皇家園林雖然也有其他功用，但宴遊始終為主導性的功能，而能與文學交集的也多為宴遊。魏晉南北朝皇家園林文學的風格表現，既有奢華綺豔亦有蕭散清麗。前者表現出與文壇風尚同步的唯美傾向，甚或直逼風靡一時的南朝宮體文學；後者則表現在梁陳詩人的皇家園林文學中，蕭散清麗的風貌已取代奢華綺豔的風格，而趨向文士園林文學的風貌。

以上，便是本書的思考角度與研究進路。據此，本書分為上下兩編。

上編從「疫災」、「品鑒」、「饗宴」這三種看似與文學頗為疏遠的社會現象切入，展現征戰殺戮、自然災異、原始宗教、社會思潮與文學創作的多邊互動關係，以及士族、皇族的生活形態與歷史變遷對文學的深刻影響，以求從不一樣的角度探討建安、魏晉、齊梁三個重要階段的文學發展。

下編則從各種文史資料中，爬梳、勾勒出「士人」、「寺廟」、「皇家」三種園林形態在魏晉南北朝的發展、演變軌跡與表現，及其與文學創作的關係，進而試圖在文體學意義上探求魏晉南北朝園林文學的表現形態。

王力堅

目次

下 編

上編

從「疫災」、「品鑒」、「饗宴」三種看似與文學頗為疏遠的社會現象切入，展現征戰殺戮、自然災異、原始宗教、社會思潮與文學創作的多邊互動關係，以及士族、皇族的生活形態與歷史變遷對文學的深刻影響，以求從不一樣的角度探討建安、魏晉、齊梁三個重要階段的文學發展。

第一章
漢末建安的疫災與文學

漢末，一般指東漢最後兩位皇帝——靈帝劉宏（156？-189，168-189 在位）[1]和獻帝劉協（181-234，189-220 在位）時期；而「建安」，則是漢末具有特殊意義的一個階段。從歷史上看，「建安」是漢獻帝的年號，自獻帝被曹操（155-220）挾持到許昌改元建安（196）起，到建安二十五年曹丕（187-226，220-226 在位）篡漢建立魏國止，共二十五年。然而，從文學史角度看，作為產生中國第一個文人詩歌高潮的建安文學階段，「建安」的上限應上溯到靈帝中平年間[2]，其下限應延至曹植（192-232）去世的魏明帝曹叡（204-239，226-239 在位）太和六年，前後共四十多年。

長久以來，自從劉勰（465？-532？）《文心雕龍・時序》篇以「世積亂離，風衰俗怨」[3]概括漢末建安時期的形勢，人們大多將「世積亂離」的原因解讀為朝政黑暗、誅戮交加、戰爭頻仍。近年來，不少學者——包括文史哲學界及自然科學界的學者——越來越重視漢末建安時期「世積亂離，風衰俗怨」的另一個重要因素：瘟疫。[4]

瘟疫，為中國古代對各種惡性流行病的統稱，古書多稱為「疫」、

---

[1] 本書對凡為帝王者，除生卒年外亦加注在位年。

[2] 曹操名作〈薤露行〉即作於靈帝中平五年（189）。

[3] 黃霖編《文心雕龍匯評》（上海：上海古籍出版社，2005），頁 147。

[4] 如林富士在指出黃巾之亂導致盜賊蜂起、流民四竄、軍閥割據、交相攻戰時，更進一步強調在此前二三十年間頻頻爆發的疾疫之災是黃巾之亂的主要導因。見林富士〈東漢晚期的疾疫與宗教〉，《中央研究院歷史語言研究所集刊》第 66 卷第 3 期（1995），頁 695-696。

「癘」、「癘疫」、「疫疾」等，在中國古代，顯然是自然生態系統的最大災難（故本章以「疫災」——「瘟疫災難」稱之）。它對人類社會各方面的影響當不可小覷。據此，本章嘗試以疫災為聚焦，在漢末建安這麼一個動態發展的歷史時空過程中，考察疫災與文學（及其相關觀念）之間的轉換機制及呈現方式。

一、疫災記憶與遷逝感

根據史料記載，漢末建安時期疫災頻仍，與疫災相伴的則是饑荒、戰爭等，對朝廷造成致命的衝擊，對百姓造成極大的摧殘。《後漢書・靈帝紀》記載，靈帝在位 21 年間，至少有 5 個年份包括建寧四年、熹平二年、光和二年、光和五年、中平二年發生過「大疫」；據陳壽（233-297）《三國志》、范曄（398-445）《後漢書》以及張仲景（150？-219？）《傷寒論》等載稱，僅獻帝建安二十五年間，亦至少有 6 個時間段包括建安元年、建安五年、建安十三年、建安十四年到二十一年、建安二十二年以及建安末年，都發生過「大疫」、「疾疫」、「疫癘」等。而到曹植去世的魏明帝太和六年止，魏國十二年間至少還有兩個年份在三個地區發生過三次大疫。[5]

可見，漢末建安時期 64 年間，共發生疫災 14 次，平均不到 5 年就發生一次疫災，頻率之高遠超逾之前的西漢。[6]加上西漢有文景之治[7]及武帝劉徹

---

[5] 參林富士〈東漢晚期的疾疫與宗教〉，《中央研究院歷史語言研究所集刊》第 66 卷第 3 期（1995），頁 695-745。袁延勝〈東漢初年和末年人口數量〉，《南都學壇》2004 年第 3 期，頁 10-15。田豔霞〈論魏晉時期的疾疫〉，《醫學與哲學》第 28 卷第 10 期（2007 年 10 月），頁 56-57。馬寶記〈建安年間全國疾疫及其防治〉，《許昌學院學報》2005 年第 3 期，頁 37-39。張美莉〈魏晉疫情特點簡論〉，《商丘職業技術學院學報》2005 年第 1 期，頁 60-81。

[6] 西漢（西元前 206-西元 25）232 年間僅約有 13 次疫災，超過 17 年才一次。參賀予新〈西漢時期的疾疫之災〉，《商丘職業技術學院學報》2005 年第 3 期，頁 48-49。兩晉南北朝 317 年間有疫災 68 次，雖亦不超過 5 年一次。但在經歷了玄學、道教、佛教等沖釋消解，文人的心理得到較大的調適與舒緩。參田豔霞〈論魏晉時期的疾疫〉，《醫學與哲學》第 28 卷第 10 期（2007 年 10 月），

（前 156-前 87，前 141-前 87 在位）盛世，在享受過長時期的和平安定昌盛之後，遭受王莽（前 45-23）纂政亂兵，漢帝國已元氣大傷，瘟疫饑荒再接踵而至。據司馬彪（243？-306）《後漢書．五行志》注引《古今注》稱，光武帝劉秀（前 6-57，25-57 年在位）建武年間，已爆發過三次嚴重瘟疫：「光武建武十三年，揚徐部大疾疫，會稽江左甚。」「建武十四年會稽大疫。」「二十六年，郡國七大疫。」[8]半個世紀後，即殤帝劉隆（105-106，106 年在位）以降，各種疫疾的流行更是頻繁。

在如此強烈的反差對比之下，漢末建安文人的心理衝擊及承受壓力之大是可想而知的。

如前所述，建安文學的創作年限，前後四十多年，而以建安十三年為界分為前後期，前後期的文學風貌產生很大變化，由反映民生疾苦與社會動亂轉向遊子思婦的離情別緒與文人士子的宴遊生活。[9]以往人們將建安十三年視為劃界的關鍵性一年，是該年發生的「赤壁之戰」奠定了三國鼎立的局面，社會發展及文人的生活也隨之產生變化。

然而，從上引資料看，建安十三年起，一直到建安末年，疫災延綿不

頁 56-57。與龔勝生、葉護平〈魏晉南北朝時期疫災時空分佈規律研究〉，《中國歷史地理論叢》第 22 卷第 3 期（2007 年 7 月），頁 5-20。王力堅《魏晉詩歌的審美觀照》（臺北：文津出版社，2000），頁 55-110。王力堅《由山水到宮體──南朝的唯美詩風》（臺北：臺灣商務印書館，1997），頁 7-30。

7 漢文帝劉恒（前 202-前 157，前 179-前 157 在位）與景帝劉啟（前 188-前 141，前 156-前 141 年在位）兩代採取了一系列有效措施，使當時社會經濟獲得顯著的發展，統治秩序也日臻鞏固。西漢初年，大侯封國不過萬家，小的五六百戶；到了文景之世，流民還歸田園，戶口迅速繁息。列侯封國大者至三四萬戶，小的也戶口倍增，而且比過去富實得多，為後來武帝盛世奠定了堅實的物質基礎。

8 見司馬彪撰，劉昭注《後漢書志》，《後漢書》（北京：中華書局，1987），第 11 冊，頁 3350。人們現在所看到的《後漢書》紀及列傳九十卷為南朝宋的范曄所撰（唐李賢注），但其中的「志」三十卷卻是晉司馬彪所撰（在其《續漢書》中）。這是由於范曄死時，其所撰《後漢書》尚未完成「志」部分。到南朝梁劉昭給《後漢書》作注，即將司馬彪《續漢書》中的「志」補進了范曄的《後漢書》。北京中華書局出版的《後漢書》共有 12 冊，封面皆題「後漢書」，然而 11-12 冊的「扉頁」題著「後漢書志」（封面仍題「後漢書」），司馬彪和劉昭則署名於旁。

9 王力堅《魏晉詩歌的審美觀照》，頁 26-27。

斷。這樣一個背景，對建安文人、乃至建安文學的影響應是不容忽視的。事實上，作為建安文壇領軍人物的曹氏父子，筆下便多記載連年疫災慘況給他們留下的深刻印象：

自頃已來，軍數征行，或遇疫氣，吏士死亡不歸，家室怨曠，百姓流離，而仁者豈樂之哉？不得已也。其令死者家無基業不能自存者，縣官勿絕廩，長吏存恤撫循，以稱吾意。[10]

去冬天降疫癘，民有凋傷，軍興於外，墾田損少，吾甚憂之。其令吏民男女：女年七十已上，無夫子，若年十二已下，無父母兄弟，及目無所見，手不能作，足不能行，而無妻子父兄產業者，廩食終身。幼者至十二止。貧窮不能自贍者，隨口給貸。老耄須待養者，年九十已上，復不事家一人。[11]

赤壁之役，值有疾病，孤燒船自退，橫使周瑜虛獲此名。[12]

追惜奉孝，不能去心。其人見時事兵事，過絕於人。又以[人]多畏病，南方有疫，常言吾往南方，則不生還。[13]

孫權殘害民物，朕以寇不可長，故分命猛將，三道並征。今征東諸軍，與權黨呂、范等水戰則斬首四萬，獲船萬艘。大司馬據守濡須，其所禽獲亦以萬數。中軍征南，攻圍江陵。左將軍張郃等

[10] 曹操〈存恤從軍吏士家室令〉，嚴可均輯《全上古三代秦漢三國六朝文》（北京：中華書局，1995），【二】，《全三國文》，卷二，頁 1062-1063。

[11] 曹操〈贍給災民令〉，《全上古三代秦漢三國六朝文》，【二】，《全三國文》，卷三，頁 1066。

[12] 曹操〈與孫權書〉，《全上古三代秦漢三國六朝文》，【二】，《全三國文》，卷三，頁 1070。

[13] 曹操〈與荀彧書追傷郭嘉〉，《全上古三代秦漢三國六朝文》，【二】，《全三國文》，卷三，頁 1069。

> 舳艫直渡，擊其南渚，賊赴水溺死者數千人。又為地道攻城，城中外雀鼠不得出入，此幾上肉耳。而賊中癘氣疾病，夾江塗地，恐相染汙。[14]

> 建安二十二年，癘氣流行。家家有僵屍之痛，室室有號泣之哀。或闔門而殪，或覆族而喪，或以為疫者鬼神□作。夫罹此者，悉被褐茹藿之子，荊室蓬戶之人耳！若夫殿處鼎食之家，重貂累蓐之門，若是者鮮焉！此乃陰陽失位，寒暑錯時，是故生疫。而愚民懸符厭之，亦可笑也。[15]

從這些記憶可見，疫災往往與戰爭、饑荒交織在一起，形成互為因果的關係。戰爭陣亡者得不到妥善處理，易於引發瘟疫等傳染病；而軍隊大規模、大範圍移動，又是疫災爆發流行的主要管道。二者惡性循環互動，更造成饑荒連年[16]、生靈塗炭的慘景。而饑荒連年生靈塗炭，又使疫災更易爆發與流行。東漢初年經歷了王莽纂政亂兵後，瘟疫饑荒接踵而至，《後漢書．馮衍傳》所載馮衍一段陳述，便頗能清楚說明這一複雜的歷史現象：

> 暴兵累年，禍拏未解；兵連不息，刑法彌深，賦斂彌重。眾強之黨，橫擊於外；百僚之臣，貪殘於內。元元無聊，饑寒並臻；父子流亡，夫婦離散。廬落丘墟，田疇蕪穢；疾疫大興，災異蜂起。於是江湖之上，海岱之濱，風騰波湧，更相駘藉，四垂之人，肝腦塗地，死亡之數，不啻太半。殃咎之毒，痛入骨髓；匹

[14] 曹丕〈敕還師詔〉，《全上古三代秦漢三國六朝文》，【二】，《全三國文》，卷五，頁 1079。

[15] 曹植〈說疫氣〉，《全上古三代秦漢三國六朝文》，【二】，《全三國文》，卷十八，頁 1152-1153。

[16] 《後漢書．五行志》注引《公羊傳》曰：「大災者何？大瘠也。大瘠者何？癘也。」(《後漢書》，第 11 冊，頁 3350)。此處「瘠」，可謂瘠年，與豐年反義的瘠荒之年。「瘠」與「癘」劃等號，可知二者關係之密切。

夫僮婦，咸懷怨怒。[17]

漢末名士許靖（？-222）在給曹操的信中，也在描述他避亂經歷中的所見所聞，呈現了類似的歷史畫面：

經歷東甌、閩、越之國，行經萬里，不見漢地。漂薄風波，絕糧茹草，饑殍薦臻，死者大半。……州府傾覆，道路阻絕，元賢被害，老弱並殺。靖尋循渚岸五千餘里，復遇疾癘，伯母殞命，並及群從，自諸妻子，一時略盡。復相扶持，前到此郡，計為兵害及病亡者，十遺一二。生民之艱，辛苦之甚，豈可具陳哉！[18]

《三國志》卷十一裴松之（372-451）注引的一個個案，則更為具體地反映了疫災、戰亂、饑荒給百姓帶來的深重苦難：

時有隱者焦先，河東人也。《魏略》曰：先字孝然。中平末，白波賊起。時先年二十餘，與同郡侯武陽相隨。武陽年小，先與相扶接，避白波，東客揚州取婦。建安初來西還，武陽詣大陽占戶，先留陝界。至十六年，關中亂。先失家屬，獨串於河渚間，食草飲水，無衣履。時大陽長朱南望見之，謂為亡士，欲遣船捕取。武陽語縣：「此狂癡耳！」遂注其籍。給廩，日五升。後有病疫，人多死者，縣常使埋藏，童兒豎子皆輕易之。然其行不踐邪徑，必循阡陌；及其捃拾，不取大穗；饑不苟食，寒不苟衣，結草以為裳，科頭徒跣。每出，見婦人則隱翳，須去乃出。……後歲餘病亡，時年八十九矣。[19]

---

[17] 《後漢書・桓譚馮衍列傳》，《後漢書》，第 4 冊，頁 966。

[18] 《三國志・蜀書八・許靖傳》，陳壽《三國志》（北京：中華書局，1959），頁 964-965。

[19] 《三國志・魏書八・胡昭傳》裴松之注引《魏略》，《三國志》，頁 363-364。

雖然疫災、戰爭、饑荒都會引起大規模死亡，但相比之下，後二者的死亡尚有逃避之道，而疫災卻使人無處可逃，亦無法可逃。[20]

曹植〈說疫氣〉稱「殿處鼎食之家，重貂累蓐之門」可避免癘氣流行的戕害。其實不然。建安七子中的王粲（177-217）、徐幹（170-217）、陳琳（？-217）、應瑒（？-217）、劉楨（186-217），便都喪生於建安二十二年的大疫之中。[21]而曹丕的次子仲雍、曹植的兩個女兒金瓠與行女，亦先後夭折於疫災盛行的建安後期[22]。

這表明，「殿處鼎食之家，重貂累蓐之門」或可避免戰爭、饑荒之苦，卻難逃疫災之害。於是，出身於「殿處鼎食之家，重貂累蓐之門」的漢末建安文人，對疫災之害感受尤為沉痛深刻，並從中生發出人生苦短世事無常的遷逝感，進而引發以關注個體自然生命為標誌的「人的自覺」。而後者，也正是「文學自覺」的必備條件。[23]

如前所述，所謂「人的自覺」表現為關注個體自然生命，這種自覺來自人們困擾於人生苦短世事無常的遷逝感。而在漢末建安，這種遷逝感則無疑大都緣自對疫災的沉痛感受。

---

[20] 據學者統計研究，東漢末年除了戰亂破壞，頻頻遭遇大疫，更使人口大幅度減少。東漢安帝劉祜（94-125，106-125 在位）起，疫災已再度肆虐，至順帝劉保（115-144，125-144 在位）永和五年（140），全國尚有約 970 萬戶，4915 萬口；但到了建安十年（205），全國只剩約 310 萬戶，1572 萬口。參袁延勝〈東漢初年和末年人口數量〉，《南都學壇》第 24 卷第 3 期（2004 年 5 月），頁 10-15。

[21] 徐幹、陳琳、應瑒、劉楨死於建安二十二年大疫，曹丕〈與吳質書〉等有載。至於王粲，曹植〈王仲宣誄〉載明：「建安二十二年正月二十四日戊申，魏故侍中關內侯王君卒。」（《全上古三代秦漢三國六朝文》，【二】，《全三國文》，卷十九，1991，頁 1154）。《三國志．魏志》卷二十一〈王粲傳〉稱：「建安二十一年從征吳，二十二年春，道病，卒。時年四十一。」（《三國志》，頁 599）。近期有專家考證王粲死於建安二十二年大疫。見錢超塵〈王粲死於大疫非死於麻風考〉，《中醫文獻雜志》2008 年第 3 期，頁 2-3。

[22] 趙幼文根據《魏志．武帝紀》「建安二十三年秋七月，治兵，遂西征劉備」，及哀辭遺句「家王征蜀漢」，推斷〈行女哀辭〉或作於建安二十四年首夏後。若是，金瓠當死於建安二十二年的大疫。參趙幼文《曹植集校注》（北京：人民文學出版社，1998），頁 182。亦有學者認為，仲雍、行女死於建安二十年。於是，據〈行女哀辭〉「三年之中，二子頻喪」句，金瓠則當死於建安十八年。參易健賢〈曹丕年譜〉，《貴州教育學院學報》1998 年第 2 期，頁 39-46。

[23] 參王力堅《魏晉詩歌的審美觀照》，頁 13-25。

遷逝之悲，本為人之常情。孔子即感慨：「逝者如斯夫，不舍晝夜！」[24]宋玉亦喟歎：「悲哉，秋之為氣也！蕭瑟兮，草木搖落而變衰。」[25]但在連番疫災毀滅性的衝擊下，漢末建安文人的心理更顯脆弱慄惕。

王粲、徐幹、陳琳、應瑒、劉楨，相繼歿於建安二十二年大疫，曹丕痛感：

> 一時俱逝，痛可言邪！……何圖數年之間，零落略盡，言之傷心！[26]

面對三年喪二女的打擊，曹植哀歎：

> 去父母之懷抱，滅微骸於糞土。天長地久，人生幾時。[27]

> 感前哀之未闋，復新殃之重來！方朝華而晚敷，比辰露而先晞。感逝者之不追，悵情忽而失度。天蓋高而無階，懷此恨其誰訴！[28]

哀於人生短暫，懼於世事無常的遷逝感瀰漫為整個魏晉人生思潮：

> 嗟大化之移易，悲性命之攸遭。愁慊慊而繼懷，怛慘慘而情挽。曠年載而不回，長去君兮悠遠。[29]

---

[24] 《論語・子罕》，烏恩溥注譯《四書譯注》（長春：吉林文史出版社，1994），頁 115。

[25] 宋玉〈九辨〉，楊金鼎《楚辭注釋》（臺北：文津出版社，1993），頁 577。

[26] 曹丕〈又與吳質書〉，《全上古三代秦漢三國六朝文》，【二】，《全三國文》，卷七，頁 1089。

[27] 曹植〈金瓠哀辭〉，《全上古三代秦漢三國六朝文》，【二】，《全三國文》，卷十九，頁 1158。

[28] 曹植〈行女哀辭〉，《全上古三代秦漢三國六朝文》，【二】，《全三國文》，卷十九，頁 1158。

[29] 曹植〈九愁賦〉，《全上古三代秦漢三國六朝文》，【二】，《全三國文》，卷十三，頁 1125。

> 生時遊國都，死沒棄中野。朝發高堂上，暮宿黃泉下。白日入虞淵，懸車息駟馬。造化雖神明，安能復存我？形容稍歇滅，齒髮行當墮。自古皆有然，誰能離此者。[30]

這種遷逝感在西晉詩人中仍有頗為充分的表現：

> 昔每聞長老追計平生同時親故，或凋落已盡，或僅有存者。余年方四十，而懿親戚屬，亡多存寡；昵交密友，亦不半在。或所曾共遊一塗，同宴一室，十年之外，索然已盡。以是思哀，哀可知矣！乃作賦曰：伊天地之運流，紛升降而相襲。日望空以駿驅，節循虛而警立。嗟人生之短期，孰長年之能執？時飄忽其不再，老晼晚其將及。懟瓊蕊之無徵，恨朝霞之難挹。望湯谷以企予，惜此景之屢戢……[31]

難怪王瑤如此慨歎：

> 我們念魏晉人的詩，感到最普遍、最深刻、最激動人心的，便是那在詩中充滿了時光飄忽和人生短暫的思想和感情。[32]

可以說，遷逝感是漢末建安文人的世界觀。在遷逝感的支配下，產生了積極（有為）與消極（無為）兩種觀念，作為觀念產物的文學——漢末〈古詩十九首〉中，積極（有為）與消極（無為）兩種觀念已有充分表現。

積極（有為）者有：

---

[30] 繆襲〈挽歌〉，蕭統編，李善注《文選》（北京：中華書局，1990），頁 406。

[31] 陸機〈歎逝賦並序〉，《全上古三代秦漢三國六朝文》，【二】，《全晉文》，卷九十六，頁 2011。

[32] 王瑤〈文人與藥〉，《中古文學史論》（北京：北京大學出版社，1986），頁 132。

人生寄一世，奄忽若飆塵。何不策高足，先據要路津。無為守貧賤，坎軻長苦辛。[33]

所遇無故物，焉得不速老。盛衰各有時，立身苦不早。人生非金石，豈能長壽考？奄忽隨物化，榮名以為寶。[34]

消極（無為）者則有：

青青陵上柏，磊磊澗中石。人生天地間，忽如遠行客。鬥酒相娛樂，聊厚不為薄。驅車策駑馬，遊戲宛與洛。[35]

人生忽如寄，壽無金石固。萬歲更相送，賢聖莫能度。服食求神仙，多為藥所誤。不如飲美酒，被服紈與素。[36]

生年不滿百，常懷千歲憂。晝短苦夜長，何不秉燭遊！為樂當及時，何能待來茲？[37]

前者固然有建功立業的思想，但其出發點已不是獻身帝業、忠君報國，而是追逐個人榮耀、實現自我價值。後者更顯見關注自我、及時享樂的意識了。這兩方面的表現，看似對立，但在關注自我、凸顯自我意識上，卻是殊途同歸的。而這也正是基於自然生命意識[38]的「人的自覺」的體現。這種

---

[33]〈古詩十九首〉其四，逯欽立《先秦漢魏晉南北朝詩》（北京：中華書局，1983），【上】，頁 330。

[34]〈古詩十九首〉其十一，《先秦漢魏晉南北朝詩》，【上】，頁 331。

[35]〈古詩十九首〉其三，《先秦漢魏晉南北朝詩》，【上】，頁 329。

[36]〈古詩十九首〉其十三，《先秦漢魏晉南北朝詩》，【上】，頁 332。

[37]〈古詩十九首〉其十五，《先秦漢魏晉南北朝詩》，【上】，頁 333。

[38]所謂「自然生命意識」，表現為遵循自然法則而生存，依賴人的本能需求而活動，追逐動物原始欲望的滿足。參王力堅《六朝唯美詩學》（臺北：文津出版社，1997），頁 18。

「人的自覺」，亦普遍存在於以三曹（操、丕、植）七子（孔融、陳琳、王粲、徐幹、阮瑀、應瑒、劉禎）為代表的建安文人之中。

哀時歎逝的遷逝感，在建安文人創作中觸目可見：

對酒當歌，人生幾何？譬如朝露，去日苦多。慨當以慷，憂思難忘。何以解憂，惟有杜康。[39]

驚風飄白日，光景馳西流。盛時不可再，百年忽我遒。[40]

人生一世間，忽若暮春草。時不可再得，何為自煩惱。[41]

建安文人的建功立業思想，也大多是基於對生命易逝、歲月奄忽的憂慮，其用意亦多為借建功以揚名，實現個人自我價值，使有限的生命獲得無限的存在：

騁哉日月逝，年命將西傾。建功不及時，鐘鼎何所銘。[42]

天地無窮，人命有終。立功揚名，行之在躬。[43]

建安後期，三國鼎立促成相對穩定的局面，鄴下文人集團的形成更助長了宴遊風氣的盛行[44]。劉勰《文心雕龍》對建安文人及其文學創作的關注

39 曹操〈短歌行〉，《先秦漢魏晉南北朝詩》，【上】，頁 349。

40 曹植〈野田黃雀行〉，《先秦漢魏晉南北朝詩》，【上】，頁 425。

41 徐幹〈室思詩〉，《先秦漢魏晉南北朝詩》，【上】，頁 376。

42 陳琳〈詩〉，《先秦漢魏晉南北朝詩》，【上】，頁 368。

43 曹叡〈月重輪行〉，《先秦漢魏晉南北朝詩》，【上】，頁 415。

44 建安九年（204），曹操佔據鄴城（今河北臨漳縣西南）為相對穩定的統治中心，於建安十三年

點，就在這些宴遊生活以及由此產生的宴遊詩創作：

> 傲雅觴豆之前，雍容衽席之上。灑筆以成酣歌，和墨以藉談笑。觀其時文，雅好慷慨，良由世積亂離，風衰俗怨，並志深而筆長，故梗概而多氣也。[45]

> 暨建安之初，五言騰踴，文帝、陳思，縱轡以騁節；王、徐、應、劉，望路而爭驅；並憐風月，狎池苑，述恩榮，敘酣宴，慷慨以任氣，磊落以使才；造懷指事，不求纖密之巧；驅辭逐貌，唯取昭晰之能：此其所同也。[46]

其實，在建安文人自己的記載中，就頗見自得之意：

> 行則連輿，止則接席，何曾須臾相失！每至觴酌流行，絲竹並奏，酒酣耳熱，仰而賦詩，當此之時，忽然不自知樂也。[47]

> 出有微行之遊，入有管弦之歡。置酒樂飲，賦詩稱壽。[48]

建安文人以宴遊為主題的詩賦創作亦應運而生：

後，逐漸形成以三曹七子為代表的文士集團。事實上，孔融（153-208）逝世早，當不屬於鄴下文人集團。而建安文人的宴游活動至遲在建安十年（205）已經興起。參曹貴寶、李廣〈略論曹操與鄴下文人集團的興衰〉，《社會科學論壇》2006 年第 11 期，頁 14-17。寇矛〈鄴下文人集團的形成與演變〉，《洛陽工學院學報》，1999 年第 1 期，頁 71-76。張振龍〈鄴下文人集團內部交際活動及其特徵〉，《西南民族大學學報》2005 年第 10 期，頁 133-136。

[45] 劉勰《文心雕龍》〈時序〉，《文心雕龍匯評》，頁 147。

[46] 劉勰《文心雕龍》〈明詩〉，《文心雕龍匯評》，頁 29。

[47] 曹丕〈與吳質書〉，《全上古三代秦漢三國六朝文》，【二】，《全三國文》，卷七，頁 1089。

[48] 吳質〈答魏太子箋〉，《全上古三代秦漢三國六朝文》，【二】，《全三國文》，卷三十，頁 1221。

> 遂衎賓而高會兮，丹幃曄以四張。辨中廚之豐膳兮，作齊鄭之妍倡。文人騁其妙說兮，飛輕翰而成章。談在昔之清風兮，總賢聖之紀綱。欣公子之高義兮，德芬芳其若蘭。揚仁恩於白屋兮，逾周公之棄餐。聽仁風以忘憂兮，美酒清而肴甘。[49]

> 朝遊高臺觀，夕宴華池陰。大酋奉甘醪，狩人獻嘉禽。齊倡發東舞，秦箏奏西音。有客從南來，為我彈清琴。五音紛繁會，拊者激微吟。淫魚乘波聽，踴躍自浮沉。[50]

> 乘輦夜行遊，逍遙步西園。雙渠相溉灌，嘉木繞通川。卑枝拂羽蓋，修條摩蒼天。驚風扶輪轂，飛鳥翔我前。丹霞夾明月，華星出雲間。上天垂光彩，五色一何鮮。壽命非松喬，誰能得神仙。遨遊快心意，保己終百年。[51]

> 日暮遊西園，冀寫憂思情。曲池揚素波，列樹敷丹榮。上有特棲鳥，懷春向我鳴。褰衽欲從之，路險不得征。徘徊不能去，佇立望爾形。風飆揚塵起，白日忽已冥。回身入空房，托夢通精誠。人欲天不違，何懼不合并。[52]

上引作品，有的呈現為黯淡色彩與感傷情調交織，從而透見憂患人生的個體生命意識；有的呈現為快意享樂的表象下，隱潛眷戀人生的遷逝哀感。由此也可見，建安文人的宴遊風氣，固然有感於驚懼時光易逝、感慨生命短

---

[49] 曹植〈娛賓賦〉，《全上古三代秦漢三國六朝文》，【二】，《全三國文》，卷十三，頁 1126。

[50] 曹丕〈善哉行〉，《先秦漢魏晉南北朝詩》，【上】，頁 393。

[51] 曹丕〈芙蓉池作詩〉，《先秦漢魏晉南北朝詩》，【上】，頁 400。

[52] 王粲〈雜詩〉，《先秦漢魏晉南北朝詩》，【上】，頁 364。

促，而留戀美景良辰、希冀及時行樂的認知：「少壯真當努力，年一過往，何可攀援，古人思秉燭夜遊，良有以也。」[53]「遊宴之歡，難可再遇，盛年一過，實不可追。」[54]但借助宴遊來消釋遷逝哀痛的企圖也是顯而易見的：「歡日尚少，戚日苦多。以何忘憂，彈箏酒歌。」[55]「日暮遊西園，冀寫憂思情。」[56]因此，這些宴遊之作，往往在弦歌酒色中融匯著悲涼哀怨之情。他們驚懼人生短促，更期望抓住有限的人生盡情享樂；他們痛惜生命消逝，更企圖擁抱短暫的生命沉醉不醒。這正是建安宴遊文學創作的深層底蘊。

誠然，建安文人這種「自覺」只是基於自然生命的層次，只是對人的自然生存狀態的關注與思考。無論是對功利榮名的孜孜奮鬥，還是對物欲享受的汲汲追求，都是出自自然生命意識的張揚，為了個體存在價值的實現。跟漢儒依附於王朝政體，服膺於帝國意志的生存狀態相比，畢竟體現出更多個人自覺發展的空間。

二、文學自覺與以悲為美

從前文論述可見，建安文人的遊宴生活常常伴隨著詩賦創作。通過詩賦創作反映其遊宴生活、消釋其遷逝哀感。由此亦可反過來理解：遷逝感作為轉換機制，通過文人的遊宴生活，將現實中的疫災之苦轉換為文學創作。然而，這只是一種直觀現象的呈現，若要深入探求其中的轉換過程，還當考察兩個更為關鍵的現象與觀念：文學自覺與以悲為美。

而文學自覺與以悲為美，都與疫災有頗為密切的關係。

---

[53] 曹丕〈又與吳質書〉，《全上古三代秦漢三國六朝文》，【二】，《全三國文》，卷七，頁 1089。

[54] 吳質〈答魏太子箋〉，《全上古三代秦漢三國六朝文》，【二】，《全三國文》，卷三十，頁 1221。

[55] 曹植〈善哉行〉，《先秦漢魏晉南北朝詩》，【上】，頁 266。

[56] 王粲〈雜詩〉，《先秦漢魏晉南北朝詩》，【上】，頁 364。

建安被譽為「文學的自覺時代」[57]，不僅在於其文學創作興盛，還在於文學批評崛起。曹丕的《典論・論文》為現存中國文學批評史的第一篇文學批評文章。其中「蓋文章，經國之大業，不朽之盛事」[58]一段即彰顯文學的重要性。這一段的重點不在「經國」而在「不朽」。「經國」，顯然是基於政治思維的比擬；而「不朽」，卻是緣自人生苦短的遷逝感。即因人生苦短遷逝感的激發而企圖通過文學創作尋求「不朽」。故緊接著曹丕展開申論：

> 年壽有時而盡，樂榮止乎其身，二者必至之常期，未若文章之無窮。是以古之作者、寄身於翰墨，見意於篇籍，不假良史之辭，不托飛馳之勢。而聲名自傳於後。[59]

秋七月，曹丕在〈與王朗書〉中亦鮮明地闡述了這一思想：

> 人生有七尺之形，死為一棺之土。唯立德揚名，可以不朽；其次莫如著篇籍。疫癘數起，士人彫落，余獨何人，能全其壽？[60]

可見，「疫癘數起，士人彫落」而引發的遷逝感，是其著文以求不朽觀念的原初動機。有關史料，更直接而清楚說明其中的邏輯關係：

> 帝初在東宮，疫病大起，時人雕傷，帝深感歎。與大理王朗書。故論撰所著《典論》、詩、賦百餘篇，集諸儒於肅成門內，講論大義，侃侃無倦。[61]

---

[57] 魯迅〈魏晉風度及文章與藥及酒之關係〉，《魯迅全集》（北京：人民文學出版社，1981），第三卷，頁 501。

[58] 曹丕《典論・論文》，《全上古三代秦漢三國六朝文》，【二】，《全三國文》，卷八，頁 1098。

[59] 曹丕《典論・論文》，《全上古三代秦漢三國六朝文》，【二】，《全三國文》，卷八，頁 1098。

[60] 曹丕〈與王朗書〉，《全上古三代秦漢三國六朝文》，【二】，《全三國文》，卷七，頁 1090。

[61] 《三國志・文帝紀》裴松之注引《魏書》，《三國志》，頁 88。

這一現實事件表明，疫災導致的遷逝感不僅直接催生了《典論・論文》，還連帶其他詩賦創作，並由此展開大規模的討論。

雖然先秦儒家早有立德立功立言三不朽說[62]，但先秦儒家之「言」，主要指倫理政教之經典學說，曹丕之「言」則包括文學在內[63]。另外，在曹丕的不朽說中，立德、立功（即經國）與立言似乎也有主次之分，但三者並非是附庸關係，而是各具獨立的意義與價值。文章（文學）可以「不假良史之辭，不托飛馳之勢。而聲名自傳於後」，獨具超越時空、超越死亡的不朽價值。故此，曹丕在《典論・論文》文末再次感概：「日月逝於上，體貌衰於下，忽然與萬物遷化，斯志士之大痛也！融等已逝，唯幹著論，成一家言。」[64]在〈又與吳質書〉中，亦盛讚徐幹「著《中論》二十餘篇，成一家之言，辭義典雅，足傳於後，此子為不朽矣」[65]。

可以說，遷逝感所激發的文章不朽觀，使建安文人在立德立功以外，又獲得一條追求生命無限、實現自我價值的途徑。

以悲為美的觀念，在漢代已頗為流行。西漢的劉安（前 179-前 122）在《淮南子・詮言訓》中便有云：「不得已而歌者，不事為悲；不得已而舞者，不矜為麗。歌舞而不事為悲麗者，皆無有根心者。」[66]到了東漢，以悲為美的觀念更為興盛。王充（27-約 97）《論衡・自紀》曰：「美色不同面，皆佳於目；悲音不共聲，皆快於耳。」[67]漢末的鄭玄（127-200）則將《禮記・樂記》中的「絲聲哀」詮釋為：「哀，怨也；謂聲音之體婉妙，故哀怨矣。」[68]以上論述，皆將音樂舞蹈中的審美感受與「悲」「哀」「怨」緊密聯

---

[62] 《左傳・襄公二十四年》：「大上有立德，其次有立功，其次有立言，雖久不廢，此謂之不朽。」見楊伯峻《春秋左傳注》（北京：中華書局，1981），【三】，頁 1088。

[63] 《典論・論文》所論文體四科之一即是詩賦。

[64] 曹丕《典論・論文》，《全上古三代秦漢三國六朝文》，【二】，《全三國文》，卷八，頁 1098。

[65] 曹丕〈又與吳質書〉，《全上古三代秦漢三國六朝文》，【二】，《全三國文》，卷七，頁 1089。

[66] 《淮南子・詮言訓》，劉文典《淮南鴻烈集解》（北京：中華書局，1989），頁 480。

[67] 《論衡・自紀》，黃暉《論衡校釋》（北京：中華書局，1990），頁 1220。

[68] 《禮記・樂記》，鄭玄注《禮記》（臺北：藝文印書館，1965），頁 693。

繫，實為以悲為美觀念使然。漢代文學以辭賦為主流大宗，而漢賦中以樂器為題材者甚多，如西漢有王褒的〈洞簫賦〉，東漢更有傅毅（？-90？）的〈雅琴賦〉、馬融（79-166）的〈長笛賦〉、侯瑾的〈箏賦〉、蔡邕（132-192）的〈琴賦〉等。這些賦對樂器、音樂的描繪中，往往透露出以悲為美的思想，如：「知音者樂而悲之」[69]，「甚悲而樂之」[70]。生活東漢末年的侯瑾〈箏賦〉如此描繪：

> 感悲音而增歎，愴嚬悴而懷愁。若乃上感天地，下動鬼神；享祀宗祖，酬酢嘉賓；移風易俗，混同人倫，莫有尚於箏矣。[71]

同時期的文學大家蔡邕〈琴賦〉則曰：

> 哀聲既發，秘弄乃開。左手抑揚，右手徘徊。指掌反覆，抑案藏摧。[72]

這些表現，正如正始文人嵇康（223-263）〈琴賦序〉所稱：

> 稱其材幹，則以危苦為上；賦其聲音，則以悲哀為主；美其感化，則以垂涕為貴。[73]

---

[69] 王褒〈洞簫賦〉，《全上古三代秦漢三國六朝文》，【一】，《全漢文》，卷四十二，頁 354。

[70] 馬融〈長笛賦〉，《全上古三代秦漢三國六朝文》，【一】，《全後漢文》，卷十八，頁 565。

[71] 侯瑾〈箏賦〉，《全上古三代秦漢三國六朝文》，【一】，《全後漢文》，卷六十六，頁 833。

[72] 蔡邕〈琴賦〉，《全上古三代秦漢三國六朝文》，【一】，《全後漢文》，卷六十九，頁 854。

[73] 嵇康〈琴賦序〉，《全上古三代秦漢三國六朝文》，【二】，《全三國文》，《全後漢文》，卷四十七，頁 1319。要注意的是，嵇康是持批判的態度來指責這種以悲為美的現象的，所以，在這段話後，嵇康緊接著說：「麗則麗矣，未盡其理也。」當今有些論者，似乎將「以悲為美」誤為嵇康的觀點。如：「當魏晉開啟『文之自覺』的歷史帷幕，『詩緣情』成為時代最強音之際，這一隱含的觀念終於直白地宣示出來：『稱其材幹，則以危苦為上；賦其聲音，則以悲哀為主；美其感化，則以垂涕為貴。』（嵇康〈琴賦〉）比起嵇康，劉勰更勝一籌……」（張錫坤〈中國古代詩歌「以悲為美」探索三題〉，《文藝研究》2004 年第 2 期，頁 109）。

可見以悲為美在漢末已蔚為風氣。錢鍾書亦即針對這個現象指出：「奏樂以生悲為善音，聽樂以能悲為知音。漢魏六朝，風尚如斯。」[74]雖然說風尚的形成有眾多因素，但以悲為美的觀念的流行集中在東漢後期尤其是靈／獻帝期間（如鄭玄、侯瑾、蔡邕等），不能不跟那個時期的疫災現象聯繫考慮。

以悲為美，在建安更成為普遍的審美觀念。「悲」（哀）與「美」（麗／豔）的概念往往聯繫在一起：「悲麗平壯觀」[75]，「聲悲舊笳，曲美常均……淒入肝脾，哀感頑豔」[76]。這種觀念更是貫串於各類文學創作之中：

> 悲弦激新聲，長笛吐清氣。弦歌感人腸，四座皆歡悅。[77]

> 高談娛心，哀箏順耳。……清風夜起，悲笳微吟，樂往哀來，愴然傷懷。[78]

> 絲竹發而響厲，悲風激於中流。且容與以盡觀，聊永日而志愁。[79]

> 樂時物之逸豫，悲予志之長違。歎〈東山〉之溯勤，歌〈式微〉以詠歸。[80]

> 顧秋華而零落，感歲莫而傷心。觀躍魚於南沼，聆鳴鶴於北林。搦素筆而慷慨，揚大雅之哀吟。仰清風以歎息，寄餘思於悲

---

[74] 錢鍾書《管錐篇》（北京：中華書局，1979），頁946。

[75] 曹丕〈大牆上蒿行〉，《先秦漢魏晉南北朝詩》，【上】，頁397。

[76] 繁欽〈與魏太子書〉，《全上古三代秦漢三國六朝文》，【二】，《全三國文》，卷九十三，頁977。

[77] 曹丕〈善哉行〉，《先秦漢魏晉南北朝詩》，【上】，頁613。

[78] 曹丕〈與吳質書〉，《全上古三代秦漢三國六朝文》，【二】，《全三國文》，卷七，頁1089。

[79] 曹植〈節遊賦〉，《全上古三代秦漢三國六朝文》，【二】，《全三國文》，卷十三，頁1124。

[80] 曹植〈臨觀賦〉，《全上古三代秦漢三國六朝文》，【二】，《全三國文》，卷十三，頁1126。

弦。」[81]

悲樂情感交雜，往往是以悲哀為主，強調悲情的審美效應：「展詩清歌聊自寬，樂往哀來摧心肝。」[82]「樂極哀情來，廖亮摧肝心。」[83]悲情的旨歸，則無疑導向審美的感受：「感心動耳，綺麗難忘。」[84]「投翰長歎息，綺麗不可忘。」[85]

如果說文學自覺為建安文人開拓了一條追求生命無限、實現自我價值的途徑，那麼，以悲為美則不僅使建安文人在現實中的悲情得以消釋，更因其對美的追求促使文學脫離政教的附庸地位而真正步上獨立發展的道路。或許正因如此，曹丕《典論・論文》在彰顯「蓋文章，經國之大業，不朽之盛事」同時，又提倡「詩賦欲麗」──以美的追求引導文學自覺的方向。

三、〈薤露〉、〈蒿里〉與挽歌

疫災影響在建安文學中的呈現方式不是直接的外顯的，而是曲折的潛隱的，是通過情緒渲染、場景烘托、精神追求等管道，形成文學創作的不同表現風貌。前文所引述諸多詩賦例子已頗能體現這些影響。除此外，其主要且特殊的呈現方式，更集中於「挽歌」與「遊仙」兩類詩歌創作。

關於挽歌的起源，有先秦說、有漢初說，眾說紛紜，學者多有考論[86]。

[81] 曹植〈幽思賦〉，《全上古三代秦漢三國六朝文》，【二】，《全三國文》，卷十三，頁 1124。

[82] 曹丕〈燕歌行〉，《先秦漢魏晉南北朝詩》，【上】，頁 609。

[83] 曹丕〈善哉行〉，《先秦漢魏晉南北朝詩》，【上】，頁 393。

[84] 曹丕〈善哉行〉，《先秦漢魏晉南北朝詩》，【上】，頁 391。

[85] 劉楨〈公讌詩〉，《先秦漢魏晉南北朝詩》，【上】，頁 369。

[86] 參振亞〈「挽歌」詞源考〉，《辭書研究》1996 年第 4 期，頁 141-142。何立慶〈早期挽歌的源流〉，《文史雜誌》1999 年第 2 期，頁 30-32。吳承學〈漢魏六朝挽歌考論〉，《文學評論》2002 年第 3 期，頁 59-68。李金榮〈漢末魏晉挽歌及其流變論〉，《涪陵師範學院學報》第 18 卷第 4 期（2002 年 7 月），頁 45-49。吉新宏、楊春俏〈「蒿里」考〉，《時代教育》2008 年第 7 期，頁 15-17。

本章要關注的是，挽歌在漢末建安時期的表現。

西晉末崔豹《古今注》〈音樂〉篇有云：

> 〈薤露〉、〈蒿里〉，並喪歌也，出自田橫門人。橫自殺，門人傷之，為作悲歌。言人命如薤上露，易晞滅也。亦謂人死，魂魄歸於蒿里。故有二章。……至孝武時，李延年乃分二章為二曲，〈薤露〉送王公貴人，〈蒿里〉送士大夫、庶人，使挽柩者歌之，世亦呼為挽歌。[87]

此說認為挽歌出自漢初田橫（？-前 202）門人，雖不足信，但其對挽歌特徵的描述，很值得我們注意：「言人命如薤上露，易晞滅也。亦謂人死，魂魄歸於蒿里。」從宋人郭茂倩（1041-1099）《樂府詩集》所收錄的〈薤露〉與〈蒿里〉看，確實充滿人生短暫世事無常的遷逝哀感：

> 薤上露，何易晞。露晞明朝更復落，人死一去何時歸！[88]

> 蒿里誰家地，聚斂魂魄無賢愚。鬼伯一何相催促，人命不得少踟躕。[89]

另外，崔豹還指出挽歌的用途是〈薤露〉送王公貴人，〈蒿里〉送士大夫、庶人，使挽柩者歌之」。按照先秦禮制，送喪挽柩是不歌的：「助葬必執紼，臨喪不笑；揖人必違其位，望柩不歌，入臨不翔。鄰有喪，舂不相；里有殯，不巷歌。適墓不歌，哭日不歌。」[90]但漢代人的禮儀觀念顯然有所變

---

[87] 顏師古等撰《晉唐劄記六種》（臺北：世界書局，1963），頁 12。

[88] 〈薤露〉，郭茂倩《樂府詩集》（臺北：臺灣中華書局，1966），卷二十七，頁 4。

[89] 〈蒿里〉，《樂府詩集》，卷二十七，頁 5。

[90] 《禮記・曲禮》，阮元編纂《十三經注疏》（北京：中華書局，1980），頁 1249。

化，除上述田橫門人的典故外，史書亦有記載，東漢明帝劉莊（28-75，57-75 在位）於永平七年為陰太后（5-64）舉殯，「女侍史官三百人皆著素，參以白素，引棺挽歌，下殿就車。」[91]故後人往往將葬禮用挽歌的傳統，推溯至漢代：「漢魏故事，大喪及大臣之喪，執紼者挽歌。」[92]

挽歌用於喪禮，顯然是順應人情世態發展的合理化演變。但與此同時，就在東漢後期，挽歌的應用卻出現了一個反常的現象——在喜樂場合唱挽歌：

> （順帝永和）六年三月上巳日，（梁）商大會賓客，宴於洛水，（周）舉時稱疾不往。商與親昵酣極歡，及酒闌倡罷，繼以〈薤露〉之歌。坐中聞者，皆為掩涕。……舉歎曰：此所謂哀樂失時，非其所也。殃將及乎。[93]

> （靈帝）時京師賓婚嘉會，皆作〈魁櫑〉，酒酣之後，續以挽歌。〈魁櫑〉，喪家之樂。挽歌，執紼相偶和之者。天戒若曰：國家當急殄悴，諸貴樂皆死亡也。自靈帝崩後，京師壞滅，戶有兼屍，蟲而相食。〈魁櫑〉、挽歌，斯之效乎？[94]

從這兩則史料，可得出以下分析：首先，歡宴之後，續以挽歌，情緒由樂轉哀。這種情形，與建安詩歌的反映頗為相似：「展詩清歌聊自寬，樂往哀來摧心肝。」[95]「樂極哀情來，廖亮摧肝心。」[96]而哀樂交織，事實上就是以

---

[91] 《後漢書．禮儀志下》劉昭注補引丁孚《漢儀》，《後漢書》，第 11 冊，頁 3151。

[92] 《通典》卷 86《禮》「挽歌」條引西晉摯虞語，杜佑《通典》（北京：中華書局，1984），頁 467。

[93] 《後漢書．左周黃列傳》，《後漢書》，第 7 冊，頁 2028。

[94] 《後漢書．五行志一》劉昭注補引《風俗通》，《後漢書》，第 11 冊，頁 3273。

[95] 曹丕〈燕歌行〉，《先秦漢魏晉南北朝詩》，【上】，頁 609。

[96] 曹丕〈善哉行〉，《先秦漢魏晉南北朝詩》，【上】，頁 393。

悲為美觀念在現實生活的體現[97]。其次，時人悲哀的原因為何？後則引文所謂「戶有兼屍，蟲而相食」的描述，不由令人想起曹植〈說疫氣〉中的「家家有僵屍之痛，室室有號泣之哀」。聯繫歷史中順帝[98]及靈帝年間多有疫災，很難令人不把這種反常表現跟疫災聯想在一起。再者，兩則史料都將這種反常現象解釋為上天警戒或不祥徵兆。這個做法，跟漢人常應用天人感應說與陰陽五行說來詮釋疫災與朝政的關係如出一轍。[99]

關於漢末文人的挽歌詩創作，有學者認為濫觴於〈古詩十九首〉其十三[100]：

> 驅車上東門，遙望郭北墓。白楊何蕭條，松柏夾廣路。下有陳死人,杳杳即長暮。潛寐黃泉下。千載永不寤。浩浩陰陽移，年命如朝露。人生忽如寄，壽無金石固。萬歲更相送，聖賢莫朝露。服食求神仙，多為藥所誤。不如飲美酒，被服紈與素。[101]

詩中的敘述顯然更詳盡，描寫更細緻，氣氛的渲染更濃鬱，不過，人生短暫世事無常的遷逝哀感仍然跟〈薤露〉〈蒿里〉相一致。

至於建安文人的挽歌創作，則首推曹操的〈薤露行〉〈蒿里行〉二詩：

---

97 漢順帝時以悲為美觀念在現實生活中已有表現。除了前引梁商宴客，酒闌倡罷，繼以〈薤露〉之歌的典型例子外，還有如阮籍〈樂論〉所述：「順帝上恭陵，過樊衢，聞鳴鳥而悲，泣下橫流，曰：『善哉鳥聲！』使左右吟之，曰：『使者若是，豈不樂哉！』夫是以悲為樂者也。」(《全上古三代秦漢三國六朝文》,【二】,《全三國文》，卷四十六，頁 1314）梁商為順帝朝大將軍，看來順帝君臣皆有以悲為樂／美的觀念。

98 《後漢書．順帝紀》載，順帝在位 19 年間，至少發生過 4 次疫災。見《後漢書》，第 2 冊，頁 249-274。

99 參林富士〈瘟疫與政治：傳統中國政府對於瘟疫的回應之道〉,《書城》，2003 年 7 月號，頁 47-49。謝仲禮〈東漢時期的災異與朝政〉,《中國社會科學院研究生院學報》2002 年第 2 期，頁 76-80。楊孝軍〈論漢墓畫像中的災異現象〉,《東南文化》2005 年第 3 期，頁 37-42。

100 范子燁〈永恆的悲美：中古時代的挽歌與挽歌詩〉,《求是學刊》1996 年第 2 期，頁 79-80。

101 《先秦漢魏晉南北朝詩》,【上】，頁 332。

> 惟漢二十世，所任誠不良。沐猴而冠帶，知小而謀彊。猶豫不敢斷，因狩執君王。白虹為貫日，己亦先受殃。賊臣持國柄，殺主滅宇京。蕩覆帝基業，宗廟以燔喪。播越西遷移，號泣而且行。瞻彼洛城郭，微子為哀傷。[102]

> 初期會孟津，乃心在咸陽。軍合力不齊，躊躇而雁行。勢利使人爭，嗣還自相戕。淮南弟稱號，刻璽於北方。鎧甲生蟣虱，萬姓以死亡。白骨露於野，千里無雞鳴。生民百遺一，念之斷人腸。[103]

雖然曹操詩是用樂府舊題寫時事，但仍承襲了挽歌的精神內核。不僅詩風慷慨悲涼，其哀挽的意旨亦是很鮮明的。只不過作為政治家與軍事家，曹操將哀挽的層級大為提高了——哀挽國家與社會。比較而言，〈薤露行〉著重於憑弔帝國、宗廟，而〈蒿里行〉則著重於哀悼百姓、生民，恰是暗合了「〈薤露〉送王公貴人，〈蒿里〉送士大夫、庶人」的挽歌傳統。[104]

曹植的〈薤露行〉，雖然襲用樂府舊題，卻翻出迥然異趣的新意：

> 天地無窮極，陰陽轉相因。人居一世間，忽若風吹塵。願得展功勤，輸力於明君。懷此王佐求，慷慨獨不群。鱗介尊神龍，走獸宗麒麟。蟲獸猶知德，何況於士人。孔氏刪詩書，王業粲已分。騁我徑寸翰，流藻垂華芳。[105]

前四句仍是天地無窮、陰陽相因、人生短暫、世事無常，但卻沒有導向消沉

---

[102] 曹操〈薤露行〉，《先秦漢魏晉南北朝詩》，【上】，頁 347。

[103] 曹操〈蒿里行〉，《先秦漢魏晉南北朝詩》，【上】，頁 347。

[104] 吳承學認為〈薤露行〉是對漢帝國的挽歌，〈蒿里行〉是對死亡百姓的哀悼，顯示了對「薤露〉送王公貴人，〈蒿里〉送士大夫、庶人」挽歌傳統的延伸。參吳承學〈漢魏六朝挽歌考論〉，《文學評論》2002 年第 3 期，頁 64。

[105] 曹植〈薤露行〉，《先秦漢魏晉南北朝詩》，【上】，頁 422。

哀婉的遷逝感，而是激發出積極奮發、建功立業，以及著書立說、傳名後世的思想。因此，曹植這首〈薤露行〉，實質上已不能稱之為挽歌了。

繆襲（186-245）的〈挽歌〉，當為第一首直接以「挽歌」為名的挽歌詩作：

> 生時遊國都，死沒棄中野。朝發高堂上，暮宿黃泉下。白日入虞淵，懸車息駟馬。造化雖神明，安能復存我？形容稍歇滅，齒髮行當墮。自古皆有然，誰能離此者！[106]

詩中以多重對比的方式，突顯人生短暫世事無常的遷逝主題。在形式上跟曹操上述二詩一樣，都是採取時興的五言詩體，也同樣承傳了傳統挽歌那種哀婉悲愴的風格特徵。清人何焯（1661-1722）即對繆襲〈挽歌〉詩作此評價：「詞極峭促，亦淡以悲。」[107]

建安以後，兩晉南北朝的文人如晉代的傅玄（217-278）、陸機（261-303）、張駿（307-346）、陶淵明（約 365-427），南朝的顏延之（384-456）、鮑照（414-466）、江智淵（418-463）、丘靈鞠，以及北朝的溫子升（495-547）、魏收（506-572）、陽休之（509-582）、祖孝徵、盧詢祖、盧思道（535-586）等，都寫過挽歌。這些挽歌，在寫作技巧上更趨完善，表現的方式更多樣化，但都不同程度體現了人生短暫世事無常的遷逝主題，以及悲涼哀婉的風格。[108]而這樣的主題與風格，跟漢代〈薤露〉、〈蒿里〉，〈古詩十九首〉其十三，以及曹操〈薤露行〉、〈蒿里行〉，乃至繆襲〈挽歌〉都是一脈相承的。

106《文選》，頁 406。

107何焯《義門讀書記》（北京：中華書局，2006），【下】，頁 926。

108參范子燁〈永恆的悲美：中古時代的挽歌與挽歌詩〉，《求是學刊》1996 年第 2 期，頁 77-80。王宜瑗〈六朝文人挽歌詩的演變和定型〉，《文學遺產》2000 年第 5 期，頁 22-32。吳承學〈漢魏六朝挽歌考論〉，《文學評論》2002 年第 3 期，頁 64-68。

四、遊仙：方外之思與心靈救贖

面對疫災的無情戕害，人們的應對之策不外二種：身體救治與心靈救贖。前者如張仲景著《傷寒論》並施行醫藥救治百姓[109]，後者如漢代宮廷每年歲末都舉行「大儺」儀式以「驅疫」:「先臘一日，大儺，謂之驅疫。」[110]。身體救治與心靈救贖這兩種策略，或許有多種途徑實施，但卻很奇妙地統一體現在道教之中。[111]

道教的發生與演變，有一個源遠流長的過程。它源自母系氏族社會以女性生殖崇拜為特徵的原始宗教，綜合了古老的巫史文化，鬼神信仰，民俗傳統，各類方技術數，以道家黃老之學為內核，涵括儒、道、墨、醫、陰陽、神仙諸家學說的信仰成分和倫理觀念，形成度世救人，長生成仙進而追求體道合真的宗教體系。[112]

一般認為，道教興起於東漢後期。然而，在東漢初光武帝建武十七至十九年間，便曾先後發生過維汜、李廣、單臣、傅鎮等領導的史稱「妖巫」的民間原始道教運動[113]。值得注意的是，與此同時，在建武十三、十四、二十

---

[109]參范行准《中國醫學史略》(北京：中醫古籍出版社，1986)，頁 43-48。

[110]《後漢書・志第五・禮儀》,《後漢書》，第 11 冊，頁 3127。

[111]佛教亦在東漢後期傳入中土，並也在身體救治與心靈救贖兩方面有所表現，然而在文學上尚未有顯著影響，故本章略而不論。有關論述參林富士〈東漢晚期的疾疫與宗教〉,《中央研究院歷史語言研究所集刊》第 66 卷第 3 期 (1995)，頁 695-745。

[112]參孔令宏〈宗教的文化學詮釋——以道教為例〉,《廣州大學學報》2008 年第 5 期，頁 53-57。詹石窗〈關於道教思想史的若干思考〉,《哲學動態》2009 年第 2 期，頁 8-13。吾敬東〈古代中國宗教的基本精神〉,《上海師範大學學報》2008 年第 3 期，頁 14-22。胡孚琛〈道學及其八大支柱〉,《世界宗教研究》1999 年第 3 期，頁 25-33 轉 150。

[113]見《後漢書・光武帝紀》、《後漢書・馬援傳》與《後漢書・臧宮傳》。分別見《後漢書》，第 1 冊，頁 1-94；第 3 冊，頁 827-852；692-698。

五、二十六年，亦曾爆發了多次嚴重的疫災[114]。疫災與原始道教交纏的現象十分明顯。此後近百年，原始道教活動一度沉寂，直到安帝劉祜時期，疫災再度肆虐橫行，所謂「妖巫」的民間道教運動亦再度出擊且日益走向興盛。自安帝至桓帝劉志（132-167，146-167 在位）的六十一年間，便發生過所謂「妖巫」事件至少 44 起。[115]到靈帝時期，疫災愈烈，道教運動亦愈盛，終於釀成席捲全國的太平教和五斗米教等大規模民間道教運動。[116]

可見，道教是利用疫災而興起。其具體的做法，即如前所述，運用心靈救贖與身體救治兩種策略來應對疫災，以爭取民心。[117]前者如：「太平道者，師持九節杖為符祝，教病人叩頭思過，因以符水飲之。」[118]後者如：「時巴郡巫人張脩療病，愈者雇以米五斗，號為五斗米師。」[119]

道教所創立的養生學、煉丹術、醫學，在應對疫災時，確實在一定程度起到身體救治的功效。[120]陳寅恪給予肯定：「（道教）研究人與物之關係，故吾國之醫藥學之發達出於道教之貢獻為多。其中固有怪誕不經之說，而尚能注意人與物之關係，較之佛教，實為近於人情之宗教。」[121]

道教所鼓吹的厲鬼信仰與神仙觀念則作用於人的心靈救贖[122]。相比較而

---

[114]見《後漢書．五行志》注引《古今注》，《後漢書》，第 11 冊，頁 3350；《後漢書．馬援傳》，《後漢書》，第 3 冊，頁 827-852。

[115]卿希泰主編《中國道教史》（成都：四川人民出版社，1996），第一卷，頁 204。

[116]黃勇〈漢末魏晉時期的瘟疫與道教〉，《求索》2004 年第 2 期，頁 230。方詩銘〈黃巾起義的一個道教史的考察〉，《史林》1997 第 2 期，頁 25-33 轉 61。劉旭初〈論黃巾起義與太平道〉，《阜陽師範學院學報》2001 年第 4 期，頁 83-85。

[117]參林富士〈東漢晚期的疾疫與宗教〉，《中央研究院歷史語言研究所集刊》第 66 卷第 3 期（1995），頁 695-745。

[118]《三國志．張魯傳》裴松之注引魚豢《典略》，《三國志》，頁 264。

[119]《後漢書．靈帝紀》李賢注引劉艾語，《後漢書》，第 2 冊，頁 349。

[120]參考林富士〈中國早期道士的醫療活動及其醫術考釋：以漢魏晉南北朝時期的「傳記」資料為主的初步探析〉，《中央研究院歷史語言研究所集刊》第 73 卷第 1 期（2002），頁 43-118。蓋建民〈道教「尚醫」考析〉，《中國哲學史》2001 年第 4 期，頁 258-263。

[121]陳寅恪〈天師道與濱海地域之關係〉，《金明館叢稿初編》（北京：三聯書店，2001），頁 36。

[122]另外還有承負觀、劫運觀、種民觀等。這些觀念對文學的影響十分有限，故略而不論。參林富士

言，厲鬼信仰始終受到文士階層所排斥，如曹植在〈說疫氣〉中，即認為懸符驅邪的做法是愚昧可笑的。至於神仙觀念，雖然在漢末〈古詩十九首〉中亦頗受質疑：「服食求神仙，多為藥所誤。」[123]「仙人王子喬，難可與等期。」[124]但卻也仍在文士社會流行，並登堂入室進入文人的文學創作領域，而促成了以方外之思為標誌的「遊仙詩」類型[125]。建安文人——確切說是曹操父子的遊仙詩創作[126]，正是這個背景下的產物。

檢索現存曹氏父子的詩歌，曹操的遊仙詩為〈氣出倡〉三首、〈陌上桑〉、〈精列〉、〈秋胡行〉二首，共七首。曹丕的遊仙詩只有〈折楊柳行〉一首。曹植的遊仙詩則有〈升天行〉二首、〈飛龍〉、〈五遊詠〉、〈遠遊〉、〈平陵東〉、〈驅車〉、〈仙人〉、〈遊仙〉、〈苦思行〉、〈桂之樹行〉等，共十一首。

要深入探討三曹遊仙詩，首先要瞭解三曹對神仙方術的態度。《三國志・武帝紀》注引張華《博物志》曰：

> 漢世，安平崔瑗、瑗子寔、弘農張芝、芝弟昶並善草書，而太祖亞之。桓譚、蔡邕善音樂，馮翊山子道、王九真、郭凱等善圍棋，太祖皆與埒能。又好養性法，亦解方藥，招引方術之士，廬江左慈、譙郡華佗、甘陵甘始、陽城郗儉無不畢至。又習啖野葛

〈試論《太平經》的疾病觀念〉，《中央研究院歷史語言研究所集刊》第 62 卷第 2 期（1993），頁 225-263。李豐楙〈《道藏》所收早期道教的瘟疫觀——以《女青鬼律》及《洞淵伸咒經》系為主〉，《中國文哲研究集刊》第 3 期（1993 年 3 月），頁 417-454。黃勇〈漢末魏晉時期的瘟疫與道教〉，《求索》2004 年第 2 期，頁 232。

[123]〈古詩十九首〉其十三，《先秦漢魏晉南北朝詩》，【上】，頁 332。

[124]〈古詩十九首〉其十四，《先秦漢魏晉南北朝詩》，【上】，頁 329。

[125]雖然說自秦始皇求長生、漢高祖奉黃老以來，神仙思想已在上層社會流行；而屈原的〈遠遊〉、劉安的〈八公操〉、司馬相如的〈大人賦〉，乃至漢樂府的〈瑟調曲・西門行〉、〈長歌行・仙人騎白鹿〉、〈清調曲・董逃行〉等，也已形成了一個游仙文學的系列。但作為文人詩歌類型，還當以建安為始。

[126]其實，所謂曹氏父子，只是曹操與曹植，曹丕基本不算有遊仙詩創作（詳見下文）。至於建安其他詩人，則基本無遊仙詩傳世（不包括難以辨識的殘篇）。

至一尺，亦得少多飲鴆酒。[127]

甘始、元放、延年皆為操錄，問其術而行之。[128]

從這些史料，可見曹操「各舉所知，勿有所遺」[129]，不拘一格廣搜各式人才的情形。其中左慈（156？-289？）、華佗（145？-208）、甘始、郗儉、東郭延年是因擅長養生益壽的醫學方術被「招引」的。華佗是眾所周知的神醫，左慈、甘始、郗儉、東郭延年則是養生方術的高手。無獨有偶，曹丕與曹植都不約而同討論過左慈等人：

潁川郗儉能辟穀，餌伏苓。甘陵甘始，亦善行氣，老有少容。廬江左慈，知補導之術，並為軍吏。初，儉之至，市伏苓價暴數倍。議郎安平李覃學其辟穀，餐伏苓，飲寒水，中泄利。殆至隕命。後始來，眾人無不鴟視狼顧，呼吸吐納。軍謀祭酒弘農董芬為之過差，氣閉不通，良久乃蘇。左慈到，又競受其補導之術，至寺人嚴峻，往從問受。閹豎真無事於斯術也，人之逐聲，乃至於是，光和中，北海王和平亦好道術，自以當仙。濟南孫邕少事之，從至京師。會和平病死，邕因葬之東陶。有書百餘卷，藥數囊，悉以送之。後弟子夏榮言其屍解，邕至今恨不取其寶書仙藥。劉向惑於鴻寶之說，君遊眩於子政之言，古今愚謬，豈惟一人哉？[130]

甘始、左元放、東郭延年，行容成御婦人法，並為丞相所錄，間

[127]《三國志．武帝紀》注引張華《博物志》，《三國志》，頁 54。

[128]《後漢書．方術列傳》，《後漢書》，第 10 冊，頁 2750。

[129]曹操〈舉賢勿拘品行令〉，《全上古三代秦漢三國六朝文》，【二】，《全三國文》，卷二，頁 1065。

[130]曹丕〈典論．論郗儉等事〉，《全上古三代秦漢三國六朝文》，【二】，《全三國文》，卷八，頁 1095。

> 行其術，亦得其驗。降就道士劉景受雲母九子丸方，年三百歲，莫知所在，武帝恆御此藥，亦云有驗。[131]

> 世有方士，吾王悉所招致，甘陵有甘始，廬江有左慈，陽城有郄儉始能行氣導引，慈曉房中之術，儉善辟穀，悉號三百歲，本所以集之於魏國者，誠恐斯人之徒，挾奸宄以欺眾，行妖隱以惑民，故聚而禁之也，豈復欲歡神仙於瀛洲，求安期於海島，釋金略而履雲輿，棄六驥而羡飛龍哉，自家王與太子及余兄弟咸以為調笑，不信之矣。[132]

對於道教養生方術，雖然曹植〈辯道論〉說「自家王與太子及余兄弟咸以為調笑，不信之矣」，其實，三曹的態度是有差別的。

張華稱曹操「好養性法，亦解方藥」，曹丕也說「武帝恆禦此藥，亦云有驗」。前引《後漢書．方術列傳》則有載：「甘始、元放、延年皆為操錄，問其術而行之。」曹植〈辯道論〉似乎試圖以「聚而禁之」說明曹操「不信」。在〈精列〉詩中，曹操也確實有所困惑：「造化之陶物，莫不有終期。莫不有終期。聖賢不能免，何為懷此憂？」[133]在〈讓縣自明本志令〉中更宣稱：「性不信天命之事。」[134]其〈善哉行〉則明確批評神仙之說：「痛哉世人，見欺神仙。」[135]史料亦記載他「皆毀壞祠屋，止絕官吏民不得祠祀，及至秉政，遂除姦邪鬼神之事，世之淫祀由此遂絕」[136]。不過，曹操自己卻又有如此表示：「聞卿年出百歲，而體力不衰，耳目聰明，顏色和悅，此盛事

---

[131] 曹丕〈典論.論郄儉等事〉，《全上古三代秦漢三國六朝文》，【二】，《全三國文》，卷八，頁 1096。

[132] 曹植〈辯道論〉，《曹植集校注》，頁 187-188。

[133] 曹操〈精列〉，《先秦漢魏晉南北朝詩》，【上】，頁 346。

[134] 曹操〈讓縣自明本志令〉，《全上古三代秦漢三國六朝文》，【二】，《全三國文》，卷二，頁 1063。

[135] 曹操〈善哉行〉，《先秦漢魏晉南北朝詩》，【上】，頁 353。

[136]《三國志．武帝紀》裴松之注引《魏書》，《三國志》，頁 4。

也。所服食施行導引，可得聞乎？若有可傳，想可密示封內。」[137]在〈步出夏門行〉中更認為：「盈縮之期，不但在天；養怡之福，可得永年。」[138]可見，曹操儘管對神仙觀念有保留、甚至批評，但對與神仙觀念關係密切的養生益壽的醫學乃至方術還是頗為沉迷的。《三國志・魏志》卷一本紀記載，漢獻帝初平三年，曹操破奉太平道的黃巾軍，「受降卒三十餘萬，男女百餘萬口，收其精銳者，號為青州兵。」[139]建安二十年，五斗米教主張魯降曹操，獲封為閬中侯，邑萬戶，五子皆封列侯。曹操還著子娶張魯女為妻。[140]這些歷史事件是否影響到曹操對道教神仙方術的態度，值得謹重考慮。

曹丕對神仙方術的態度則是很不以為然的，甚至是否定的。在〈典論・論郗儉等事〉中，曹丕即表示：「夫生之必死，成之必敗，天地所不能變，聖賢所不能免。」[141]在〈芙蓉池作詩〉中，更一針見血反詰道：「壽命非松喬，誰能得神仙？」[142]大概也因如此，他只有一首遊仙詩〈折楊柳行〉，而且幾乎是全然以嘲諷、批判的態度來寫的：

> 西山一何高，高高殊無極。上有兩仙童，不飲亦不食。與我一丸藥，光耀有五色。服藥四五日，身體生羽翼。輕舉乘浮雲，倏忽行萬億。流覽觀四海，茫茫非所識。彭祖稱七百，悠悠安可原？老聃適西戎，於今竟不還。王喬假虛辭，赤松垂空言。達人識真偽，愚夫好妄傳。追念往古事，憒憒千萬端。百家多迂怪，聖道我所觀。[143]

---

137 曹操〈與皇甫隆令〉，《全上古三代秦漢三國六朝文》，【二】，《全三國文》，卷三，頁 1068。

138 曹操〈步出夏門行〉，《先秦漢魏晉南北朝詩》，【上】，頁 354。

139 《三國志》，頁 9-10。

140 《三國志》，頁 265。

141 曹丕〈典論・論郗儉等事〉，《全上古三代秦漢三國六朝文》，【二】，《全三國文》，卷八，頁 1095。

142 曹丕〈芙蓉池作詩〉，《先秦漢魏晉南北朝詩》，【上】，頁 400。

143 曹丕〈折楊柳行〉，《先秦漢魏晉南北朝詩》，【上】，頁 393。

曹植的態度則值得謹慎分析。從〈辯道論〉可見其對神仙方術是頗不以為然的，類似的態度還表現在曹植的其他作品：

> 苦辛何慮思，天命信可疑。虛無求列仙，松子久吾欺。變故在斯須，百年誰能持。[144]

> 居一世兮芳景遷，松喬難慕兮誰能仙。長短命也兮獨何怨。[145]

> 夫存亡之異（世）[勢]，乃宣尼之所陳，何神憑之虛對，云死生之必均。[146]

然而，傳其後期所作的〈釋疑論〉卻又表示希望「專心以學長生之道」[147]，故有葛洪（284-364）所謂：「彼二曹（指操、植）學則無所不覽，才則一代之英，然初皆謂無，而晚乃云有。」[148]儘管如此，曹植遊仙詩中，仍顯見對神仙之道的質疑（詳見後分析）。

儘管三曹對神仙方術的態度不一，但他們遊仙詩的表現頗有共同之處。

首先，瀰漫於整個社會的遷逝感在三曹遊仙詩中幾乎銷聲匿跡，偶然出現在曹植〈遊仙〉詩中，卻只是作為鋪墊，旋即便進入遊仙世界：

> 人生不滿百，戚戚少歡娛。意欲奮六翮，排霧陵紫虛。蟬蛻同松

---

144 曹植〈贈白馬王彪〉，《先秦漢魏晉南北朝詩》，【上】，頁 454。

145 曹植〈愁思賦〉，《全上古三代秦漢三國六朝文》，【二】，《全三國文》，卷十三，頁 1122。

146 曹植〈髑髏說〉，《全上古三代秦漢三國六朝文》，【二】，《全三國文》，卷十八，頁 1152。

147 曹植〈釋疑論〉，《全上古三代秦漢三國六朝文》，【二】，《全三國文》，卷十八，頁 1152。有學者質疑〈釋疑論〉為葛洪偽作。見汪大白：〈曹植《釋疑論》應系葛洪所杜撰〉，《學術界》2001 年第 5 期，頁 225-229。

148 《抱朴子．論仙》，葛洪著，李中華注譯《新譯抱朴子》（臺北：三民書局，2001），頁 32。

> 喬，翻跡登鼎湖。翱翔九天上，騁轡遠行遊。東觀扶桑曜，西臨弱水流。北極登玄渚，南翔陟丹邱。[149]

可見，雖然遷逝感是曹氏父子遊仙詩創作的原初動因，但他們並沒有沉溺於遷逝感，而是利用遊仙（神仙方術）的形式，超逾遷逝感的困擾而尋求心靈上的自我救贖。

其次，抽離遷逝感，也使他們在審美傾向上與「以悲為美」風尚背道而馳，在詩中表現出一派和美歡欣的氣氛與畫面。諸如：

> 駕虹蜺，乘赤雲，登彼九疑歷玉門。濟天漢，至崑崙，見西王母謁東君。交赤松，及羨門，受要秘道愛精神。食芝英，飲醴泉，柱杖桂枝佩秋蘭。絕人事，遊渾元，若疾風遊欻飄翩。景未移，行數千，壽如南山不忘愆。[150]

> 駕六龍，乘風而行。行四海外路，下之八邦。歷登高山，臨溪谷。乘雲而行，行四海外，東到泰山。仙人玉女下來翱遊，驂駕六龍飲玉漿。[151]

> 扶桑之所出，乃在朝陽谿。中心陵蒼昊，布葉蓋天涯。日出登東幹，既夕沒西枝。願得紆陽轡，迴日使東馳。[152]

> 披我丹霞衣，襲我素霓裳。華蓋芬晻藹，六龍仰天驤。曜靈未移景，倏忽造昊蒼。閶闔啟丹扉，雙闕曜朱光。徘徊文昌殿，登陟

[149] 曹植〈遊仙〉，《先秦漢魏晉南北朝詩》，【上】，頁 456。

[150] 曹操〈陌上桑〉，《先秦漢魏晉南北朝詩》，【上】，頁 348。

[151] 曹操〈氣出倡〉其一，《先秦漢魏晉南北朝詩》，【上】，頁 345。

[152] 曹植〈升天行〉其二，《先秦漢魏晉南北朝詩》，【上】，頁 421-433。

太微堂。上帝休西櫺，群后集東廂。帶我瓊瑤佩，漱我沆瀣漿。踟躕玩靈芝，徙倚弄華芳。[153]

另外，曹操與曹植的遊仙詩，都顯然是以方外之思來達至心靈救贖的目的。具體體現在兩個方面：「求永壽」與「求自由」。

前者如：「飄遙八極，與神人俱。思得神藥，萬歲為期。」[154]「多駕合坐，萬歲長，宜子孫。」[155]「長樂甫始宜孫子。常願主人增年，與天相守。」[156]「壽同金石，永世難老。」[157]「服食享遐紀，延壽保無疆。」[158]「齊年與天地，萬乘安足多。」[159]「同壽東父年，曠代永長生。」[160]

後者如：「飄遙八極，與神人俱。」[161]「駕六龍，乘風而行。行四海，路下之八邦。」[162]「萬里不足步，輕舉凌太虛。」[163]「九州不足步，願得凌雲翔。逍遙八紘外，遊目歷遐荒。」[164]「意欲奮六翮，排霧陵紫虛。」[165]「乘蹻萬里之外，去留隨意所欲。」[166]

煉丹服藥，以求永壽，這是道教修行的重要途徑，但曹操父子在遊仙詩

---

[153] 曹植〈五遊詠〉，《先秦漢魏晉南北朝詩》，【上】，頁 433-434。

[154] 曹操〈秋胡行〉其二，《先秦漢魏晉南北朝詩》，【上】，頁 433-350。

[155] 曹操〈氣出倡〉其二，《先秦漢魏晉南北朝詩》，【上】，頁 433-346。

[156] 曹操〈氣出倡〉其三，《先秦漢魏晉南北朝詩》，【上】，頁 604。

[157] 曹植〈飛龍篇〉，《先秦漢魏晉南北朝詩》，【上】，頁 422。

[158] 曹植〈五遊詠〉，《先秦漢魏晉南北朝詩》，【上】，頁 434。

[159] 曹植〈遠遊篇〉，《先秦漢魏晉南北朝詩》，【上】，頁 434。

[160] 曹植〈驅車篇〉，《先秦漢魏晉南北朝詩》，【上】，頁 435。

[161] 曹操〈秋胡行〉其二，《先秦漢魏晉南北朝詩》，【上】，頁 350。

[162] 曹操〈氣出倡〉其一，《先秦漢魏晉南北朝詩》，【上】，頁 345。

[163] 曹植〈仙人篇〉，《先秦漢魏晉南北朝詩》，【上】，頁 434。

[164] 曹植〈五遊詠〉，《先秦漢魏晉南北朝詩》，【上】，頁 433。

[165] 曹植〈遊仙〉，《先秦漢魏晉南北朝詩》，【上】，頁 456。

[166] 曹植〈桂之樹行〉，《先秦漢魏晉南北朝詩》，【上】，頁 438。

中的表現，與其說是服膺道教的結果，不如說是借助方外之思，以消解現實中遷逝感的困擾而達至心靈的救贖。曹操與曹植的遊仙詩都創作於他們的生活後期。[167]他們求永壽的目的，或許還有「烈士暮年，壯心不已」[168]「不戚年往，憂世不治」[169]、「建永世之業，留金石之功」[170]「使功存於竹帛，名光於後嗣」[171]之類的現實政治因素。[172]陳祚明（1623?-1674?）即如此詮釋曹操的遊仙詩產生原因：

> 孟德天分甚高，因緣所至，成此功業，疑畏之念既阻於中懷，性命之理未達於究竟，遊仙遠想，實係思心。[173]

王夫之（1619-1692）的話，則或可用來解釋曹植遊仙詩的思想底蘊：

> 遊僊之志，乃遭世不造，孤清無侶，幽憂有懷，思所寄託而寓意也。[174]

---

[167]參安徽亳縣《曹操集》譯注小組《曹操集譯注》（北京：中華書局，1979），頁 1。蕭滌菲《漢魏六朝樂府文學史》（北京：人民文學出版社，1984），頁 149-152。賀秀明〈曹操與曹植遊仙詩的成因及異同〉，《中州學刊》1994 年第 3 期，頁 97-101。王燕〈三曹神仙說態度及其遊仙詩比較〉，《湖北成人教育學院學報》第 9 卷第 4 期（2003 年 7 月），頁 27-29。

[168]曹操〈步出夏門行〉，《先秦漢魏晉南北朝詩》，【上】，頁 354。

[169]曹操〈秋胡行〉其二，《先秦漢魏晉南北朝詩》，【上】，頁 351。

[170]曹植〈與楊德祖書〉，《全上古三代秦漢三國六朝文》，【二】，《全三國文》，卷十六，頁 1140。

[171]曹植〈請招降江東表〉，《全上古三代秦漢三國六朝文》，【二】，《全三國文》，卷十五，頁 1134。

[172]參劉曉光〈是夢終非真，戚戚欲何念——析曹操的遊仙詩〉，《北京教育學院學報》1998 年第 1 期，頁 23-26。施建軍〈曹植遊仙詩新論〉，《鄭州大學學報》第 35 卷第 1 期（2002 年 1 月），頁 34-37。

[173]《采菽堂詩集》卷五，引自河北師範學院中文系古典文學教研組編《三曹資料彙編》（北京：中華書局，2004），頁 33。

[174]王夫之《楚辭通釋》，收入續修四庫全書編纂委員會《續修四庫全書．集部．楚辭類》（上海：上海古籍出版社，1995），頁 242。

相比之下，「求永壽」的表現曹操遊仙詩多於曹植詩，而「求自由」的表現則是曹植詩多於曹操詩。如果說前者是由於「驥老伏櫪，志在千里」[175]，那麼，後者則跟曹植當時的處境有關。一般認為，曹植的遊仙詩創作於黃初與太和年間，即曹丕及其子曹叡當政的黃初與太和年間。[176]在曹丕父子百般猜忌下，曹植可謂危機四伏，動輒得咎，自覺為「圈牢之養物」[177]，亦為後人視為「名為懿親，其朝夕縱適，反不若一匹夫徒步」[178]。其實，在建安後期太子位爭奪戰中，曹植已處於下風，尤其到了建安二十二年，曹丕獲立為太子，曹植的政治境遇更顯著惡化，值得注意，正是那一年王粲等建安文人相繼死於疫災。政治與疫災的雙重打擊直逼曹植。[179]要擺脫如此現實困境，惟有遁入超塵脫俗的神仙世界。在建安後期創作的〈七啟〉中，曹植曾給自己描繪了這樣一個境界：

> 玄微子隱居大荒之庭，飛遯離俗，澄神定靈，輕祿傲貴，與物無營，耽虛好靜，羨此永生。獨馳思乎天雲之際，無物象而能傾。於是鏡機子聞而將往說焉：駕超野之駟，乘追風之輿，經迥漢，出幽墟，入乎泱漭之野，遂屆玄微子之所居。其居也，左激水，右高岑，背洞壑，對芳林。冠皮弁，被文裘。出山岫之潛穴，倚峻崖而嬉遊。志飄飄焉，嶢嶢焉，似若狹六合而隘九州，若將飛而未逝，若舉翼而中留。[180]

---

[175] 曹操〈步出夏門行〉，《先秦漢魏晉南北朝詩》，【上】，頁 354。

[176]《曹植集校注》，頁 211-511。施建軍〈曹植遊仙詩新論〉，《鄭州大學學報》第 35 卷第 1 期（2002 年 1 月），頁 34-37。賀秀明〈曹操與曹植遊仙詩的成因及異同〉，《中州學刊》1994 年第 3 期，頁 97-101。

[177] 曹植〈求自試表〉，《全上古三代秦漢三國六朝文》，【二】，《全三國文》，卷十五，頁 1135。

[178] 張溥〈陳思王集題辭〉，《漢魏六朝百三家集題辭》，引自《三曹資料彙編》，頁 144。

[179] 參王保國〈論曹植神仙方術觀的分期與特徵〉，《陰山學刊》第 20 卷第 2 期（2007 年 4 月），頁 12-17。

[180] 曹植〈七啟〉，《全上古三代秦漢三國六朝文》，【二】，《全三國文》，卷十六，頁 1141。

在〈七啟〉中，玄微子「飛遯離俗」的亦隱亦仙意義及其境界，雖然被鏡機子所謂「君子不遯俗而遺名，智士不背世而滅勳」的勸戒所否定，然而，到了黃初太和年間，曹植只能無可奈何接受「禽息鳥視，終於白首，此徒圈牢之養物」[181]的現實，當年否定的「飛遯離俗」的意義及其境界，在曹植的遊仙詩中得到頗為充分的肯定與張揚。也就是說，在遊仙詩中，曹植通過「遠遊臨四海，俯仰觀洪波」、「萬里不足步，輕舉淩太虛」、「九州不足步，願得淩雲翔」、「發舉蹈虛廓，徑庭升窈冥」、「翱翔九天上，騁轡遠行遊」等超越時空、解脫形骸、自由放縱、恣意任情的遊仙之旅，使心靈得到徹底的救贖，精神得到極盡的昇華。[182]

結　語

漢末建安時期連年不斷的戰亂與饑荒，跟接踵而至的疫災交雜，橫行肆虐，對整個社會各方面都造成極大的破壞與影響，同樣，也對當時的文學造成深刻的影響。疫災影響文學的關鍵所在——換言之，從疫災到文學的轉換機制，是人們關於人生苦短世事無常的遷逝感。遷逝感是一股瀰漫於整個社會的悲觀情緒，其作用於文學，產生了不同的審美觀念與風貌迥異的文學樣式。一是以悲為美——由遷逝感同質性發展而成的審美觀，由此衍生為驚懼人生無常與希冀及時行樂主題交融的宴遊詩，以及憑弔帝國宗廟與哀悼百姓生民的挽歌；一是反以悲為美——為沖釋遷逝感而形成的審美觀，由此衍生為以方外之思來達至心靈救贖的遊仙詩。

以悲為美的觀念，在漢末建安已有頗為充分的論述；而反以悲為美，則

---

[181] 曹植〈求自試表〉，《全上古三代秦漢三國六朝文》，【二】，《全三國文》，卷十五，頁 1135。

[182] 陳祚明曰：「觀『九州不足步』五字，其不得志於今天下也審矣。」見陳祚明《采菽堂古詩選》卷六，收入續修四庫全書編纂委員會《續修四庫全書．集部．總集類》（上海：上海古籍出版社，2002），頁 684。

只體現在遊仙詩創作中，只有到了正始時期，以阮籍（210-263）、嵇康為代表的玄言詩人，才對反以悲為美的觀念進行較為深入的理論探討與闡述。[183]以悲為美與反以悲為美，形成兩種相互抵牾卻亦並行發展的審美觀念，施行、貫徹於魏晉南北朝文學發展過程中，各自建構了悲情（詠懷、思婦、宦遊、宮怨）與澹思（遊仙、玄言、田園、山水）兩個詩歌系列，並對後世歷代文學發展產生了深刻的影響。

---

[183]阮籍的〈樂論〉以及嵇康的〈琴賦序〉、〈養生論〉、〈聲無哀樂論〉等，頗為充分地闡述了反以悲為美的觀點。參王力堅《魏晉詩歌的審美觀照》，頁 75-89。

第二章
魏晉品鑒的演變與文學

魏晉品鑒[1]，是所謂魏晉風流——魏晉名士文化的一個重要現象。近年來，這個文化現象越來越受到學術界的重視，以品鑒為探討中心的論著日漸增多[2]。這些論著，從不同角度或層面對魏晉品鑒進行了不無裨益的探討，其中更不乏精彩的論述與精闢的見解。然而，作為一個影響深遠的文化現象，魏晉品鑒既有廣泛的歷史、社會背景，跟東漢至魏晉時期的清議、清談、玄學及九品中正制有密不可分的關係，同時還有其獨立存在及發展的一面，而且其獨立性也正深刻貫徹在對文學（包括文學創作及文學批評）的影響之中。基於這個認識，本章嘗試將魏晉品鑒置於較為寬泛的文化背景之下，在釐析魏晉品鑒跟東漢清議、魏晉清談乃至九品中正制的關係之餘，進一步深入探討其發展演變及其多元化的表現特徵。

---

1 品鑒的其他名稱尚有品評、品藻、品題、鑒識、題目、目等，本章為了論述方便，一般情況下統稱為品鑒。另外，品鑒作爲一種風氣的消歇，當在隋文帝廢除九品中正制改行科舉制之後。然而，品鑒文化的黃金時代無疑是在魏晉時期。

2 如李世耀〈人物品評與六朝文學批評〉，《文學遺產》1990 年第 2 期，頁 40-47。劉向仁〈品鑒人物的一個標準——試析《世說新語》中的雅量〉，《德育學報》1993 年第 12 期，頁 93-100。方碧玉〈魏晉人物品評風尚初探——以《世說新語》中琅琊王氏為例〉，《中興史學》1994 年第 12 期，頁 23-43。林麗星〈美的自覺——從《世說新語》看魏晉人物品評〉，《東南學報》1996 年第 12 期，頁 243-249。趙春寧〈論《世說新語》人物品評的兩極思維模式〉，《內蒙古大學學報》1998 年第 5 期，頁 104-108。吳曉青〈以《世說新語》看魏晉的人倫鑒識活動〉，《臺北科技大學學報》1998 年第 9 期，頁 345-372。黃少英〈魏晉人物品題與寒門仕進〉，《學術月刊》2001 年第 12 期，頁 80-85。朱子彥、李迅〈論東漢末年汝南郡的月旦評〉，《學術月刊》2002 年第 9 期，頁 84-90。

一、品鑒、清議、清談之關係釐析

魏晉品鑒緣起於東漢的人物品鑒，而東漢的人物品鑒，原屬自發的社會輿論，後來卻被統治者利用來作為選拔人才、考察政績的重要依據，正如湯用彤所說：

> 溯自漢代取士大別為地方察舉、公府徵辟。人物品鑒遂極重要。有名者入青雲，無聞者委溝渠。朝廷以名為治（顧亭林語），士風亦競以名行相高。聲名出於鄉里之臧否，故民間清議乃隱操士人進退之權。於是月旦人物，流為俗尚；講目成名（《人物志》語），具有定格，乃成社會中不成文之法度。[3]

如汝南許劭（150-195）及其從兄許靖（150-222）「俱有高名，好核論鄉黨人物，每月輒更其品題，故汝南俗有『月旦評』焉」。正因如此，許劭為郡功曹時，「太守徐璆甚敬之，府中聞子將為吏，莫不改操飾行」[4]。可見這種人物品鑒確實有一定的威攝力。漢末的文人士大夫更是有意識地利用人物品鑒來抨擊宦官專權：

> 逮桓靈之間，主荒政謬，國命委於閹寺，士子羞與為伍，故匹夫抗憤，處士橫議，遂乃激揚名聲，互相題拂，品覈公卿，裁量執政。婞直之風，與斯行矣。[5]

---

[3] 湯用彤〈讀人物志〉,《湯用彤學術論文集》(北京：中華書局，1983)，頁 202-203。

[4] 俱見范曄《後漢書・郭太傳附許劭傳》，二十五史刊行委員會《二十五史》(臺北：臺灣開明書店，1962)，【1】，頁 852。

[5] 《後漢書・党錮列傳》,《二十五史》，【1】，頁 848。

由上可知，東漢的人物品鑒有兩個特點：一是與清議（橫議）密切相關，二是具有濃鬱的現實政治色彩。

東漢的人物品鑒由於與清議關係密切，以致有論者認為「清議乃人物品評之別稱」[6]。余英時雖然說「漢晉之際所謂清談又與清議為同義語，亦即人物評論是也」，但也明確指出：「然則漢末名士之清談，除人物評論外，固早已涉及學術思想之討論矣。……鄙見以為漢末士大夫之清談實同時包括人物批評與思想討論二者。」[7]此類說法恐非妥當。人物品鑒之所以與清議關係密切，只因為前者是後者的內容之一，但二者仍然有各自的獨立性與特點。首先，人物品鑒顧名思義只是對人物的品評鑒識，但清議的內容除了人物品鑒外，還涉及朝政、社會等更為廣泛的問題；其次，清議可滔滔不絕、連日達夜，而人物品鑒，往往只需三言兩語便可，如《後漢書．郭太傳附謝甄傳》載：

> 謝甄字子微，汝南召陵人也，與陳留邊讓並善談論，俱有盛名。每共候林宗（即郭太），未嘗不連日達夜。林宗謂門人曰：二子英才有餘，而並不入道，惜乎！[8]

郭太（128-169）與謝甄、邊讓（?-193?）清議，可「連日達夜」，然而事後對二人所做的品鑒卻甚為簡潔：「英才有餘，而並不入道。」漢末人物品鑒的典範，當推許劭對曹操（155-220）的品鑒，據《後漢書．郭太傳附許劭傳》載：

> 曹操微時，常卑辭厚禮求為己目（原注：命品藻為題目）。劭鄙其

---

[6] 李青春《魏晉清玄》（臺北：雲龍出版社，1995），頁 20。

[7] 余英時《士與中國文化》（上海：上海人民出版社，1996），頁 324，325-326。

[8] 《二十五史》，【1】，頁 852。

> 人而不肯對。操乃伺隙脅劭。劭不得已曰：君清平之姦賊，亂世之英雄。操大悅而去。[9]

「清平之姦賊，亂世之英雄」，可謂畫龍點睛的品鑒範式。這種範式，亦是東漢人物品鑒的普遍範式，更是魏晉品鑒的普遍範式。宋人劉應登稱：

> 蓋於時諸公專以一言半句為終身之目，未若後來人士俛焉下筆，始定名價。[10]

雖然劉氏認為後來人有所改變——「俛焉下筆，始定名價」，但「以一言半句為終身之目」的做法在魏晉民間鄉邑評議中還是頗為普遍的。即使魏晉時期中正官下筆成文的「狀」也大多是這種「一言半句」式的人物品鑒——對被品者簡短的概括式批評，因此這種「狀」的淵源並非漢代選舉應選人的「行狀」，而恰恰就是漢末名士的人物品鑒。[11]

至於東漢人物品鑒的政治化，倒是與清議的政治化相一致的。也就是說，東漢清議及人物品鑒本身就是政治文化——東漢選官制度的產物。其政治化的極境即是東漢末年文人士大夫與宦官集團的抗爭，而人物品鑒也正在那時與清議結合得最為緊密：「匹夫抗憤，處士横議，遂乃激揚名聲，互相題拂，品覈公卿，裁量執政。」[12] 其結果卻是桓帝（132-167，147-167 在位）與靈帝（156？-189，168-189 在位）時期的兩次黨錮之禍，使許多清議之士慘遭殺害。[13] 黨錮之禍對東漢清議打擊甚大。到了漢末三國時代，清

---

9 《二十五史》，【1】，頁 852。

10 袁褧〈世說新語序目〉引，劉義慶撰，余嘉錫箋疏《世說新語箋疏》（北京：中華書局，1983），頁 931。

11 參唐長孺〈九品中正制度試釋〉，氏著《魏晉南北朝史論叢》（北京：三聯書店，1962），頁 106-108。

12 《後漢書・黨錮列傳》，《二十五史》，【1】，頁 848。

議受到進一步衝擊：

> 近者魏武好法術，而天下貴刑名；魏文慕通達，而天下賤守節。其後綱維不攝，而虛無放誕之論（即清談）盈於朝野，使天下無復清議。[14]

及至「天下多故，名士少有全者」[15]的正始年間，名士們更是只能「發言玄遠，口不臧否人物」[16]，即不再進行跟清議密切相關的「品覈公卿，裁量執政」式的人物品鑒（「臧否人物」），而轉向了「發言玄遠」的清談。這也正是魯迅在《中國小說的歷史變遷》中評說的：

> 這種清談，本從漢之清議而來。漢末政治黑暗，一般名士議論政事，其初在社會上很有勢力，後來遭執政者之嫉視，漸漸被害，如孔融、禰衡等都被曹操設法害死。所以到了晉代的名士，就不敢再議論政治，而一變為專談玄理。清議而不談政治，這就成了所謂清談了。[17]

但漢末黨錮之禍後，人物的品鑒之風並沒有消歇；「天下無復清議」之

---

[13] 桓帝延嘉十年，名士李膺、范滂等二百餘人被指為黨人，獲罪入獄。次年桓帝赦黨人出獄，但禁錮終身，不許再作官。此謂第一次黨錮之禍。靈帝建甯元年，宦官殺竇武、陳蕃。之後，靈帝大興黨獄，殺李膺、范滂等百餘人，禁錮六七百人，捕大學生千餘人，黨人五服內親屬及門生故吏，凡為官者全部被免官禁錮。此謂第二次黨錮之禍。參范文瀾《中國通史》（北京：人民出版社，1978），第二冊，頁 188-190。

[14] 房玄齡等《晉書・傅玄傳》，《二十五史》，【2】，頁 1209。

[15] 《晉書・阮籍傳》，《二十五史》，【2】，頁 1214。

[16] 《晉書・阮籍傳》，《二十五史》，【2】，頁 1214。

[17] 魯迅《中國小說的歷史變遷》（香港：全代圖書公司，1965），頁 9。余英時雖然認爲清談與清議是同義語（見前引），以及「老莊清談乃自漢代清談中學術思想之談論逐步演變而來」，但也認爲「其後名士既多以指斥當權人物招禍，遂於談論之際日益加強思想之討論，而人物批評亦隨之愈趨抽象化，清談與清議在性質上亦因之而不復能相混矣」。見《士與中國文化》，頁 326。

際，卻也正是魏晉品鑒風氣熾盛之時。不過其中的現實性與政治性因素確實大為消減，品鑒的重心轉移到人的風標氣度。換言之，漢末人物品鑒之所以能在政治高壓下生存發展，是以疏離現實政治為前提的。當時的清議品鑒大師郭太便為典型。漢末兩次黨錮，眾多長於清議品鑒的名士遭受禍害，郭太卻安然無事。其主要原因便是他「雖善人倫（即品鑒），而不為危言覈論」[18]，只是著眼於人物的風標氣度作評價，且看他對黃叔度（75-122）的品鑒便可知：

> 叔度之器，汪汪若千頃之陂，澄之不清，撓之不濁，不可量也。[19]

當然，品題者的用意或許是企圖通過外在的風標氣度，反映內在的才性情操，然行文字面上的聚焦，顯然是落在前者。魏晉時期的人物品鑒，大多正是這種聚焦於人物風標氣度的品評鑒識。

漢末三國時期，人物品鑒卻又發展出與現實政治再度結合的勢態：隨著三國爭雄、亂世人才競爭的需要，人物品鑒與知人用人的考量結合起來。此時，多有討論形名、才性的專論，如曹丕（187-226）的〈士品〉(一作〈士操〉)、姚信的〈士緯〉、盧毓（183-257）的〈論九州人士〉，而最富盛名的則是劉劭（?-245?）的《人物志》。這些專論，繼承東漢人物品鑒風氣發展起來，關涉到人的資質、儀容、才能、品性、道德等諸多方面。顯見人物品鑒為現實政治服務的姿態。事實上，作為曹丕及其謀士劉劭、盧毓等人的人物專論用意所在，顯然不離服務於當時的政治局勢，甚至包括了九品中正制度的建構。[20]

---

[18] 《後漢書．郭太傳》，《二十五史》，【1】，頁 851。

[19] 《後漢書．郭太傳》，《二十五史》，【1】，頁 851。

[20] 參楊永泉〈品識人才的一面鏡子——讀劉邵《人物志》〉，《南京社會科學》2007 年第 4 期，頁 77-85。王曉毅〈《人物志》形成的政治文化背景〉，《東岳論叢》第 28 卷第 6 期（2007 年 11 月），頁 86-91。

二、九品中正制與清談對品鑒之影響

上文引《晉書・傅玄傳》稱，「虛無放誕之論盈於朝野，使天下無復清議」，是由於「近者魏武好法術。而天下貴刑名；魏文慕通達，而天下賤守節」[21]。事實上，清議消歇、品鑒蛻變的現象，跟曹氏父子還有更進一層的關係。曹操好法術，為了鞏固其統治勢力，對「傲世怨謗」的清議名士甚為「不堪」，遂以「恃舊不虔」之罪名將孔融（153-208）、許攸（？-204）、崔琰（154-216）、婁圭等一一收治誅殺。[22] 曹丕（187-226）對清議也甚為不滿，唐人馬總（？-823）《意林》卷5引曹丕〈典論〉云：

> 桓靈之際，閹寺專命於上，布衣橫議於下；干祿者殫貨以奉貴，要名者傾身以事勢；位成乎私門，名定乎橫巷。由是戶異議，人殊論。論無常檢，事無定價，長愛惡，興朋黨。[23]

但「慕通達」的曹丕並不象「好法術」的曹操那樣嚴加鎮壓，而是通過九品中正制將包括了人物品鑒在內的清議「招安」。

前面說過，東漢人物品鑒被當時的統治者利用來作為選拔人才、考察政績的重要依據，這種情形在漢末三國時期仍然如此，如《三國志・吳書・步騭傳》稱：

> 吳書曰：（李）肅字偉恭，南陽人，少以才聞，善論議，臧否得

[21] 房玄齡等《晉書・傅玄傳》，《二十五史》，【2】，頁1209。

[22] 參陳壽《三國志・魏書・崔琰傳》，《二十五史》，【2】，頁954。

[23] 見《筆記小說大觀》（揚州：江蘇廣陵古籍刻印社，1983），【1】，頁209。

> 中，甄奇錄異，薦述後進，題目品藻，曲有條貫，眾人以此服之。（孫）權擢以為選舉，號為得才。[24]

曹魏政權更將之制度化而成為「九品中正制」：「州郡皆置中正，以定其選，擇州郡之賢有識鑒者為之，區別人物，第其高下。」[25] 曹魏此舉，表面看來是將品鑒的地位抬高了，其實卻是促使品鑒蛻變的重要原因之一。晉初的劉毅（？-285）曾上疏非議曹丕的九品中正制：

> 今立中正，定九品，高下任意，榮辱在手。……置州都者，取州里清議，咸所歸服，將以鎮異同，一言議。[26]

「鎮異同，一言議」，正一語道破「戶異議，人殊論」的名士清議被「招安」的實質。

需要指出的是，儘管中正有「定九品，高下任意，榮辱在手」的絕對權威，但他人也並非不可提出異議。如始平郡中正李含被本州大中正傅祗（243-311）貶抑，中丞傅咸（239-294）上表為其申辯，並於其中為之品題：「忠公清正，才經世務，實有史魚秉直之風。」雖然最終由於「帝不從」而被貶為五品，後在八王之亂[27]中又以「有文武大才」的品題而獲趙王司馬倫（？-301）的心腹孫秀（?-301）重用為東武陽令，爾後更獲河間王司

---

[24] 《二十五史》，【2】，頁 1046。

[25] 《通典．選舉二》，杜佑《通典》（杭州：浙江古籍出版社，2000），頁 77。關於九品中正制度，唐長孺與毛漢光皆有甚為全面且深入的討論。參唐長孺〈九品中正制試釋〉，《魏晉南北朝史論叢》，頁 85-126。毛漢光《兩晉南北朝氏族政治之研究》（臺北：臺灣商務印書館，1966），【上】，頁 67-266。

[26] 《晉書．劉毅傳》，《二十五史》，【2】，頁 1204-1205。

[27] 西元 291 至 306 年，汝南王司馬亮、楚王司馬瑋、趙王司馬倫、齊王司馬冏、成都王司馬穎、長沙王司馬乂、河間王司馬顒、東海王司馬越等八個諸侯王先後發動、捲入搶奪皇權的混戰，史稱「八王之亂」。參《中國通史》，第二冊，頁 376-378。

馬顒（？-306）表請為征西司馬，甚見信任。[28] 另外，雖然「九品訪人，唯問中正」[29]，但鄉邑評議卻未可摒棄。據《三國志・魏書・夏侯玄傳》所載，夏侯玄（209-254）在力陳九品中正制弊端時，便要求「臺閣則據官長能否之第，參以鄉閭德行之次，擬其倫比，勿使偏頗」。[30] 清代史學家王鳴盛（1722-1797）認為夏侯玄之意「專為州郡中正據鄉黨評議，以撓銓衡之權」[31]，即意圖以鄉黨評議來制衡中正官的權力。《太平御覽》卷 265 引《曹羲集・九品議》云：

> 一州闊遠，路不相識，請不得知，會復轉訪本郡先達者耳，此為問州中正而實決於郡人。[32]

同卷引《荀勗集・表讓豫州大中正》云：

> 被勅以臣為豫州大中正，臣與州閭鄉黨初不相接，臣本州十郡，方於他州，人數倍多。品藻人物，以正一州清論，此乃臧否之本，風俗所重。[33]

這些記述說明了在實際運作中，鄉邑評議是中正官所不可不依賴的。

事實上，鄉黨評議在九品中正制度實施過程中，確實是起到了一定的積極作用。《晉書・衛瓘傳》記載：

---

[28] 俱見《晉書・李含傳》，《二十五史》，【2】，頁 1243。

[29] 《晉書・段灼傳》，《二十五史》，【2】，頁 1213。

[30] 《二十五史》，【2】，頁 946。

[31] 《十七史商榷・州郡中正》，見《續修四庫全書》（上海：上海古籍出版社，1995），452〔史部・史評類〕，頁 386。

[32] 李昉等《太平御覽》，《文淵閣四庫全書》（臺北：臺灣商務印書館，1986），第 895 冊，頁 482-483。

[33] 《太平御覽》，《文淵閣四庫全書》，第 895 冊，頁 483。

> 其（九品中正制）始造也，鄉邑清議，不拘爵位，褒貶所加，足為勸勉，猶有鄉論餘風。[34]

此外，據顧炎武（1612-1682）《日知錄》稱，陳壽（233-297）、阮簡、溫嶠（288-329）、謝惠連（397-433）、張率（475-527）等皆曾因行為失當被鄉評所非議，而頓毀前程。顧炎武為之感嘆曰：「官職之升沈，本於鄉評之與奪，其猶近古之風乎！」[35] 可見鄉邑評議在九品中正制度中確實還有其不可忽視的重要性。今人酈士元即指出，魏晉南北朝期間，「朝議之所不及，鄉評巷議，猶足倚以為輕重」[36]。楊筠如更是強調：

> 銓定等級的根據，便是鄉論。鄉論所貶，也就不為中正所品。不為中正所品，通常就不能入仕；就是已入仕者，也不能夠升調。[37]

另一方面，清議鄉評也使寒門士人能在門閥制度下保持了一定的仕進機會，並最終對南朝寒人登上政治歷史舞臺起了重要作用。[38] 如「少孤貧」的張華（232-300）就是得到阮籍（210-263）「王佐之才也」的品鑒而「由是聲名始著」[39]，從而步入宦途。出身「士伍」的趙至（249？-289）則於早年得到嵇康（224-263）的品題：「卿頭小而銳，童（瞳）子白黑分明，有白起之風矣。」[40]由是受到達官貴人禮遇，為其日後獲舉辟為官奠定了基礎。

---

[34] 《二十五史》，【2】，頁 1182。

[35] 顧炎武撰，黃汝成釋《日知錄集釋》（上海：中華書局影印，1935），卷 13，頁 250。

[36] 酈士元〈魏晉門第勢力轉移與治亂關係〉，氏著《魏晉南北朝研究論集》（臺北：文史哲出版社，1984），頁 76。

[37] 見《民國叢書》（上海：上海書店影印，1991），第三編【13】，楊筠如《九品中正與六朝門閥》，頁 51。

[38] 參黃少英〈魏晉人物品題與寒門仕進〉，《學術月刊》2001 年第 12 期，頁 80-85。

[39] 《晉書．張華傳》，《二十五史》，【2】，頁 1184。

[40] 《晉書．趙至傳》，《二十五史》，【2】，頁 1320。

崛起於寒門的劉裕（363-422），也曾得到桓玄（369-404）「風骨不恆，蓋人傑也」及他人「龍行虎步，視瞻不凡」的品題[41]，最終成就帝業，開創了劉宋王朝。

以上史實顯示，人物品鑒在魏晉實施九品中正制之際，得到促進發展並在現實政治生活中起到不可忽視的作用。然而，魏晉品鑒最有意義的變化恰恰就是體現在清議疏离政治而蛻變為清談。前面說過，漢末的黨錮與正始年間的「天下多故」曾一再使清議及人物品鑒疏離政治，及至九品中正制確立，人物品鑒一度復熾。據《三國志・魏書・常林傳》注引《魏略》記載，馮翊世家子弟吉茂「雖在上第」，卻被郡中正給了個「甚下」的品狀——「德優能少」，故而忿忿不平。[42] 可見九品中正制度實施初期，人物品鑒中家世與品德的因素尚不及個人才能重要，這似乎是延續了曹操「唯才是舉」[43]的用人方針，可以說是「蓋以論人才優劣，非謂世族高卑」[44]。然而入晉以後，隨著門閥勢力發展強大，高門大族子弟往往只憑家世門第便可任官，即所謂「徒以憑藉世資，用相陵駕」[45]，於是人物品鑒的現實政治作用日漸削弱，因此也就日漸趨於與清談合流，蛻變為世家大族標榜身份、矜誇門資、以玄談為尚、以品題相高的活動。據《晉書・王戎傳》記載，琅琊望族王戎（234-305）「幼而穎悟，神彩秀徹，視日不眩」，被人目之曰「戎眼爛爛如岩下電」，這樣的品鑒顯然沒有任何的現實政治意義。事實上，王戎日後也是憑著「襲父爵」進入仕途的。他本人亦「有人倫鑒識」——即善於品鑒人物，曾「目山濤如璞玉渾金，人皆欽其寶，莫知名其器；王衍神姿高徹，如瑤林瓊樹，自然是風塵表物……」[46] 這樣的人物品鑒，無疑也已經

---

[41] 沈約《宋書・武帝本紀》，《二十五史》，【2】，頁 1419。

[42] 《二十五史》，【2】，頁 984。

[43] 《三國志・魏書・武帝紀》引〈建安十五年求賢令〉，《二十五史》，【2】，頁 919。關於曹操的用人方針，後文將再論及。

[44] 《宋書・恩倖傳序》，《二十五史》，【2】，頁 1646。

[45] 《宋書・恩倖傳序》，《二十五史》，【2】，頁 1646。

[46] 《二十五史》，【2】，頁 1200-1201。

疏離了現實政治而呈現出玄虛化審美化的勢態。

可以說，人物品鑒除了在九品中正制中「有所作為」之外，還借助玄風「暗渡陳倉」，開拓了另一片更為廣闊的新天地。陳寅恪曾指出：

> 東晉一朝即清談後期，清談只為口中或紙上之玄言，已失去政治上之實際性質，僅作名士身份之裝飾品者也。[47]

這一表現趨勢跟上文所述人物品鑒是一致的，史書對此多有記載，如《晉書・王衍傳》稱王衍（256-311）：

> 口不論世事，唯雅詠玄虛而已……終日清談而縣務亦理……妙善玄言，唯談《老》、《莊》為事。[48]

《晉書・王敦傳》亦稱王敦（266-324）：「務自矯厲，雅尚清談，口不言財色。」[49] 所謂「不論世事」「不言財色」，可見清談是避免關涉世俗事的，《老》、《莊》則是清談的主要內容；此外也有以陰陽五行之學為談資的：

> （管）輅言始讀《詩》、《論》、《易》本，學問微淺，未能上引聖人之道，陳秦、漢之事，但欲論金、木、水、火、土、鬼神之情耳。（單）子春言：此最難者，而卿以為易邪？[50]

陰陽五行亦為玄虛之學，故「雅詠玄虛」便是清談內容上的顯著特徵。

---

[47] 陳寅恪〈陶淵明之思想與清談之關係〉，《陳寅恪先生文史論集》（香港：文文出版社，1972），上卷，頁381。

[48] 《二十五史》，【2】，頁1201。

[49] 《二十五史》，【2】，頁1338。

[50] 《三國志・魏書・管輅傳》注引〈管輅別傳〉，《二十五史》，【2】，頁1001。

清談形式上的特徵主要有二：一是談客的對抗性[51]，二是時間的持久性。史書中的一段記載恰好概括了這兩個特點：

> （單）子春及眾士互共攻劫，論難鋒起，而（管） 輅人人答對，言皆有餘。至日向暮，酒食不行。[52]

所謂「互共攻劫，論難鋒起」，可見談客之間對抗辨駁的激烈情形；「至日向暮」，便表明了清談時間的持久性。談客對抗性的特點是清議所沒有的（清議只是一致對外議論時政），但時間持久性卻跟清議的「連日達夜」（見前文）完全一樣。時間持久的清談，往往就是口若懸河的狀態：「郭子玄語議（即清談）如懸河寫水，注而不竭。」[53] 這也是清議的突出表現特徵。清談還有一個與清議相似的地方——品鑒為其內容之一，即常常在持久的、滔滔不絕的清談之中，插入言簡意賅的品鑒：

> 顧劭嘗與龐士元宿語，問曰：聞子名知人，吾與足下孰愈？曰：陶冶世俗，與時浮沉，吾不如子；論王霸之餘策，覽倚仗之要害，吾似有一日之長。劭亦安其言。[54]

> 衛瓘有名理，及與何晏、鄧颺等數共談講，見（樂）廣，奇之，

---

[51] 魏晉清談有一人主講、二人辯論・多人討論等三種主要方式。其中又以二人辯論式最為常見，亦最為典型。參唐翼明《魏晉清談》（臺北：東大圖書股份有限公司，1992），頁 51-61。清談談客的對抗性便充分體現於二人辯論式的清談中，《世說新語》中這類例子俯拾即是，如〈文學〉45、56、57 等則便是，參劉義慶編撰，徐震堮校箋《世說新語校箋》（北京：中華書局，1994），【上冊】，頁 125，130，131。

[52] 《三國志・魏書・管輅傳》注引〈管輅別傳〉，《二十五史》，【2】，頁 1001。

[53] 《世說新語・賞譽》，《世說新語校箋》，【上冊】，頁 241。《晉書・郭象傳》則稱：「郭象字子玄：少有才理，好老莊，能清言。太尉王衍每云：聽象語，如懸河瀉水，注而不竭。」見《二十五史》，【2】，頁 1218。

[54] 《世說新語・品藻》，《世說新語校箋》，【上冊】，頁 274。

> 曰：每見此人則瑩然，猶廓雲霧而睹青天。[55]

第一個例子即是在通宵清談（宿語）中插入品鑒，龐士元（179-214）不僅品目對方，亦品目自己；品鑒的內容雖為處世之道，但並沒有涉及具體的人事臧否；龐士元的品鑒，雖有與顧劭（183?-216?）比較短長之意，但顧劭「亦安其言」，並無因此引發對抗性的爭辨。第二例則是衛瓘（220-291）與玄學家何晏（190-249）等在清談「名理」當中，插入人物品鑒；但「瑩然」、「廓雲霧而睹青天」之語，卻已沒有東漢人物品鑒那樣的現實政治及儒家倫理道德因素，而表現出與魏晉清談名理相一致的玄虛色彩。唐長孺即指出：

> 魏晉之際的名士一方面高談玄遠，另一方面仍然要臧否人物。……在《世說新語》中所載那些象徵性的品題依然是另一種方式的人物批評，而且也作為中正選舉的參考，只是不再以儒家的道德標準衡量，亦不具體指出其行為而已。[56]

儘管如此，我們仍不能將品鑒與清談混為一談。因品鑒與清談至少有三個區別：一是如上所說，清談往往滔滔不絕，品鑒則是言簡意賅；二是清談的形式具有對抗性的特點，而品鑒卻無此類表現〔如上文所析〕；三是清談的對象為抽象的玄理，重於理性思辨；品鑒的對象則為具體的事物，長於感性鑒賞（儘管帶有玄虛色彩），這一點應為本質性的區別。因此，品鑒雖然有時為清談的內容之一，卻並非是清談的附屬，而是具有很大的獨立性，成為獨立於清談之外的魏晉名士文化的另一產物。《世說新語》中所記載的魏晉品鑒（包括劉孝標所注引者——下同），便大多與清談無直接關係。

---

[55]《世說新語．賞譽》引王隱《晉書》，《世說新語校箋》，【上冊】，頁 238。

[56]唐長孺〈清談與清議〉，《魏晉南北朝史論叢》，頁 296-297。

三、魏晉品鑒之表現手法與語言風格

魏晉品鑒一般上來說都是語言簡潔、含蓄雋永。但細分起來，亦有不同的表現。有的是用簡短的語言進行直截了當的品鑒，如：

山公舉阮咸為吏部郎，目曰：清真寡欲，萬物不能移也。[57]

王戎目阮文業：清倫有鑒識，漢元以來未有此人。[58]

有人目杜弘治：標鮮清令，盛德之風，可樂詠也。[59]

意思明瞭，語言簡潔。有的品鑒甚至只用一二字，例如：

吳四姓舊目云：張文、朱武、陸忠、顧厚。[60]

簡文目敬豫為朗豫。[61]

世目杜弘治標鮮，季野穆少。[62]

---

[57] 《世說新語・賞譽》,《世說新語校箋》,【上冊】, 頁 231。

[58] 《世說新語・賞譽》,《世說新語校箋》,【上冊】, 頁 232。

[59] 《世說新語・賞譽》,《世說新語校箋》,【上冊】, 頁 253。

[60] 《世說新語・賞譽》,《世說新語校箋》,【上冊】, 頁 268。

[61] 《世說新語・賞譽》,《世說新語校箋》,【上冊】, 頁 261。

[62] 《世說新語・賞譽》,《世說新語校箋》,【上冊】, 頁 253。

這些品鑒皆以最為精煉省淨的語言，表現品鑒對象某方面的突出獨異之處。品鑒用語精煉省淨，並不意味輕率簡易。據〈高坐傳〉載稱：

> 庾亮、周顗、桓彝，一代名士，一見和尚，披衿致契。曾為和尚作目，久之未得。有云：尸利密（高坐胡名）可稱卓朗。於是桓始咨嗟，以為標之極似。宣武嘗云：少見和尚，稱其精神淵著，當年出倫。其為名士所歎如此。[63]

庾亮（289-340）、周顗（269-322）、桓彝（276-328）三人皆為當世高士，為一介和尚（高坐）品鑒，竟「久之未得」。可見「卓朗」、「淵著」的品鑒，用語雖簡單，當是得之非易。

有的品鑒則以比喻的手法進行，這是魏晉名士最為常用的品鑒手法。諸如：

> 王戎目山巨源：如璞玉渾金，人皆欽其寶，莫知名其器。[64]

> 王公（導）目太尉（王衍）：岩岩清峙，壁立千仞。[65]

> 有人歎王恭形茂者，云：濯濯如春月柳。[66]

> 時人目王右軍：飄如遊雲，矯若驚龍。[67]

---

[63] 《世說新語・賞譽》48 則注引，《世說新語校箋》，【上冊】，頁 247。

[64] 《世說新語・賞譽》，《世說新語校箋》，【上冊】，頁 231。

[65] 《世說新語・賞譽》，《世說新語校箋》，【上冊】，頁 243。

[66] 《世說新語・容止》，《世說新語校箋》，【下冊】，頁 342。

[67] 《世說新語・容止》，《世說新語校箋》，【下冊】，頁 341。

> 王戎云：太尉神姿高徹，如瑤林瓊樹，自然是風塵外物。[68]

這裡所用的喻依，有的是世間珍寶，如「璞玉渾金」；但更多的是自然景物，如「壁立千仞」、「春月柳」、「遊雲」，甚至是「風塵外物」，如「驚龍」、「瑤林瓊樹」。所要比喻的則是名士的儀容、體態、風姿、神情，與現實政治全然無關。誠如宗白華所指出，魏晉人物品藻「拿自然界的美來形容人物品格的美，例子舉不勝舉」；宗氏還特別強調：「『世說新語時代』尤沉醉於人物的容貌、器識、肉體與精神的美。」[69]

以上諸例，皆是單層次的比喻方式，然而也有以多層次方式進行比喻者，如：

> 嵇康身長七尺八寸，風姿特秀。見者歎曰：蕭蕭肅肅，爽朗清舉。或云：肅肅如松下風，高而徐引。山公曰：嵇叔夜之為人也，岩岩若孤松之獨立，其醉也，傀俄若玉山之將崩。[70]

此例品鑒將三組關於松的比喻聯繫起來，形成多重迭進的形式：先是「見者歎曰」，以松的風格「蕭蕭肅肅，爽朗清舉」來喻歎嵇康的「風姿特秀」；進而是「或云」，以「肅肅如松下風，高而徐引」將喻意明朗化；最後才是山濤（205-283）以「岩岩若孤松之獨立」凸顯嵇康的人品，再以玉山將崩比喻其醉態。

還有的品鑒，是將兩位或多位名士放在一起品鑒。這類品鑒，有時只是為了在對比中突出各自的特點，彼此不分高下，如：

---

[68] 《世說新語．賞譽》，《世說新語校箋》，【上冊】，頁 233。

[69] 宗白華〈論《世說新語》和晉人的美〉，《美學散步》（上海：上海人民出版社，1997），頁 218-219。

[70] 《世說新語．容止》，《世說新語校箋》，【下冊】，頁 335。

時人目夏侯太初朗朗如日月之入懷，李安國頹唐如玉山之將崩。[71]

武元夏目裴、王曰：戎尚約，楷清通。[72]

司馬太傅為二王目曰：孝伯亭亭直上，阿大羅羅清疏。[73]

吳四姓舊目云：張文、朱武、陸忠、顧厚。[74]

但更多時候，這類品鑒含有通過對比來較高低、分優劣的意思，畢竟，品鑒本來就是通過比較評定人物的高下，如：

龐士元至吳，吳人並友之。見陸績、顧劭、全琮，而為之目曰：陸子所謂駑馬有逸足之用，顧子所謂駑牛可以負重致遠。或問：如所目，陸為勝邪？曰：駑馬雖精速，能致一人耳。駑牛一日行百里，所致豈一人哉？吳人無以難。[75]

逸足之馬，負重之牛，似已見高低，故有人以為「陸為勝」；經龐士元一番解釋，優劣卻全然相反，可見魏晉品鑒之機巧玄妙。又如《世說新語・賢媛》載：

謝遏絕重其姊，張玄常稱其妹，欲以敵之。有濟尼者，並遊張、謝二家。人問其優劣。答曰：王夫人神情散朗，故有林下風氣。

---

[71] 《世說新語・容止》，《世說新語校箋》，【下冊】，頁 334。

[72] 《世說新語・賞譽》，《世說新語校箋》，【上冊】，頁 232。

[73] 《世說新語・賞譽》，《世說新語校箋》，【上冊】，頁 271。

[74] 《世說新語・賞譽》，《世說新語校箋》，【上冊】，頁 268。

[75] 《世說新語・品藻》，《世說新語校箋》，【上冊】，頁 273。

顧家婦清心玉映，自是閨房之秀。[76]

謝遏（343-388）、張玄欲為姊妹一較高低，濟尼的品鑒，卻不明言優劣，「神情散朗」與「清心玉映」皆為譬辭。但當時名士之風正盛，王夫人謝道蘊（？-399）雖身為巾幗，卻具「林下風氣」（即名士風氣）；而顧家婦的「清心玉映」，不過是「閨房之秀」的本份。因此，濟尼的品鑒雖不言孰優孰劣，卻高下自見，這種品鑒手法可稱「皮裡春秋」。《世說新語・賞譽》所載的一則品鑒亦屬此類：「世稱庾文康為豐年玉，穉恭為荒年穀。」[77] 表面看，將庾文康（289-340）與庾穉恭（305-345）分別喻為「豐年玉」、「荒年穀」，似乎各有所用，不分優劣：「亮（文康）有廊廟之器，翼（穉恭）有匡世之才，各有用也。」[78] 然而，如果注意到魏晉品鑒喜用「玉」賞譽名士[79]，便知審美性的「豐年玉」之品優於實用性的「荒年穀」。

以上品鑒皆第三者所為，其實，魏晉品鑒中亦不乏互相品鑒及自我品鑒的例子，如：

王平子（澄）目太尉（王衍）：阿兄形似道，而神鋒太儁。太尉答曰：誠不如卿落落穆穆。[80]

王澄（269-312）、王衍兄弟在對談中相互品評。王澄為弟，卻毫不客氣地品目其兄「神鋒太儁」，而王衍亦老老實實承認「不如卿落落穆穆」。根據〈王

[76]《世說新語・賢媛》，《世說新語校箋》，【下冊】，頁 378。

[77]《世說新語・賞譽》，《世說新語校箋》，【上冊】，頁 253。

[78]《世說新語・賞譽》69 則注引，《世說新語校箋》，【上冊】，頁 253。

[79]《世說新語》中的人物品鑒喜用玉形容、評價名士的儀容或資質之美，如玉樹、玉山、玉人、玉舉、璞玉、珠玉等等。詳析參王能憲《世說新語研究》（南京：江蘇古籍出版社，1992），頁 148-149。

[80]《世說新語・賞譽》，《世說新語校箋》，【上冊】，頁 239。

澄別傳〉的記載，王衍雖名冠當時，然而凡經王澄品鑒者，王衍皆「不復措意，云：已經平子（即王澄）」[81]。可見，王澄在人物品鑒方面，確實比其兄更具權威性。故在王氏兄弟的相互品鑒中雖然王澄直率、王衍謙恭，但弟優於兄的品鑒應是可信的。事實上，直率與自信在魏晉名士的自我品鑒中表現得更為充分，如《世說新語・品藻》記載：

> 明帝問謝鯤：君自謂（即自我品鑒）何如庾亮？答曰：端委廟堂，使百僚準則，臣不如亮；一丘一壑，自謂過之。[82]

崇尚自然，是魏晉名士的風氣。謝鯤（280-322）雖然說在官場上不如庾亮，在山水自然方面卻稱「過之」，其實是自詡自譽之辭。劉惔的自負最為典型：

> 桓大司馬（溫）下都，問真長（劉惔）曰：聞會稽王語奇進，爾邪？劉曰：極進，然故是第二流中人耳。桓曰：第一流復是誰？劉曰：正是我輩耳！[83]

會稽王即日後的簡文帝司馬昱（320-372，371-372 在位），史稱其「清虛寡慾，尤善玄言」[84]。對這樣一個顯赫人物，劉惔的答覆是採取了欲擒故縱的手法：先是誇讚會稽王清談大有進步（「極進」）！捧得甚高，緊接著卻表示只能憑此入流第二品。居然將王侯歸入第二流品，自己則傲踞第一流品，自信若此，真可謂登峰造極了。

---

[81] 見《世說新語・賞譽》31 則注引，《世說新語校箋》，【上冊】，頁 241。

[82] 《世說新語校箋》，【上冊】，頁 280。《晉陽秋》則云：「（鯤）對曰：宗廟之美，百官之富，臣不如亮。縱意丘壑，自謂過之。」見《世說新語・品藻》17 則注引，《世說新語校箋》，【上冊】，頁 280。

[83] 《世說新語・品藻》，《世說新語校箋》，【上冊】，頁 285。

[84] 《晉書・簡文帝紀》，《二十五史》，【2】，頁 1096。

上文所說的流品等級排列，正是魏晉品鑒的表現之一，相類的例子如：

> 初，王澄有通朗稱，而輕薄無行。兄夷甫有盛名，時人許以人倫鑒識。常為天下士目曰：阿平第一，子嵩第二，處仲第三。[85]

> 諸葛謹、弟亮及從弟誕，並有盛名，各在一國。於時以為蜀得其龍，吳得其虎，魏得其狗。[86]

這些流品排名跟上文所述的對比品鑒一樣，雖無刻意褒揚貶抑之意，卻是有等級高下之分，而重視聲名的魏晉名士，顯然十分在乎流品排名，例如：

> （王）濟有人倫鑒識，其雅俗是非，少所優潤。見（王）湛，嘆服其德宇。時人謂湛上方山濤不足，下比魏舒有餘。湛聞之曰：欲以我處季孟之間乎？[87]

王湛（249-295）對「處季孟之間」的地位是頗為不滿的。又如：

> 世論溫太真（嶠）是過江第二流之高者。時名輩共說人物，第一將盡之間，溫常失色。[88]

溫嶠乃當時「功格宇宙，勳著八表」[89]的風雲人物，卻因擔心未能進入第一流品而「失色」，足見魏晉名士對人倫品鑒是何等重視。

---

85 《世說新語・品藻》11 則注引《晉陽秋》，《世說新語校箋》，【上冊】，頁 278。

86 《世說新語・品藻》，《世說新語校箋》，【上冊】，頁 274。

87 《世說新語・賞譽》注引《晉陽秋》，《世說新語校箋》，【上冊】，頁 234。

88 《世說新語・品藻》，《世說新語校箋》，【上冊】，頁 282。

89 《晉書・溫嶠傳》引晉成帝語，《二十五史》，【2】，頁 1259。

明人胡應麟（1551-1602）曾評述《世說新語》：

> 讀其語言，晉人面目氣韻，恍惚生動，而簡約玄澹，真致不窮，古今絕唱也。[90]

其中所謂「恍惚生動」，或可理解為形象生動栩栩如生，可稱是《世說新語》在描寫（品鑒）人物時所達致的藝術效果。而這效果的實現則基於作者對形象化手法的廣泛運用。這種形象化手法往往運用於品評人物的儀容、體態、風姿及神情，關涉現實政治的品評則一般上較為直接明瞭，這個特點從前面引述傅咸關於李含、阮籍關於張華、嵇康關於趙至、桓玄關於劉裕的品評便可見一斑。

形象化的品鑒方式，不僅使人物品鑒更具感染力，還致使品鑒具備了向文學過渡及影響文學的潛在因素。至於「簡約玄澹」，可理解為《世說新語》的語言風格——簡潔、精緻、含蓄以及多義，其實這也正是魏晉人物品鑒最為鮮明的語言特徵。然而，我們還應該進一步認識到，「簡約玄澹」的語言不僅形象生動（「恍惚生動」）地表現了魏晉名士的風標氣度（「晉人面目氣韻」），而這「簡約玄澹」本身恰恰也就是魏晉名士風標氣度的直觀體現。[91]沒有魏晉名士「簡約玄澹」的風標氣度，便沒有《世說新語》「簡約玄澹」的語言風格，後者即是前者的傳神寫照。當代美學家宗白華便指出：

> 《世說新語》一書記述得挺生動，能以簡勁的筆墨畫出它的精神面貌、若干人物的性格、時代的色彩和空氣。文筆的簡約玄澹尤

---

[90] 《少室山房筆叢》，引自侯忠義編《中國文言小說參考資料》（北京：北京大學出版社，1985），頁166。

[91] 蕭馳在分析這個問題時即指出：「胡應麟在此強調了文章本身的形象和肌質之感，文字從單純的符號意義上的東西，上升為某種實在或本體，行文本身因而變得異常重要。」見氏著〈論「文行之象」——中國古代文論中一個被忽視的傳統〉，《文學遺產》，1995年第3期，頁4。

能傳神。[92]

清人毛際可（1633-1708）也早就意識到這一點：

殷、劉、王、謝之風韻情致，皆於《世說》中呼之欲出。蓋筆墨靈雋，得其神似，所謂頰上三毛者也。[93]

從現實生活角度看，「簡約玄澹」的品鑒語言風格，就是魏晉名士風標氣度一個頗具「頰上三毛」意味的具體表現。

四、魏晉品鑒之多元化發展

東漢的品鑒，只是人物品鑒；而魏晉品鑒除了品鑒人物之外，還發展到品事、品物、品畫、品書（法）、品詩、品文、品賦等諸多方面，呈現出多元化發展的勢態。《晉書・孫楚傳》中的一段記載頗能說明問題：

初，（孫）楚與同郡王濟友善。濟為本州大中正。訪問銓邑人品狀，至楚，濟曰：此人非卿所能目，吾自為之。乃狀楚曰：天才英博，亮拔不群。楚少時欲隱居，謂濟曰：當欲枕石漱流。誤云：漱石枕流。濟曰：流非可枕，石非可漱。楚曰：所以枕流，欲洗其耳；所以漱石，欲厲其齒。楚少所推服，惟雅敬濟。初，楚除婦服，作詩以示濟，濟曰：未知文生於情，情生於文，覽之凄然，增伉儷之重。[94]

---

[92] 〈論《世說新語》和晉人的美〉，《美學散步》，頁 209。

[93] 〈今世說序〉，引自《中國文言小說參考資料》，頁 541。

[94] 《二十五史》，【2】，頁 1233。

王濟（265-290 在世）為大中正，職責所在就是品鑒人物，故有對友人孫楚（218？-293）的品鑒：「天才英博，亮拔不群。」是為品人；孫楚欲隱居，一時口誤，便引發了「枕石漱流」與「漱石枕流」的一番口角，其實這大可視為二人對隱居之事的品鑒，是為品事；後面王濟對孫楚詩「文生於情，情生於文」評價，無疑就是品詩了。

《世說新語．言語》記錄了王濟與孫楚品物兼品人的一番對話：

> 王武子（濟）、孫子荊（楚）各言其土地人物之美。王云：其地坦而平，其水淡而清，其人廉且貞。孫云：其山嶵巍以嵯峨，其水泱渫而揚波，其人磊砢而英多。[95]

其實，正如前文所述，崇尚自然是魏晉名士的風氣，而大量引入自然景物作為比喻，更是魏晉人物品鑒的一個顯著特徵。可見，魏晉名士在品鑒人物時已注意並聯繫到自然景物，王、孫品人兼品物便是一例。《世說新語．賞譽》還記載了王恭（？-398）觸景生情而品鑒的軼事：

> 王恭始與王建武（忱）甚有情，後遇袁悅之間，遂致疑隙，然每至興會，故有相思時。恭嘗行散至京口射堂，於時清露晨流，新桐初引，恭目之曰：王大（忱）故自濯濯。[96]

王恭關於「王大故自濯濯」的品鑒，顯然是觸發於「清露晨流，新桐初引」的自然景色。故「濯濯」之語，既是王恭對王忱的品鑒，亦可視為其內心對「清露晨流，新桐初引」的疏落景象的品鑒（「濯濯」即疏落之意）。

東晉一代梟雄桓溫（312-373），竟然也因受到美景的感染而鼓勵其幕僚

---

95 《世說新語校箋》，【上冊】，頁 47。

96 《世說新語校箋》，【上冊】，頁 271。

品鑒景物。《世說新語．言語》載：

> 桓征西治江陵城甚麗，會賓僚出江津望之，云：若能目此城者，有賞。顧長康（愷之）時為客在坐，目曰：遙望層城，丹樓如霞。桓即賞以二婢。[97]

顧愷之（345？-406）雖然是奉命品鑒，但「遙望層城，丹樓如霞」之語，卻也頗能道出江陵城迷濛遠景的神韻。由此亦可知，《世說新語》所載顧愷之、王胡之（？-371）對山川景物的讚美，其實就是品物的表現：

> 顧長康從會稽還，人問山川之美，顧云：千岩競秀，萬壑爭流，草木蒙籠其上，若雲興霞蔚。[98]

> 王司州至吳興印渚中看，歎曰：非唯使人情開滌，亦覺日月清朗。[99]

顧愷之為晉代著名的名士兼畫家，因而常常將品鑒與繪畫聯繫起來，例如，顧愷之曾在繪畫中將謝鯤畫在岩石間，人問其故，顧氏答稱謝鯤自品「一丘一壑，自謂過之」，所以「此子宜置丘壑中」[100]。顧愷之作〈王衍畫贊〉，也引用王導（276-339）的品鑒：「顧愷之作畫贊，亦稱衍岩岩清峙，壁立千仞。」[101] 此外，還化用正始名士嵇康的詩句來品畫：「顧長康道畫：手揮五

---

[97] 《世說新語校箋》，【上冊】，頁 79。

[98] 《世說新語．言語》，《世說新語校箋》，【上冊】，頁 81。

[99] 《世說新語．言語》，《世說新語校箋》，【上冊】，頁 77。

[100] 《世說新語．巧藝》，《世說新語校箋》，【下冊】，頁 388。

[101] 《晉書．王衍傳》，《二十五史》，【2】，頁 1201。

弦易，目送歸鴻難。」[102] 可見品鑒文化對其影響之深。

品畫如此，品書（法）亦然。王羲之（321-379）為晉代著名書法家，有「書聖」之稱。據《晉書》本傳記載，其書法被人品為「飄若浮雲，矯若驚龍」[103]。有意思的是，《世說新語・容止》篇對王羲之風姿儀態的品目恰恰就是「飄若遊雲，矯若驚龍」[104]。兩則品狀幾乎一致，實可謂書（法）如其人，品書即品人、品人亦如品書，由此也顯示了品人與品書（法）其理相通融洽無礙。

南朝的書畫家亦秉承了這一做法，如梁代書畫家袁昂（461-540）在其《古今書評》中品評王羲之書法云：「如謝家子弟，縱復不端正者，爽爽有一種風氣。」[105]「爽爽風氣」，顯然是魏晉名士（「謝家子弟」）風氣之謂，以之狀品書法，當可視為品人與品書之標準與概念相通之又一例證。事實上，袁氏品評書法的一個顯著特點就是以「如某某人」的句式領起，諸如：

王子敬書，如河洛閒少年，雖有充悅，而舉體遝拖，殊不可耐。

羊欣書，如大家婢為夫人，雖處其位，而舉止羞澀，終不似真。

徐淮南書，如南岡士大夫，徒好尚風範，終不免寒乞。

王儀同書，如晉安帝，非不處尊位而都無神明。

施肩吾書，如新亭傖父，一往見似揚州人，共語便音態出。

102《世說新語・巧藝》，《世說新語校箋》，【下冊】，頁 388。

103《晉書・王羲之傳》，《二十五史》，【2】，頁 1290。

104《世說新語・容止》，《世說新語校箋》，【下冊】，頁 341。

105見陳傳席編《六朝畫家史料》（北京：文物出版社，1990），頁 260。

陶隱居書，如吳興小兒，形容雖未成長，而骨體甚駿快。

殷鈞書，如高麗使人，抗浪甚有意氣滋韻，終乏精味。

袁崧書，如深山道士，見人便欲退縮。

曹喜書，如經論道人，言不可絕。

張伯英書，如漢武帝愛道，憑虛欲仙。

梁鵠書，如太祖忘寢，觀之喪目。

衛恆書，如插花美女，舞笑鏡臺。[106]

在這些書法品評中，由人導向物（書法），喻依是人，喻體是物（書法），恰好跟前面所論析的以物喻人的品鑒範式相反；但相同的是，比喻中的喻意仍然是喻依與喻體所共有的。因此，儘管這些品題焦點在於喻體（書法），其所彰顯的喻意，仍完全可以逆反指陳喻依（人）。由此可說，這实际上可稱是品人與品書法融匯合一的品鑒範式，究其緣由，亦當沾溉於品人流風。雖然以物喻人或以物喻物的範式古已有之[107]，然而以人喻物的範式只有到了魏晉南北朝才如此大量出現，其產生的背景或許有多方面因素，但人物品鑒的影響顯然是至關重要的。

前面說過，品鑒文學也是魏晉品鑒的一個新發展。文學品鑒的重點集中

---

[106] 以上諸例皆引自《六朝畫家史料》，頁 260-261。

[107] 如「比」即是《詩經》六義之一，然而《詩經》中之比喻只有以物喻人或以物喻物的範式，未見有以人喻物的範式。參王力堅〈《詩經》賦比興原論〉，《社會科學戰綫》1998 年第 1 期，頁 148-155。

在重情與尚美的創作傾向上。

魏晉名士十分重情，「人當道情」[108]可視為他們對感情執著的宣示。魏晉名士所重之情不僅是一般的人世常情，而更是融注著深重的人生短暫世事無常的遷逝感。事實上，漢末由於戰爭頻繁疫癘並生而產生的人生短暫世事無常的遷逝感，已經成為一股影響深遠的社會思潮。[109] 獲鍾嶸（469-518）品為「文溫以麗，意悲而遠，驚心動魄」[110]的《古詩十九首》中便瀰漫著濃重的遷逝哀感：「人生天地間，忽如遠行客。」「人生寄一世，奄忽若飆塵。」「所遇無故物，焉得不速老？」「浩浩陰陽移，年命如朝露。」「生年不滿百，常懷千歲憂。」[111] 魏晉文士對此亦有如下品鑒：

> 王孝伯在京，行散至其弟王睹戶前，問：古詩中何句為最？睹思未答。孝伯詠「所遇無故物，焉得不速老」：此句最佳。[112]

這個例子表明人生短暫世事無常的遷逝感在魏晉時代仍然深受關注。不少類似的例子記載在《世說新語》中，其中有的甚至品評死亡，如：「有人哭和長輿曰：峨峨若千丈松崩。」[113] 王戎則通過哀傷兒子之死闡發了文士重情的品鑒：

> 王戎喪兒萬子，山簡往省之，王悲不自勝。簡曰：孩抱中物，何至於此！王曰：聖人忘情，最下不及情。情之所鍾，正在我輩。

[108]《三國志．魏書．鍾繇傳》注引《魏略》，鍾繇答曹丕書曰：「臣同郡故司空荀爽言：『人當道情，愛我者一何可愛，憎我者一何可憎。』」《二十五史》，【2】，頁 957。

[109]參馬良懷〈死亡與東漢後期人的覺醒〉，《華中師範大學學報》1990 年第 3 期，頁 99-103）。張國星〈慷慨．哀美．人——也說建安詩風〉，《文學遺產》1987 年第 6 期，頁 31-41。

[110]〈詩品上〉，曹旭集註《詩品集註》【增訂本】（上海：上海古籍出版社，2011），頁 91。

[111]蕭統編，李善注《文選》（北京：中華書局，1990），頁 409-412。

[112]《世說新語．文學》，《世說新語校箋》，【上冊】，頁 149。

[113]《世說新語．傷逝》，《世說新語校箋》，【下冊】，頁 349。

簡服其言，更為之慟。[114]

王戎所謂「情之所鍾，正在我輩」實可視為魏晉一代文士感情世界的自我品鑒。當時的文學創作與批評也正是深受這樣的社會思潮所影響，[115] 陸機（261-303）〈文賦〉所倡導的「詩緣情而綺靡」[116]的文學主張，便是這樣一個時代背景下的產物。王濟對孫楚詩的品評也正充分體現這樣一種詩學精神：

未知文生於情，情生於文。覽之淒然，增伉儷之重。[117]

這意味著魏晉詩歌創作的重要因素是感情。王濟所品評的「未知文生於情，情生於文」，可說是那個時代文學創作（東晉玄言詩除外）的普遍現象。

據《後漢書・郭太傳附謝甄傳》載，東漢的謝甄與邊讓因「不拘細行」而為時所毀。[118] 可見，東漢人物品鑒的標準是偏向倫理的、理性的。然而，晉代的溫嶠儘管也同樣是「不拘細行」，卻依然被目之為「儁朗」。[119]「儁朗」之評，顯然就是基於審美的、感性的眼光。其實這也正透露了一個普遍的現象——品鑒的標準已經由東漢的倫理的理性的傾向嬗變為魏晉的審美的感性的傾向。也就是說，魏晉文士尤喜通過審美的、感性的眼光進行品鑒。這樣一種審美的、感性的品鑒標準[120]，在品評文學創作時表現得更為充

---

[114]《世說新語・傷逝》,《世說新語校箋》,【下冊】，頁 349。

[115]參王力堅《魏晉詩歌的審美觀照》(臺北：文津出版社，2000)，頁 14-23；王力堅《六朝唯美詩學》(臺北：文津出版社，1997)，頁 9-12。

[116]郭紹虞主編《中國歷代文論選》(上海：上海古籍出版社，1977),【1】，頁 171。

[117]《世說新語・文學》,《世說新語校箋》,【上冊】，頁 138。

[118]《二十五史》，【1】，頁 852。

[119]《世說新語・任誕》26 則引《中興書》:「嶠有儁朗之目，而不拘細行。」見《世說新語校箋》,【下冊】，頁 399。

[120]牟宗三稱之爲「美學的判斷」、「欣趣判斷」、「美學性的品鑒」、「美感的品鑒」、「智慧的體悟」

分，諸如：

> 簡文稱許掾云：玄度五言詩，可謂妙絕時人。[121]

> 郭景純（璞）詩云：林無靜樹，川無停流。阮孚云：泓崢蕭瑟，實不可言。每讀此文，輒覺神超形越。[122]

> 孫興公（綽）云：潘文爛若披錦，無處不善；陸文若排沙簡金，往往見寶。[123]

> 孫興公云：潘文淺而淨，陸文深而蕪。[124]

> 或問顧長康：君〈箏賦〉何如嵇康〈琴賦〉？顧曰：不賞者作後出相遺，深識者亦以高奇見貴。[125]

這些品鑒，儘管有不同的表達方式，但審美的眼光卻是一致的，基本上都能言簡意賅地表達被品對象的菁華或特徵。這些品評者皆為晉人，跟漢末清議者不同，他們生活在一個藝術風氣與審美風氣濃郁、文學觀念日益成熟、文學創作日益繁榮的時代，因此，他們很自然亦輕而易舉地將傳統的人物品鑒方式與方興未艾的文學批評聯係起來，從而形成了魏晉品鑒中一種獨特的

等。參牟宗三：〈「人物志」之系統的解析〉，氏著：《才性與玄理》（臺北：人生出版社，1963），頁 44，47，52。宗氏所論之「品鑒」內容主要為清談才性名理，但亦包括人物品評，見該書，頁 65。

[121] 《世說新語．文學》，《世說新語校箋》，【上冊】，頁 143。

[122] 《世說新語．文學》，《世說新語校箋》，【上冊】，頁 140。

[123] 《世說新語．文學》，《世說新語校箋》，【上冊】，頁 143。

[124] 《世說新語．文學》，《世說新語校箋》，【上冊】，頁 144。

[125] 《世說新語．文學》，《世說新語校箋》，【上冊】，頁 148。

「品文」現象，同時也就形成了魏晉南北朝文學批評中的一種獨特表現形式。

五、品鑒對文學批評影響之邏輯演進

要討論人物品鑒與文學、尤其是文學批評的關係，不得不首先提及三國時代劉劭的《人物志》。《人物志》是一部運用人物品鑒方式來討論人才的專著。劉劭雖沒有直接涉及文學創作問題，但他在〈材理〉篇中，討論到人的個性差異造成不同的言辭風貌：

> 剛略之人，不能理微，故其論大體，則弘博而高遠；歷纖理，則宕往而疏越。抗厲之人，不能迴撓，論法直，則括處而公正；說變通，則否戾而不入。堅勁之人，好攻其事實，指機理，則穎灼而徹盡；涉大道，則徑路而單持。辯給之人，辭煩而意銳，推人事，則精識而窮理；即大義，則恢愕而不周。浮沉之人，不能沉思，序疏數，則豁達而傲博；立事要，則爁炎而不定。……此所謂性有九偏，各從其心之所可以為理。[126]

《人物志》產生於漢末三國亂世，當時各方豪傑尤為重視爭取人才重用人才，作為曹魏集團智囊人物的劉劭，熟諳人物才性、深知用人之道，其《人物志》當是順應時代需要而產生的著作。然而，從其歷史淵源及社會背景看，《人物志》無疑就是「集當世識鑒之術」，「為漢代品鑒風氣之結果」[127]。倘若從更小的範圍上說，《人物志》當產生於曹魏集團內部重視、盛行人物

---

[126]程榮纂輯《漢魏叢書》（長春：吉林大學出版社），頁 625-626。

[127]湯用彤〈讀人物志〉，《湯用彤學術論文集》（北京：中華書局，1983），頁 196，203。

品鑒的風氣。曹魏集團領袖曹操就曾在建安十五年、十九年及二十二年相繼下達三次求賢令[128]，提出「唯才是舉」[129]的用人方針，表達了他求賢似渴的心情。迎合這麼一種現實政治的需要，人物品鑒風氣得到極大的推波助瀾的發展。曹操本人就曾在不同場合對劉備（161-223）、袁紹（？-202）、荀彧（163-212）、荀攸（157-214）、田疇（169-214）、邴原、張範（？-212）、郭嘉（170-207）等人品目。[130] 曹魏集團中除劉劭外，荀彧、彌衡（173-198）、賈詡（148-224）、王脩、崔琰（159-216）、毛玠（？-216）、華歆（157-231）、程昱（143-222）、郭嘉、司馬朗（171-217）、傅嘏（209-255）、陳群（？-236）、許混、楊俊、杜襲、裴潛、王昶（？-259）、諸葛誕（？-258）、鍾會（225-264）及管輅（209-256）等也都可說是知人善品者。[131]

這時期的人物品鑒大多仍是言簡意賅的範式，如曹操品邴原：

> 名高德大，清規邈性，魁然而峙，不為孤用。[132]

賈詡評蜀吳君臣：

> 劉備有雄才，諸葛亮善治國；孫權識虛實，陸遜見兵勢。[133]

不過也有的頗具論述之勢，如王昶〈戒子書〉中對諸子的品評：

---

[128]見《三國志・魏書》，卷 1〈武帝紀〉，《二十五史》，【2】，頁 919，920，921。

[129]《三國志・魏書》，卷 1〈武帝紀〉引〈建安十五年求賢令〉，《二十五史》，【2】，頁 919。

[130]見《三國志・魏書》有關本紀與傳，《二十五史》，【2】，頁 918，949，951，952，960。

[131]見《三國志・魏書》有關本紀與傳，《二十五史》，【2】，頁 948，950，952，954，955，957，960，964，980-981，981-982，984，985，994，996，999，1001-1002。

[132]《三國志・魏書・邴原傳》注引〈原別傳〉，《二十五史》，【2】，頁 952。

[133]《三國志・魏書・賈詡傳》，《二十五史》，【2】，頁 950。

> 潁川郭伯益好尚通達，敏而有知；其為人弘曠不足，輕貴有餘；得其人重之如山，不得其人忽之如草；吾以所知親之昵之不願兒子為之。北海徐偉長不治名高，不求苟得；澹然自守，惟道是務；其有所是非，則託古人以見其意，當時無所褒貶；吾敬之重之願兒子師之。東平劉公幹博學有高才，誠節有大意；然性行不均，少所拘忌，得失足以相補，吾愛之重之不願兒子慕之。樂安任昭先淳粹履道，內敏外恕；推遜恭讓，處不避洿；怯而義勇，在朝忘身；吾友之善之願兒子遵之。[134]

曹、賈的品評具有強烈的現實政治性，顯然是「唯才是舉」新思維下的產物；而王昶的品題則具有鮮明的道德倫理色彩，體現出對儒家傳統的回歸，當是對前者某種程度的反撥。這些都顯示了在才性學說[135]流行下人物品鑒的不同表現特徵。

正是在這麼一種品鑒人物風氣日盛的環境背景之下，曹魏集團的中生代領袖曹丕所著的，歷來被視為中國文學批評開山之作的《典論．論文》，便同樣體現出以人物品鑒為中心的特點。與上引諸例的現實政治性及道德倫理性不同，曹丕是從個性與風格（氣）入手，具體品評了同時代的作家及其作品：

> 王粲長於辭賦，徐幹時有齊氣……應瑒和而不壯，劉楨壯而不密。孔融體氣高妙，有過人者，然不能論持，理不勝辭，以至乎

---

[134]《三國志．魏書．王昶傳》，《二十五史》，【2】，頁 994。

[135]才性學說是魏晉玄學重要命題之一，但跟人物品鑒有相當密切的關係。有關論述，參牟宗三〈「人物志」之系統的解析〉，氏著《才性與玄理》（臺北：人生出版社，1963），頁 43-66。唐長孺〈魏晉才性論的政治意義〉，氏著《魏晉南北朝史論叢》（北京：三聯書店，1962），頁 298-310。湯用彤〈讀人物志〉，《湯用彤學術論文集》，頁 196-213。李建中〈轉型時期的才性理論──劉劭《人物志》研究〉，《蘇州大學學報》1996 年第 3 期，頁 53-56。朱忠元、劉朝霞〈魏晉才性觀與人化批評〉，《甘肅社會科學》2002 年第 5 期，頁 95-98。

雜嘲戲。[136]

在〈與吳質書〉中，曹丕也同樣是運用人物品鑒的方式品評建安作家及其創作風格：

> 偉長獨懷文抱質，恬淡寡欲，有箕山之志，可謂彬彬君子者矣。著《中論》二十篇，成一家之言，辭義典雅，足傳於後，此子為不朽矣。德璉常斐然有述作之意，其才學足以著書，美志不遂，良可痛惜。……孔璋章表殊健，微為繁富。公幹有逸氣，但未遒耳。其五言詩之善者，妙絕時人。元瑜書記翩翩，致足樂也。仲宣獨自善於辭賦，惜其體弱，不足起其文，至於所善，古人無以遠過。[137]

這種立足於作家主體個性氣質的文學批評，既是建安時代文學自覺的重要表現，也無疑反映出東漢人物品鑒風氣的深刻影響。如果說曹丕以人物為中心的文學批評體現了對東漢人物品鑒繼承的必然性與合理性，那麼，陸機的〈文賦〉將重點轉向以文體風格為中心，既反映了魏晉以降品鑒多元化發展的影響，也更意味著文學批評走向自身獨立發展的趨勢。

當然，曹丕的《典論．論文》已有對文體風格的關注：

> 奏議宜雅，書論宜理，銘誄尚實，詩賦欲麗。此四科不同，故能之者偏也，唯通才能備其體。[138]

以今天的觀念看，前三者當屬文章，而詩賦已然純文學。曹丕以「欲麗」求

---

[136]《中國歷代文論選》，【1】，頁 158。

[137]〈與吳質書〉，《中國歷代文論選》，【1】，頁 165。

[138]《中國歷代文論選》，【1】，頁 158。

之，顯示已觸及文學的生命本質——美。陸機〈文賦〉對文體風格的關注，便是沿著這一趨勢突進：

> 詩緣情而綺靡，賦體物而瀏亮，碑披文以相質，誄纏綿而悽愴，銘博約而溫潤……[139]

如果說曹丕的文體風格論尚嫌簡略，較側重於文體的分類及著眼於「雅」「麗」等外在風貌，那麼，陸機的文體風格論則已注意到內容與形式相結合的統一形態，不僅有對緣情體物的文學內容的強調，而且唯美的傾向也得到了增強（如曹丕對銘、誄只要求「尚實」，陸機則強調要「朗暢」「閒雅」）。不唯如此，陸機更進一步在風格的意義上，對上述諸類文體提出要求：

> 其為物也多姿，其為體也屢遷，其會意也尚巧，其遣言也貴妍。暨音聲之迭代，若五色之相宣。[140]

這段話是針對創作風格的要求，而這些風格的要求仍是傾向美的強調。可見陸機的文體風格理論，已不僅是對文體的簡單分類，而更深一步地通過對文體美學風格的探索，而走向對文學自身藝術生命的追求。換言之，文體分類，只是對文學外在形態的規範；文體風格，方為對文學內在生命的肯定。

值得注意的是，「風格」這一概念最早也是運用於品評人物。在魏晉以品論人的社會風氣中，「風格」一詞已得到應用。「風」即風姿、神采；「格」即人格、品性，也就是從內美與外美兩方面對人物進行整體品評。如「（陸）機清厲有風格」[141]，「（庾亮）風格峻整，動由禮節」[142]，都是用

---

[139] 《中國歷代文論選》，【1】，頁 171。

[140] 《中國歷代文論選》，【1】，頁 172。

[141] 《世說新語・賞譽》39 則注引〈文士傳〉，《世說新語校箋》，【上冊】，頁 243-244。

[142] 《晉書・庾亮傳》，《二十五史》，【2】，頁 1272。

「風格」來品評人物的顯例。魏晉南北朝文論家將人物品評的方法移入文學中，以「風格」品人的方式亦轉為用來品文。曹丕《典論・論文》的「文氣」說，就是把作家的個性氣質同作品的風貌聯繫起來討論，首開魏晉南北朝文體風格論的先路。到了南朝的劉勰（465？-532？），更是直接將「風格」一詞引入文學批評：

> 漢世善駁，則應劭為首；晉代能議，則傅咸為宗。然仲瑗博古，而銓貫有敘；長虞識治，而屬辭枝繁；及陸機斷議，亦有鋒穎，而腴辭弗剪，頗累文骨：亦各有美，風格存焉。[143]

基於文體分類的考量，劉勰《文心雕龍》建構了龐大的文體論體係（從〈明詩〉到〈書記〉共二十篇），但其文體論中也有不少關涉風格的論述，〈體性〉專章的設置，更表明劉勰給予風格極大的重視，對風格的闡述與分類也更為詳盡。在〈體性〉中，劉勰列舉並分析了八種創作風格類型：

> 一曰典雅，二曰遠奧，三曰精約，四曰顯附，五曰繁縟，六曰壯麗，七曰新奇，八曰輕靡。典雅者，熔式經誥，方軌儒門者也；遠奧者，馥采典文，經理玄宗者也；精約者，核字省句，剖析毫釐者也；顯附者，辭直義暢，切理厭心者也；繁縟者，博喻釀采，煒燁枝派者也；壯麗者，高論宏裁，卓鑠異采者也；新奇者，擯古競今，危側趣詭者也；輕靡者，浮文弱植，縹緲附俗者也。故雅與奇反，奧與顯殊，繁與約外，壯與輕乖，文辭根葉，苑囿其中矣。[144]

---

143 《文心雕龍・議對》，陸侃如、牟世金《文心雕龍譯註》（濟南：齊魯書社，1996），頁 327。

144 《文心雕龍譯註》，頁 368。

這顯然已是一般意義上的風格論述。對這八種風格，劉勰表現出明顯的褒貶態度，即褒揚典雅、顯附、精約、壯麗，貶斥新奇、遠奧、繁縟、輕靡。相似的是，這八種風格都不同程度表現為美的形態。鍾嶸的「幹之以風力，潤之以丹彩，使詠之者無極，聞之者動心」[145]，蕭繹（508-554）的「惟須綺穀紛披，宮徵靡曼，唇吻遒會，情靈搖盪」[146]，雖然不是就風格而提出的論述，但實質上，也正是基於鮮明的文學立場，闡明了綜合各種文學要素的風格形態。

概言之，由品人而品文，由文體分類而文體風格[147]，顯示了魏晉品鑒對文學批評影響的邏輯演進及深化過程。儘管魏晉南北朝文學批評已呈現長篇巨著的建構勢態，但在具體的品人論文時，仍呈現形象生動、簡約玄澹的語言表現特徵。而這也正是魏晉品鑒最為顯著的語言表現特徵。

六、「佳句」、品鑒與文學

在魏晉品鑒中，還有兩個跟文學有關的概念值得進一步細加辨析。其中之一概念是「佳句」。語見《世說新語．文學》：

> 孫興公作〈天臺賦〉成，以示范榮期，云：卿試擲地，要做金石聲。范曰：恐子之金石，非宮商中聲。然每至佳句，輒云：應是

145〈詩品序〉，《詩品集註》【增訂本】，頁 47。

146《金樓子．立言》，《中國歷代文論選》，【1】，頁 340。

147李世耀認爲，六朝文學批評繼承了〈七略〉以來的目錄學傳統，又吸收了人物品藻的一些方法，形成一種獨特的文體風格論。李氏還以傅玄〈連珠序〉為例，指出其前面部分淵源探本、正名辨體，是沿襲目錄學的路子；而後半部分批評歷代作家，體現了人物品評的影響；並認爲這種文體風格論是「以文體的風格為准的」的。參氏著〈人物品評與六朝文學批評〉，《文學遺產》1990 年第 2 期，頁 43。可見，李氏亦認爲六朝文學批評是表現出由文體分類向文體風格演進的趨勢。

我輩語。[148]

范榮期認為「佳句」是「我輩語」，意味著他主張作者應該在文學創作中追求「佳句」。事實上，在形式主義主張盛行的晉代文壇，這是相當普遍的觀點。那麼，何謂「佳句」？試以分析如下：

> 謝公因子弟集聚，問：毛詩何句最佳？遏稱曰：昔我往矣，楊柳依依；今我來思，雨雪霏霏。公曰：訏謨定命，遠猷辰告。謂此句偏有雅人深致。[149]

> 王孝伯在京，行散至其弟王睹戶前，問：古詩中何句為最？睹思未答。孝伯詠所遇無故物，焉得不速老：此句最佳。[150]

> 桓宣武命袁彥伯作〈北征賦〉，既成，公與時賢共看，咸嗟嘆之。時王珣在坐，云：恨少一句，得「寫」字足韻當佳。袁即於坐攬筆益云：感不絕於余心，泝流風而獨寫。公謂王曰：當今不得不以此事推袁。[151]

由上例子可見，所謂「佳句」就是全詩或文最佳的表現部分。一首詩或一篇文章由於「佳句」的存在而頓生光彩，正如陸機〈文賦〉所云：

> 或苕發穎豎，離眾絕致。形不可逐，響難為係。塊孤立而特峙，

---

[148]《世說新語校箋》，【上冊】，頁 144。劉孝標於「然每至佳句」下注云：「『赤城霞起而建標，瀑布飛流而界道。』此賦之佳處。」

[149]《世說新語・文學》，《世說新語校箋》，【上冊】，頁 128。

[150]《世說新語・文學》，《世說新語校箋》，【上冊】，頁 149。

[151]《世說新語・文學》，《世說新語校箋》，【上冊】，頁 145。

非常音之所緯。心牢落而無偶，意徘徊而不能㨗。石韞玉而山輝，水懷珠而川媚。彼榛楛之勿翦，亦蒙榮於集翠。[152]

因而，魏晉文士欣賞古詩的佳句，同時亦在他們的文學創作中追求佳句。張華、張協、陸機、潘岳（247-300）等人的詩作無不體現了這個追求。唯美詩風盛行的南朝詩壇更是推崇佳句之美，從史書的記述可見其風氣：

宋孝武殷貴妃亡，靈鞠獻挽歌詩三首，云：「雲横廣階闇，霜深高殿寒。」帝摘句嗟嘆。[153]

柳惲……少工篇什，始為詩曰：「亭皐木葉下，隴首秋雲飛。」琅琊王元長見而嗟賞，因書齋壁。[154]

王籍……至若邪溪賦詩，其略云：「蟬噪林逾靜，鳥鳴山更幽。」當時以為文外獨絕。[155]

劉孝綽（481-539）還因佳句而上演了一幕人生悲喜劇：

劉孝綽詞藻為後進所宗，時重其文，每作一首，朝成暮遍，好事者咸傳誦。嘗為詩曰：「塞外群烏返，雲中旅雁歸。」高祖見，大

152《中國歷代文論選》，【1】，頁 173。

153《南齊書．丘靈鞠傳》，《二十五史》，【2】，頁 1747。

154《梁書．柳惲傳》，《二十五史》，【2】，頁 1795。

155《梁書．王籍傳》，《二十五史》，【2】，頁 1832。另據李延壽《南史．王籍傳》載：「王籍……至若邪溪，賦詩云：『蟬噪林逾靜，鳥鳴山更幽。』劉孺見之，擊節不能己已。」，《二十五史》，【3】，頁 2600。顏之推《顏氏家訓．文章》載：「王籍〈入若耶溪〉詩云：『蟬噪林逾靜，鳥鳴山更幽。』……簡文吟詠，不能忘之；孝元諷味，以爲不可復得。」《中國歷代文論選》，【1】，頁 353。可見王籍這兩句詩魅力之大。

> 怒，即奪侍郎。又為二首，其一曰：「鳴騶響夾轂，飛蓋倚廬（疑漏一字）」其二曰：「城闕山林遠，一去不相聞。」高祖嗟嘆，復侍郎。沈約曰：「卿以詩失黃門，還以詩得黃門。」孝綽曰：「此即既為風所開，復為風所落也。」後罷官不出，為詩題門曰：「閉門罷慶吊，高臥謝公卿。」其妹續其後曰：「落花掃乃合，叢蘭摘復生。」[156]

從這些例子可見佳句的魅力、影響力是頗大的，不僅令人（且多為王公貴族）為之「嗟嘆」，還令人為之丟官又為之復職。劉孝綽罷官後題詩於門及其妹之續詩，不僅是以佳句的形式闡發心聲，從中還可見其反應敏捷蘊藉多義，這也正是品鑒文化的特點。事實上，劉孝綽復職後沈約（441-513）「卿以詩失黃門，還以詩得黃門」的戲謔，及劉孝綽「此即既為風所開，復為風所落也」的應對，當可視為二人對此事件的品題（即所謂「品事」）。這裡還要注意的一點是，佳句使人反應的是「嗟嘆」、「嗟賞」、「擊節不能已」、「吟詠不能忘之」、「諷味以為不可復得」，無疑皆是藝術審美的狀態，從而可見這些佳句本身便是以藝術美感取勝的創作。

鍾嶸《詩品》品評丘遲（464-508）詩為「點綴映媚，似落花依草」[157]，顯然是一個相當藝術化審美化的品狀，而其所描繪的景象也無疑是對佳句的形容。近人孫德謙（1869-1935）在《六朝麗指》中稱：

> 至其〈與陳伯之書〉，通篇情文並茂，可謂風清骨峻。其間如「暮春三月，江南草長，雜樹生花，群鶯亂飛」，真有「點綴映媚，似落花依草」之致。……吾恐鍾記室品詩，即從此處悟出其詩境耳。[158]

---

[156]引自張明高、郁沅《六朝詩話鈎沉》（北京：中國廣播電視出版社，1997），頁480-481。

[157]《詩品集註》【增訂本】，頁412。

[158]古田敬一、福井佳夫：《中國文章論・六朝麗指》（東京：汲古書院，1990），頁316-317。

「暮春三月」四句為丘遲〈與陳伯之書〉的佳句，是為不易之論，孫氏以「點綴映媚，似落花依草」來形容，即表明鍾嶸的「點綴映媚，似落花依草」之語，確實為丘詩佳句之品狀。而且，孫氏還認為這種佳句最能體現丘詩之境界，可見其對佳句藝術價值之高度評價。這種以佳句取勝的現象在南朝、甚至魏晉南北朝詩壇是頗為普遍的，明代著名詩論家胡應麟（1551-1602）便認為六朝詩人的創作：

> 皆精言秀調，獨步當時。六朝諸君子生平精力，罄於此矣。[159]

宋代著名詩論家嚴羽（1192？-？）曾高度評價漢魏古詩「氣象混沌，難以句摘」[160]。渾然天成，通篇高妙，固然是詩歌創作的優良傳統；但晉代文人卻是刻意突破這個傳統，而追求「佳句」之美。這也正是文學自覺時代的產物，是魏晉文人對詩歌語言藝術深入探索的表現。這種探索，其實在建安詩人的創作中已見端倪：

> 嚴（羽）謂建安以前，氣象渾淪，難以句摘，此但可論漢古詩。若「高臺多悲風」、「明月照高樓」、「思君如流水」，皆建安語也。子建、子恆工語甚多，如「丹霞夾明月，華星出雲閒」、「秋蘭被長阪、朱華冒綠池」之類，句法字法，稍稍透露。[161]

在這麼個「稍稍透露」的基礎上，晉代文士大力展開了對工語佳句的自覺追求。這無疑是詩歌藝術的重要進步。詩歌，畢竟是語言的藝術。

事實上，魏晉文人在品鑒中也特別強調語言藝術與技巧，品鑒的語言往

[159]《詩藪．內篇》卷 2，胡應麟《詩藪》（北京：中華書局，1958），頁 32。

[160]《滄浪詩話．詩評》，嚴羽《滄浪詩話》（北京：中華書局，1983），頁 151。

[161]《詩藪．內篇》卷 2，《詩藪》，頁 30-31。

往是簡約玄澹——簡潔、精緻、含蓄以及多義的。在這個意義上說，魏晉品鑒本身就是別具一格的佳句。這或許也就是魏晉名士在品鑒中尤重佳句的原因。

魏晉文人對佳句的重視也確實影響了當時及後世的文學批評，上引陸機的文學主張便是一例，劉勰則在《文心雕龍》中的〈隱秀〉篇提出：

> 隱也者，文外之重旨者也；秀也者，篇中之獨拔者也。隱以複義為工，秀以卓絕為巧，斯乃舊章之懿績，才情之嘉會也。夫隱之為體，義生文外，秘響傍通，伏彩潛發，譬爻象之變互體，川瀆之韞珠玉也。始正而末奇，內明而外潤，使玩之者無窮，味之者不厭矣。[162]

> 如欲辨秀，亦唯摘句：「常恐秋節至，涼飆奪炎熱」，意淒而詞婉，此匹婦之無聊也。「臨河濯長纓，念子悵悠悠」，志高而言壯，此丈夫之不遂也。「東西安所之，徘徊以旁皇」，心孤而情懼，此閨房之悲極也。「朔風動秋草，邊馬有歸心」，氣寒而事傷，此羈旅之怨曲也。[163]

顯然，劉勰追求的就是簡約玄澹而深具藝術感染力的「隱秀」佳句美。[164]

鍾嶸《詩品》是一部在品鑒文化浸淫下所產生的、最具品鑒典型意義的文學批評專著[165]，無論題名（《詩品》）、動機（品詩）、範式（品評）與體制

---

[162]《文心雕龍譯註》，頁 482。

[163]《文心雕龍譯註》，頁 485。

[164]劉勰《文心雕龍．隱秀》有更爲深邃的哲學及美學意涵，對此王鍾陵有甚爲精辟深入的論述。參氏著〈哲學上的「言意之辨」與文學上的「隱秀」論〉，載《古代文學理論研究》，第 14 輯（1989 年），頁 1-40。

[165]鍾嶸《詩品》與人物品鑒的關係是一個專門的亦涵括多方面的論題，本章僅就其中的佳句表現進行探討，有關其他方面的討論參張伯偉《鍾嶸詩品研究》（南京：南京大學出版社，1999），頁

（分品）皆深受魏晉品鑒影響，其中關涉佳句的品評亦處處可見：

然名章迥句，處處閒起；麗典新聲，絡繹奔發。譬猶青松之拔灌木，白玉之映塵沙，未足貶其高潔也。

季鷹「黃華」之唱，正叔「綠蘩」之章，雖不具美，而文彩高麗，並得虬龍片甲，鳳凰一毛。

至如「懽言酌春酒」、「日暮天無雲」，風華清靡，豈直為田家語耶？」

一章之中，自有玉石，然奇章秀句，往往警遒，足使叔源失步，明遠變色。

曹公古直，甚有悲涼之句。

安道詩雖嫩弱，有清上之句，裁長補短，袁彥伯之亞乎？

康、帛二胡，亦有清句。

子陽詩奇句清拔，謝朓常嗟頌之。[166]

80-82。黃金鵬〈品第與流別——鍾嶸詩歌美學史觀的獨特視角〉，《深圳大學學報》第 16 卷第 2 期（1999 年 5 月），頁 73-78。劉運好〈《詩品》溯源析流的美學原則與內涵〉，《安徽師大學報》第 25 卷第 2 期（1997），頁 215-221。孔繁《魏晉玄學和文學》（北京：中國社會科學出版社，1987），頁 15-20。興膳宏〈《詩品》與書畫論〉（彭恩華譯），《六朝文學論稿》（長沙：岳麓書社，1986）頁 248-271。

[166] 以上俱見《詩品集註》【增訂本】，頁 201、284、337、392、478、521、560、627，分別評謝靈運、張翰、潘尼、陶潛、謝朓、曹操、戴逵、道逌上人、釋寶月、虞羲等人詩語。

從這些品評可知，鍾嶸與陸機一樣都喜歡運用珍貴及美麗的事物如青松、白玉、虬龍片甲、鳳凰一毛、玉石等去形容佳句，這也正是魏晉品鑒慣用的方式。正如程章燦所指出：

> 在批評方法上，鍾嶸《詩品》的一個突出特點是摘句批評……從淵源上看，摘句本來是世族的一種讀書方法，而後來，隨著魏晉以來作家對「佳句」、「秀句」、「警句」的日益重視，而引入到文學批評領域，到齊梁之世，已比較普遍了。[167]

前引諸例中，第一例謝靈運（385-433）詩為上品，二至四例張翰、潘尼（250？-311？）、陶潛（365-427）、謝朓（464-499）詩為中品，其餘五至八例曹操、戴逵（？-395）、道遒上人、釋寶月、虞羲等人的詩皆為下品。顯然低品位者為多。儘管有品位高下之分（且不論鍾氏的流品鑒別標準是否得當），卻不能因此認為鍾氏輕視佳句。相反，佳句是鍾氏肯定被品者的重要標準之一，某些詩人儘管整體創作欠佳，亦仍可憑佳句佔一席之地，對戴逵（居下品）的品題尤見此意：「安道詩雖嫩弱，有清上之句，裁長補短，袁彥伯之亞乎？」[168]

鍾氏品評謝惠連（397-433）時所徵引的一則逸事或能進一步說明其對佳句的重視：

> 《謝氏家錄》云：康樂每對惠連，輒得佳語。後在永嘉西堂，思詩竟日不就。寤寐間，忽見惠連，即成「池塘生春草」。故常云：「此語有神助，非吾語也。」[169]

---

[167] 程章燦《世族與六朝文學》（哈爾濱：黑龍江教育出版社，1998），頁 44。

[168] 《詩品集註》【增訂本】，頁 521。

[169] 《詩品集註》【增訂本】，頁 372。

佳句的產生簡直就被神化了，其價值也必然不可小覷，不僅鍾氏對謝靈運詩佳句的品譽「譬猶青松之拔灌木，白玉之映塵沙，未足貶其高潔」充分印證了這一點，就是對其他人的品題如前引「文彩高麗，並得虬龍片甲，鳳凰一毛」，「風華清靡，豈直為田家語邪」，「奇章秀句，往往警遒，足使叔源失步，明遠變色」，「裁長補短，袁彥伯之亞乎」，「奇句清拔，謝朓常嗟頌之」等，或正面讚美，或反問相詰，或由他人映襯，無不表達出鍾氏對文學作品中的佳句決然肯定的態度。張伯偉曾論述：

> 鍾嶸雖然看到了「句」在篇中的作用，卻並未給予過高的評價。所以，他在實際批評中使用摘句法，就沒有將「佳句」特別拈出，視為相對獨立的存在而加以嘆賞。反之，對那些僅有「佳句」可尋的詩人，鍾嶸一方面予以必要的肯定，另一方面則又毫不客氣地列之於下品。[170]

張氏的論述看來似乎跟我的看法相左，其實只是從不同角度看問題而已。的確，鍾嶸在其所列的上品詩人中，沒有將「佳句」特別拈出，視為相對獨立的存在而加以嘆賞（至於謝靈運詩只言其有「名章迥句」而沒有拈出具體佳句）。我的理解是，這種做法當是鍾氏認為上品之詩是整體上好，不必專門拈出（甚至涉及）其佳句；惟中下品詩人的創作整體上欠佳，故對佳句的肯定就尤顯重要。換言之，對這些（中下品）詩人創作，在整體上鍾嶸是不滿的，但卻肯定了他們詩中的佳句，甚至可以說，正是由於佳句方使這些詩人得到「必要的肯定」，而能在《詩品》中佔上一席之地。

由上論述可知，無論是在歷時縱向的推源溯流，還是在共時橫向的參照比較，「佳句」的概念及其運用都更凸顯了魏晉品鑒與文學批評之間的密切關係。或許，魏晉文人士是自覺地將品鑒的範式與方法運用到文學批評之

---

[170]張伯偉《鍾嶸詩品研究》，頁96。

中。於是，簡約玄澹的佳句運用不僅作為魏晉品鑒的範式之一，也成為晉代以及後世文學批評的一個特殊範式（即所謂摘句點評式）。

七、「清」：一個貫通品鑒與文學之美學概念

魏晉品鑒中另一個常見的、跟文學有關的概念是「清」。「清」是「濁」的反義。中國古代的元氣說認為，清是陽氣所為，濁是陰氣所致。陽氣清越，形成天；陰氣濁滯，構成地：「道始於虛廓，虛廓生宇宙，宇宙生氣，氣有涯垠，清陽者薄靡而為天，重濁者凝滯而為地。清妙之合專易，重濁之凝竭難，故天先成而地後定。」[171] 在這個認識中，「清－陽」與「濁－陰」的品位可以理解為是平等的，只是用來表述一個自然常理。然而，自父系社會以來，尊陽卑陰觀念[172]的影響，形成了人們崇清貶濁的普遍心理。「清－陽」與「濁－陰」，便在更多時候形成有高下區別甚至是對立的範疇，如史書有云：

> 平日醉客謂酒：清者為聖人，濁者為賢人。[173]

酒客以清聖濁賢來品定酒之優劣，顯然「清」的品位高於「濁」。又云：

> 賢愚豈嘗類，秉性在清濁。富貴有人籍，貧賤無天錄。[174]

---

[171] 劉安《淮南子．天文訓》，陳廣忠註譯《淮南子譯註》（長春：吉林文史出版社，1994），頁 101。

[172] 最有代表性的便是《周易》所體現的觀念，如：「天尊地卑，乾坤定矣……乾道成男，坤道成女。」（〈繫辭上〉）「陰雖有美，含之以從王事，弗敢成也。地道也，妻道也，臣道也。地道無成而代有終也。」（〈坤卦第二〉）參黃壽祺、張善文撰《周易譯註》（上海：上海古籍出版社，1990），頁 527，35。

[173] 《三國志．魏書．徐邈傳》，《二十五史》，【2】，頁 993。

[174] 《後漢書．酈炎傳》，《二十五史》，【1】，頁 884。

可見，「賢－清－富貴」與「愚－濁－貧賤」，褒前貶後態度鮮明立判。東漢文士以「清流」與「濁流」來劃分人品之高下，亦應是這種觀念影響所致。在東漢選官制以及魏晉南北朝九品中正制中，「清」的觀念也同樣盛行。毛玠在曹操手下任東曹掾時，便「與崔琰並典選舉，其所舉用皆清正之士」[175]。而在曹丕時代建創九品中正制的陳群，在推薦管寧（158-241）時，即稱譽管寧「清儉足以激濁，貞正足以矯時」[176]。至晉朝立國後，晉武帝司馬炎（236-290，265-290 在位）更將「揚清激濁，舉善彈違」作為選官原則，要求「士庶有好學篤道，孝弟（悌）忠信，清白異行者，舉而進之」[177]。於是，「清」的意義在九品中正文化中益顯重要，不僅入仕要有「清正」、「清儉」、「清白」之類的「清」譽，九品中正的官僚體制也由此形成了以「清選」、「清舉」、「清官」、「清職」、「清階」、「清級」等為標誌的「清途」體系。[178]

另一方面，由於陽氣清越為天、陰氣濁滯為地的認識，「清」便又具有超塵脫俗、淡泊物欲、精神自由的意義。因而，魏晉名士更是推崇「清」。正始玄學家兼文學家阮籍與嵇康便宣稱：

> 清靜寂寞，空豁以俟。善惡莫之分，是非無所爭。故物反其所而得其情也。[179]

> 夫清虛寥廓，則神物來集；飄搖恍惚，則洞幽貫冥；冰心玉質，

175《三國志·魏書·毛玠傳》，《二十五史》，【2】，頁 954。

176《三國志·魏書·管寧傳》注引，《二十五史》，【2】，頁 952。

177《晉書》，卷 3〈武帝紀〉，《二十五史》，【2】，頁 1084。

178參張旭華〈論魏晉時期的清途與非清途兩大任官體系〉，《許昌師專學報》1995 年第 4 期，頁 15-20。葭森健介著，昊少珸譯〈就魏晉吏部官僚的選任論「清」的不同理念〉，《歷史教學問題》1996 年第 2 期，頁 31-36。

179阮籍〈達莊論〉，陳伯君校注《阮籍集校注》（北京：中華書局，1987），頁 150。

則激潔思存；恬淡無欲，則泰志適情。[180]

不虛心靜聽，則不盡清和之極。[181]

清靜、清虛、清和，無不成為魏晉名士所虔誠秉持的心境以及汲汲追求的境界。

以上積極入仕與崇尚自然兩種現象同時存在於魏晉名士文化之中，雖不無牴牾，但在現實中卻亦不乏相融並諧的表現。如王衍「神情明秀，風姿詳雅」一派名士風度，十四歲即「辭甚清辨」，日後更「好論縱橫之術……口不論世事，唯雅詠玄虛而已」。就是這麼個清談玄學家，卻「累居顯職，後進之士莫不景慕仿效，選舉登朝皆以為稱首」。但也正在其「居顯職」之時，仍然「終日清談而縣務亦理……妙善玄言，唯談老莊為事」。[182] 簡直就是出儒入玄，臻於化境。

於是，這樣一種以「清」為尚的觀念，貫徹於玄風瀰漫的魏晉名士生活之中，形而上的玄談便被稱為「清談」，人物品鑒，則往往以「清」字來推重超凡脫俗、神姿澄澈的風度，如「清遠雅正」、「巖巖清峙」、「標鮮清令」、「清蔚簡令」、「清易令達」、「洮洮清便」、「穆然清恬」、「爽朗清舉」等等。言及景物，也喜用「清」字：「水淡而清」、「清風朗月」、「日月清朗」、「清露晨流」、「芳林夾於軒庭，清流激於堂宇」。[183] 在魏晉名士看來，「清」已幾乎是「美」的同義概念。魏晉名士袁準在〈才性論〉中即稱：

凡萬物生於天地之間，有美有惡。物何故美？清氣之所生也。物

---

[180]阮籍〈清思賦〉，《阮籍集校注》，頁 31。

[181]嵇康〈聲無哀樂論〉，殷翔、郭全芝注《嵇康集注》（合肥：黃山書社，1986），頁 217。

[182]皆見《晉書‧王戎傳附王衍傳》，《二十五史》，【2】，頁 1201。

[183]以上例子，見《世說新語》中〈賞譽〉、〈品藻〉、〈雅量〉、〈言語〉、〈容止〉、〈棲逸〉諸篇，《世說新語校箋》，【上冊】，頁 47、74、77、204、240、243、253、271、284，【下冊】，頁 334、360。

何故惡？濁氣之所施也。[184]

在這裡，「清」跟「美」是等義的，與「濁－惡」構成對立的範疇。由此也可說，在那個時代，「清」已儼然是一個審美的概念。

「清」的概念幾乎是在第一時間進入了魏晉文學批評的領域，所謂「魏文屬論，深以清濁為言」[185]便闡明了這一點。這就是曹丕在《典論．論文》中所說的：

文以氣為主，氣之清濁有體，不可力強而致。譬諸音樂，曲度雖均，節奏同檢。[186]

在此，清指陽剛之氣，濁指陰柔之氣，即認為不同的氣質導致不同的風格。[187] 清濁不同，卻沒有高下褒貶之意，葛洪（284-364）所論亦表示出相同的看法：

清濁參差，所秉有主，朗昧不同科，強弱各殊氣。[188]

到劉勰之後，「清」則被推崇為一種具有陽剛美的理想風格：「意氣駿爽，則文風清焉。」「風清骨峻，篇體光華。」[189] 然而，劉勰所推崇的這種陽剛理想風格在當時卻未能得到普遍響應，如鍾嶸雖然也主張「幹之以風力」，但

---

[184]袁準〈才性論〉，嚴可均輯《全上古三代秦漢三國六朝文》（北京：中華書局，1995），【二】，《全晉文》，卷五十四，頁1769。

[185]《南齊書》，卷52〈陸厥傳〉，《二十五史》，【2】，頁1748。

[186]《典論．論文》，《中國歷代文論選》，【1】，頁158。

[187]這裡是參考了郭紹虞主編《中國歷代文論選》的解釋，見《中國歷代文論選》，【1】，頁163。

[188]葛洪《抱朴子．尚博》，《中國歷代文論選》，【1】，頁212。

[189]《文心雕龍．風骨》，《文心雕龍譯註》，頁376，381。

「潤之以丹彩，使詠之者無極，聞之者動心」[190]，則又趨歸於柔美風格；品評詩人時，雖然也言及「劉越石仗清剛之氣，贊成厥美」，「（劉琨）善為悽戾之詞，自有清拔之氣」，但他所關注的顯然更多是「清音獨遠」，「詞旨清捷，怨深文綺」，「風華清靡」，「務其清淺，殊得風流媚趣」，「清便宛轉，如流風迴雪」[191]之類深具陰柔美的清新自然風格。然而，儘管剛柔各異，對「清」的執著卻是一致的。

在文學創作中，「非必絲與竹，山水有清音」[192]的美學觀，致使魏晉南北朝山水文學蔚為大觀，清新自然的風格廣受歡迎。儘管前面所引阮孚的品評沒有明確地用「清」字去形容郭璞（276-324）清新自然（「泓崢蕭瑟」）的詩歌風格，但字裡行間隱然可見其意。值得一提的是，令阮孚「輒覺神超形越」的確實就是郭璞詩〈幽思篇〉的佳句：「林無靜樹，川無停流。」[193]同樣地，范榮期對孫綽（314-371）〈天臺山賦〉佳句「赤城霞起而建標，瀑布飛流以界道」[194]的品評，也顯示了對清新自然風格的推崇。這表明魏晉文人喜用「清」與「佳句」的概念來品評文學作品。南朝詩壇對「清」的風格與「佳句」的追求更為普遍，如前文所述，鍾嶸《詩品》不僅對佳句給予充分肯定，而且在評論詩人的創作及佳句時，更常常運用「清」的概念，諸如：「清音」、「清捷」、「清遠」、「清拔」、「清靡」、「清淺」、「清雅」、「清便」、「清怨」、「清上」、「清句」、「清巧」以及「清潤」等等。事實上，清新自然的風格與簡約玄澹的佳句就是南朝詩歌創作中兩個明顯的特徵[195]，二者

---

[190]〈詩品序〉，《詩品集註》【增訂本】，頁 47。

[191]分別見於《詩品集註》【增訂本】，頁 34，310，91，113，337，360，412。

[192]左思〈招隱詩〉，見逯欽立輯校《先秦漢魏晉南北朝詩》（北京：中華書局，1998），【上】，頁 734。

[193]《先秦漢魏晉南北朝詩》，【中】，頁 867。

[194]《世說新語・文學》：「孫興公作〈天臺賦〉成，以示范榮期，云：卿試擲地，要做金石聲。范曰：恐子之金石，非宮商中聲。然每至佳句，輒云：應是我輩語。」劉孝標於「然每至佳句」下注云：「『赤城霞起而建標，瀑布飛流而界道。』此賦之佳處。」見《世說新語校箋》，【上冊】，頁 144。

[195]參王力堅《由山水到宮體：南朝的唯美詩風》（臺北：臺灣商務印書館，1997），頁 31-82，125-164。

相得益彰。清代詩評家陳祚明對謝脁詩的品評，恰好概括了這兩個特徵：「輕清和婉，佳句可賡。」[196]

南朝詩歌對清新自然風格與簡約玄澹佳句的追求，與魏晉品鑒對「佳句」與「清」的崇尚，二者顯然同是時代審美風氣與文學觀念發展演變大背景下的產物，倘若從時間序列角度看，後者對前者的影響關係應是難以否認的。而實際上，魏晉品鑒本身也已因對「佳句」與「清」的崇尚與表現而「不由自主」地涉足文學領域。需要補充的一點是，通過上面的論述還可看到，魏晉文士喜歡運用形象（意象）來品評任何對象——包括人物、自然以及文學作品。魏晉文士常以「目」字指稱「品鑒」，這似乎表明魏晉文士在品鑒時，更為關注被品對象的視覺與空間形態，[197] 因此，品鑒的形象化、意象化便是自然而然的了。眾所周知，意象的運用是中國古代文學的一個重要因素。在這個意義上可以說，意象或許也就是聯結魏晉品鑒與文學創作的關鍵之一。事實上，記載大量魏晉品鑒事跡的《世說新語》，即以其形象生動的記述被視為中國古代小說的早期代表作之一。

結　語

綜上所述，魏晉品鑒緣起於東漢的人物品鑒，而人物品鑒又與清議密切相關，具有濃鬱的現實政治色彩。人物品鑒只是對人物的品評鑒識，但清議的內容除了人物品鑒外，還涉及朝政、社會等更為廣泛的問題。人物品鑒在魏晉實施九品中正制之際，得到促進發展並在現實政治生活中起到不可忽視的作用。然而，魏晉品鑒最有意義的變化恰恰就是體現在清議疏離政治而蛻變為清談。

---

[196]《采菽堂古詩選》卷 20，引自北京大學中國文學史教研室編《魏晉南北朝文學史參考資料》（香港：中華書局香港分局，1986），頁 549。

[197]參蕭馳《中國抒情傳統》（臺北：允晨文化事業有限公司，1999），頁 153-154。

可以說，魏晉品鑒雖然緣起於東漢人物品鑒，亦受到魏晉玄學及九品中正制文化不同程度的影響，但始終體現著鮮明的獨特個性並表現出相對獨立的發展趨勢。畫龍點睛的品鑒範式是東漢人物品鑒的普遍範式，更是魏晉品鑒的普遍範式；魏晉品鑒一般上來說都體現出語言簡潔、含蓄雋永的特點。

魏晉品鑒除了品鑒人物之外，還發展到品事、品物、品畫、品書（法）、品詩、品文、品賦等諸多方面，呈現出多元化發展的勢態。這些品鑒，儘管有不同的表達方式，但審美的眼光卻是一致的，基本上都能言簡意賅地表達被品對象的菁華或特徵，並將傳統的人物品鑒方式與方興未艾的文學批評聯係起來，從而形成了魏晉品鑒中一種獨特的「品文」現象，同時也就形成了魏晉南北朝文學批評中的一種獨特表現形式。

曹丕以人物為中心的文學批評體現了對東漢人物品鑒繼承的必然性與合理性，陸機的〈文賦〉將重點轉向以文體風格為中心，既反映了魏晉以降品鑒多元化發展的影響，也更意味著文學批評走向自身獨立發展的趨勢。由品人而品文，由文體分類而文體風格，顯示了魏晉品鑒對文學批評影響的邏輯演進及深化過程。魏晉品鑒中別具意義的「佳句」和「清」兩個概念，體現出跟當時文學觀念的密切關係。總而言之，魏晉品鑒在觀念、方法、語言、文體等方面，皆給當時乃至後世的文學批評提供了極有價值的借鑒，間接、甚至直接地開拓中國古代文學批評的新局面，後世大量品評式的文學（及藝術）批評，其淵源亦當可追溯至魏晉品鑒，誠如宗白華所指出的：

> 中國美學竟是出發於「人物品藻」之美學。美的概念、範疇、形容詞，發源於人格美的評賞。……中國藝術和文學批評的名著，謝赫的《畫品》，袁昂、庾肩吾的《畫品》（王案：疑為《書品》）、鍾嶸的《詩品》、劉勰的《文心雕龍》，都產生在這熱鬧的品藻人物的空氣中。[198]

---

[198]〈論《世說新語》和晉人的美〉，《美學散步》，頁 209-210。引文中「袁昂、庾肩吾的《畫品》」之「畫品」一語疑有誤。上海人民出版社 1981、1983、1997 年出版的《美學散步》，北京大學出

版社 1989 出版的《藝境》，以及安徽教育出版社 1994 出版的《宗白華全集》第二卷皆作「畫品」。然而，歷史上袁昂與庾肩吾都是書法評論家，袁有《古今書評》，庾有《書品》傳世，卻皆無《畫品》之作載錄。而且，從行文習慣看，倘若謝赫、袁昂、庾肩吾所作皆是《畫品》，謝赫後面只需用個頓號即可，不必如此累贅多一「畫品」之語。以此看來，原文的「袁昂、庾肩吾的《畫品》」當是「袁昂、庾肩吾的《書品》」——「畫」「書」因字形筆畫相似而導致的筆誤（或排版錯誤）。這樣也更能闡明「人物品藻」對書畫藝術及文學批評各方面的廣泛影響。因此本章在引述中特加以說明「疑為《書品》」。

第三章
士族、饗宴與齊梁文學

饗宴文化，源自西周。饗，文獻中又作「享」，即饗禮；讌，文獻中又作「宴」，即讌禮。根據史料記載：「以饗讌之禮親四方之賓客。」[1]「王享有體薦，宴有折俎。公當享，卿當宴，王室之禮也。」[2]「世之治也，諸侯間於天子之事，則相朝也，於是乎有享宴之禮。」[3]可見，饗宴文化跟當時王室政治及祭禮活動密切相關，換言之，周代王室政治及祭禮活動的一個重要內容就是饗宴，而祭祀饗宴從本質上說是一種手段。祭禮活動的過程既是娛神亦是娛人，賓主在樂曲聲中相互勸敬，賦詩應對，盡興飲酒，使讌禮達到高潮。宗廟祭祀配合王室政治並衍生貴族娛樂，它表徵著周代祭祀文化的獨特性質和風貌，從而形成蘊含豐富（涵括政治、經濟、民俗、宗教等）的先秦饗宴文化的模式，[4]並由此產生了以反映饗、讌、宴、享、飲等生活為主要內容的饗宴文學。《詩經》中的饗宴詩便是早期饗宴文學的代表作。[5]

---

1 《周禮・春官・大宗伯》，紀昀等總纂《景印文淵閣四庫全書》（臺北：臺灣商務印書館，1986），〔90〕，頁 331。

2 《左傳・宣公十六年》，見顧寶田、陳福林注釋《左氏春秋釋注》（長春：吉林文史出版社，1995），頁 378。

3 《左傳・成公十二年》，見《左氏春秋釋注》，頁 431。

4 參楊胤宗〈古宴饗考〉，《建設》第 11 卷第 1 期（1962 年 6 月），頁 58 轉 46。王秀臣〈「儀禮時代」與《儀禮》中燕饗禮儀中的詩樂情況分析〉，《中國韻文學刊》第 19 卷第 1 期，2005 年 3 月，頁 31-36。徐傑令〈春秋時期饗燕禮的演變〉，《學習與探索》2004 年第 5 期，頁 118-122。李樹軍、蔣啟榮〈宴饗賦詩與「合語」之禮〉，《贛南師範學院學報》2006 年第 2 期，頁 32-34。

5 參李樹軍〈「合族」之歡與「親親」之意——試論《詩經》中的宴饗詩〉，《湖北社會科學》2005 年第 4 期，頁 117-118。馬玉梅〈《詩經》中宴飲詩及其宗教、政治意味〉，《人文雜誌》2001 年第 2 期，頁 110-113。

一、士族文化與饗宴文化

有貴遊文學[6]之稱的漢代辭賦，在某種意義上說，便是漢代上層貴族社會饗宴文化的產物[7]。漢末建安以降乃至魏晉時期，隨著以詩歌為主的文學蓬勃發展，饗宴文化也產生了重大的變化，其主要特徵表現為：

（一）饗宴文化的推行者及實施者雖然包括王室與文人，但其重心及主導權呈現由王室向文人轉移的趨勢。

（二）饗宴文化中祭祀、政治的傳統核心價值大為削弱，現世享樂或出世逍遙的思想激增，政治實用與遊戲娛情的性質得到不斷強化及重視。

（三）饗宴文化與文學創作的關係日益密切，劉勰（465？-520？），在《文心雕龍．時序》中便以「傲雅觴豆之前，雍容衽席之上，灑筆以成酣歌，和墨以藉談笑」[8]彰顯了建安文壇以公宴詩為代表的「饗宴－文學」模式與傳統[9]，而「饗宴－文學」也就形成了日後南朝文學，尤其是齊梁文學[10]

---

6 參王夢鷗〈貴遊文學與六朝文體的演變〉，《古典文學論探索》（臺北：正中書局，1984），頁 118-119。

7 最為典型的就是枚乘〈七發〉對音樂、飲食、車馬、遊觀之樂的描寫；司馬相如〈子虛〉〈上林〉對盛宴、遊獵、園苑、宮殿的渲染；揚雄〈甘泉〉〈羽獵〉對天子祭祀之隆、田獵之盛的鋪陳。

8 劉勰著、周振甫注《文心雕龍注釋》（北京：人民文學出版社，1981），頁 478。

9 參鄭毓瑜〈試論公讌詩之於鄴下文士集團的象徵意義〉，《魏晉南北朝文學與學術研討會論文集》（臺北：文津出版社，1993），頁 393-437。王麗珍〈試論建安遊宴詩〉，《嘉應大學學報》第 19 卷第 5 期，2001 年 10 月，頁 53-57。黃亞卓〈論建安公宴詩及其典範意義〉，《廣西師院學報》第 23 卷第 3 期，2002 年 7 月，頁 59-63。木齋〈論建安遊宴詩的興起——兼論《今日良宴會》的作者〉，《山西大學學報》第 29 卷第 1 期，2006 年 1 月，頁 91-94。楊倩〈鄴下公宴詩：先秦宴飲詩的繼承和發展〉，《時代文學》2008 年第 1 期，頁 70-71。

10 齊梁時期，文士輩出，創作興盛，文學理論與批評趨向成熟，文學的藝術獨立性及唯美風氣最為鮮明，對後世文學的影響也最為深遠。因而，歷來評論（包括正負面）往往以齊梁文學為南朝文學之代表。如劉大杰《中國文學發展史》（臺北：華正書局，2001，頁 452-456）在討論初唐詩歌時，便專列「齊梁餘風」一節。閻采平更以此為專題著《齊梁詩歌研究》（北京：北京大學出版社，1994）。普慧在探討南朝文學時則指出，宋與陳的文學皆具有過渡期的特點，「真正能夠體現

的一個顯著現象。

齊梁饗宴文化及由此產生的饗宴文學既有承襲建安文壇模式與傳統的一面，亦有其順應時代發展而呈現的新氣象：

從整體表現看，齊梁的饗宴文化重新轉由以帝王、皇族為中心及主導；從歷史發展看，齊梁的饗宴是北府將領文人化及寒門[11]世族[12]化的一條重要途徑；從文學發展看，齊梁的饗宴是以皇族為中心形成文人集團[13]的一個主要形式；從文學創作看，齊梁的饗宴是文學創作群體化及模式化的主要場域，同時也是文學內容宮體化、風格唯美化的重要原因。齊梁饗宴文學體現出雙重性質：政治實用與遊戲娛情，而其「饗宴－文學」的文化生態對後世文壇產生了十分深遠的影響。本章即以饗宴文化為主軸及聯結點，參以士族文化、王朝政治、文人集團、文學創作等諸方面的演變發展，對齊梁文學進行較為全面深入而系統的探討。

宴饗文化（及文學）的主導者是士族，尤其是世家大族，以及崛起於寒門卻努力世族化的豪族與皇族。因此探討齊梁宴饗文化與文學的關係，士族的歷史與文化的演變，首先是不容忽視的考察對象。

士族是魏晉南北朝時期社會重要的統治力量[14]，其主要標誌是具有較高

和代表南朝文學特徵的是齊梁文學。」（普慧〈齊梁三大文學集團的構成極其盟主的作用〉，《社會科學戰線》1998 年第 2 期，頁 106）。

[11] 史籍有寒門、寒士、寒人等稱謂，宮崎市定區分為：「第一，身為士而門地寒者，我想稱之為寒門、寒士。第二，庶人躋身於士列，以及登上準士的地位反而被貴族形容為寒者，我想稱他們為寒人。」見宮崎市定著，韓昇、劉建英譯《九品官人法研究》（北京：中華書局，2008），頁 153。宮崎市定還指出，所謂門地寒，即鄉品為三品至五品者；而寒門亦有次門、後門之稱。（同前著，頁 155。）事實上，寒門（次門、後門）、寒士、寒人的區別分界並不十分清楚，也不太容易釐清，故本章一概以寒門稱之。

[12] 本章所採用的「世族」概念指世家大族，即士族社會中的最高階層。關於「寒門」與「士族」的涵義，詳參下文。

[13] 文人集團往往也稱為文學集團（見後所引論著），但魏晉南北朝的文人集團多具政治結盟色彩，稱之為文學集團，或會產生誤解，故本章以文人集團稱之。

[14] 蘇紹興即認為士族是中國中古時期的一股特殊勢力，對當時政治、社會、經濟、文化各方面，都有重大影響。見蘇紹興《兩晉南朝的士族》（臺北：聯經，1987），「自序」，頁 1。

的文化素養和政治才幹，憑藉自身的家學與門地，能夠較為順利地進入王朝上層統治圈，形成顯要的政治勢力與社會影響。因此，對於魏晉南北朝士族的認識和研究直接關係到對整個魏晉南北朝歷史的理解和把握，長期以來，士族問題的研究便一直是魏晉南北朝研究領域的熱點，也是本章的重要切入點。

唐長孺可稱是中國大陸魏晉南北朝士族研究的奠基人。在〈士人的形成和升降〉一文中，唐長孺指出：

> 漢末大姓、名士是魏晉士族的基礎，而士族形成在魏晉時期，九品中正制保證士族在政治上的世襲特權，實質上就是保證當朝顯貴的世襲特權，因而魏晉顯貴家族最有資格成為士族。[15]

在〈士人蔭族權和士族隊伍的擴大〉一文中，唐長孺又進一步指出，晉滅吳後制訂的戶調式規定按品官蔭族、蔭客和占田，基本精神是保證當代各級官僚貴族的特權，有關「士人子孫」的補充規定，確立了士人的蔭族特權，從而確立了士之為族，「士族」的名稱也開始出現。[16]

陳寅恪則更多從文化特徵研究士族問題，強調士族的家學與家風等文化世家特徵，在〈崔浩與寇謙之〉一文中，陳氏認為高門士族「必具備儒生與大族之二條件」，「不必以高官為唯一標準，即寒士有才，亦可目為勝流」[17]。

綜合唐陳二家說法，官宦、家學、蔭族，為士族的主要特徵。[18]

---

[15] 唐長孺《魏晉南北朝史論拾遺》（北京：中華書局，1983），頁 54。

[16] 《魏晉南北朝史論拾遺》，頁 65-80。

[17] 陳寅恪《金明館叢稿初編》（上海：上海古籍出版社，1980），頁 126，131。

[18] 宮崎市定則認為士族的特權包括任官權、就學權、免役權。見《九品官人法研究》，頁 150。關於士族的定義，還有諸多說法，如高等士族與低等士族的區別，士族／世族（世代）／勢族（權勢）／庶族等稱謂的混淆與區別。唐長孺認為：「『勢族』和『世族』在當時雖有密切的關係，有時可以互通，但畢竟不是同義詞。」並通過諸多史料證明，世族側重於歷史世代的因素，勢族則側重於當代權勢的因素。（〈士人的形成和升降〉，《魏晉南北朝史論拾遺》，頁 53-64）。本章所採用的「士族」概念指世家大族，即士族社會中的最高階層。

永嘉之亂[19]，晉室南遷，中原百姓也紛紛舉族遷徙江南。晉元帝司馬睿（276-323，318-323 在位）在僑姓世家大族王導（276-339）等支持下建立東晉，開創了「王與馬共天下」[20]的局面，也開啟了士族與皇族爭鬥的歷史。由聚居廣陵和京口的流民組成，先後由世家大族謝玄（343-388）、王恭（？-398）以及軍事豪強劉牢之（?-402）、劉裕（363-422，420-422 在位）所統領的北府軍事集團的崛起，將士族與皇族爭鬥，擴張到士族與不斷崛起的寒門、將家及豪強的爭鬥，並且還將這種爭鬥貫徹於日後宋、齊、梁諸朝的嬗遞過程[21]。如果說在士族形成初期的魏晉，「當朝顯貴」的因素為首要考量，那麼，在東晉後期至宋、齊、梁諸朝，寒門豪強崛起與世家大族爭奪社會／政治主導權，才學／文化便成為士族身分界定的重要依據。[22]

在整個魏晉南北朝，士族的發展演變過程，呈現了分化／重組／轉型的多樣形態。具體而言，一方面，高門甲族通過自矜門戶／強調文化優勢來抑制／抵禦皇權和寒門的崛起與侵漁；一方面，寒門士族著意展現才學，以期獲得士族社群認同，結交政治、社會人脈，爭取仕進機會[23]；同時，通過加

---

[19] 「永嘉之亂」：晉永嘉五年，匈奴石勒、王彌、劉曜等率大軍攻晉，在平城殲滅十萬晉軍，又殺太尉王衍及諸王公，旋攻入京師洛陽，俘獲懷帝，殺王公士民三萬餘人，元帝司馬睿率中原漢族衣冠士族臣民大規模南遷。

[20] 《晉書・王敦傳》曰：「（元）帝初鎮江東，威名未著，敦與從弟導等同心翼戴，以隆中興。時人為之語曰：『王與馬，共天下。』」（房玄齡等撰《晉書》，【八】，北京：中華書局，1996，頁2554）；《南史・王弘傳》曰：「晉自中原沸騰，介居江左，以一隅之地，抗衡上國，年移三百，蓋有憑焉。其初諺云：『王與馬，共天下。』蓋王氏人倫之盛，實始是矣。」（李延壽撰《南史》，北京：中華書局，1995，【二】，頁 583）。

[21] 谷川道雄認為以名望家族為核心結成的豪族共同體不僅構成了當時社會的基層，而且在社會政治的各個方面發揮了重要的作用，特別是在推動歷史發展的方面，從東晉的北府軍，到宋、齊、梁朝的嬗遞，都是由這種豪族共同體所發揮的作用。見谷川道雄《六朝時代的政治和文化以及地域社會的作用》（東京：玄文社，1989），頁 18。

[22] 唐長孺的〈士人的形成和升降〉雖然採唐太宗「止取今日官爵高下」之說為士族形成的重要標準，但同一史料也顯示，唐太宗亦將「才識」視為衡量士族的重要標識之一。見唐長孺《魏晉南北朝史論拾遺》，頁 54。其中有關唐太宗的史料來自劉昫《唐書・高士廉傳》，二十五史刊行委員會《二十五史》（臺北：臺灣開明書店，1962），【4】，頁 3309。

[23] 參鄭雅如〈齊梁士人的交遊以任昉的社交網絡為中心的考察〉，《臺大歷史學報》第 44 期（2009年 12 月），頁 46。

強文化修養，重構家族文化躋身於高門甲族行列。值得注意的是，無論上述哪一方面的表現，饗宴文化往往在其間起到了不可忽視的催化作用。

齊梁時期，沿襲前代士族社會常態性的活動方式，饗宴文化中祭祀禮儀的性質進一步弱化及淡化，政治實用與遊戲娛情的性質得到不斷強化及重視，而且，饗宴文化活動的重心及主導權基本上重新掌握控制在王室成員（帝王及皇族）手中。產生這一現象的原因，除了齊梁二朝（尤其是後者）的王室成員大多同時也是文壇領袖外，更值得注意的是，齊梁正是承接著劉宋以來士族社會分化演變（重新洗牌）的重要時期。

晉永嘉南渡，寒門士族中的武力強宗或地方豪霸已開始逐步進入文化高門甲族的行列。劉裕藉助京口北府軍事集團奪取政權後，開啟了宋、齊、梁三朝「以北人中武裝善戰的豪族為君主，而北人中不善戰的文化高門為公卿，相互利用，以成統治之局的歷史」[24]，由此也加速了以君主皇室為代表的豪族積極轉化、躋身為文化高門甲族的進程。同是出自南蘭陵蕭氏豪家將種的齊梁王室成員，更以政壇及文壇領袖的雙重身份，充分利用饗宴文化，促進並完成了北府將領文人化及豪族士族化的轉型。[25]

因此，齊梁時期的饗宴活動，往往呈現出王室政治操作伴隨著文學創作的奇異現象：

> 方祭祀娛神，登歌先祖功德，下堂詠宴享，無事歌后妃之化也。[26]

> 車駕幸宣武堂宴會，詔諸王公以下賦詩。[27]

---

[24] 萬繩楠整理《陳寅恪魏晉南北朝史講演錄》（臺北：昭明出版社，1999），頁 217。

[25] 毛漢光即更為宏觀地論述，士族內部的質變呈現出由武質而文質、由社會性而政治性、由代表性而官僚性、由區域性而中央化、由經濟性而形而上的趨向。參毛漢光《中國中古社會史論》（臺北：聯經出版事業公司，1988），頁 69-103。

[26] 《南齊書・樂志三》，蕭子顯撰《南齊書》（北京：中華書局，1995），【一】，頁 178。

[27] 《南齊書・高帝本紀下》，《南齊書》，【一】，頁 35。

車駕幸樂遊苑宴會，王公以下賦詩。[28]

自高祖即位，引後進文學之士，(劉) 苞及從兄孝綽、從弟孺，同郡到溉、溉弟洽、從弟沆，吳郡陸倕、張率並以文藻見知，多預讌坐，雖仕進有前後，其賞賜不殊。[29]

高祖聰明文思，光宅區宇，旁求儒雅，詔採異人，文章之盛，煥乎俱集；每所御幸，輒命群臣賦詩，其文善者，賜以金帛，詣闕庭而獻賦頌者，或引見焉。其在位者，則沈約、江淹、任昉，並以文采，妙絕當時。至若彭城到沆、吳興丘遲、東海王僧孺、吳郡張率等，或入直文德，通讌壽光，皆後來之選也。[30]

高祖雅好蟲篆，時因宴幸，命沈約、任昉等言志賦詩，孝綽亦見引。[31]

時中庶子謝嘏出守建安，於宣猷堂宴餞，並召時才賦詩，同用十五劇韻，愷詩先就，其辭又美。[32]

崇尚文化，獎勵文學，儼然成為齊梁皇室的既定方針。有學者指出，南朝皇室與士族在文學地位上有一個互動關係，這種互動關係形成的原因便是庶族皇室對士族文化的認同和重視，從而導致了南朝社會普遍的愛文風

[28] 《南齊書・高帝本紀下》，《南齊書》，【一】，頁 36。

[29] 《梁書・劉苞傳》，姚思廉撰《梁書》(北京：中華書局，1992)，【三】，頁 688。

[30] 《梁書・文學傳序》，《梁書》，【三】，頁 685-686。

[31] 《梁書・劉孝綽傳》，《梁書》，【二】，頁 480。

[32] 《梁書・蕭子恪傳附蕭愷傳》，《梁書》，【二】，頁 513。

氣。[33]然而也必須注意到，崛起於寒門的皇室在這樣一個轉型過程中，文化及文學素養的不斷增強而成為優勢，卻是以強宗武力傳統的日漸羼弱而成劣勢為代價的。而事實上，齊梁正是世家大族賴以安身立命的門閥制度從鼎盛向衰落演進的關鍵時期，南蘭陵蕭氏家族的轉型也正好伴隨了這一個重要的歷史轉折過程（詳敘見後）。

上引諸例中所列舉的皇室饗宴參與者，不僅「仕進有前後」，而且出身亦有高低，如劉孝綽（481-539）兄弟等無疑是出身高門甲族，到溉（477-548）兄弟等雖官居顯貴，卻是寒門軍家出身。可見，對饗宴聚會參與者本身才學的要求，重於其門地淵源。以下這則由文士主導的聚會記載，更顯見其要義：

> （任）昉為中丞，簪裾輻湊，預其讌者，殷芸、到溉、劉苞、劉孺、劉顯、劉孝綽及（陸）倕而已，號曰「龍門之游」。雖貴公子孫不得預也。[34]

「雖貴公子孫不得預也」一語，顯然就是標榜才學高於門地。

士族社會不同族群與集團之間的互動，並非那麼溫文和順，也有不那麼和諧甚至不乏爭勝鬥狠之舉，而饗宴便往往成為爭鬥的場所，政治爭鬥的刀光劍影也往往閃爍掩映於饗宴的酒色醉意之中。僑姓與吳姓的矛盾是南渡後士族社會爭鬥分化的突出現象，僑姓出身的褚淵（435-482）與吳姓士族出身的沈文季（442-499）之間的爭鬥，便是頗具典型意義的例子。齊司徒褚淵為當世貴望，屢以門戶之見打壓沈文季，文季不為之屈。「武帝（蕭賾）在東宮，於玄圃宴朝臣」的場合中，文季借勸酒使氣，嘲諷褚淵政德有缺；褚淵則暗譏文季出身將門，「文季諱稱將門」，因是發怒，翻出褚淵自謂忠

[33] 曾毅、程明〈南朝皇室與士族在文學地位上的互動〉，《重慶三峽學院學報》第 19 卷，2003 年第 4 期，頁 24-27。

[34] 《南史・陸慧曉傳附陸倕傳》，《南史》，【四】，頁 1193。

臣，卻背叛宋明帝劉彧（439-472，465-472 在位）的舊事。對此，蕭賾（440-493，482-493 在位）只是以「沈率醉也」來打哈哈帶過。後在豫章王蕭嶷（444-492）北宅後堂宴集，酒闌之際，褚淵取樂器奏〈明君曲〉，文季便下席大唱曰：「沈文季不能作伎兒。」豫章王又只是為二人打圓場。為人傲岸耿直的沈文季，對上位者卻大不以為然。齊明帝蕭鸞（452-498，494-498 在位）宴會朝臣，可對飲竟日飲酒至五斗的文季竟堅不肯飲而被驅下殿。[35]儘管如此，在褚淵與沈文季之爭中，南蘭陵豪家將種出身的蕭氏王族卻顯然是傾向於沈文季一方的。《南齊書》亦載稱：

> 世祖謂文季曰：「南士無僕射，多歷年所。」文季對曰：「南風不競，非復一日。」文季雖不學，發言必有辭采，當世稱其應對。[36]

齊武帝蕭賾與沈文季君臣一唱一和，一致顯示了對僑姓高門長期仗勢欺人的不滿[37]。然而，這種不滿不是體現為將門（及寒門）對高門的排斥，反而是趨同與靠攏，文季「諱稱將門」便是明證。而「文季雖不學，發言必有辭采，當世稱其應對」，亦正可見沈氏力圖脫離將門而文士化的努力取得成效。[38]

王融（467-493）的例子，則尤顯文化高門的號召力。王融出身瑯邪王氏，其後人王筠（481-549）自稱：「七葉之中，名德重光，爵位相繼，人人

---

[35] 以上俱見《南齊書・沈文季傳》，《南齊書》，【三】，頁 775-780。

[36] 《南齊書・沈文季傳》，《南齊書》，【三】，頁 778。

[37] 齊高帝蕭道成欲用吳姓士族出身的張緒為右僕射，僑姓高門的代表人物王儉亦以「南士由來少居此職」阻撓。見《南齊書・張緒傳》，《南齊書》，【三】，頁 778。

[38] 張亞軍便指出，南朝士族中，尤其是武將出身的士族在崇尚文學的時風感染下，逐漸向文士家族轉變，如到氏、張氏、沈氏、柳氏等，同時南朝帝王本身的形象轉變也是一個實證。帝王與宗室對文學的提倡促成了文學興盛，但也造成時人鄙視武風、不堪武職的習氣。見張亞軍〈論南朝士族武風趨於文治的形象轉變〉，《西華師範大學學報》2005 年第五期，頁 13-18。

有集，如吾門世者也。」[39]沈約（441-513）亦語人云：「自開辟已來，未有爵位蟬聯，文才相繼，如王氏之盛者也。」[40]王融與蕭衍（464-549，502-549 在位）同屬竟陵八友，素以文章才學自負，「自謂無對當時」[41]，《南齊書》本傳所謂「文藻富麗，當世稱之」[42]，足見其自負非妄言。而且，這一傲世風範便是在「上幸芳林園禊宴朝臣，使融為曲水詩序」[43]的皇室饗宴文化活動中得以呈現的。王融還有一句傲世名言：「天下文章，若無我當歸阿士。」[44]阿士，即王融的外甥劉孝綽的小字。有意思的是，上引讚譽王融「文藻富麗，當世稱之」後，便稱「孝綽亦見引」[45]，顯見劉孝綽同樣深得蕭衍所重。蕭綱（503-551，549-551 在位）也推崇劉孝綽「雕龍之才本傳，靈蛇之譽自高」[46]。

劉孝綽的出身亦屬於典型的文化高門士族，「孝綽兄弟及群從諸子侄，當時有七十人，並能屬文，近古未之有也」[47]。劉孝綽於梁天監初起家著作佐郎，為〈歸沐詩〉以贈名流任昉（460-508），深得任昉器重。曾侍宴梁武帝蕭衍，「於坐為詩七首，高祖覽其文，篇篇嗟賞，由是朝野改觀焉」[48]。得蕭衍推重為「第一官當用第一人」[49]，出任主掌朝廷文書的秘書丞。因「仗氣負才，多所陵忽，有不合意，極言詆訾」，對獲朝廷重用的領軍臧盾

---

39 《梁書・王筠傳》，《梁書》，【二】，頁 486-487。

40 《梁書・王筠傳》，《梁書》，【二】，頁 487。

41 《南史・任昉傳》，《南史》，【五】，頁 1452。

42 《南齊書・王融傳》，《南齊書》，【三】，頁 821。

43 《南齊書・王融傳》，《南齊書》，【三】，頁 821。

44 《梁書・劉孝綽傳》，《梁書》，【二】，頁 479。

45 《南齊書・王融傳》，《南齊書》，【三】，頁 821。

46 蕭綱〈與劉孝綽書〉，嚴可均輯《全上古三代秦漢三國六朝文》（北京：中華書局，1995），【三】，《全梁文》，卷十一，頁 3010。

47 《梁書・劉孝綽傳》，《梁書》，【二】，頁 484。

48 《梁書・劉孝綽傳》，《梁書》，【二】，頁 480。

49 《梁書・劉孝綽傳》，《梁書》，【二】，頁 480。

（477-542）、太府卿沈僧杲「尤輕之」。[50]最為經典的是跟一度友善的到洽（477-527）翻臉：「孝綽自以才優於洽，每於宴坐，嗤鄙其文，洽銜之。」[51]而到洽的懷恨在心（銜之），引發後續兩人多次交惡。有意思的是，兩人的交惡，卻還須蕭衍與蕭統（501-531）居中調和[52]。即使劉孝綽因事免職後，蕭衍仍「數使僕射徐勉宣旨慰撫之，每朝宴常引與焉」[53]。利用朝宴的機會來和緩及維繫與劉孝綽的關係，蕭衍可謂用心良苦，由此也可見饗宴文化作為連繫皇族與士族政治紐帶的重要性。

到洽出身於劉宋時期以軍功崛起的家族，曾祖父到彥之出身寒微，早年曾「擔糞自給」[54]，後跟隨劉裕征戰，進爵封侯，卒後諡忠公。歷經宋齊兩朝，到氏家族屢受皇帝知遇之恩，門地大幅提升，家族文化逐漸由武轉文，至第四代到洽及其兄沼、溉與從弟沆（477-506），已以才學聞名於世。到洽本人更有「兼資文武」[55]「日下無雙」[56]之目。儘管如此，到洽依然被高門出身的劉孝綽嗤鄙；其兄到溉已掌吏部尚書，亦仍被出身高門的何敬容（？-549）以到氏曾祖出身譏諷「尚有餘臭，遂學作貴人」[57]。然而，梁武帝蕭衍卻慧眼獨具：

> 沼、溉俱蒙擢用，洽尤見知賞……御華光殿，詔洽及沆、蕭琛、

---

[50] 俱見《梁書．劉孝綽傳》，《梁書》，【二】，頁 483。

[51]《梁書．劉孝綽傳》，《梁書》，【二】，頁 480。

[52]《梁書．劉孝綽傳》載：「及孝綽為廷尉卿，攜妾入官府，其母猶停私宅。洽尋為御史中丞，遣令史案其事，遂劾奏之，云：『攜少妹於華省，棄老母於下宅。』高祖為隱其惡，改『妹』為『姝』。坐免官。孝綽諸弟，時隨籓皆在荊、雍，乃與書論共洽不平者十事，其辭皆鄙到氏。又寫別本封呈東宮，昭明太子命焚之，不開視也。」見《梁書》，【二】，頁 480-481。

[53]《梁書．劉孝綽傳》，《梁書》，【二】，頁 482。

[54]《南史．到彥之傳附到溉傳》，《南史》，【三】，頁 679。

[55]《南史．到彥之傳附到溉傳》引謝朓語，《南史》，【三】，頁 681。

[56]《南史．到彥之傳附到溉傳》引任昉語，《南史》，【三】，頁 681。

[57]《南史．到彥之傳附到溉傳》，《南史》，【三】，頁 679。

> 任昉侍宴，賦二十韻詩，以洽辭為工，賜絹二十匹。高祖謂昉曰：「諸到可謂才子。」昉對曰：「臣常竊議，宋得其武，梁得其文。」[58]

任昉的品題，揭櫫到氏家族在宋憑武稱勝，在梁以文見長的變化。其實，蕭衍本人便是由武入文，文武兼資的典範，他對到氏兄弟的賞識，多少帶有惺惺相惜的心態，甚或體現了當時高門甲族與寒門士族（包括崛起於寒門的皇族）社會地位此消彼長的文化現象。[59]

從與到氏兄弟一起侍宴的蕭琛（476-512）的際遇，亦可看到皇族與士族之間頗具戲劇性的互動表現。蕭琛出身寒門士族，據《梁書》載，蕭琛起家齊太學博士，時高門甲族王儉（452-489）當朝，宴於樂游苑，琛乃著虎皮靴，策桃枝杖，直造儉坐，儉与之語，大悅，因大為賞識。[60]《南史》則載稱，蕭衍登基為帝後，因往日情誼對蕭琛頗為禮遇。一日於御宴上，蕭琛酣醉伏几，蕭衍以棗投琛，琛則回擲以栗，正中衍面。蕭衍不悅，琛回曰：「陛下投臣以赤心，臣敢不報以戰栗？」[61]紅棗以形喻赤心，栗子以音涉戰栗，靈機巧妙，渾然天成，蕭衍因而笑悅釋懷。

上引史料所述群體活動，參與者包括高門士族及寒門士族，才學的要求重於門地，才藝的展現重於饗宴的享受。儘管如此，饗宴卻是這些活動不可或缺的元素。饗宴首先就是這些活動的外在形式，是將所有參與者組織連結

---

[58]《梁書・到洽傳》，《梁書》，【二】，頁 404。

[59]杜志強的《蘭陵蕭氏家族及其文學研究》（成都：巴蜀書社，2008）頗為全面地論述了蘭陵蕭氏家族的發展演化，尤其在齊梁二朝如何由軍伍家族向文化家族轉變，如何從崛起、興盛而步向覆亡，以及在政治、文化、文學等諸多方面的表現，正面呈現了北府將領文人化及豪族世族化轉型的典範。陳寅恪在「楚子集團與江左政權的轉移」與「梁陳時期士族的沒落與南方蠻族的興起」等演講中，則指出這種文化世家特徵，是包括蘭陵蕭氏在內的豪族士族化的轉型標準，卻也是他們轉型成功後走向沒落的致命傷。參萬繩楠整理《陳寅恪魏晉南北朝史講演錄》，頁 195-229。

[60]《梁書・蕭琛傳》，《梁書》，【二】，頁 396。

[61]《南史・蕭思話傳附蕭琛傳》，《南史》，【二】，頁 507。

在一起的先決條件；更進一步說，饗宴文化是催化劑也是潤滑劑，既對立又相互利用的高門甲族／寒門士族以及皇室，就在這饗宴文化氛圍中，得以雖然不那麼和諧卻也頗為自由不拘地交流／爭鬥／融合／轉化。

二、饗宴文化與文人集團

齊梁文壇的一個重要現象是文人活動與創作集團化，齊梁王室成員以政壇領袖及文壇領袖的雙重身份，主導及強化了文人集團化的形成與演變；文人集團在南朝文壇所起的作用也越來越受到學者的重視，所探討的角度包括文學、社會、文化、政治等多方面。[62]

最為學界所矚目的無疑是齊竟陵王蕭子良（460-494）為領袖的「竟陵八友」西邸文人集團，如張蓓蓓的〈齊竟陵王蕭子良「西邸」文士集團考略〉[63]對竟陵王蕭子良「西邸」文士集團進行全面考察，認為竟陵王蕭子良開西邸招文士，與當代濃郁的貴遊文學氣氛有關，同時也跟他愛才好士，待以厚禮，因而獲得各方士人望風景從，競相歸向，以致形成以竟陵為中心遊宴唱酬，呈才競藻的文士集團。依我之見，對蕭子良西邸文人集團的探討，還需從如下幾個方面著眼：

首先，蕭子良西邸文人集團固然以「竟陵八友」為核心，但作為一個鬆

---

[62] 參張蓓蓓〈齊竟陵王蕭子良「西邸」文士集團考略〉，《中古學術論略》（臺北：大安出版社，1991），頁 235-276。王淑嫻〈蕭子良文人集團之組成及其政治意義試探〉，《中正歷史學刊》第 7 期（2004 年 12 月），頁 3-24。普慧〈齊梁三大文學集團的構成及其盟主的作用〉，《社會科學戰線》1998 年第 2 期，頁 106-113。沈意〈試論文學集團的政治性——以梁代兩大文學集團為例〉，《鄭州大學學報》2007 年第 1 期，頁 135-137。陳群〈文學集團與南朝文人的社會生活〉，《煙臺大學學報》2004 年第 4 期，頁 450-454。閻采平〈士庶關係與齊梁文學集團〉，《文學遺產》1994 年第 3 期，頁 22-28。何詩海〈文學集團與永明新體詩篇制的確立〉，《文藝理論研究》2005 年第 3 期，頁 108-113。丁國祥、李倞〈論齊梁之際文人集團受佛學集團的影響〉，《社會科學論壇》2007 年第 11 期，頁 15-19。祁立峰〈遊戲或教育：論蕭統文學集團同題共作詩賦的「互文性」〉，《彰化師大國文學誌》第 19 期（2009 年 12 月），頁 227-254。

[63] 張蓓蓓《中古學術論略》（臺北：大安出版社，1991），頁 235-276。

散的文人集團，其成員遠不止「八友」。所謂「竟陵八友」典出《梁書》：

> 竟陵王子良開西邸，招文學，高祖與沈約、謝脁、王融、蕭琛、范雲、任昉、陸倕等並遊焉，號曰八友。[64]

> 時竟陵王亦招士，約與蘭陵蕭琛、琅邪王融、陳郡謝脁、南鄉范雲、樂安任昉等皆遊焉，當世號為得人。[65]

這兩則史料顯示，蕭衍、沈約、謝脁（464-499）、王融、蕭琛、范雲（451-503）、任昉、陸倕（470-526）可謂蕭子良西邸文人集團的核心成員。此外，《南史》亦有載：

> 司徒竟陵王子良開西邸，招文學，僧孺與太學生虞羲、丘國賓、蕭文琰、丘令楷、江洪、劉孝孫並以善辭藻遊焉。[66]

《資治通鑑》在「八友」之外又載稱：

> 法曹參軍柳惲、太學博士王僧孺、南徐州秀才濟陽江革、尚書殿中郎范縝、會稽孔休源亦預焉。[67]

於是，在「八友」之外，還可增加王僧孺（465-522）、虞羲、丘國賓、蕭文琰、丘令楷、江洪、劉孝孫、柳惲（465-517）、孔休源、江革（？-535）、范縝（450？-515？）等人。倘若再瀏覽《南齊書》、《梁書》、《南史》各家

---

[64] 《梁書・武帝本紀上》,《梁書》,【一】，頁 2。

[65] 《梁書・沈約傳》,《梁書》,【一】，頁 233。

[66] 《南史・王僧孺傳》,《南史》,【五】，頁 1460。

[67] 司馬光編著，胡三省音注《資治通鑑》（香港：中華書局香港分局，1956）,【5】，頁 4258-4259。

列傳，還可見不少文人通過「薦之」、「聞而引之」、「以文才見引」、「雅被賞狎」、「預焉」、「遊焉」、「博招學士」等方式匯集到蕭子良的麾下，如王摛、王思遠（453-501）、徐孝嗣（453-499）、劉繪（458-502）、劉虯（437-495）、謝璟（?-529）、杜棲、王亮、宗夬（456-504）、王瞻、王峻、張充、陸慧曉（435-496）、王志（460-513）、范岫（440-514）、劉峻（462-521）、何點、何胤（446-531）、沈瑀、范述曾（431-509）等。

其次，蕭子良與同母（穆皇后）所生的長兄文惠太子蕭長懋（458-493）關係十分密切。「文惠太子與竟陵王子良素好士」[68]，文惠太子亦招攬文士，如沈約、范雲、王僧孺、王思遠、陸厥（472-499）、范岫、許懋（464-532）、謝幾卿（476-527）、虞炎、劉璡等。其中有的先後甚至同時追隨文惠太子與竟陵王，如：

> 齊文惠太子、竟陵文宣王幼時，高帝引述曾為之師友。[69]

> 司徒竟陵王子良開西邸招文學，僧孺亦遊焉；文惠太子聞其名，召入東宮，直崇明殿。[70]

再次，蕭子良西邸文人集團成員個人的詩賦創作固然頗為豐富且有成就，然而，集團形成的動因及其所好者卻是「文章談義」：

> 永明末，京邑人士盛為文章談義，皆湊竟陵王西邸。[71]

> 徒以顧托後車，以望西園之客，攝齊下坐，有糅南皮之遊，謬服

[68] 《南齊書．王思遠傳》，《南齊書》，【三】，頁 765。

[69] 《梁書．范述曾傳》，《梁書》，【三】，頁 769。

[70] 《梁書．王僧孺傳》，《梁書》，【二】，頁 469。

[71] 《南齊書．劉繪傳》，《南齊書》，【三】，頁 841。

同於魯儒，竊吹等乎齊樂。[72]

子良少有清尚，禮才好士，居不疑之地，傾意賓客，天下才學皆遊集焉。善立勝事，夏月客至，為設瓜飲及甘果，著之文教。士子文章及朝貴辭翰，皆發教撰錄……移居雞籠山邸，集學士抄《五經》、百家，依《皇覽》例為《四部要略》千卷。招致名僧，講語佛法，造經唄新聲。道俗之盛，江左未有也……又與文惠太子同好釋氏，甚相友悌。子良敬信尤篤，數於邸園營齋戒，大集朝臣眾僧，至於賦食行水，或躬親其事，世頗以為失宰相體。勸人為善，未嘗厭倦，以此終致盛名……所著內外文筆數十卷，雖無文采，多是勸戒。[73]

最後，蕭子良西邸文人集團的宗旨雖然以文（文化／文學）為主，卻不乏政治操作的意圖及行為，最為明顯的就是王融「藉子良之勢，傾意賓客，勞問周款，文武翕習輻湊之，招集江西傖楚數百人，竝有幹用」[74]。如此動作，顯然已逾越文士聚會的分際；到後來王融更欲擁立竟陵王即帝位失敗，終招致殺身之禍。[75]

儘管如此，蕭子良西邸文人集團至少有兩點意義是不容忽視的：（一）是繼建安鄴下文人集團之後，再次以皇族為領袖的文士集團，為日後南朝文人集團化的發展模式開了先河[76]；（二）該集團中的核心成員，如蕭衍、沈

---

[72] 王僧孺〈謝齊竟陵王使撰眾書啟〉，《全上古三代秦漢三國六朝文》，【四】，《全梁文》，卷五十一，頁 3246。

[73] 《南齊書・蕭子良傳》，《南齊書》，【三】，頁 694-701。

[74] 《南齊書・王融傳》，《南齊書》，【三】，頁 823。

[75] 王淑嫻指出，蕭子良文人集團除文學成就外，在政治上的意義及該集團成員對齊梁之際政治局勢之轉變與發展，亦有不可輕忽的影響力。見王淑嫻〈蕭子良文人集團之組成及其政治意義試探〉，《中正歷史學刊》第 7 期（2004 年 12 月），頁 3-24。

[76] 除了王室成員，齊梁名臣以己之名氣聚集文學之士的例子並不多見，即使沈約被譽為「當朝貴顯」

約、任昉、謝朓、范雲、王融等，不僅成為日後文壇風雲人物，有的還成為新的文人集團的領袖（詳見後文）。

如果說蕭子良西邸文人的集團活動缺少穠鬱的文學色彩以及饗宴文化的氛圍，那麼這兩點卻在梁朝文人集團的形成及其活動中得到頗為充分的呈現。

在蕭梁文人集團發展史中，「竟陵八友」之一的蕭衍無疑是一位至關重要的過渡性人物。蕭衍挾開國帝王的聲威與光環招攬人才：

> 引後進文學之士，（劉）苞及從兄孝綽、從弟孺，同郡到溉、溉弟洽、從弟沆，吳郡陸倕、張率並以文藻見知，多預讌坐，雖仕進有前後，其賞賜不殊。[77]

> 旁求儒雅，詔採異人，文章之盛，煥乎俱集；每所御幸，輒命群臣賦詩，其文善者，賜以金帛，詣闕庭而獻賦頌者，或引見焉；其在位者，則沈約、江淹、任昉，並以文采，妙絕當時；至若彭城到沆、吳興丘遲、東海王僧孺、吳郡張率等，或入直文德，通

（《梁書・孔休源傳》，《梁書》，【二】，頁 520）、「一代詞宗」（《梁書・任昉傳》，《梁書》，【一】，頁 253）、「當世辭宗」（《梁書・王筠傳》《梁書》，【二】，頁 484），也屢屢推挹同儕、提攜後進，仍未能形成以其為中心的文士集團。任昉卻或是特例，史書多有記載：「昉好交結，獎進士友，得其延譽者，率多升擢，故衣冠貴遊，莫不爭與交好，坐上賓客，恒有數十。時人慕之，號曰任君，言如漢之三君也。」（《梁書・任昉傳》，《梁書》，【一】，頁 254）「昉為中丞，簪裾輻湊，預其讌者，殷芸、到溉、劉苞、劉孺、劉顯、劉孝綽及（陸）倕而已，號曰『龍門之游』。雖貴公子孫不得預也。」（《南史・陸倕傳》，《南史》，【四】，頁 1193）「昉還為御史中丞，後進皆宗之。時有彭城劉孝綽、劉苞、劉孺，吳郡陸倕、張率，陳郡殷芸，沛國劉顯及，（到）溉、（到）洽，車軌日至，號曰蘭臺聚。」（《南史・到溉傳》，《南史》【四】，頁 678）然而，任昉集團的活動（尤其文學活動）並不活躍，任氏自己也是多個以王室成員為領袖的文士集團人物（見前），而且，「交遊於任昉門下之士友與侍從梁武帝讌會之文士竟然幾乎重疊」（鄭雅如〈齊梁士人的交遊以任昉的社交網絡為中心的考察〉，《臺大歷史學報》第 44 期〔2009 年 12 月〕，頁 64）。故本章不對任昉集團展開討論。

[77] 《梁書・劉苞傳》，《梁書》，【三】，頁 688。

> 讌壽光，皆後來之選也。[78]

作為帝王，蕭衍「引後進文學之士」、「旁求儒雅，詔採異人」固然有政治考量，然而「文藻」、「文采」、「善文」，無疑是其擇才的重要標準。沈約、江淹、任昉、到溉、到洽、到沆、丘遲（464-508）、王僧孺、張率（475-527）、劉苞（482-511）、劉孝綽、劉孺（485-543）、陸倕等人，便是合乎這一標準而入選。由此亦可說，沈約等人既是蕭梁王朝的重要臣僚，也是蕭衍文士集團的核心成員。因此，具有政壇領袖與文壇領袖雙重身份的蕭衍，常常將政治活動與文學活動交混進行，而二者得以和諧交混的平臺／場域往往就是饗宴，如《梁書》載：

> 高祖雅好蟲篆，時因宴幸，命沈約、任昉等言志賦詩，孝綽亦見引。嘗侍宴，於坐為詩七首，高祖覽其文，篇篇嗟賞，由是朝野改觀焉。[79]

所謂「宴幸」、「侍宴」、「朝野」，都是帶有王朝政治涵義的概念，然而，作為饗宴主導者是「雅好蟲篆」的梁武帝蕭衍，作為「侍宴」者的沈約、任昉、劉孝綽則是蕭衍文士集團的核心成員，饗宴的主要內涵是「言志賦詩」，饗宴的結果便是劉孝綽詩獲梁武帝「篇篇嗟賞」，而「朝野改觀」的效應顯然又是涵蓋了文壇與政壇。可見，此次饗宴既是王朝宮廷活動，亦可視為蕭衍文士集團的文學交遊。

有的饗宴活動隱含著刻意的政治操作，文學活動引導出政治性的結果，諸如：

---

[78] 《梁書・文學上》，《梁書》，【三】，頁 685-686。

[79] 《梁書・劉孝綽傳》，《梁書》，【二】，頁 480。

> 孝綽免職後，高祖數使僕射徐勉宣旨慰撫之，每朝宴常引與焉。及高祖為〈籍田詩〉，又使勉先示孝綽。時奉詔作者數十人，高祖以孝綽尤工，即日有敕，起為西中郎湘東王諮議。[80]

> 高祖初臨天下，收拔賢俊，甚愛其才。東宮建，以為太子洗馬。時文德殿置學士省，召高才碩學者待詔其中，使校定墳史，詔沆通籍焉。時高祖宴華光殿，命群臣賦詩，獨詔沆為二百字，二刻使成。沆於坐立奏，其文甚美。俄以洗馬管東宮書記、散騎省優策文。[81]

梁武帝蕭衍每朝宴常引被免職的劉孝綽出席，其政治性的慰撫意味不言而喻；而又進而以孝綽和詩「尤工」，便「即日有敕，起為西中郎湘東王諮議」。到沆獲梁武帝愛其才，收拔為賢俊；再作為高才碩學者從太子洗馬任上，待詔文德殿校定墳史；更因在梁武帝宴華光殿時立奏而成且其文甚美的賦詩，旋即再獲升遷重用。這似乎是梁武帝衡量、重用臣僚的一個模式，如褚翔（505-548）即在梁武帝宴群臣樂游苑時，立奏成二十韻詩，獲「高祖異焉，即日轉宣城王文學，俄遷為友」[82]；王規（488-536）則在梁武帝於文德殿餞廣州刺史元景隆（491?-548?），詔群臣賦詩時，援筆立奏五十韻，其文又美，「高祖嘉焉，即日詔為侍中」[83]。梁武帝不僅因愛才而重用文士，還因愛才而偏袒文士，且看《梁書》對丘遲的介紹：

> 高祖踐阼，拜散騎侍郎，俄遷中書侍郎，領吳興邑中正，待詔文德殿。時高祖著〈連珠〉，詔群臣繼作者數十人，遲文最美。天監

---

80 《梁書・劉孝綽傳》，《梁書》，【二】，頁 482。

81 《梁書・到沆傳》，《梁書》，【三】，頁 686。

82 《梁書・褚翔傳》，《梁書》，【三】，頁 586。

83 《梁書・王規傳》，《梁書》，【三】，頁 582。

> 三年，出為永嘉太守，在郡不稱職，為有司所糾，高祖愛其才，寢其奏。[84]

在奉詔繼作梁武帝〈連珠〉的數十臣僚中，丘遲因文最美脫穎而出，日後即使為官不稱職被有司所糾，亦可獲梁武帝愛其才而著意冷處理（「寢其奏」）。

如此因文學才華而獲政治恩寵的際遇，甚至可突破南北士族有別的藩籬。蕭衍文士集團核心成員之一的張率，雖然祖父輩為宋齊二朝的名臣顯貴，卻是出身吳姓士族，惟積極以文學上的努力及才華佐助政治仕途：年少時即「常日限為詩一篇，稍進作賦頌」，乃至獲沈約「南金」之目[85]。繼以〈待詔賦〉上奏梁武帝，甚見稱賞後，又侍宴賦詩，武帝乃賜詩讚「東南有才子，故能服官政」；至遷秘書丞，引見玉衡殿，又得武帝感慨：「秘書丞天下清官，東南冑望未有為之者，今以相處，足為卿譽。」[86]從沈約的「南金」品鑒，到梁武帝蕭衍「東南有才子」的讚譽[87]，以致賜之「東南冑望未有為之者」的「天下清官」秘書丞銜，可見張率的文學才華及其（政治）成就的認定，始終是基於南北有別，厚僑姓薄吳姓的傳統高門世家意識的考量。然而，從中亦不難看出吳姓士族的文化優勢得以不斷增強，文學／政治地位得以不斷提升的現實跡象。[88]

---

[84] 《梁書．丘遲傳》，《梁書》，【三】，頁 687。

[85] 《梁書．張率傳》：「與同郡陸倕，幼相友狎，嘗同載詣左衛將軍沈約，適值任昉在焉，約乃謂昉曰：『此二子後進才秀，皆南金也。』」見《梁書》，【二】，頁 475。

[86] 俱見《梁書．張率傳》，《梁書》，【二】，頁 475。

[87] 《梁書．張率傳》亦有載：「後侍宴壽光殿，詔群臣賦詩，時（劉）孺與張率並醉，未及成，高祖取孺手板題戲之曰：『張率東南美，劉孺雒陽才。攬筆便應就，何事久遲回？』其見親愛如此。」見《梁書》，【三】，頁 591。

[88] 關於僑姓士族與吳姓士族此消彼長的互動關係，參何啟民〈永嘉前後吳姓與僑姓關係之轉變〉，《國立政治大學學報》第 26 期（1972 年 12 月），頁 207-232。陶希聖〈南朝士族之社會地位與政治權力（下）──齊梁〉，《食貨月刊》第 4 卷第 11 期（1975 年 2 月），頁 471-492。林童照、吳時春〈僑姓士族壟斷政權與東晉玄言文學興起之考察〉，《高苑學報》第 6 卷第 1 期（1997 年 2 月），頁 471-481。吳長庚〈論六朝吳中顧陸朱張四姓〉，《上饒師範學院學報》第 18 卷第 4 期

當然，從整個文學發展大勢來看，梁武帝蕭衍文士集團的表現更顯示文人集團化的發展已然躍上了一個新的階段──由帝王／王室成員親自領軍，雖不乏政治操作意味但文學色彩更鮮明，而且饗宴文化的氛圍甚為濃郁。

爾後，蕭統、蕭綱、蕭繹（508-554，552-554 在位）先後以太子、侯王、帝王的身分，組成組織鬆散卻活動頻繁的文人集團。同時，文人也積極主動紛紛投靠上位者：

> 當世高才遊王門者，東海王僧孺、吳郡陸倕、彭城劉孝綽、河東裴子野，各制其文，古未之有也。[89]

昭明太子蕭統的表現最為突出，史書多有記載：

> （昭明太子）性寬和容眾，喜慍不形於色。引納才學之士，賞愛無倦。恒自討論篇籍，或與學士商榷古今；閒則繼以文章著述，率以為常。於時東宮有書幾三萬卷，名才並集，文學之盛，晉、宋以來未之有也。[90]

> 時昭明太子好士愛文，孝綽與陳郡殷芸、吳郡陸倕、琅邪王筠、彭城到洽等，同見賓禮。[91]

（1998 年 8 月），頁 36-42。徐茂明〈東晉南朝江南土族之心態嬗變及其文化意義〉，《學術月刊》1999 年 12 期，頁 62-68。周才方〈六朝文化世族的形成及其對江南文化的影響〉，《金陵科技學院學報》第 19 卷第 3 期（2005 年 9 月），頁 54-59。李伯重〈東晉南朝江東的文化融合〉，《歷史研究》2005 年第 6 期，頁 91-107＋191。高惠〈試析東晉僑姓世族與吳姓大族的互動情況及其政治影響〉，《文教資料》2010 年 13 期（2010 年 5 月號上旬刊），頁 103-105。

89 《梁書．蕭秀傳》，《梁書》，【二】，頁 345。

90 《梁書．昭明太子傳》，《梁書》，【一】，頁 167。

91 《梁書．劉孝綽傳》，《梁書》，【二】，頁 480。

具有王儲的身分，又尚未有更多政務的牽絆，使對文學熱忱而又兼備深厚文學功底的昭明太子，得以傾注更多心力在引納才士、討論篇籍、商榷古今、著述文章，以致形成空前的文學之盛況。蕭統跟文人關係密切，集團活動的文學性濃郁且多半置身於宴遊的氛圍環境：

> 自列宮朝，二紀將及；義惟僚屬，情實親友。文筵講席，朝遊夕宴；何曾不同茲勝賞，共此言寄。[92]

> 昭明太子愛文學士，常與筠及劉孝綽、陸倕、到洽、殷芸等游宴玄圃，太子獨執筠袖撫孝綽肩而言曰：「所謂左把浮丘袖，右拍洪崖肩。」其見重如此。筠又與殷芸以方雅見禮焉。[93]

> 吟詠性靈，豈惟薄伎；屬詞婉約，緣情綺靡。字無點竄，筆不停紙；壯思泉流，清章雲委。總覽時才，網羅英茂；學窮優洽，辭歸繁富。或擅談叢，或稱文囿；四友推德，七子慚秀。望苑招賢，華池愛客；托乘同舟，連輿接席。摛文掞藻，飛紵泛幹；恩隆置醴，賞逾賜璧。徽風遐被，盛業日新；仁器非重，德輶易遵。澤流兆庶，福降百神；四方慕義，天下歸仁。[94]

昭明太子文士集團雖然也或有「四方慕義，天下歸仁」政治結盟的意味，但在「望苑招賢，華池愛客；托乘同舟，連輿接席」的宴遊活動中所產生，更多的是「字無點竄，筆不停紙；壯思泉流，清章雲委」的文學創作，而呈現「吟詠性靈，豈惟薄伎；屬詞婉約，緣情綺靡」的詩賦作品。

---

[92] 《梁書・張緬傳》引昭明太子致張纘書，《梁書》，【二】，頁 492。

[93] 《梁書・王筠傳》，《梁書》，【二】，頁 485。

[94] 《梁書・昭明太子傳》引王筠哀冊文，《梁書》，【一】，頁 170。

蕭綱文士集團的組建及活動最具有時代特色。雖然史書往往以「簡文帝」稱蕭綱，其實蕭綱只於臨終前二年在侯景（503-552）淫威下登基為簡文帝，其文士集團的組建及活動與創作，多在其為晉安王及入主東宮之時：

> 初，太宗在藩，雅好文章士，時肩吾與東海徐陵、吳郡陸杲、彭城劉遵、劉孝儀、儀弟孝威，同被賞接。及居東宮，又開文德省，置學士，肩吾子信、摛子陵、吳郡張長公、北地傅弘、東海鮑至等充其選。齊永明中，文士王融、謝朓、沈約文章始用四聲，以為新變，至是轉拘聲韻，彌尚麗靡，復踰於往時。[95]

> 引納文學之士，賞接無倦，恒討論篇籍，繼以文章……雅好題詩，其序云：「余七歲有詩癖，長而不倦。」然傷於輕艷，當時號曰「宮體」。[96]

> （蕭曄）名盛海內，為宗室推重，特被簡文友愛。與新渝（蕭映）、建安（蕭正立）、南浦（蕭推）並預密宴，號東宮四友。[97]

據《梁書》本紀記載，梁天監五年，蕭綱四歲即封晉安王；八年，為云麾將軍，領石頭戍軍事，量置佐吏。此後，相繼出任南兗州刺史、丹陽尹、荊州刺史、江州刺史、益州刺史、南徐州刺史、雍州刺史、揚州刺史，先後都督南北兗、青、徐、冀、荊、雍、梁、南北秦、益、寧、江州、沙等州諸軍事，直至中大通四年，蕭綱二十九歲方自揚州刺史任上還京入主東宮。[98]長期出鎮外藩，不僅使蕭綱在政治上有較大獨立發展的空間與機會，在文學

---

95 《梁書．庾肩吾傳》，《梁書》，【三】，頁 690。

96 《梁書．簡文帝本紀》，《梁書》，【一】，頁 109。

97 《南史．蕭曄傳》，《南史》，【四】，頁 1304。

98 《梁書．簡文帝本紀》，《梁書》，【一】，頁 103-109。

方面，蕭綱的學習、創作、成熟、發展，以及其文士集團的形成與活動，也正是在這麼一個頗為長期的過程之中。蕭綱文士集團核心人物徐摛（474-551）與徐陵（507-583）父子、庾肩吾（487-551）與庾信（513-581）父子及劉孺與劉遵（488-535）兄弟等，就是在蕭綱出戍石頭後便相繼追隨左右。「自隨藩及在東宮」，深蒙蕭綱寵遇的劉遵逝世後，蕭綱給其從兄劉孝儀（484-550）致函追悼：

> 吾昔在漢南，連翩書記，及忝朱方，從容坐首，良辰美景，清風月夜，鷁舟乍動，朱鷺徐鳴，未嘗一日而不追隨，一時而不會遇，酒闌耳熱，言志賦詩，校覆忠賢，搉揚文史，益者三友，此實其人。[99]

在致蕭繹的信函亦稱：

> 州事多少，無足疲勞，濠梁之氣，不異恒日，差盡怡悅，時有樂事，游士文賓，比得談賞，終宴追隨，何如近日。[100]

可見蕭綱文士集團的活動大體是呈現為在輕鬆隨性的氣氛中宴遊賦詩的型態。尤其值得注意的是，聲律新變與宮體輕艷，為當時文壇兩大潮流，蕭綱文士集團成員，正是這兩大潮流的主導者及積極參與者，於是，也就形成了蕭綱文士集團活動及其創作的鮮明特徵（詳述見後文）。

蕭綱〈與湘東王書〉曰：「文章未墜，必有英絕，領袖之者，非弟而誰？每欲論之，無可與語，思吾子建，一共商榷。」[101]蕭綱此語，雖有溢美

[99] 《梁書・劉孺傳附劉遵傳》，《梁書》，【三】，頁 593。

[100] 蕭綱〈答湘東王書〉，《全上古三代秦漢三國六朝文》，【三】，《全梁文》，卷十一，頁 3011。

[101] 蕭綱〈與湘東王書〉，《全上古三代秦漢三國六朝文》，【三】，《全梁文》，卷十一，頁 3011。

之意，但也由此可見，在蕭衍諸子中，蕭繹最具文壇領袖的資質以及企圖心。蕭繹〈忠臣傳諫爭篇序〉所謂「生於深宮之中，長於婦人之手」[102]雖有自嘲自惕意味，但天監十三年，蕭繹七歲即封湘東郡王，為寧遠將軍、會稽太守，後相繼入為侍中、宣威將軍、丹陽尹、荊州刺史、江州刺史，進號平西將軍、鎮西將軍、安右將軍、護軍將軍、鎮南將軍等，並出為使持節、都督荊、湘、郢、益、寧、雍、司、南梁、北秦等州諸軍事。[103]長期出鎮外籓期間，蕭繹便已積極招引文士，形成在梁朝後期頗具影響的文士集團。《梁書》本紀載稱：

> 世祖性不好聲色，頗有高名，與裴子野、劉顯、蕭子雲、張纘及當時才秀為布衣之交，著述辭章，多行於世。[104]

蕭繹〈金樓子序〉亦自稱：

> 老生有言：知我者希，則我者貴矣。有是哉！有是哉！裴幾原（子野）、劉嗣芳（顯）、蕭光侯（子雲）、張簡憲（纘），余之知己也。[105]

在文學上，蕭繹與蕭綱交情最為密切，詩函往來頻繁，文學主張與創作傾向也頗為一致，因此，兩個集團的成員，亦多有交互重疊者。中大通六年，蕭綱主撰的《法寶聯璧》成書，湘東王蕭繹為之序，記述與修者，湘東王繹以

---

[102] 蕭繹〈忠臣傳諫爭篇序〉，《全上古三代秦漢三國六朝文》，【三】，《全梁文》，卷十七，頁 3050。語出《漢書．卷五十三．景十三王傳第二十三》：「贊曰：昔魯哀公有言：『寡人生於深宮之中，長於婦人之手，未嘗知憂，未嘗知懼。』信哉斯言也！」（班固撰《漢書》，北京：中華書局，1964，頁 2436）。

[103] 見《梁書．元帝本紀》，《梁書》，【一】，頁 113-136。

[104] 《梁書．元帝本紀》，《梁書》，【一】，頁 136。

[105] 蕭繹〈金樓子序〉，【七】，《全梁文》，卷十七，頁 9。

下，蕭子顯（487-537）等共三十七人列名其中。[106]此活動在某種意義上，可視為梁代宮體詩派隊伍的檢視，亦可視為蕭綱、蕭繹兩大文士集團的成功合作。[107]

饗宴同樣是蕭繹文士集團活動的重要環境與場所，《梁書》有載：

> 湘東王時為京尹，與朝士宴集，屬規為酒令。規從容對曰：「自江左以來，未有此舉。」特進蕭琛、金紫傅昭在坐，並謂為知言。[108]

> 下官自奉違南浦，卷跡東郊，望日臨風，瞻言佇立。仰尋惠渥，陪奉遊宴，漾桂棹於清池，席落英於曾岨。蘭香兼御，羽觴競集，側聽餘論，沐浴玄流。濤波之辯，懸河不足譬；春藻之辭，麗文無以匹。莫不相顧動容，服心勝口，不覺春日為遙，更謂修夜為促。嘉會難常，摶雲易遠，言念如昨，忽焉素秋。[109]

這樣一種宴遊風氣，顯然承襲自建安文士集團的活動模式，正如蕭繹在〈太常卿陸倕墓誌銘〉所自詡的「南皮朝宴，西園夜遊；詞峰飆豎，逸氣雲浮」[110]。

其他齊梁王室成員還不乏熱衷於文學而招引文士者，如被齊武帝稱譽為

---

[106]《南史》載：「初，簡文在雍州，撰《法寶聯璧》，單與群賢並抄掇區分者數歲。中大通六年而書成，命湘東王為序。其作者有侍中國子祭酒南蘭陵蕭子顯等三十人，以比王象、劉邵之《皇覽》焉。」（《南史・陸慧曉傳附陸罩傳》，《南史》，【四】，頁 1205）蕭繹〈法寶聯璧序〉記載參與者包括蕭繹共三十八人，見道宣編《廣弘明集》（上海：上海古籍出版社，1991），頁 250-251。

[107]參劉林魁〈論梁代宮體詩派發展的歷程〉，《西安電子科技大學學報》第 16 卷第 5 期（2006 年 9 月），頁 103-108。

[108]《梁書・王規傳》，《梁書》，【三】，頁 582。

[109]《梁書・謝幾卿傳》引謝幾卿〈答湘東王書〉，《梁書》，【三】，頁 709。

[110]蕭繹〈太常卿陸倕墓誌銘〉，《全上古三代秦漢三國六朝文》，【三】，《全梁文》，卷十八，頁 3055。

「我家東阿」[111]的齊隨郡王蕭子隆（474-494）「好辭賦，數集僚友，朓以文才，尤被賞愛，流連晤對，不捨日夕」[112]；另外，梁南平元襄王蕭偉（476-533）「少好學，篤誠通恕，趨賢重士，常如不及；由是四方遊士，當世知名者，莫不畢至」[113]；而蕭偉之子蕭恭也「尤好賓友，酣宴終辰，座客滿筵，言談不倦」[114]。

齊梁時期以帝王及王室成員為領袖，以名臣顯貴為核心成員的文士集團，往往就是以政治威權／號召力主導、左右著集團的文學活動的操作運行，而饗宴正是政治威權／號召力與文士集團的文學活動得以交融運作的文化場域，以及發揮運作為催化劑及融合劑的效應。饗宴文化場域還制約了文學創作的模式、題材、風格、類型，以及發展勢態。換言之，就在這麼種交融著政治與文學雙重元素的饗宴文化場域中，應詔、奉和、同題（拈韻／限韻）共作及續作往往成為常態性的創作模式，群體化／集團化也就必然成為常態性的創作現象，文學作品，也就往往以批量化／流水線作業的方式湧現，也因而形成了從形式到內容都以繁華富麗為標識的文學盛景。

三、饗宴文學的泛政治化創作

饗宴，是群體性的活動；饗宴文學，也必然為群體性創作的產物。如果從創作的場合與目的看，則可分為泛政治化創作與準生活化創作兩大類。前者主要為樂舞歌辭、頌啟讚文與應制詩文，後者主要為遊娛詩賦與祖餞詩賦。

樂舞歌辭、頌啟讚文與應制詩文的創作場合多為以王室成員與臣僚／士

---

111 《南齊書・蕭子隆傳》，《南齊書》，【三】，頁710。

112 《南齊書・謝朓傳》，《南齊書》，【三】，頁825。

113 《梁書・蕭偉傳》，《梁書》，【三】，頁348。

114 《梁書・蕭偉傳附蕭恭傳》，《梁書》，【三】，頁349。

族為主體的大型饗宴活動。這些活動，大多具有程度不一的政治化（包括帶有政治意味的宗教化與禮教化——下同）色彩。然而，饗宴本身的交遊性、消遣性及娛樂性等非政治因素，又決定了這些活動並非是純然的政治活動而只能是泛政治化的活動。因此，在這些場合所創作的樂舞歌辭、頌啟讚文與應制詩文等，也就必然是具有程度不一的政治化——即泛政治化的群體性創作。而這些創作的目的，又帶有頗為明顯的泛政治化的目的。

(一) 樂舞歌辭

朝廷舉辦的饗宴，包括在南北郊祭祀、明堂朝會祭祀，以及元會／正會等大規模活動中的饗宴。魏晉以來，這類朝廷饗宴得到體制化的定位。事實上，就因為這些饗宴最能體現先秦饗宴文化中王室政治與勢力結盟的特色，因循王朝的體制、渲染帝國的聲威：

> 因乎人民，用之邦國，宮室有度，旗章有序，朝聘自其儀，宴饗由其制，家殷國阜，遠至邇安。[115]

這類朝廷饗宴繼承先朝傳統，儀式繁複，奢侈豪華：

> 漢儀有正會禮，正旦，夜漏未盡七刻，鐘鳴受賀，公侯以下執贄夾庭，二千歲以上升殿稱萬歲，然後作樂宴饗。魏武帝都鄴，正會文昌殿，用漢儀，又設百華燈。晉氏受命，武帝更定元會儀，咸寧注是也。傅玄〈元會賦〉曰：「考夏后之遺訓，綜殷周之典藝，採秦漢之舊儀，定元正之嘉會。」此則兼採眾代可知矣。[116]

115《晉書・食貨》,《晉書》,【三】, 頁 780。

116《晉書・禮志下》,《晉書》,【三】, 頁 649。

作為帝王臣子的文士們積極參與編撰這些活動所採用的樂舞歌辭：

> 元會大饗四廂樂歌辭，晉泰始五年太僕傅玄撰。正旦大會行禮歌詩四章，壽酒詩一章，食舉東西廂樂十三章，黃門郎張華作。上壽食舉行禮詩十八章，中書監荀勖、侍郎成公綏，言數各異。宋黃門郎王韶之造〈肆夏〉四章，行禮一章，上壽一章，登歌三章，食舉十章，前後舞歌一章。齊微改革，多仍舊辭。其前後舞二章新改。其臨軒樂，亦奏〈肆夏〉於鑠四章。[117]

然而，在這種高度王朝政治氛圍之中，這些舞曲歌辭無不旨在娛神祭祖，一味歌功頌德：「九功既歌，六代惟時。被德在樂，宣道以詩。」[118]或極力渲染「萬方來賀，華夷充庭。多士盈九德，俯仰觀玉聲」[119]的帝國盛況。

齊梁時期，南北郊祭祀、明堂朝會祭祀以及元會／正會等，同樣為帝王與文武百官匯聚一堂舉行的大規模活動。蕭綱〈南郊頌（並序）〉對這類朝廷祭祀活動有頗為形象生動的描述：

> 於是歲在單閼，星次訾陬，律中太簇，日惟辛卯，特有事於南郊，甸師清野，封人壝宮，朱幕夕峙，帷宮宿設，曉漢斜陰，挈壺升漏，天子御玉輅，動金根，八驥揚衡，雙龍翼蓋，雲罕徐回，鳴鐃韻響，風承豹尾，日映鶡冠，萬騎天行，千乘雷動，石鎧犀衣之士，連七萃而雲屯，珠旗日羽之兵，互五營而星列，鬱鬱阡阡，震震填填，充溢乎國都，彌於鄘邑者也。若乃回輿降蹕，薦禮帝儀，揖太清，秩群望，被大裘，服山冕，恭蒼璧之明

117《南齊書・樂志第三》，《南齊書》，【一】，頁 185。

118〈肆夏樂歌辭〉其四，《南齊書・樂志第三》，《南齊書》，【一】，頁 186。

119〈食舉歌辭〉，《南齊書・樂志第三》，《南齊書》，【一】，頁 187。

> 祀，穆靈壇之禋敬，黍稷非馨，明德惟馨，日曜彤精，天澄翠色，百僚師師，九官濟濟，千神叶福，萬億均慶，六典斯備，三禮必該，焚柴告成，罔不欽若，翠煙升綠，同河濱之瑞雲，丹燎燭天，若帝鄉之美氣，雲門麗舞，咸池廣樂，已叶九韶之曲，復諧六列之奏，金匏既動，望蜿蟬之游龍，玉磬徐鳴，觀參差之舞鳳，桂轊駕肩，士女填噎，接袂為幃，連裾猶堵，鼓腹擊轅，行歌舞抃，然後紆玉輦而謝書生，登靈臺而望雲物，欽明美化，跨萬古於茲日，廣運愉樂，表千載於當今，方當巡云云之禮，啟亭亭之業，封天答眷，禮地徵靈，南山之壽舞極，七百之基長固，豈不懋哉！豈不盛哉……[120]

該文既記述了郊祭盛典場景，也可視為宮廷饗宴文學的範本，所展示的盛典氣氛既莊嚴肅穆又不失熱鬧華麗，樂舞歌辭（「鼓腹擊轅，行歌舞抃」）就是這樣一種場景氛圍的有機組成部分，其功用亦同樣是在娛神祭祖之餘歌功頌德。

由此亦可見，樂舞歌辭已廣泛應用於朝廷舉辦的祭祀盛典。如果說莊嚴肅穆來自繁縟規範的禮儀程式，那麼熱鬧華麗則歸功於美肴佳釀、歌舞音樂的烘托與渲染，而貫穿盛典始終的樂舞歌辭便是不可或缺的要素。《南齊書》所載的樂舞歌辭多為歷代文臣所編撰，旨在「歌先祖功德」、「祭饗神明禮樂之盛」、「饗社稷、先農、先聖」[121]。「竟陵王子良與諸文士造奏」[122]的〈永明樂歌〉，便是著眼於對現世蕭齊王朝的讚頌：「帝圖開九有，皇風浮四溟。永明為一樂，咸池無復靈。」[123]「民和禮樂富，世清歌頌徽。鴻名軼卷

---

[120]蕭綱〈南郊頌並序〉，《全上古三代秦漢三國六朝文》，【三】，《全梁文》，卷十二，頁 3019。

[121]《南齊書．樂志第三》，《南齊書》，【一】，頁 178，179，184。

[122]《南齊書．樂志第三》，《南齊書》，【一】，頁 196。

[123]謝朓〈永明樂十首〉其一，逯欽立輯校：《先秦漢魏晉南北朝詩》（北京：中華書局，1998），【中】，頁 1419。

領，稱首邁垂衣。」[124]「玄符昭景歷，茂實偶英聲。長為南山固，永與朝日明。」[125]「幸哉明盛世，壯矣帝王居。高門夜不柝，飲帳曉長舒。」[126]《南齊書》的「樂贊」可謂準確概括了這類樂舞歌辭的現實功能及意義：「綜採六代，和平八風；殷薦宴享，舞德歌功。」[127]

當然，從現場效果來看，這些樂舞歌辭在鋪演出祭祀盛典過程的同時，也渲染出嘉年華般的華彩氣氛，如皇帝入壇東門時所奏〈永至之樂〉：

> 紫壇望靈，翠幕佇神。率天奉贊，罄地來賓。神貺並介，泯祇合祉。恭昭鑒享，肅光孝祀。威藹四靈，洞曜三光。皇德全被，大禮流昌。[128]

送神時所奏〈昭夏之樂〉：

> 薦饗洽，禮樂該。神娛展，辰旆回。洞雲路，拂璿階。紫分藹，青霄開。眷皇都，顧玉臺。留昌德，結聖懷。[129]

雖然說上述樂舞歌辭由於祭祀／讚頌的目的、禮制的規範而侷限於想像性的虛擬誇飾，卻頗為充分地顯示出宮廷饗宴文化所特有的堂皇富麗而聖潔典雅之美。雖然說其文字資料無法呈現出歌舞樂配合的效果，但從歌辭意象仍可感知出一種肅穆莊嚴中所洋溢的歡樂愉悅。

---

[124]謝朓〈永明樂十首〉其二，《先秦漢魏晉南北朝詩》，【中】，頁1419。

[125]王融〈永明樂十首〉其一，《先秦漢魏晉南北朝詩》，【中】，頁1393。

[126]王融〈永明樂十首〉其七，《先秦漢魏晉南北朝詩》，【中】，頁1393。

[127]《南齊書・樂志第三》，《南齊書》，【一】，頁196。

[128]《南齊書・樂志第三》，《南齊書》，【一】，頁168。

[129]《南齊書・樂志第三》，《南齊書》，【一】，頁170。

(二) 頌啟讚文

齊梁王族多篤信佛教，尤其是身兼文壇／文士集團領袖者，如齊竟陵王蕭子良、文惠太子蕭長懋、梁武帝蕭衍、昭明太子蕭統、簡文帝蕭綱、元帝蕭繹等，因此，他們主導下的宗教活動，便往往成為規模宏大的朝廷活動，蕭子顯的〈御講摩訶般若經序〉有頗為詳實而又不無誇飾的記述：

> 以中大通七年太歲癸丑二月己未朔二十六日甲申，輿駕出大通門，幸同泰寺發講，設道俗無遮大會。萬騎龍趨，千乘雷動；天樂九成，梵音四合。震震填填，塵霧連天。以造於道場，而建乎福田也。既而龍袞輟御，法服尊臨，殿華紫紺，座延高廣。……加以長筵亙陛，冠冕千群，充堂溢霤，僧侶山積。對別殿而重肩，環高廊而接坐。錐立不容，荊刺無地。承法雨之通潤，悅甘露而忘歸。如百川之赴巨海，類眾星之仰日月。自皇太子、王侯已下，侍中、司空袁昂等六百九十八人，其僧正慧令等義學僧鎮座一千人，晝則同心聽受，夜則更述制意。其餘僧尼及優婆塞、優婆夷、眾男冠道士、女冠道士、白衣居士、波斯國使、于闐國使、北館歸化人。講肆所班，供帳所設，三十一萬九千六百四十二人，又二宮武衛宿直之身，植葆戈，駐金甲，並蒙講饌。別錫泉府，復數萬人，不在聽眾之例……[130]

如此場景，宛如前述朝廷郊祭盛典，也同樣呈現出莊嚴肅穆中不乏華彩繽紛的氣氛，大可視為宗教化的饗宴文化產物。一如其他饗宴文學的創作模式，在這些宗教活動中，也產生了不少奉旨應製的頌啟讚文，誠如蕭綱〈大法頌序〉所云：

---

[130] 蕭子顯〈御講摩訶般若經序〉，《全上古三代秦漢三國六朝文》，【三】，《全梁文》，卷二十三，頁3085-3086。

> 奏六英於右水，張咸池於洞庭。秉翟動和天之樂，建華宣易俗之奏。協律有渢渢之序，典樂致雍雍之節。詩書乃陳，緗縹斯備。蒲輪受伏生之誦，科斗薦魯宅之文……讚頌以興，柴山望祀，詠歌斯作。況頂開而受露，鞠躬而聞道。敢述盛德之形容，以為頌曰……[131]

這類頌啟讚文也同樣體現出莊嚴肅穆與華彩繽紛交織的特色，大可視為宗教化的饗宴文學作品[132]。如蕭子雲（487-549）與蕭綱同題共作的〈玄圃園講賦〉記述了傳經講頌的宗教活動，但也可說是亟具祭祀盛典「鳳綵鸞章，霞鮮錦縟」[133]風格的華彩樂章，宮苑的描摹與聖境的想像交織：「高談玄圃之苑，張樂宣猷之上」，接續著「吳姬楚豔，胡笳燕築」[134]；「情遊彼岸，理愜祇園」之時，不忘「皇儀就日，帝道昌雲」[135]。其實，這也正是具有雙重身分的蕭梁王室成員現實生活反映。蕭綱〈答湘東王書〉，從前面的「時有樂事，游士文賓，比得談賞，終宴追隨」，到後面的「法侶成群，金山滿坐，身心快樂，得未曾有」[136]，似乎有一個（希冀）精神昇華的過程。但在現實生活中，二者也只能是交替互補的關係。正如「東宮四友」之一的蕭映（457-489）在致蕭綱的書信〈與晉安王書〉中所稱：「每至夕趨瓊筵，晨登

[131] 蕭綱〈大法頌序〉，《全上古三代秦漢三國六朝文》，【三】，《全梁文》，卷十三，頁 3022-3023。

[132] 馬振雷《東晉南朝士族與佛教關係研究》（雲南大學 2007 年碩士論文）的第四部分從宏觀上探析佛教對東晉南朝士族文學的影響，認為這一時期的士族文人由於受佛教宇宙觀及人生觀的薰陶與影響，其文學作品的創作思路與規律正潛移默化的變化著；其文學作品也往往滲透著佛教情感。由此可見佛教對輝煌燦爛的六朝士族文化是一種強有力的滋養與補充，是推動士族文學發展的新因素。

[133] 沈約〈謝齊竟陵王示永明樂歌啟〉，《全上古三代秦漢三國六朝文》，【三】，《全梁文》，卷二十八，頁 3114。

[134] 蕭子雲〈玄圃苑講賦〉，《全上古三代秦漢三國六朝文》，【三】，《全梁文》，卷二十三，頁 3088。

[135] 蕭綱〈玄圃苑講賦〉，《全上古三代秦漢三國六朝文》，【三】，《全梁文》，卷十二，頁 3020-3021。

[136] 蕭綱〈答湘東王書〉，《全上古三代秦漢三國六朝文》，【三】，《全梁文》，卷十一，頁 3012。

朱陛，不曾不憶芳林勝集，玄圃法座。」[137]瓊筵朱陛是日常現實生活，勝集法座則是精神追求所在。而蕭綱致蕭映的〈與廣信侯書〉更將對佛理的感悟，貫徹到日常生活當中：

> 王每憶華林勝集，亦叨末位，終朝竟夜，沐浴妙言，至於席罷日餘，退休旁省，攜手登臨，兼展談笑，仰望九層，免窺百尺，金池動月，玉樹含風，當於此時，足稱法樂。[138]

在這類頌啟讚文中，佛理玄論並不是表達的重心，更多的篇幅是展示諸如「朱堂玉砌，碧水銀沙，鳥弄翅於瓊音，樹葳蕤於妙葉」[139]般的景觀，以及「不勝喜躍，身心悅樂，如觸慈光，手足蹈舞」[140]般的感受。從而也就營造了一種炫彩奪目而又神超形越的氛圍，體現出宗教文化的神聖與饗宴文化的侈麗交融一體的風格[141]。

齊梁詩也不乏此類風格表現者，如王融〈法樂辭〉（十二章）其三：「詔年春已仲，明星夜未央。千祀鐘休歷，萬國會嘉祥。金容涵夕景，翠鬢佩晨光。表塵維淨覺，泛俗乃輪皇。」[142]其十一：「峻宇臨層穹，苕苕疏遠風。騰芳清漢裡，響梵高雲中。金華紛苒若，瓊樹郁青蔥。貞心延淨境，邃業嗣天宮。」[143]寫景、抒情、敘事之中，已雜糅著宗教文化的聖潔與饗宴文化的華彩。

---

[137] 蕭映〈與晉安王書〉，《全上古三代秦漢三國六朝文》，【三】，《全梁文》，卷二十二，頁 3077。

[138] 蕭綱〈與廣信侯書〉，《全上古三代秦漢三國六朝文》，【三】，《全梁文》，卷十一，頁 3012。

[139] 蕭綱〈玄圃苑講賦〉，《全上古三代秦漢三國六朝文》，【三】，《全梁文》，卷十二，頁 3021。

[140] 蕭綱〈重謝上降為開講啟〉，《全上古三代秦漢三國六朝文》，【三】，《全梁文》，卷十，頁 3006。

[141] 這種風格在齊梁詩甚少見。

[142] 《先秦漢魏晉南北朝詩》，【中】，頁 1390。

[143] 《先秦漢魏晉南北朝詩》，【中】，頁 1391。

(三) 應制詩文

所謂「應制」，即作為臣僚的文士奉帝王的詔命所賦、所和的創作，內容多為歌功頌德，往往以「應制」、「應詔」、「應教」、「應令」、「奉敕」、「奉和」、「侍宴」等為題。這類創作以詩歌為主，如謝朓〈三日侍宴曲水代人應詔詩〉、〈侍宴華光殿曲水奉敕為皇太子作詩〉、沈約〈三日侍林光殿曲水宴應制詩〉、〈為臨川王九日侍太子宴詩〉、任昉〈九日侍宴樂游苑詩〉、王僧孺〈侍宴景陽樓詩〉、王儉〈侍太子九日宴玄圃詩〉、劉孝綽〈侍宴集賢堂應令詩〉、劉孝威（496-549）〈奉和簡文帝太子應令詩〉等[144]。

群體創作，批量生產，是應制詩文的主要創作模式，聯章組詩與同題共作是最為常見的方式。前者如王融、謝朓、王思遠、王僧令、袁浮丘、沈約、蕭洽（471-525）、陸倕、蕭琛等都曾奉敕應詔作聯章組詩，前文即介紹過王融與謝朓曾同賦〈永明樂十首〉。謝朓似乎最善作聯章組詩，除〈永明樂十首〉外，還有〈侍宴華光殿曲水奉敕為皇太子作詩〉（九章）、〈三日侍華光殿曲水宴代人應詔詩〉（十章）、〈三日侍宴曲水代人應詔詩〉（九章）、〈奉和隨王殿下詩十六首〉、〈隋王鼓吹曲十首〉等[145]。這些詩多創作於饗宴場合，渲染侈麗歡愉的氣氛以歌功頌德，惟〈隋王鼓吹曲十首〉較為特別。這組詩為齊永明八年謝朓奉鎮西隋王教於荊州道中所作，「鈞天」以上三曲頌帝功，「校獵」以上三曲頌藩德。鎮西隋王即齊武帝蕭賾第八子蕭子隆，頗具文才，獲武帝譽為「我家東阿」，永明八年，出任鎮西將軍、荊州刺史，都督荊、雍、梁、甯及南北秦六州。[146]其時，謝朓為隋王鎮西功曹，尤被隋王賞愛，流連晤對，不捨日夕。謝朓奉教所作〈隋王鼓吹曲十首〉，後

---

[144]《先秦漢魏晉南北朝詩》，【中】，頁 1421-1423，1630-1631，1596，1766，1378；【下】1827，1875。

[145]《先秦漢魏晉南北朝詩》，【中】，頁 1419，1421-1422，1422-1423，1423-1424，1444-1447，1413-1417。

[146]俱見《南齊書．蕭子隆傳》，《南齊書》，【三】，頁 710。

七曲皆為「頌藩德」及表現藩鎮所在地的風土民情，惟前三曲卻是以虛寫誇飾的方式「頌帝功」[147]，很有朝廷饗宴的氣氛。

同題共作是應制詩更為常見的創作方式，前述王融與謝朓同賦〈永明樂十首〉即為一例。曲水詩作更可見這一創作方式的表現與意義。

曲水修禊，為起源於春秋時期季春上巳袚除釁浴的民俗活動[148]，到了東漢，已有都市化、貴族化的現象：「漢儀季春上巳，官及百姓皆禊於東流水上，洗濯袚除去宿垢。」[149]「窈窕淑女美勝豔，妃戴翡翠珥明珠。」[150]至魏晉，更成為帝王、皇室所熱中的活動：

> 魏明帝天淵池南設流杯石溝燕群臣，晉海西鍾山後流杯曲水延百僚，皆其事也。宮人循之至今。[151]

> 自魏以後，但用三日，不以上巳也；晉中朝公卿以下至於庶人，皆禊洛水之側。[152]

這些皇家色彩濃郁的修禊活動，固然還有宗廟祭祀、洗濯袚除的饗禮遺風，但更多的是渲染聖上英明、四海清平的意識，較大程度承續了先秦饗宴文化

147〈隋王鼓吹曲十首〉題解：「鈞天已上三曲頌帝功，校獵已上三曲頌藩德。」(《先秦漢魏晉南北朝詩》,【中】, 頁 1413)。其餘的四首，則是表現藩鎮所在地的風土民情。

148參勞榦〈上巳考〉,《中央研究院民族學研究所集刊》第 29 期 (1970 年 3 月)，頁 243-262。林恭祖〈曲水流觴話上巳[談修禊]〉,《故宮文物月刊》第 4 卷第 1 期 (1986 年 4 月)，頁 17-32。李雲霞〈「曲水流觴」雅集的盛衰—談上巳節的起源與流變〉,《中國語文》第 92 卷第 1 期 (2003 年 1 月)，頁 58-65。林素英〈論《鄭風．溱洧》中的禮與俗——兼論上巳節的由來與定型〉,《通俗文學與雅正文學》2006 年第 9 期，頁 93-119。林郁廷、詹博州、李本燿〈由民俗儀式形塑文化創意展演之探討——以「周代上巳祓禊」衍化「蘭亭再序，曲水流觴」為例〉,《中臺學報》第 21 卷第 2 期 (2009 年 12 月)，頁 1-28。

149《晉書．禮志下》,《晉書》,【三】, 頁 671。

150杜篤〈京師上巳篇〉,《先秦漢魏晉南北朝詩》,【上】, 頁 165。

151《宋書．禮志二》,《二十五史》,【2】, 頁 1457。

152《晉書．禮志下》,《晉書》,【三】, 頁 671。

中的王室政治因素；而魏晉時期文人的修禊活動，則多承傳先秦春禊遊娛、踏青舞雩的民俗遊娛文化傳統，同時也還表現出努力擺脫遷逝感的困擾而樂遊人生的態度。值得注意的是，自西晉起，不管是皇室還是文人的修禊活動，都往往結合著詩文創作。通覽逯欽立輯校的《先秦漢魏晉南北朝詩》，晉代以前，僅有東漢杜篤（？-78）作的〈京師上巳篇〉佚句（見上），入晉後，春禊詩作驟然增多，作於西晉者便有十九首（不包括晉清商曲辭〈月節折楊柳歌．三月歌〉），其中創作於晉武帝司馬炎（236-290，265-290 在位）時期的就有 9 首。這些詩，大多為歌功頌德的應制之作；三月修禊春遊，更是兩晉文人「妙唱發幽蒙，觀化悟自然」[153]的大好機會，東晉穆帝司馬聃（343-361，344-361 在位）永和九年的蘭亭集會，就是一次規模空前的「優遊山水，以敷文析理自娛」[154]的盛會，玄學家兼詩人亦是出身世家大族的王羲之（303-361）、孫綽（314-371）、謝安（320-385）等四十二人，彙聚會稽山陰蘭亭，按春禊習俗，流觴飲酒，賦詩詠懷，共得詩三十七首。[155]川合康三認為，蘭亭集會雖然還有一些宗教意味，已相當淡薄，而更呈現為一種社交及文學場合。至此，饗宴之歌作為社交和文學的一種模式已固定下來了。[156]

到了齊梁，朝廷主持的曲水修禊同樣與文學創作緊密結合。齊永明九年，武帝蕭賾在芳林園禊宴朝臣，「有詔曰：今日嘉會，咸可賦詩。凡四十有五人」[157]。雖然王融沒有曲水詩傳世，但其奉敕而作的〈三月三日曲水詩序〉卻頗為詳實地記述了該次曲水詩的創作背景。王融〈三月三日曲水詩

---

[153] 廬山諸沙彌〈觀化決疑詩〉，《先秦漢魏晉南北朝詩》，【中】，頁 1087。

[154] 《世說新語．賞譽》8 則注引《續晉陽秋》語，劉義慶編撰，徐震堮校箋《世說新語校箋》（北京：中華書局，1994），【上冊】，頁 260。

[155] 參王力堅〈六朝春禊詩初論〉，《江蘇社會科學》1998 年第 6 期，頁 145-151。

[156] 川合康三〈饗宴之歌〉，載於蘇瑞隆、龔航主編《廿一世紀漢魏六朝文學新視角——康達維教授花甲紀念論文集》（臺北：文津出版社，2003），頁 164-181。

[157] 王融〈三月三日曲水詩序〉，《全上古三代秦漢三國六朝文》，【三】，《全齊文》，卷十三，頁 2861。

序〉的主旨或許在於弘揚「齊王之盛」、「皇家盛明」[158]，然而事實上，在弘揚「齊王之盛」、「皇家盛明」的同時，王融的〈三月三日曲水詩序〉也極力描繪林苑的優美，宴典的奢華，因而達致「文藻富麗，當世稱之」[159]的成就。這樣一種表現特徵，在沈約與謝朓的應制曲水詩也得以頗為鮮明的呈現。到了梁朝的應制曲水詩，如沈約的〈三日侍鳳光殿曲水宴應制詩〉與〈三日侍林光殿曲水宴應制詩〉，劉孝綽的〈三日侍華光殿曲水宴詩〉與〈三日侍安成王曲水宴詩〉，劉孝威的〈侍宴樂游林光殿曲水詩〉與〈三日侍皇太子曲水宴詩〉蕭綱的〈三日侍皇太子曲水宴詩（并序）〉與〈上巳侍宴林光殿曲水詩〉，庾肩吾的〈三日侍蘭亭曲水宴詩〉等，「齊王之盛」、「皇家盛明」的旨意大為消隱，林苑風光的優美綺麗與盛典饗宴的侈艷奢華成為描繪的重心。[160]

四、饗宴文學的準生活化創作

除了以王室成員與臣僚／士族為主體的大型饗宴活動，規模不一各種饗宴活動，在齊梁時期已普遍流行於王室成員與文人各方面的生活之中，雖然這些活動或多或少帶有不同的政治動機，但更多時候是以文學交遊與人生娛樂的方式呈現。由此，也就只能產生準生活化（非純然生活化）的文學創作，最有代表性的便是遊娛詩賦與祖餞詩賦。

---

[158]「（魏使）宋弁於瑤池堂謂融曰：『昔觀相如〈封禪〉，以知漢武之德；今覽王詩序，用見齊王之盛。』融曰：『皇家盛明，豈直比蹤漢武；更慚鄙製，無以遠匹相如。』」《南齊書・王融傳》，《南齊書》，【三】，頁 821-822。

[159]《南齊書・王融傳》，《南齊書》，【三】，頁 821。

[160]有學者認為，魏晉時期還只是上巳詩文宮廷化的萌芽期，它的全面繁榮則是南朝以後的事。南北朝是文采風流的時代，帝王們廣招文學之士，網羅英俊之才，遊宴賦詩，君臣唱和之間大量的上巳侍宴詩文脫穎而出。參彭維〈南朝——上巳侍宴詩文的全面繁榮期〉，《阜陽師範學院學報》2004 年第 3 期，頁 43-45 轉 56。

(一) 遊娛詩賦

顧名思義，遊娛詩賦即是產生於人們遊娛活動，也反映遊娛生活的作品。在整個魏晉南北朝來看，遊娛活動的領風氣之先者，當是以三曹七子為代表的建安文人：

> 昔日遊處，行則連輿，止則接席，何曾須臾相失！每至觴酌流行，絲竹並奏，酒酣耳熱，仰而賦詩。[161]

> 出有微行之遊，入有管弦之歡，置酒樂飲，賦詩稱壽。[162]

> 傲雅觴豆之前，雍容衽席之上，灑筆以成酣歌，和墨以藉談笑。[163]

這些活動，以曹操（155-220）、曹丕（187-226，220-226 在位）父子為中心，其中所衍生的詩歌多以「公宴」為題，同題共作則為其鮮明的創作特點（文與賦的創作亦然）。建安文人的遊宴活動，往往糾纏著建立功名或及時行樂的思想，而這些思想又往往觸發於人生無常、生命奄忽的憂慮；因此，建安文士的遊宴之作，往往是在弦歌酒色之中融注著濃鬱的悲涼哀怨之情。[164]

建安文人這種遊宴風氣與文學創作相結合的範式，對後世影響至深：正始「竹林七賢」的縱酒嘯遊、賦詩論道，顯然是建安文人遊宴風氣的餘緒蛻變，只不過增添了幾分玄虛色彩而已。西晉文人所受的影響更為明顯，沈約

---

[161] 曹丕〈與吳質書〉，《全上古三代秦漢三國六朝文》，【二】，《全三國文》，卷七，頁 1089。

[162] 吳質〈答魏太子箋〉，《全上古三代秦漢三國六朝文》，【二】，《全三國文》，卷三十，頁 1221。

[163] 劉勰《文心雕龍・時序》，《文心雕龍注釋》，頁 478。

[164] 參王力堅〈建安遊宴風氣與詩壇風尚之嬗變〉，南京大學中文系、《文學評論》編輯部、江蘇文藝出版社主編《文學評論》叢刊，第 7 卷，第 1 期（2004 年），頁 231-237。

〈謝靈運傳論〉便指出:「降及元康,潘、陸特秀,律異班、賈,體變曹、王,縟旨星稠,繁文綺合,綴平臺之逸響,採南皮之高韻。」[165]所謂「平臺之逸響」,指漢梁孝王劉武(前 184-前 144)在梁園平臺招待四方才士,遊宴寫作之事;而「南皮之高韻」即指曹丕與吳質(177-230)、阮瑀(?-212)等建安文人在滄州南皮遊宴賦詩的風氣。

由此可見,西晉「縟旨星稠,繁文綺合」詩風的形成,跟建安遊宴風氣一脈相承的關係。事實上,西晉元康年間,石崇(249-300)、潘岳(247?-300)、陸機(261－303)等「二十四友」文士集團,就曾在金谷澗「晝夜遊宴,屢遷其坐;或登高臨下,或列坐水濱;時琴瑟笙筑,合載車中,道路並作;及往,令與鼓吹遞奏,遂各賦詩,以敘中懷;或不能者,罰酒三斗;感性命之不永,懼凋落之無期」[166]。這種登臨遊覽、吟詠絲竹的表現,確實有鄴下遊宴風氣之逸韻,而其「感性命之不永,懼凋落之無期」的喟嘆,更見建安文人遷逝感之風神。劉宋年間,有以謝家族人為主的「烏衣之遊」、「山澤之遊」:

> (謝)混風格高峻,少所交納,唯與族子靈運、瞻、晦、曜、弘微以文義賞會,常共宴處,居在烏衣巷,故謂之烏衣之遊。混詩所言「昔為烏衣遊,戚戚皆親姓」者也。[167]

> 靈運既東,與族弟惠連、東海何長瑜、潁川荀雍、泰山羊璿之以文章會友,共為山澤之遊,時人謂之四友。[168]

於是,文人集會中「宴」的因素漸淡而「遊」的色彩漸濃,終於催生了以謝

---

[165]《宋書・謝靈運傳》,《二十五史》,【2】,頁 1595。

[166]石崇〈金谷詩序〉,《全上古三代秦漢三國六朝文》,【二】,《全晉文》,卷三十三,頁 1651。

[167]《南史・謝弘微傳》,《南史》,【二】,頁 550。

[168]《南史・謝靈運傳》,《南史》,【二】,頁 539。

靈運（385-433）為首的劉宋山水詩創作。[169]

到了齊梁，朝野上下更有眾多規模不一的遊娛性饗宴活動。《梁書》載：

> （蕭）介性高簡，少交遊，惟與族兄琛、從兄視素及洽、從弟淑等文酒賞會，時人以比謝氏烏衣之遊。初，高祖招延後進二十餘人，置酒賦詩。臧盾以詩不成，罰酒一斗，盾飲盡，顏色不變，言笑自若；介染翰便成，文無加點。高祖兩美之曰：「臧盾之飲，蕭介之文，即席之美也。」[170]

這條史料透露幾個信息：其一，在梁朝，無論是朝廷還是士族社會，遊娛性饗宴活動已然常態化；其二，宴飲與詩文，已然成為饗宴不可或缺的兩大元素，形成了「文酒賞會」、「置酒賦詩」的模式；其三，饗宴已然娛樂化、唯美化，即使君臣相處，亦言笑自若，怡然自得，追求「飲」「文」相濟的「（宴）席之美」。

齊梁史書中，此類記述比比皆是。與正式大規模的朝廷祭祀饗宴相比，此類常態化的饗宴活動場合不拘，規模不拘，形式不拘，禮儀不拘，政治色彩淡薄而文學色彩濃郁，事實上，也就演化成了一種遊娛式的活動。尤其是，這些活動的範圍常常延伸到園林山水，並且常常導向文學創作。

蕭子顯是梁代重要的文學批評家，其「若無新變，不能代雄」[171]的文學史觀，「委自天機，參之史傳，應思悱來，勿先構聚；言尚易了，文憎過意，吐石含金，滋潤婉切；雜以風謠，輕唇利吻，不雅不俗，獨中胸懷」[172]

---

[169] 參王力堅〈建安遊宴風氣與詩壇風尚之嬗變〉，南京大學中文系、《文學評論》編輯部、江蘇文藝出版社主編《文學評論》叢刊，第 7 卷，第 1 期（2004 年），頁 227-244。

[170] 《梁書．蕭介傳》，《梁書》，【三】，頁 588。

[171] 《南齊書．文學傳論》，《南齊書》，【三】，頁 908。

[172] 《南齊書．文學傳論》，《南齊書》，【三】，頁 908-909。

的文學理想，無不闡明了文學創作發展的方向性主張。蕭子顯曾奉梁武帝「今雲物甚美，卿得不斐然賦詩」之旨而作詩，並因而有「特寡思功，須其自來，不以力構」[173]的體會。此番君臣互動，可視為在創作題材（自然景物）與創作方式（自然天成）方面，提出了精闢的見解。尤其值得注意的是，梁武帝所謂「今雲物甚美，卿得不斐然賦詩」顯見時人對山水景物已持審美的觀念，並因美的感受而訴諸文學創作。從《南史》所載，又可見審美的觀念還延伸到詩歌對景物的描寫及欣賞之中：

> 武帝與宴，必詔（柳）惲賦詩。嘗和帝〈登景陽樓篇〉云：「太液滄波起，長楊高樹秋。翠華承漢遠，雕輦逐風游。」深見賞美，當時咸共稱傳。[174]

上述文學主張、觀念與見解，或許是可以對一般／整體文學創作而言，然而，在遊娛文學創作領域，無疑具有更為密切的針對性。

文學主張與批評，是對文學創作現象的總結與描述，事實上，蕭子顯等人所論述的現象，在齊梁文學創作中已有頗為鮮明的表現。遊娛與饗宴相疊，美景與歡情交匯，儼然成為齊梁文學中的一個顯要現象——

賦作諸如：

> 追夏德之方暮，望秋清之始颸，藉宴私而游衍，時寤語而逍遙。爾乃日棲榆柳，霞照夕陽，孤蟬已散，去鳥成行。惠氣湛兮帷殿肅，清陰起兮池館涼。[175]

> 侍彩旄而齊轡，陪龍舟而遵渚。或列席而賦詩，或班觴而宴語。

[173] 《梁書・蕭子恪傳附蕭子顯傳》，《梁書》，【二】，頁 512。

[174] 《南史・柳元景傳附柳惲傳》，《南史》，【四】，頁 988。

[175] 謝朓〈游後園賦〉，《全上古三代秦漢三國六朝文》，【三】，《全齊文》，卷二十三，頁 2920。

局帷一朝冥漠，西陵忽其蒽楚。望商飆而永歎，每樂愷於斯觀。[176]

右瞻則青溪千仞，北睹則龍盤秀出。與歲月而荒茫，同林藪之蕪密。歡茲嘉月，悅此時良。庭散花蕊，傍插筠篁。灑玄醪於沼沚，浮絳棗於泱泱。觀翠綸之出沒，戲青舸之低昂。[177]

待餘春於北閣，藉高宴於南陂。水篩空而照底，風入樹而香枝。嗟時序之回斡，歎物候之推移。望初篁之傍嶺，愛新荷之發池。石憑波而倒植，林隱日而橫垂。見遊魚之戲藻，聽驚鳥之鳴雌。[178]

詩作諸如：

清房洞已靜，閒風伊夜來。雲生樹陰遠，軒廣月容開。宴私移燭飲，游賞藉琴臺。風猷冠淄鄴，衽為愧唐枚。方池含積水，明月流皎鏡。規荷承日泫，飄鱗與風泳。[179]

豫遊高夏諺，凱樂盛周居。復以焚林日，丰茸花樹舒。羽觴環階轉，清瀾傍席疏。妍歌已嘹亮，妙舞復紆餘。九成變絲竹，百戲起龍魚。[180]

---

[176]沈約〈郊居賦〉，《全上古三代秦漢三國六朝文》，【三】，《全梁文》，卷二十五，頁 3099。

[177]蕭子範〈家園三月三日賦〉，《全上古三代秦漢三國六朝文》，【三】，《全梁文》，卷二十三，頁 3084。

[178]蕭綱〈晚春賦〉，《全上古三代秦漢三國六朝文》，【三】，《全梁文》，卷八，頁 2994。

[179]謝朓〈奉和隨王殿下詩十六首〉其十，《先秦漢魏晉南北朝詩》，【中】，頁 1446。

[180]劉孝綽〈三日侍華光殿曲水宴詩〉，《先秦漢魏晉南北朝詩》，【下】，頁 1826。

副君時暇豫，曾城聊近游。清池瀉飛閣，疏樹出龍樓。北陸冰方壯，西園春秋周。梅心芳屢動，蒲節促難抽。徒然欣并命，無以廁應劉。[181]

火浣花心猶未長，金枝密焰已流芳。芙蓉池畔涵停影，桃花水脈引行光。[182]

上述詩賦的創作雖然都有饗宴的背景，但遊娛的風氣與景物的描寫表現得相當充分而濃郁，從中既可把握到魏晉以來遊宴文學延綿不斷的歷史脈絡，更可感受到南朝山水文學蔚為大觀的深刻影響。

(二) 祖餞詩賦

祖餞，即設宴為人送行。雖然從先秦文獻如《春秋》、《左傳》、《詩經》等可尋見其蹤跡，但作為社會風氣，當興起於漢末，流行於整個魏晉南北朝。《昭明文選》以「祖餞」為題歸類的詩便有七題八首[183]。其實，祖餞也屬於朝廷饗宴的一個種類，《宋書》便將「小會宴饗，餞送諸侯，臨軒會王公」與「郊祭天，宗祀明堂」、「祀太廟，元正大會諸侯」[184]並列為朝廷饗宴活動的主要類型。

《昭明文選》卷二十將祖餞詩與公宴（包括曲水）詩同歸一類，顯見南朝人亦將祖餞視為饗宴文化之屬。這些以帝王公卿為主導的祖餞活動，當是頗具規模，其間「應詔」而作的詩文亦應為數不少，如《昭明文選》卷二十

---

[181] 庾肩吾〈侍宴應令詩〉，《先秦漢魏晉南北朝詩》，【下】，頁 1983。

[182] 劉孝威〈褉飲嘉樂殿詠曲水中燭影詩〉，《先秦漢魏晉南北朝詩》，【下】，頁 1884。

[183] 不少學者對此進行專題研究，如王國瓔〈昭明文選祖餞詩中的離情〉，《漢學研究》第 7 卷第 1 期（1989 年 6 月），頁 353-367。劉敏〈《文選》祖餞詩淺探〉，《哈爾濱學院學報》2005 年第 9 期，頁 48-51。

[184] 《宋書・禮志五》，《二十五史》，【2】，頁 1472。

所錄謝瞻（387-421）〈九日從宋公戲馬臺集送孔令〉作於東晉末劉裕為宋公時給孔靖（347-422）餞行，便是「百僚咸賦詩以述其美」[185]的產物。[186]同卷顏延年（384-456）〈應詔讌曲水作詩一首〉注引裴子野（469-530）《宋略》亦有曰：「文帝元嘉十一年三月丙申，禊飲於樂游苑，且祖道江夏王義恭、衡陽王義季，有詔，會者賦詩。」[187]詩才橫溢的蕭梁王室成員更擅此道，沈約〈武帝集序〉即有記述：

> 至於春風秋月，送別望歸，皇王高宴，心期促賞，莫不超挺睿興，浚發神衷。及登庸歷試，辭翰繁蔚，箋記風動，表議雲飛。雕蟲小藝，無累大道。懷君人之大德，有事君之小心。為下奉上，形於辭旨……皆詠志摛藻，廣命群臣，上與日月爭光，下與鍾石比韻，事同觀海，義等窺天，觀之而不測，遊之而不知者矣。[188]

史書的相關記載更比比皆是：

> 六年，高祖於文德殿餞廣州刺史元景隆，詔群臣賦詩，同用五十韻，（王）規援筆立奏，其文又美。高祖嘉焉，即日詔為侍中。[189]

> 時中庶子謝嘏出守建安，於宣猷堂宴餞，並召時才賦詩，同用十五劇韻，愷詩先就，其辭又美。太宗與湘東王令曰：「王筠本自舊

185 蕭統編，李善注《文選》（北京：中華書局，1990），頁 287。又見於《宋書．孔季恭傳》，《二十五史》，【2】，頁 1572。

186 胡大雷即指出，《文選》詩公宴類中寫祖餞的作品是敘述最高統治者或王侯公卿召集的送行。見胡大雷〈中古祖餞詩初探〉，《廣西大學學報》1998 年第 6 期，頁 95-99。

187 《文選》，頁 288。

188 沈約〈武帝集序〉，《全上古三代秦漢三國六朝文》，【三】，《全梁文》，卷三十，頁 3123。

189 《梁書．王規傳》，《梁書》，【三】，頁 582。

手，後進有蕭愷可稱，信為才子。」[190]

（昭明）太子美姿貌，善舉止。讀書數行並下，過目皆憶。每游宴祖道，賦詩至十數韻。或命作劇韻賦之，皆屬思便成，無所點易。[191]

中大同十一年，遷通直散騎常侍，未拜，出為持節、督衡州諸軍事、安遠將軍、衡州刺史。皇太子出餞新亭，執（韋）粲手曰：「與卿不為久別。」[192]

（庾仲容）除安成王中記室，當出隨府，皇太子以舊恩，特降餞宴，賜詩曰：「孫生陟陽道，吳子朝歌縣。未若樊林舉，置酒臨華殿。時輩榮之。」[193]

事實上，無論是祖餞活動，還是祖餞詩賦創作，在魏晉南北朝士族社會已蔚為風氣：

若夫天文以爛然為美，人文以煥乎為貴，是以隆儒雅之大成，遊雕蟲之小道，握牘持筆，思若有神，曾不斯須，風飛雷起。至於宴遊西園，祖道清洛，三百載賦，該極連篇，七言致擬，見諸文學。博逸興詠，並命從遊，書令視草，銘非潤色。七窮煒燁之說，表極遠大之才，皆喻不備體，詞不掩義，因宜適變，曲盡文情。[194]

---

[190]《梁書·蕭子恪傳附蕭愷傳》，《梁書》，【二】，頁 513。

[191]《梁書·昭明太子傳》，《梁書》，【一】，頁 166。

[192]《梁書·韋粲傳》，《梁書》，【三】，頁 606。

[193]《梁書·韋粲傳》，《梁書》，【三】，頁 723-724。

[194]劉孝綽〈昭明太子集序〉，《全上古三代秦漢三國六朝文》，【四】，《全梁文》，卷六十，頁 3312。

> 至若龍馬銀鞍，朱軒繡軸，帳飲東都，送客金谷。琴羽張兮簫鼓陳，燕趙歌兮傷美人。[195]

這些活動與創作規模一般不大，多為出現於三幾好友的範圍：

> 隱士雷次宗被徵居鍾山，後南還廬江。何尚之設祖道，文義之士畢集，為連句詩，（沈）懷文所作尤美，辭高一座。[196]

> 潘綜……歲滿還家，太守王韶之臨郡，發教列上州臺，陳其行跡。及將行，設祖道，贈以四言詩。[197]

但也有頗具規模與影響者，如前文所引西晉元康年間石崇等「二十四友」文士集團在金谷澗「晝夜遊宴……各賦詩以敘中懷」[198]的活動，其實就是為王詡與石崇送行餞別，只不過喧賓奪主，遊宴賦詩取代餞別辭行而成為活動重心。

《昭明文選》所錄多首祖餞詩，即皆為魏晉以來文人士子之間的餞別送行之作。齊梁文人的祖餞詩創作更為普遍，諸如：

> 茲夕竟何夕，念別開曾軒。光風轉蘭蕙，流月泛虛園。[199]

> 北梁辭歡宴，南浦送佳人。方衢控龍馬，平路騁朱輪。瓊筵妙舞絕，桂席羽觴陳。白云丘陵遠，山川時未因。一為清吹激，潺湲

---

[195] 江淹〈別賦〉，《全上古三代秦漢三國六朝文》，【三】，《全梁文》，卷三十三，頁 3142。

[196] 《南史．沈懷文傳》，《南史》，【三】，頁 888。

[197] 《南史．潘綜傳》，《南史》，【六】，頁 1804。

[198] 石崇〈金谷詩序〉，《全上古三代秦漢三國六朝文》，【二】，《全晉文》，卷三十三，頁 1651。

[199] 王儉〈後園餞從兄豫章詩〉，《先秦漢魏晉南北朝詩》，【中】，頁 1380。

傷別巾。[200]

儲皇餞離送，廣命傳羽觴。侍游追曲水，開宴等清漳。新泉已激浪，初卉始含芳。雨罷葉增綠，日斜樹影長。[201]

齊永明九年，沈約、王融、范雲、劉繪、蕭琛、虞炎等為謝朓送行，眾人所作的唱和詩更可謂典範之作。[202]

離情、山水、餞宴、遊娛，為祖餞詩創作的四大元素。相比較而言，離情與山水是祖餞詩內容的主體，可說是魏晉以還抒情與寫景兩大傳統的承傳體現。遊娛的元素，在一般祖餞詩並不常見，只呈現於侍宴應詔類型的祖餞詩中，如蕭子顯的〈侍宴餞陸倕應令〉。至於餞宴的元素，作為詩的內容呈現多寡不一，謝朓〈送遠曲〉與蕭子顯〈侍宴餞陸倕應令〉呈現較頻密，前者有「歡宴」、「瓊筵妙舞」、「桂席羽觴」，後者有「餞」、「羽觴」、「開宴」，其餘諸作僅有「離堂華燭」、「別幌清琴」、「清尊」幾例。然而，這些詩例的題目幾乎都以「宴」、「餞」的字眼，框定了一個饗宴文化的場域。

五、饗宴文化與宮體風氣

長久以來，人們對齊梁文學的印象，便是宮體風氣的盛行[203]。而本章以

[200] 謝朓〈送遠曲〉，《先秦漢魏晉南北朝詩》，【中】，頁 1416。

[201] 蕭子顯〈侍宴餞陸倕應令〉，《先秦漢魏晉南北朝詩》，【中】，頁 1819。

[202] 參曹道衡、劉躍進《南北朝文學編年史》（北京：人民文學出版社，2000），頁 287-292。

[203] 參林文月〈南朝宮體詩研究〉，《國立臺灣大學文史哲學報》第 15 期（1966 年 8 月），頁 407-458。洪順隆〈論宮體詩〉，《文藝復興》第 102 期（1979 年 4 月），頁 50-55。黃婷婷〈六朝宮體詩研究〉，《國立臺灣師範大學國文研究所集刊》第 28 期（1984 年 6 月），頁 645-771。王力堅《由山水到宮體：南朝的唯美詩風》（臺北：臺灣商務印書館，1997），頁 163-252。王國瓔〈詠物與宮體之盛——再訪「齊梁詩」〉，《世新中文研究集刊》第 5 期（2009 年 7 月），頁 1-31。

饗宴文化為主軸及聯結點，參以士族文化、王朝政治、文人集團、文學創作類型，對齊梁文學進行再檢視，最終仍可導向宮體風氣盛行的討論[204]。

饗宴文學與宮體文學具有高度重疊的社會基礎——宮廷環境、士族文化、文人集團；宮體文學所突出表現的豔情聲色，又往往是饗宴活動的不可或缺的元素。換言之，艷情聲色固然是宮體文學的表現中心，但艷情聲色的表現，往往與饗宴文化結合，宮體倡導者蕭綱的賦作就諸多此類表現：「玉觴浮宛，趙瑟含嬌。」[205]「促筵命妓，銜觴置酒。」[206]「菖蒲傳酒座欲闌，碧玉舞罷羅衣單……迴照金屏裡，脈脈兩相看。」[207]興盛於齊梁的宮體詩，饗宴與艷情交匯的表現更是觸處可見，諸如：

弱腕纖腰，遷延妙舞。秦箏趙瑟，殷勤促柱。[208]

長筵廣未同，上客嬌難逼。還杯了不顧，回身正顏色。[209]

羽人廣宵宴，帳集瑤池東。開霞泛彩靄，澄霧迎香風。……簫歌美嬴女，笙吹悅姬童。瓊漿且未洽，羽轡已騰空。[210]

窈窕宋華容，但歌有清曲。轉眄非無以，斜扇還相矚。詎減許飛

---

[204] 張紅玲的《六朝士族生活方式與文學》（中南民族大學 2008 年碩士論文）則從娛樂生活、隱逸生活、人物品評和莊園生活四個方面論述士族與文學的關係。他們的娛樂生活主要表現在對物質的貪婪追求，對聲音和女色的極致享受。對生活的這種追求表現在文學方面便是宮體詩的產生，宮體詩的題材和基調都受到了此種生活的影響。

[205] 蕭綱〈序愁賦〉，《全上古三代秦漢三國六朝文》，【三】，《全梁文》，卷八，頁 2995。

[206] 蕭綱〈箏賦〉，《全上古三代秦漢三國六朝文》，【三】，《全梁文》，卷八，頁 2996。

[207] 蕭綱〈對燭賦〉，《全上古三代秦漢三國六朝文》，【三】，《全梁文》，卷八，頁 2997。

[208] 謝朓〈三日侍華光殿曲水宴代人應詔詩〉其九，《先秦漢魏晉南北朝詩》，【中】，頁 1423。

[209] 高爽〈詠酌酒人〉，《先秦漢魏晉南北朝詩》，【中】，頁 1542。

[210] 沈約〈前緩聲歌〉，《先秦漢魏晉南北朝詩》，【中】，頁 1619-1620。

瓊，多勝劉碧玉。何因送款款，半飲杯中醁。[211]

炎光向夕斂，促宴臨前池。泉將影相得，花與面相宜。篪聲如鳥哢，舞袂寫風枝。歡樂不知醉，千秋長若斯。[212]

值得一提的是，蕭綱詩末句當脫化自曹植（192-232）〈公讌詩〉末句：「飄颻放志意，千秋長若斯。」[213]然而，曹植詩的情感基調興發於徜徉園林，蕭綱詩則是彰顯於沉溺酒色。由此，也或許顯示了從建安遊娛詩到齊梁宮體詩的發展演變。

其實，齊梁兩朝都曾有整飭奢華，摒除淫侈，「崇尚節儉，弘宣簡惠」[214]，「競存約己，移風易俗」[215]之類的旨令與措施，但往往由於種種原因（如上行下不效／後任上位者復興奢華／乃至政治現實的需要），饗宴活動依然興盛，饗宴文化愈演愈烈。

齊武帝於永明七年四月戊寅下詔曰：

四爵內陳，義不期侈，三鼎外列，事豈存奢！晚俗浮麗，歷茲永久，每思懲革，而民未知禁。乃聞同牢之費，華泰尤甚；膳羞方丈，有過王侯。富者扇其驕風，貧者恥躬不逮。或以供帳未具，動致推遷，年不再來，盛時忽往。宜為節文，頒之士庶。並可擬則公朝，方樏供設，合卺之禮無虧，寧儉之義斯在。如故有違，繩之以法。[216]

---

211 王僧孺〈在王晉安酒席數韻詩〉，《先秦漢魏晉南北朝詩》，【中】，頁 1768。

212 蕭綱〈和林下妓應令詩〉，《先秦漢魏晉南北朝詩》，【下】，頁 1954。

213 曹植〈公讌詩〉，《先秦漢魏晉南北朝詩》，【上】，頁 449-450。

214《南齊書・高帝本紀下》，《南齊書》，【一】，頁 38。

215《梁書・武帝本紀上》，《梁書》，【一】，頁 15。

216《南齊書・武帝本紀》，《南齊書》，【一】，頁 57。

永明十一年七月戊寅臨終又詔曰：

> 凡諸遊費，宜從休息。自今遠近薦獻，務存節儉，不得出界營求，相高奢麗。金粟繒纊，弊民已多，珠玉玩好，傷工尤重，嚴加禁絕，不得有違準繩。[217]

儘管如此，其治下饗宴風氣未減。永明二年八月丙午，齊武帝即「車駕幸舊宮小會，設金石樂，在位者賦詩；詔申『京師獄及三署見徒，量所降宥。領宮職司，詳賜幣帛』」；五年三月戊子，「車駕幸芳林園禊宴」；九月九日「出商飆館登高宴群臣」；九年九月戊辰，「車駕幸琅邪城講武，觀者傾都，普頒酒肉」。[218]文惠太子「風韻甚和而性頗奢麗，宮內殿堂，皆雕飾精綺，過於上宮」[219]；郁林王蕭昭業（473-494，493-494 在位）、東昏侯蕭寶卷（483-501，498-501 在位）等，奢侈浮華風更是變本加厲[220]。據此，史家不免慨嘆：「（齊武帝）頗不喜遊宴、雕綺之事，言常恨之，未能頓遣。」[221]

梁武帝以崇佞佛教著稱，曾三番五次申誡豪奢之風，聲稱：「不飲酒，不聽音聲，非宗廟祭祀、大會饗宴及諸法事，未嘗作樂。」[222]「受生不飲酒，受生不好音聲，所以朝中曲宴，未嘗奏樂。」[223]然而，也正是為了弘揚佛教，蕭梁帝王與皇族卻忘乎所以地大肆散財，揮霍無度：

> 皇帝捨財，遍施錢、絹、銀、錫杖等物二百一種，直一千九十六

217《南齊書・武帝本紀》，《南齊書》，【一】，頁 62。

218以上俱見《《南齊書・武帝本紀》，《南齊書》，【一】，頁 49-59。

219《南齊書・文惠太子傳》，《南齊書》，【二】，頁 401。

220參《南齊書・郁林王本紀》，《南齊書》，【一】，頁 69-76；《南齊書・東昏侯本紀》，《南齊書》，【一】，頁 97-110。

221《南齊書・武帝本紀》，《南齊書》，【一】，頁 62。

222《梁書・武帝本紀下》，《梁書》，【一】，頁 97。

223《梁書・賀琛傳》，《梁書》，【二】，頁 549。

> 萬。皇太子奉親玉經格七寶經函等，仍供養經，又施僧錢、絹直三百四十三萬。六宮所捨二百七十萬，上親臨億兆，軀自菲薄。司服所職，褻人所掌，若非朝廷典章，止是奉身之費，則大宮一日，將十萬生衣，歲出千金……是時朝臣，至於民庶，並各隨喜，又錢一千一百一十四萬。[224]

以至於道俗無遮大會得以呈現極其奢華富麗的場面：

> 萬騎龍趨，千乘雷動；天樂九成，梵音四合；震震填填，塵霧連天；以造於道場，而建乎福田也；既而龍衮輟禦，法服尊臨，殿華紫紺，座延高廣……加以長筵亙陛，冠冕千群，充堂溢霤，僧侶山積；對別殿而重肩，環高廊而接坐；錐立不容，莿刺無地。[225]

而且，基於政治考量，也不惜破「朝中曲宴未嘗奏樂」之戒。如大同中，梁武帝設宴歡迎魏使陽斐，「賓客三百餘人，器皆金玉雜寶，奏三部女樂，至夕，侍婢百餘人，俱執金花燭」[226]。

為了籠絡臣僚之心，梁武帝亦出手大方。如陶弘景（456-536）解官歸隱，梁武帝挽留不成，「仍賜帛十疋，燭二十挺；又別敕朕月給上茯苓五斤，白蜜二斗，以供服餌」[227]；為了表彰太子中舍人陸倕「辭義典雅」的佳作，便「賜絹三十匹」[228]；新田令費昶作鼓吹曲「才意新拔，有足嘉異」，

---

[224] 蕭子顯〈御講摩訶般若經序〉，《全上古三代秦漢三國六朝文》，【三】，《全梁文》，卷二十三，頁3087。

[225] 蕭子顯〈御講摩訶般若經序〉，《全上古三代秦漢三國六朝文》，【三】，《全梁文》，卷二十三，頁3086。

[226] 《梁書．羊侃傳》，《梁書》，【二】，頁562。

[227] 蕭衍〈答陶弘景解官詔〉，《全上古三代秦漢三國六朝文》，【三】，《全梁文》，卷三，頁2962。

[228] 蕭衍〈敕答陸倕〉，《全上古三代秦漢三國六朝文》，【三】，《全梁文》，卷四，頁2969。

亦「賜絹十匹」[229]。於是，朝野上下奢華風氣禁而不止，反而愈發熾盛：

> （蕭恭）性尚華侈，廣營第宅，重齋步櫩，模寫宮殿。尤好賓友，酣讌終辰，座客滿筵，言談不倦。[230]

> （魚弘）恣意酣賞，侍妾百餘人，不勝金翠，服玩車馬，皆窮一時之絕。[231]

> （羊侃）性豪侈，善音律，自造〈采蓮〉、〈棹歌〉兩曲，甚有新致。姬妾侍列，窮極奢靡。[232]

裴子野曾著文嚴厲抨擊：

> 先王作樂崇德，以格神人，通天下之至和，節群生之流放，天子之於士庶，未曾去其樂，而無非僻之心。以及周道衰微，呂失其序，亂代先之以忿怒，亡國從之以哀思，優雜子女，蕩目淫心，充庭廣奏，則以魚龍靡慢為環瑋，會同饗覲，則以吳趨楚舞為妖妍，纖羅霧縠侈其衣，疏金鏤玉砥其器，在上班賜寵，群臣從風而靡，王侯將相，歌伎填室，鴻商富賈，舞女成群，競相誇大，互有爭奪，如恐不及，莫為禁令，傷風敗俗，莫不在此。[233]

---

229 蕭衍〈敕賜費昶〉，《全上古三代秦漢三國六朝文》，【三】，《全梁文》，卷四，頁 2970。

230 《梁書・蕭恭傳》，《梁書》，【二】，頁 349。

231 《梁書・魚弘傳》，《梁書》，【二】，頁 422。

232 《梁書・羊侃傳》，《梁書》，【二】，頁 561。

233 裴子野〈宋略・樂志敘〉，《全上古三代秦漢三國六朝文》，【四】，《全梁文》，卷五十三，頁 3265。

裴子野所批評的社會奢華現象，也正是宮體詩風得以盛行的社會基礎。換言之，社會奢華風氣，在文學創作中得到頗為充分的展現，因而形成以宮體詩為主要標誌的靡艷文學創作潮流。[234]

齊梁時期，饗宴文化中的祭祀／政治元素也已大為淡化，娛樂／享受／審美的元素已居主要地位，蕭統〈七契〉中藉君子口所陳述的宴遊活動，便可見出這一變化：

> 陶嘉月而結交遊，藉芳辰而宴朋友。望宜春以隨肩，入長楊以攜手。金盤薦美藉之珍，玉杯沈縹清之酒。義曰和神，事非爽口。於是娛樂未終，留光將夕，飛觴引滿，奮袖舉白，投轄安坐，歡甚促席，以會雕蟲之賓，加有清談之客。[235]

從現實層面看，饗宴活動的泛政治化因素以及饗宴活動本身的消遣性與娛樂性因素（如前述），也決定了其呈現的面貌必然是趨向奢華的，儘管當事人──齊梁的帝王臣僚多奉行儉約素樸的生活態度。「性不飲酒，少嗜欲，雖時遇隆重，而居處儉素」[236]的沈約在〈武帝集序〉中所敘述的就很有代表性：

> 我皇誕縱自天，生知在御。清明內發，疏通外典。爰始貴遊，篤志經術……興絕節於高唱，振清辭於蘭畹。至於春風秋月，送別望歸，皇王高宴，心期促賞，莫不超挺睿興，浚發神衷。及登庸歷試，辭翰繁蔚，箋記風動，表議雲飛。雕蟲小藝，無累大道。懷君人之大德，有事君之小心。為下奉上，形於辭旨。……皆詠

[234] 參陳昌明《沉迷與超越：六朝文學之感官辯證》（臺北：里仁書局，2005），頁 157-183，266-278。

[235] 蕭統〈七契〉，《全上古三代秦漢三國六朝文》，【三】，《全梁文》，卷二十，頁 3065。

[236]《梁書・沈約傳》，《梁書》，【一】，頁 236。

> 志摛藻，廣命群臣，上與日月爭光，下與鍾石比韻，事同觀海，義等窺天，觀之而不測，遊之而不知者矣。[237]

如此神采飛揚的文字，很難相信出自居處儉素之人。沈約顯然也跟群臣一樣，積極參與高宴貴遊，詠志摛藻，撰寫「上與日月爭光，下與鍾石比韻」的詩文，以歌頌「誕縱自天」的帝君與王朝。

於是，饗宴文化所衍生的文學創作無疑也隨之朝著娛樂審美化的方向演進。如前所述，以王室成員為中心的齊梁饗宴文化所衍生的文學創作大多為應制之作，因此也就進一步強化了文學創作群體化及模式化的傾向，同時也促進了以審美為宗旨的文學自覺化的演化進程。如「竟陵八友」以政治結盟與文章賞會為雙重目的的「西邸之遊」，客觀上為沈約、謝朓、王融、蕭琛、范雲等新體詩人提供了有利的活動空間，從而促使中國詩歌發展躍上了一個新階段──以講求聲律為要的永明新體詩應運而生；以蕭衍、沈約為首的君臣文人集團強化了文學應制化的創作傾向，但他們對民歌好尚與模擬，卻也將南朝文人詩歌的發展，引往尚俗的方向；蕭統、蕭綱東宮文人集團與蕭繹丹陽－荊州文人集團，與則將文人詩歌創作進一步導向了內容宮體化及風格唯美化的發展。這些表現載錄於各種文史資料：

> 高祖聰明文思，光宅區宇，旁求儒雅，詔採異人，文章之盛，煥乎俱集；每所御幸，輒命群臣賦詩，其文善者，賜以金帛，詣闕庭而獻賦頌者，或引見焉；其在位者，則沈約、江淹、任昉，並以文采，妙絕當時；至若彭城到沆、吳興丘遲、東海王僧孺、吳郡張率等，或入直文德，通讌壽光，皆後來之選也。[238]

---

[237] 沈約〈武帝集序〉，《全上古三代秦漢三國六朝文》，【三】，《全梁文》，卷三十，頁 3123。

[238] 《梁書·文學傳序》，《梁書》，【三】，頁 685-686。

武帝宴華光殿，命群臣賦詩，獨詔沆為二百字，三刻便成。沆於坐立奏，其文甚美。俄以洗馬管東宮書記、散騎省優策文。[239]

仰尋惠渥，陪奉遊宴，漾桂棹於清池，席落英於曾岨，蘭香兼禦，羽觴競集，側聽餘論，沐浴玄流，濤波之辯，懸河不足譬，春藻之辭，麗文無以匹。[240]

宴遊西園，祖道清洛，三百載賦，該極連篇，七言致擬，見諸文學，博逸興詠，並命從遊……麗而不淫，約而不儉，獨擅眾美，斯文在斯。[241]

吟詠性靈，豈惟薄伎。屬詞婉約，緣情綺靡……望苑招賢，華池愛客。托乘同舟，連輿接席。摛文掞藻，飛觴泛醳。恩隆置醴，賞逾賜璧。[242]

特別要注意的是，這些詩文創作，是在「通讌壽光」、「宴華光殿」、「陪奉遊宴」、「宴遊西園，祖道清洛」、「飛觴泛醳」、「恩隆置醴」之類宮廷饗宴文化的氛圍中進行的；所追求的則是「並以文采，妙絕當時」、「其文甚美」、「春藻之辭，麗文無以匹」、「麗而不淫」、「獨擅眾美」、「屬詞婉約，緣情綺靡」之類的唯美文風。

內容宮體化與風格唯美化是表裡互濟相得益彰的關係，即內容宮體化導致風格唯美化，風格唯美化則彰顯了內容宮體化。而所謂「宮體」風格，跟

239《梁書・到沆傳》，《梁書》，【三】，頁 686。

240謝幾卿〈答湘東王書〉，《全上古三代秦漢三國六朝文》，【四】，《全梁文》，卷四十五，頁 3208。

241劉孝綽〈昭明太子集序〉，《全上古三代秦漢三國六朝文》，【四】，《全梁文》，卷六十，頁 3312。

242王筠〈昭明太子哀冊文〉，《全上古三代秦漢三國六朝文》，【四】，《全梁文》，卷六十五，頁 3338。

前述祭祀盛典的奢華富麗不同的是，更為凸顯了艷情聲色的元素，亦即《梁書》所稱蕭綱「傷於輕艷，當時號曰宮體」[243]。蕭綱〈箏賦〉即有曰：

> 黛眉如掃，曼睇成波。情長響怨，意滿聲多。奏相思而不見，吟夜月而怨歌。笑素彈之未工，疑秦宮之詎和。若夫鉤竿復發，蛺蝶初揮。動玉匣之餘怨，鳴陽鳥之始飛。逐東趨於鄭女，和西舞於荊妃。[244]

這種歌舞場面，正是饗宴活動的不可或缺的元素，娛樂與聲色，又往往密切相關，司馬相如（前 179？-前 118）〈上林賦〉已有云：「所以娛耳目，樂心意者，麗靡爛漫於前，靡曼美色。」[245]劉孝綽〈同武陵王看妓詩〉的描寫便是如此寫照：

> 燕姬奏妙舞，鄭女發清歌。回羞出曼臉，送態表頻蛾。寧殊遇行雨，詎減見淩波。想君愁日落，慶羨魯陽戈。[246]

宮體詩風的現象，或許還可從社會（審美）觀念轉變的層面切入進行探討。傳統禮樂制度，是為宗法等級統治服務的，《史記》即載稱：「夫上古明王舉樂者，非以娛心自樂，快意恣慾，將欲為治也。」[247]《晉書》亦載稱：

> 非祭祀宴饗，則無設樂之制，太常蔡謨議曰：「凡敬其事則備其禮，禮備則制有樂。樂者，所以敬事而明義，非為耳目之娛。故

243《梁書．簡文帝本紀》，《梁書》，【一】，頁 109。

244 蕭綱〈箏賦〉，《全上古三代秦漢三國六朝文》，【三】，《全梁文》，卷八，頁 2996。

245 司馬相如〈上林賦〉，《文選》，頁 128。

246 劉孝綽〈同武陵王看妓詩〉，《先秦漢魏晉南北朝詩》，【下】，頁 1840。

247《史記．樂書第二》，《二十五史》，【1】，頁 103。

冠亦用之，不惟宴饗。宴饗之有樂，亦所以敬賓也。」[248]

可知晉代朝廷饗宴之樂的功用，仍是定位於「敬賓」／「敬事而明義」，而「非為耳目之娛」；然而，漢末三國時期飽受遷逝感困擾的文人[249]，已將娛樂視為饗宴文化的主要目的：「時冉冉，近桑榆，但當飲酒為歡娛。」[250]「常聞詩人語，不醉且無歸。今日不極歡，含情欲待誰？」[251]「永日行遊戲，歡樂猶未央……投翰長歎息，綺麗不可忘。」[252]「夫人情猶不能無嬉娛。嬉娛之好，亦在於飲宴琴書射御之間。」[253]到了齊梁，隨著饗宴活動的重心從祭祀轉移到遊娛，饗宴文化的整體價值觀也從政治功利轉向娛樂審美，饗宴樂舞的目的，已全然「為耳目之娛」了：

爾乃促筵命妓，銜觴置酒。耳熱眼花之娛，千金萬年之壽。白日蹉跎，時淹樂久。玩飛花之度窗，看春風之入柳。命麗人於玉席，陳寶器於紈羅。撫鳴箏而動曲，譬輕薄之經過。[254]

這跟蕭統〈文選序〉所主張的「譬陶、匏異器，並為入耳之娛；黼、黻不同，俱為悅目之玩」[255]完全一致。徐陵為艷歌集《玉臺新詠》所作序也體現了這種娛情遊戲觀：

---

[248]《晉書·禮志下》，《晉書》，【三】，頁660。

[249]漢末三國時期，長期的戰爭、飢荒、疫災，造成大量死亡，致使人們產生人生短暫、生命無常的遷逝感。這種遷逝感深刻影響了文人的生活及創作。參王力堅《魏晉詩歌的審美觀照》（臺北：文津出版社，2000），頁13-32。

[250]無名氏〈濟濟篇〉，《晉書·禮志下》引，《晉書》，【三】，頁714。

[251]王粲〈公讌詩〉，《先秦漢魏晉南北朝詩》，【上】，頁360。

[252]劉楨〈公讌詩〉，《先秦漢魏晉南北朝詩》，【上】，頁369。

[253]陳壽《三國志·吳書·孫和傳》，《三國志》，【五】，頁1369。

[254]蕭綱〈箏賦〉，《全上古三代秦漢三國六朝文》，【三】，《全梁文》，卷八，頁2996。

[255]蕭統〈文選序〉，《全上古三代秦漢三國六朝文》，【三】，《全梁文》，卷二十，頁3067。

> 優遊少託，寂寞多閑。厭長樂之疏鐘，勞中宮之緩箭。纖腰無力，怯南陽之擣衣；生長深宮，笑扶風之織錦。雖復投壺玉女，為歡盡于百嬌；爭博齊姬，心賞窮于六箸。無怡神于暇景，惟屬意于新詩。[256]

陳代宮體詩人則全然承襲了這一觀念與創作傳統：

> 吾監撫之暇，事隙之辰，頗用談笑娛情。琴樽間作，雅篇艷什，迭互蜂起……既聽春鳥，又聆秋雁，未嘗不促膝舉觴，連情發藻，且代琢磨，間以嘲謔，俱怡耳目，竝留情致。[257]

應令、唱和、限韻、聯句、同題共作等創作方式，也顯然帶有遊戲／娛樂的性質，限時作詩的方式更具遊戲性：

> 高祖宴群臣樂遊苑，別詔翔與王訓為二十韻詩，限三刻成。[258]

> 竟陵王子良嘗夜集學士，刻燭為詩，四韻者則刻一寸，以此為率。文琰曰：「頓燒一寸燭，而成四韻詩，何難之有。」乃與令楷、江洪等共打銅缽立韻，響滅則詩成，皆可觀覽。[259]

宴遊夜集，遊娛成分已濃郁，在這種場合中以這種方式創作出來的詩，難免

---

256 徐陵〈玉臺新詠序〉，《全上古三代秦漢三國六朝文》，【四】，《全陳文》，卷十，頁 3457。

257 陳叔寶〈與江總書悼陸瑜〉，《全上古三代秦漢三國六朝文》，【四】，《全陳文》，卷四，頁 3423。有學者指出，以陳叔寶為中心的宮體詩人「把娛樂情性、集宴賞樂等作為文學創作感興的條件」。參毛振華〈論陳後主文學群體的文風特色〉，《寧波教育學院學報》第 11 卷第 4 期（2009 年 8 月），頁 53-56。

258 《梁書．褚翔傳》，《梁書》，【三】，頁 586。

259 《南史．王僧孺傳附蕭文琰傳》，《南史》，【五】，頁 1463。

不是遊戲之作。[260]

事實上，宮體詩中便充斥著大量遊戲之作，如回文詩、離合詩、詠物詩、詠名詩、字謎詩等，有的在詩題中就標明「戲作」、「率爾」等遊戲字樣，如蕭衍的〈戲作詩〉、蕭綱的〈戲作謝惠連體十三韻〉、〈率爾為詠〉與〈三月三日率爾成詩〉、蕭繹的〈戲作豔詩〉、沈約的〈三月三日率爾成篇詩〉、庾信的〈率爾成詠詩〉等。這類詩作，大多創作於饗宴活動的場合，內容或許淺薄空泛，卻不乏文詞華美，構思機巧的表現，如：

> 芳年多美色，麗景復妍遙。握蘭唯是旦，採艾亦今朝。迴沙溜碧水，曲岫散桃夭。綺花非一種，風絲亂百條。雲起相思觀，日照飛虹橋。繁華炫姝色，燕趙艷妍妖。金鞍汗血馬，寶髻珊瑚翹。蘭馨起縠袖，蓮錦束瓊腰。相看隱綠樹，見人還自嬌。玉柱鳴羅薦，礫宛泛回潮。洛濱非拾羽，滿握詎貽椒。[261]

後人欣賞者有曰：

> 夫梁陳之詩，麗則丹碧輝煌，雋則絲竹柔曼；輝煌可以娛目，柔曼可以悅耳。[262]

責難者有云：

---

[260] 近年來有學者對魏晉南北朝的娛情遊戲觀及其創作進行探討，如韓寧〈娛情遊戲，纖巧圓潤——試論蕭繹詩歌的社會功能及藝術特色〉，載《河北大學學報》第 25 卷第 6 期（2000 年 12 月），頁 74-78。詹福瑞、趙樹功〈從志思蓄憤到遣興娛情——論六朝時期的文學娛情觀〉，載《文藝研究》2006 年第 1 期，頁 57-65。陳祥謙〈南朝俳諧文學興盛成因論略〉，載《文史哲》2009 年第 4 期，頁 69-77。

[261] 蕭綱〈三月三日率爾成詩〉，《先秦漢魏晉南北朝詩》，【下】，頁 1945。

[262] 陳祚明《采菽堂古詩選》卷二十二，續修四庫全書編纂委員會編《續修四庫全書》（上海：上海古籍出版社，1995），【1591】，頁 216。

> 詩文不朽大業，學者雕心刻腎，窮旦極夜，猶懼弗窺奧妙，而以遊戲廢日可乎？孔融〈離合〉、鮑照〈建除〉、溫嶠回文、傅咸集句，亡補於詩，而反為詩病。自茲以降，摹仿實繁，字迷、人名、鳥獸、花木，六朝才士集中，不可勝數。詩道之下流，學人之大戒也。[263]

由此可見，齊梁的饗宴是文學創作群體化及模式化的主要場域，同時也是文學內容宮體化、風格唯美化的重要原因。在這個意義上可以說，所謂饗宴文學，實質上就是宮體文學的主要組成部分。

自從齊高帝蕭道成（427-482，479-482 在位）代宋建齊，南蘭陵蕭氏以武勇之姿躍上歷史舞臺，上演了齊梁二朝近八十年的歷史大戲，同時也經歷了南蘭陵蕭氏從軍事豪族向文化士族轉型的歷程，其轉型的成功，引導／伴隨著齊梁文學成為魏晉南北朝文學最為輝煌的黃金時代。這一切，卻由於「侯景之亂」戛然而止：梁武帝太清二年八月，東魏降將侯景勾結京城守將蕭正德（?-549），舉兵謀反。梁武帝被軟禁餓死，蕭綱先被立為傀儡皇帝，後被廢殺而立蕭棟（?-552，551-552 在位），再廢殺蕭棟而自稱帝，其他王室成員或被殺或逃亡。承聖元年二月王僧辯（?-555）與陳霸先（503-559，557-559 在位）聯合擊敗侯景，十一月蕭繹稱帝於江陵，是為梁元帝；承聖三年底，西魏大軍攻入江陵，元帝亡。[264]

「侯景之亂」對南方社會造成極大破壞：「掠金帛既盡，乃掠人而食之，或賣於北境，遺民殆盡矣」[265]；加上連年旱蝗，以致出現「千里煙絕，人跡罕見，白骨成聚，如丘隴焉」[266]的慘況。侯景還「常戒諸將曰：『破柵

[263] 胡應麟撰《詩藪・外編》卷二，《續修四庫全書》，【1695】，頁 142。

[264] 見《梁書》武帝、簡文帝、元帝本紀及《南史・侯景傳》。《梁書》，【一】，頁 1-102，103-112，113-142；《南史》，【六】，頁 1993-2017。

[265] 《資治通鑑・梁紀十九》，《資治通鑑》，【6】，頁 5045。

[266] 《資治通鑑・梁紀十九》，《資治通鑑》，【6】，頁 5039。

平城，當淨殺之，使天下知吾威名。』故諸將每戰勝，專以焚掠為事，斬刈人如草芥，以資戲笑」[267]。士族（尤其是僑姓士族）更是遭受到空前沉重的打擊，《南史》載：「城圍之日，男女十餘萬，貫甲者三萬，至是疾疫且盡，守埤者止二三千人，並悉羸懦。」[268] 顏之推（531-595？）在〈觀我生賦〉自註中陳述：「中原冠帶，隨晉渡江者百家，故江東有《百譜》；至是，在都者覆滅略盡。」[269]《顏氏家訓·涉務》更對士族在禍難中的狼狽慘狀進行不無嘲諷的描繪：「及侯景之亂，膚脆骨柔，不堪行步，體羸氣弱，不耐寒暑，坐死倉猝者，往往而然。」[270]如此慘狀的造成，顯然與士族自身長期豪奢淫侈的生活方式關係密切，因而也似乎與流行於士族社會的饗宴文化脫離不了干係。而最具悲劇性與諷刺性結局的蕭綱，更是在被立為傀儡皇帝的不足兩年間，屢遭侯景以宴飲活動進行精神凌虐：

> 大寶元年……三月甲申，景請簡文禊宴於樂游苑，帳飲三日。其逆黨咸以妻子自隨，皇太子以下，並令馬射，箭中者賞以金錢。翌日向晨，簡文還宮。景拜伏苦請，簡文不從。及發，景即與溧陽主共據御床南面並坐，群臣文武列坐侍宴。四月辛卯，景又召簡文幸西州，簡文御素輦，侍衛四百餘人。景眾數千浴鐵翼衛。簡文至西州，景等逆拜。上冠下屋白紗帽，服白布裙襦。景服紫紬褶，上加金帶，與其偽儀同陳慶、索超世等西向坐。溧陽主與其母范淑妃東向坐。上聞絲竹，淒然下泣。景起謝曰：「陛下何不樂？」上為笑曰：「丞相言索超世聞此以為何聲？」景曰：「臣且不知，豈獨超世。」上乃命景起舞，景即下席應弦而歌。上顧命

---

267 《資治通鑑·梁紀十九》，《資治通鑑》，【6】，頁 5039。

268 《南史·侯景傳》，《南史》，【六】，頁 2006。

269 顏之推撰，王利器注《顏氏家訓集解》（臺北：漢京文化事業有限公司，1983），附錄，〈嚴之推傳〉引，頁 597。

270 《顏氏家訓集解》，頁 295。

> 淑妃，淑妃固辭乃止。景又上禮，遂逼上起舞。酒闌坐散，上抱景於床曰：「我念丞相。」景曰：「陛下如不念臣，臣何至此。」上索筌蹄，曰：「我為公講。」命景離席，使其唱經。景問超世何經最小，超世曰：「唯觀世音小。」景即唱「爾時無盡意菩薩」。上大笑，夜乃罷。[271]

最終，侯景指使部將「賚酒肴、曲項琵琶，與帝飲；帝知不免，乃盡酣，曰：『不圖為樂一至於斯！』」在醉寢之後，慘遭裝入土囊坐斃。[272]此外，豐富的文化典籍也遭受極大摧毀：侯景叛軍入據建康臺城時，太子蕭綱遣人焚東宮，「臺殿及所聚圖書皆盡」[273]；元帝蕭繹在江陵將陷時，更命人放火焚燒古今圖書十四萬卷，又以寶劍斫柱令折，為之悲歎：「文武之道，今夜盡矣！」[274]

結 語

通過前文諸方面的闡述可見，饗宴，作為齊梁皇族／士族社會常態性的活動，由於與祭祀、政治、社會、經濟、宗教、娛樂、文學等諸多文化元素

---

[271] 《南史．侯景傳》，《南史》，【六】，頁 2008-2009。

[272] 見《梁書．簡文帝本紀》，《梁書》，【一】，頁 108。關於侯景之亂與江陵之變對南朝士族及文化典籍的摧毀情狀，參葉言都〈由侯景之亂看南北朝末期的士族〉，《史繹》第 6 期（1969 年 7 月），頁 75-89。楊逢時〈侯景之亂的背景及影響〉，《史苑》第 12 期（1969 年 6 月），頁 25-28。蘇紹興〈侯景亂梁與南朝士族衰落的關係〉，《大陸雜誌》55:2（1977 年 8 月），頁 34-41。杜志強〈侯景之亂的歷史影響〉與〈侯景之亂和江陵之變對南朝文化典籍焚毀情況的考察〉，載氏著《蘭陵蕭氏家族及其文學研究》，頁 270-286。王光照〈梁季江陵政權始末及江左士族社會變遷〉，《安徽大學學報》第 29 卷第 6 期（2005 年 11 月），頁 6-11。劉美云〈論侯景之亂對南朝階級關系變動的影響〉，《大同職業技術學院學報》第 13 卷第 4 期（1999 年 12 月），頁 28-30。

[273] 《資治通鑑．梁紀十七》，《資治通鑑》，【6】，頁 4987。

[274] 《資治通鑑．梁紀二十一》，《資治通鑑》，【6】，頁 5121。

有錯綜複雜的交互關係，從而形成蘊含豐富且別具系統質[275]的饗宴文化型態。作為一種文化現象，饗宴是微觀的，普遍存在於齊梁王室與士人的現實日常生活；饗宴又是宏觀的，深刻貫串於齊梁士族與政治的歷史發展過程。

不同層級、場合的饗宴文化，呈現不同的特色：王室的聲勢、士族的氣質、文人的丰采，而其間亦都不同程度呈現出文學藝術氛圍，文學交遊、文學創作乃至文學集團活動，在這種文學藝術氛圍中得以進行。

至於齊梁饗宴文化及其所衍生的饗宴文學，體現著政治實用與遊戲娛情的雙重性質。前者貫徹於以帝王及王室為中心的王朝政治操作、爭鬥、結盟，「如願」完成了北府將領文人化及豪族士族化的轉型，並先後奠定、維持了齊梁二朝的嬗遞；後者則呈現於應制、遊娛、宮體等文類的創作理念及實踐，當為晉人緣情綺靡說的訛變演化，卻也順應、煽揚了唯美文風的興盛，並且在一定程度上促進文學（觀念與創作）走向自覺獨立的發展道路。

從政治意義層面看：以饗宴文化為突出表現的奢靡生活，腐蝕了由皇族及寒門轉型的世族階層，使之喪失了原有的蓬勃生氣而走向衰微，進而導致王朝的覆亡（侯景之亂為總爆發點）；從文學意義層面看：文人（集團）蔚起，文學創作興盛，文學觀念及理論趨於成熟，文學成就達至魏晉南北朝文學最高階段，為唐代文學的黃金時代奠定了基礎。然而，緣於前者的政治意義，齊梁文學及其餘緒（陳隋文學）往往也被冠上「亡國之音」[276]的惡名。

---

[275] 現代系統論的觀點認為，系統與系統之間發生關係，就會產生一種新的系統，這種新的系統不是幾個系統簡單相加的結果，而是由此產生的特有的新的整體質，稱為系統質。系統質又影響各構成要素並賦予各構成要素以原本不具有的新的意義。參 P.切克蘭德著；左曉斯、史然譯《系統論的思想與實踐》（北京：華夏出版社，1990）。毛建儒〈論系統質〉，《系統辯證學學報》第 8 卷第 4 期（2000 年 10 月），頁 19-24。卲建〈中國文化系統論（中）〉，《南京高師學報》第 13 卷第 1 期（1997 年 3 月），頁 16-23。

[276] 諸如：「梁自大同之後，雅道淪缺，漸乖典則，爭馳新巧。簡文、湘東，啟其淫放，徐陵、庾信，分路揚鑣。其意淺而繁，其文匿而彩，詞尚輕險，情多哀思。格以延陵之聽，蓋亦亡國之音乎！」（魏徵《隋書．文學傳序》，《二十五史》，【3】，頁 2522）「逮齊梁陳隋，德祚淺薄，無能激切於事，皆以浮艷相誇，風雅大變，不隨俗流者無幾。所謂亡國之音哀以思，王澤竭而詩不作。」（顧陶〈唐詩類選序〉）「南齊五代，文愈深，詩愈麗。陳隋之際，其君自好之，而浮靡涊滯，流於淫樂。故曰音能亡國，信哉！」（王贄〈元英先生詩集序〉）「齊梁陳隋間，自謝玄暉、江文通外，古詩皆帶律體，氣弱骨靡，思淫聲哀，亡國之音也。」（施補華《峴傭說詩》）轉引自

儘管如此，齊梁饗宴文學所體現的政治實用與遊戲娛情交雜的雙重性質，以及「饗宴－文學」的文化生態仍然對後世文壇產生了不容忽視的深遠影響。[277]

閻采平《齊梁詩歌研究》，附錄「齊梁詩歌研究資料選輯」，頁 190，192，268。

[277] 自唐宋至明清，詩詞曲賦乃至小說等領域的創作，皆可見「饗宴－文學」文化生態的影響。參李志剛〈金瓶梅宴與「金瓶梅」宴飲風貌〉，《中國飲食文化基金會會訊》第 5 卷第 3 期（1999 年 8 月），頁 14-18。吳秋慧〈唐代宴飲詩的社會化現象〉，《德明學報》第 16 期（2000 年 12 月），頁 225-245。韓云娃〈唐代帝王的宴飲活動推動樂舞和宴飲詩的創新與發展〉，《首都師範大學學報》2009 年增刊，頁 33-36。陳素貞〈雪天的邀約——北宋文人的宴集樂趣〉，《國文新天地》第 21 期（2010 年 4 月），頁 6-14。

下　編

從各種文史資料中，爬梳、勾勒出「士人」、「寺廟」、「皇家」三種園林形態在魏晉南北朝的發展、演變軌跡與表現，及其與文學創作的關係，進而試圖在文體學意義上探求魏晉南北朝園林文學的表現形態。

第四章
隱逸、園林與文學創作

園林是魏晉南北朝一個顯見的文化現象，隱逸則是魏晉南北朝一個普遍的社會現象；而魏晉南北朝眾多的寫景詩文賦中，園林更是一個常見的描寫對象，以致形成「園林文學」的類型。事實上，園林、隱逸、園林文學，三者之間的關係密不可分——士人的隱逸思想，既是園林興起的主要原因，也往往借助園林得以滋長及呈現；園林，是士人隱逸思想及相關文學創作的文化載體；通過文字意象得以呈現的士人園林[1]文化，以及借助園林滋長與呈現的隱逸思想訴諸筆墨，便形成了魏晉南北朝興盛一時的士人園林文學。

魏晉南北朝園林雖然在學界得到較充分的研究探討，但魏晉南北朝士人園林文學以及其間的隱逸思想，長久以來並未能得到應有的重視甚至是正視，專題研究尚付闕如。就魏晉南北朝的隱逸思想、士人園林文化，以及士人園林文學而言，倘若充分深入展開論述，不同歷史階段、不同地域（尤其南北方），不同政治環境及文化環境，均當有不同的發展變化；而相同歷史階段、相同地域，相同政治環境及文化環境，也都會有因人而異的表現。然而，基於本章為該議題的初始討論，同時更限於篇幅，惟能試圖通過諸多不

---

1 吳功正有「私家園林」的劃分（見下）。魏晉南北朝期間的私家園林，包括一般的士人園林與皇家成員的園林，甚或是商賈的私園。在本章中，除了特定的語境，一般均稱為「士人園林」。這是由於，魏晉南北朝期間的商賈園林甚少（明清已為常見），而皇家成員多為文士化，其園林的特徵表現亦已與士人園林大同小異（見後文）。即如論者所指出：「私家園林中的貴族和富商園，均追隨士人園風格。……士人園林擔當著舉足輕重的角色，在園林風格上日居主導地位，大大促進了其他園林類型的發展和完善。」見傅晶《魏晉南北朝園林史研究》（天津：天津大學建築設計及其理論博士學位論文，2003），頁 203。

同的個案表現，歸納出具有普遍意義的現象及模式，以期從較宏觀的角度，對魏晉南北朝的士人園林文化、隱逸思想以及士人園林文學，進行交織探討。這就是本章的研究思維與論述架構。

一、魏晉南北朝園林的稱謂及文化義涵

春秋戰國至秦漢，是皇家園林獨霸天下的時期，甚至可說是皇家園林獨自形成、發展、成熟，並達致鼎盛的歷史過程。魏晉南北朝，則是士人園林與寺廟園林崛起成型時期。士人園林經由模仿（皇家園林）而走向獨立發展，貴遊文化與隱逸文化的交替雜糅構成魏晉南北朝士人園林的文化底蘊。寺廟園林是魏晉南北朝宗教文化（佛／道）興盛的副產品或衍生物，宗教文化與隱逸文化同質性（避塵世／脫世俗）的發展，也致使寺廟園林呈現出與士人園林相類似的文化底蘊。所不同者，士人園林較趨內斂而私密，寺廟園林則相對相容且開放。

魏晉南北朝時期，皇族與士族的勢力發展此消彼長，交相嬗替，促使皇家園林得以持續發展的同時，也趨向民間化的演變；同時，士人園林也「應運而生」——政治的黑暗（傾軋／殺戮／門閥制度）刺激、助長了隱逸思想。這樣一種政治背景，也成為士人園林文化底蘊的重要組成部分。

從中國園林發展史看，魏晉南北朝園林的發展顯然不如後世興盛及成熟完善，受重視的程度也大不如後世歷代的園林。然而，從中國園林史階段性進程的角度看，魏晉南北朝園林毋庸置疑是得到空前發展，成為當時一個顯見的文化現象。雖然魏晉南北朝園林已無實存，專門的園林文獻亦不多見，然而對魏晉南北朝園林有所記述的文史資料仍不為少數。根據文史互證原則，這些資料中有關園林的記述，已為魏晉南北朝園林研究的主要依據[2]。

---

[2] 事實上，對魏晉南北朝園林有所記述的詩文賦，也正是魏晉南北朝園林文學得以成型的主要體現。

長期以來，多有學者根據各種文獻資料對魏晉南北朝園林展開研究。

如吳功正即對六朝皇家、佛家、私家三大園林體系分別進行了考察，認為六朝園林是中國園林史上重要的轉捩期和定型期，從而確定了它在六朝文化史和整個中國園林史上的地位。王毅指出，魏晉以後的皇家園林與士人園林、寺院園林等構成一個內部矛盾且平衡的園林體系，士人園林及其山水審美與園林藝術也在這一時期得到空前發展，園林成為士人生活不可或缺的部分，而中國士人園林的藝術風格與造園方法的基本原則，皆在魏晉南北朝時期奠定。林敏勝則認為六朝園林是中國園林史上的轉捩點，側重自然景觀的調和，以及象徵物我合一的超然態度。傅晶更強調，魏晉南北朝是中國古典園林發展史中的重要轉折期，此時期不但在皇家園林之外出現了士人園林、佛寺園林等新園林類型，還在園林本質上發生了重大飛躍，由秦漢時期的側重滿足物質生活需求，轉向魏晉時代的作為陶冶情操、安頓心靈的精神居所。中國古典園林以山水審美為主題、以寄情賞心為旨歸的獨特精神氣質和藝術風貌，由此逐漸顯化和確立。[3]

總體上說，魏晉時期皇家園林發生嬗變演化[4]，士人園林與寺廟園林日漸崛起；至南北朝時期，士人園林與寺廟園林迅速達至空前興盛，形成皇家園林、士人園林、寺廟園林三大類型並存演進的格局與體系。若從南北方相比較而言，晉室南渡後士族社會的分化與演變，促進南朝士人園林的普遍發展；中原皇家園林傳統及「捨宅為寺」風氣助興與佛道文化傳播的合流，致

---

[3] 分別見吳功正《六朝園林》（南京：南京出版社，1992）；及〈六朝園林文化研究〉，《中國文化研究》，1994 年第 1 期，頁 108-117。王毅《中國園林文化史》（上海：上海人民出版社，2005）。林敏勝《六朝園林研究》（臺中：中興大學歷史所碩士學位論文，1996）。傅晶《魏晉南北朝園林史研究》。

[4] 跟兩漢皇家園林相比，魏晉時期皇家園林的政治祭儀功能不斷弱化，遊賞娛樂功能逐漸強化。參鄭在書〈苑囿：書寫帝國的空間——以《子虛》、《上林》兩賦為例〉，載李豐楙、劉苑如編《空間、地域與文化——中國文化空間的書寫與闡釋》（臺北：中研院文哲所，2002），【上】，頁 133-155。

使北朝寺廟園林尤見發達[5]。

魏晉南北朝期間，各種園林的規模範圍與林木山石池亭等造園元素的種類儘管會有大小多寡之別，尤其處於發展初始階段的士人園林，各種要素的布局設計及建築規模尚處於動態演化之中，然而，山水兼備，花樹交雜，野趣盎然的「人化自然」（即「第二自然」）本質已然確定；而這樣一種「人化自然」的本質，往往交織著人們好尚自然嚮往隱逸的思想意趣。

隱逸思想意趣在士人園林中得到最為充分的表現，基於此，本章以魏晉南北朝士人園林為主要的探討對象（詳見後文）。儘管如此，也不排除隱逸思想意趣表現在寺廟園林、皇族成員的私園，甚至皇家園林。寺廟園林有如攝山棲霞寺：「高僧跡共遠，勝地心相符。樵隱各有得，丹青獨不渝。」[6]皇家園林有如華林園：「簡文入華林園，顧謂左右曰：『會心處不必在遠。翳然林水，便自有濠、濮間想也，覺鳥獸禽魚自來親人。』」[7]儘管其間隱逸心態、園林意義有別，但本章所要關注的，當是園林與隱逸思想的結合，或說是借助園林以體現隱逸思想的模式。

魏晉南北朝之前，關於園林的稱謂有「園」、「圃」、「囿」、「苑」[8]等，至魏晉南北朝期間，有關園林的主要稱謂便是「園林」。魏晉南北朝詩文中即不乏「園林」的稱謂，諸如：

> 暮春和氣應。白日照園林。[9]

---

[5] 南朝佛教最盛時，建康佛寺有 700 餘所；北朝佛教最盛時，洛陽佛寺有 1367 所。相比之下，後者尤見發達之勢。參周維權《中國古典園林史》（北京：清華大學出版社，1999），頁 112。

[6] 江總〈入攝山棲霞寺詩〉，載逯欽立輯校《先秦漢魏晉南北朝詩》（北京：中華書局，1998），【下】，頁 2583。

[7] 劉義慶《世說新語・言語》，劉義慶撰，徐震堮校箋《世說新語校箋》（北京：中華書局，1994），【上】，頁 67。

[8] 參傅晶《魏晉南北朝園林史研究》，頁 6。

[9] 張翰〈雜詩〉其一，《先秦漢魏晉南北朝詩》，【上】，頁 737。

> 靜念園林好，人間良可辭。[10]

> 獨夫既除，蒼生甦息。便欲歸志園林，任情草澤。[11]

> 園林多趣賞，祓禊樂還尋。[12]

這些詩文所用之「園林」概念，涵義或各有異，如陶淵明（365？-427）與陳叔寶（553-604，582-589 在位）之「園林」，顯然不可同日而語，前者當為隱者的遊憩地，後者則是權貴的尋樂園，但在「人化自然」的意義上有了交集，故可共同冠以「園林」的稱謂。

當然，也有以其他稱謂出現的園林。魏晉南北朝士人園林往往跟家居建築結合，為居住環境的有機組成部分，因此，附屬於居住環境的園林是常見的型態。這類園林，往往便以「宅園」、「後園」等稱謂出現，相比之下，「後園」稱謂更為常見且尤為值得注意。

所謂「後園」，儘管其原意或為方位所致，但魏晉時常用以指稱皇家園林，諸如：

> 帝於後園為象母起觀，名其里曰渭陽。[13]

> 同乘並載，以遊後園……景風扇物，天氣和暖，眾果具繁，時駕而遊。[14]

---

[10] 陶淵明〈庚子歲五月中從都還阻風於規林詩〉其二，《先秦漢魏晉南北朝詩》，【中】，頁 982。

[11] 蕭衍〈淨業賦並序〉，嚴可均輯《全上古三代秦漢三國魏晉南北朝文》（北京：中華書局，1995），【三】，《全梁文》，卷一，頁 2950。

[12] 陳叔寶〈祓禊泛舟春日玄圃各賦七韻詩〉，《先秦漢魏晉南北朝詩》，【下】，頁 2516。

[13] 《世說新語・言語》注引《魏書》，《世說新語校箋》，【上】，頁 40。

[14] 曹丕〈與朝歌令吳質書〉，蕭統編，李善注《文選》（北京：中華書局，1990），頁 591。

御幸式乾殿及遊豫後園，皆大臣侍從。[15]

炫燿後園，建承露之盤，斯誠快耳目之觀。[16]

可絕後園習騎乘馬，出必御輦乘車。[17]

帝至後園竹間戲，或與從官攜手共行。[18]

有感聖皇，既蒙引見，又宴於後園。[19]

這些皇家「後園」所呈現的，莫不是皇族帝家的生活畫面。潘尼（250？-311？）〈後園頌〉雖名為後園之頌，然而所頌的主體卻無疑是「明明天子，肅肅庶官；文士濟濟，武夫桓桓」的君臣氣勢聲威，以及「長筵遠布，廣幕四周；嘉肴惟芳，旨酒思柔」的皇家遊宴場面；其間所點染的，也大抵是「岩岩峻岳，湯湯玄流；翔鳥鼓翼，遊魚載浮」的玄奧虛窅景觀，以及「黍稷既登，貨財既豐；仁風潛暢，皇化彌崇」的奢華富庶氣象。[20]

北朝詩文中「後園」的稱謂不多見，仍多指皇家園林，亦多與遊宴生活結合，如：「朝車轉夜轂，仁旗指旦風。式宴臨平圃，展衛寫層穹。」[21]

---

[15] 何晏〈奏請大臣侍從遊幸〉，《全上古三代秦漢三國六朝文》，【二】，《全三國文》，卷三十九，頁1273。

[16] 張茂〈上書諫明帝奪士女以配戰士〉，《全上古三代秦漢三國六朝文》，【二】，《全三國文》，卷四十，頁1281。

[17] 孔晏乂〈奏諫齊王〉，《全上古三代秦漢三國六朝文》，【二】，《全三國文》，卷四十四，頁1301。

[18] 司馬孚〈奏永寧宮〉，《全上古三代秦漢三國六朝文》，【二】，【全晉文】，卷十四，頁1540。

[19] 陸雲〈從事中郎張彥明為中護軍詩序〉，《先秦漢魏晉南北朝詩》，【上】，頁700。

[20] 參潘尼〈後園頌〉，《全上古三代秦漢三國六朝文》，【二】，【全晉文】，卷九十四，頁2002。

[21] 魏收〈後園宴樂詩〉，《先秦漢魏晉南北朝詩》，【下】，頁2269。

「徒為畜積，命宜悉出。送內後園，以供七日晏賜。」[22]但南朝的詩文中，「後園」則多為指稱私園，諸如：

郗誅葬母後園，而身登宦。[23]

逢君後園讌，相隨巧笑歸。[24]

王（竟陵王蕭子良）嘗置酒後園，有晉相謝安鳴琴在側，以授惲，惲彈為雅弄。[25]

光風轉蘭蕙，流月泛虛園。[26]

誰能北窗下，獨對後園花。[27]

早知長信別，不避後園輿。[28]

這些私園，為文士們寄情山水，暢散心懷的處所：

追夏德之方暮，望秋清之始飆，藉宴私而遊衍，時寤語而逍遙。

---

[22] 北齊文宣帝〈以魏御府物供七日晏賜詔七月乙卯〉，《全上古三代秦漢三國六朝文》，【四】，【全北齊文】，卷一，頁 3827。

[23] 鄭鮮之〈滕羨仕宦議〉，《全上古三代秦漢三國六朝文》，【三】，《全宋文》，卷二十五，頁 2571。

[24] 謝朓〈詠落梅詩〉，《先秦漢魏晉南北朝詩》，【中】，頁 1436。

[25] 《梁書．柳惲傳》，姚思廉撰《梁書》，二十五史刊行委員會《二十五史》（臺北：臺灣開明書店，1962），【2】，頁 1795。

[26] 王儉〈後園餞從兄豫章詩〉，《先秦漢魏晉南北朝詩》，【中】，頁 1380。

[27] 何遜〈閨怨詩〉其二，《先秦漢魏晉南北朝詩》，【中】，頁 1380。

[28] 蕭綱〈怨歌行〉，《先秦漢魏晉南北朝詩》，【下】，頁 1907。

> 爾乃日棲榆柳，霞照夕陽，孤蟬已散，去鳥成行。惠氣湛兮帷殿肅，清陰起兮池館涼。[29]

尤可注意的是，南朝時期已出現皇家園林私人化現象，某些皇族成員也擁有自己的園林，如齊文惠太子蕭長懋（458-493）的玄圃與小苑、梁湘東王蕭繹（508-554，552-554 在位）的湘東苑等。這類園林雖然仍存留幾分皇家氣象，但更多的還是怡情逸致的氛圍：

> 右瞻則青溪千仞，北睹則龍盤秀出。與歲月而荒茫，同林藪之蕪密。歡茲嘉月，悅此時良。庭散花蕊，傍插筠篁。灑玄醪於沼沚，浮絳棗於泱泱。觀翠綸之出沒，戲青舸之低昂。[30]

若是文士化皇族的私園，更是成為文士遊娛唱和場所，相關的作品多以「批量化」方式呈現。如蕭繹所作有關「後園」題材的詩便有〈後園看騎馬詩〉、〈晚景遊後園詩〉、〈遊後園詩〉、〈落日射羆詩〉、〈後園作回文詩〉等，他人所唱和的詩作則有王融（476-493）的〈後園作回文詩〉、蕭綱（503-551，549-551 在位）的〈和湘東王後園回文詩〉、蕭綸（507-551）的〈和湘東王後園回文詩〉、蕭祗的〈和回文詩〉等。

鑒於蕭綱蕭繹等人的皇族身份，其「後園」當是有一定規模的園林，但這些皇族後園詩所表現的，卻大多沒有如前引皇家園林那種恢弘氣象，反而多了幾分文士蕭散氣息：

> 隱淪遊少海，神仙入太華。我有逍遙趣，中園復可嘉。千株同落

---

[29] 謝朓〈遊後園賦〉，《全上古三代秦漢三國六朝文》，【三】，《全齊文》，卷二十三，頁 2920。

[30] 蕭子範〈家園三月三日賦〉，《全上古三代秦漢三國六朝文》，【三】，《全梁文》，卷二十三，頁 3084。

葉，百丈共尋霞。[31]

其實，蕭子良（460-494）、蕭綱與蕭繹等人所謂的「後園」是自己的私園還是皇家園林並不重要，關鍵在其中所體現的隱逸思想，或園林與隱逸思想結合的模式。

蕭綱〈臨後園詩〉內文「中園復可嘉」的「中園」一語，其意當為「後園中」。魏晉南北朝詩文常見「中園」語，亦或因倒裝句法可解為「園中」，如李善注本《文選》中，謝靈運〈田南樹園激流植援〉「中園屏氛雜，清曠招遠風」句之「中園」，六臣注本則作「園中」。[32]從所處語境看，此類「園」多指稱私園，除了前引蕭綱詩及謝靈運詩外，還有諸如：

魚瀺灂兮鳥繽翻，澤雉遊梟兮戲中園。[33]

春秋代謝，有務中園。[34]

余之中園，有仙人草焉。[35]

化為中園實，其下成路衢。[36]

---

[31] 蕭綱〈臨後園詩〉，《先秦漢魏晉南北朝詩》，【下】，頁 1966。

[32] 參《文選》，頁 427；《先秦漢魏晉南北朝詩》，【中】，頁 1172。《詩經》已有類似的用法，如〈葛覃〉：「葛之覃兮，施於中谷。」毛《傳》：「中谷，谷中也。」孔《疏》：「中谷，谷中，倒其言者，古人之語皆然，詩文多此類也。」參鄭玄注，孔穎達疏《毛詩注疏》（臺北：藝文印書館，1989，【影嘉慶二十年南昌府學重刊宋本】），頁 30。此處語言現象的解釋，得益於一位朋友的建言及筆者同仁李淑萍教授的指教，特此致謝。

[33] 石崇〈思歸歎〉，《先秦漢魏晉南北朝詩》，【上】，頁 644。

[34] 陶淵明〈自祭文〉，《全上古三代秦漢三國六朝文》，【二】，《全晉文》，卷一百十二，頁 2103。

[35] 謝惠連〈仙人草贊並序〉，《全上古三代秦漢三國六朝文》，【三】，《全宋文》，卷三十四，頁 2624。

[36] 沈約〈麥李詩〉，《先秦漢魏晉南北朝詩》，【中】，頁 1651。

信美非吾室，中園思偃仰。[37]

縠巾取於丘嶺，短褐出自中園。[38]

顧念張仲蔚，蓬蒿滿中園。[39]

上引諸例之「園」，儘管有莊園式、田園式、花草園式、庭院式、山林寺觀式等不同模式，其間所反映的「以園林為隱所」的心態卻是一致的。

需注意的是，園林式的庭院（或稱庭院園林化）在魏晉南北朝頗為普遍，魏晉南北朝詩中便屢屢可見此類描寫：「回顧覽園庭，嘉木凋綠葉。」[40]「前庭樹沙棠，後園植烏椑。」[41]「庭槐振藻，園桃阿那。」[42]「茂草籠庭，滋蘭拂牖。」[43]「櫩庭多落葉，慨然知已秋。」[44]「白露滋園菊，秋風落庭槐。」[45]「窗中列遠岫，庭際俯喬林。」[46]花草樹木與庭院建築相容無間，實為居住環境的有機組成元素。

寺廟園林化的現象更為突出，南方寺廟園林化的表現有如：

康僧淵在豫章，去郭數十里立精舍，旁連嶺，帶長川，芳林列於

---

[37] 謝朓〈直中書省詩〉，《先秦漢魏晉南北朝詩》，【中】，頁 1431。

[38] 劉峻〈東陽金華山棲志〉，《全上古三代秦漢三國六朝文》，【四】，《全梁文》，卷五十七，頁 3290。

[39] 江淹〈雜體詩・左記室思詠史〉，《先秦漢魏晉南北朝詩》，【中】，頁 1574。

[40] 陳琳〈詩〉，《先秦漢魏晉南北朝詩》，【上】，頁 368。

[41] 潘岳〈金谷集作詩〉，《先秦漢魏晉南北朝詩》，【上】，頁 633。

[42] 陸雲〈失題〉其三，《先秦漢魏晉南北朝詩》，【上】，頁 715。

[43] 湛方生《後齋詩〉，《先秦漢魏晉南北朝詩》，【中】，頁 943。

[44] 陶淵明〈酬劉柴桑〉，《先秦漢魏晉南北朝詩》，【中】，頁 978。

[45] 謝惠連〈擣衣詩〉，《先秦漢魏晉南北朝詩》，【中】，頁 1194。

[46] 謝朓〈郡內高齋閑坐答呂法曹〉，《先秦漢魏晉南北朝詩》，【中】，頁 1427。

軒庭，清流激於堂宇。[47]

（慧遠）創造精舍，洞盡山美，卻負香爐之峰，傍帶瀑布之壑。仍石壘基，即松栽構，清泉環階，白雲滿室。[48]

（同泰寺）禪窟禪房，山林之內，東西般若，臺各三層，築山構隴，亙在西北，栢殿在其中。東南有旋璣殿，殿外積石種樹為山，有蓋天儀，激水隨滴而轉。[49]

北方寺廟園林化的表現則集中記載於《洛陽伽藍記》：

（景樂寺）堂廡周環，曲房連接，輕條拂戶，花蕊被庭。（卷一）

（莊嚴寺）誦室禪堂，周流重迭，花林芳草，遍滿階墀。」（卷二）

（景明寺）屋簷之外，皆是山池，竹松蘭芷，垂列堦墀，含風團露，流香吐馥。（卷三）

京師寺皆種雜果，而此三寺（指龍華寺、追聖寺、報德寺），園林茂盛，莫之與爭。（卷三）

（永明寺）庭列修竹，簷拂高松，奇花異草，駢闐堦砌。（卷四）[50]

---

[47] 《世說新語‧棲逸》，《世說新語校箋》，【下】，頁 360。

[48] 釋慧皎《高僧傳‧慧遠傳》，釋慧皎編《高僧傳》（臺北：廣文書局，1976），頁 311。

[49] 許嵩《建康實錄》（南京：南京出版社，2010），【2】，卷 17，頁 355。

[50] 以上引文分別見楊衒之撰《洛陽伽藍記》（臺北：明文書局，1980），頁 42，70-71，101-102，115-116，163-164。

相比較而言，無論南北，市區及城郊寺廟的園林景物多為嘉木珍果奇花異草，而位居山林的寺廟園林，則多善於借助周邊環境的原生態自然景觀，從而形成開放式的園林景觀，與人為的寺廟建築及園林營造結合起來，相得益彰，達至「造化本靈奇，人功兼製置」[51]的渾然一體效果。

從總體上看，上述庭院或寺廟的景觀，仍然是不同程度呈現出「山水兼備，花樹交雜，野趣盎然」的特徵。如此景觀，與其說是展現了庭院的實用功能與寺廟的宗教意義，毋寧說是渲染了園林化的怡情審美氛圍。如果說庭院景觀的怡情審美化跟士人園林觀念由實用性向審美性演變關係密切，那麼，寺院園林的怡情審美化表現，或許更多是跟對佛教理想世界的追求與想像有關[52]。

二、隱逸與園林

就魏晉南北朝的歷史範疇來看：建安正始，亂離迍邅，致使文士進退失據難以自全；五胡亂華，中原喪失，反而促進了江南大規模開發；南北分治，時局穩定，卻是內亂殺戮此起彼伏；寒門崛起，門閥動搖，進而引發士族社會分崩離析。

大致而言，魏晉南北朝雖然有相對安定的承平時期，但仍以亂世為多。如南齊在一年內換了三個帝王：鬱林王蕭昭業（473-494，493-494 在位）、海陵王蕭昭文（480-494，494 在位）、明帝蕭鸞（452-498，494-498 在位），改了三個年號：隆昌、延興、建武。魏晉南北朝的皇族成員，尤其是文士化

---

[51] 王冏〈奉和往虎窟山寺詩〉，《先秦漢魏晉南北朝詩》，【下】，頁 2092。

[52] 且看支道林〈阿彌陀佛像贊並序〉對西天極樂世界的描繪：「館宇宮殿，悉以七寶，皆自然懸構，制非人匠。苑囿池沼，蔚有奇榮；飛沈天逸於淵藪，逝寓群獸而率真；閶闔無扇於瓊林，玉響自喈於簫管；冥霄霣華以闔境，神風拂故而納新；甘露徵化以醴被，蕙風導德而芳流，聖音應感而雷響，慧澤雲垂而沛清。」載《全上古三代秦漢三國六朝文》，【三】，《全晉文》，卷一百五十七，頁 2369。

的皇族成員，往往就是王朝政治鬥爭的直接犧牲者，如齊竟陵王蕭子良在宮廷鬥爭中失敗，鬱鬱而終；梁簡文帝蕭綱、梁元帝蕭繹更是在「侯景之亂」[53]中先後死於非命。前文提到的入華林園「有濠、濮間想」的晉簡文帝司馬昱（320-372，372 在位），一方面是「清虛寡欲，尤善玄言」、「留心典籍，不以居處為意」的文士化帝王，一方面卻也是一個苟活於桓溫淫威下的傀儡，「雖處尊位，拱默守道而已，常懼廢黜」，在位僅二百多日，最終憂憤成疾而逝世。[54]這也是遠害全身的隱逸思想同樣體現在皇族成員等達官貴人身上的重要原因。事實上，晉簡文帝的「有濠、濮間想」，以及王儉（452-489）〈侍太子九日宴玄圃詩〉所述「眷言溜苑，尚想濠梁」[55]的現象在魏晉南北朝上層社會已頗為普遍。歷仕齊梁兩朝的裴子野（469-530）所作〈遊華林園賦〉，對皇家園林建康華林園的描述便可透見這一現象：

> 諒無庸於殿省，且棲遲而不事。譬籠鳥與池魚，本山種而有思。伊暇日而容與，時遨遊以蕩志。[56]

皇族尚且如此，何況一般文士？魏晉南北朝文士的普遍現象就是：疏離朝廷政治，卻又難以徹底隱遁山林；於是，作為「第二自然」的園林，便成為魏晉南北朝文士調和仕隱的最佳場所；寄情園林的隱逸，正是魏晉南北朝文士在亂世中遠害全身的一種睿智及方式。即如北魏姜質〈庭山賦〉所云：

---

[53] 梁武帝太清二年八月，東魏降將侯景勾結京城守將蕭正德舉兵謀反。梁武帝被軟禁餓死，蕭綱先被立為傀儡皇帝，後被廢殺而立蕭棟，再廢殺蕭棟而侯景自稱帝，其它皇族成員或被殺或逃亡。承聖元年二月王僧辯與陳霸先聯合擊敗侯景，十一月蕭繹稱帝於江陵，是為梁元帝；承聖三年底，西魏大軍攻入江陵，元帝亡。

[54] 房玄齡等撰《晉書》（北京：中華書局，1996），【一】，頁 219-224。

[55] 王儉〈侍太子九日宴玄圃詩〉，《先秦漢魏晉南北朝詩》，【中】，頁 1378。

[56] 裴子野〈遊華林園賦〉，《全上古三代秦漢三國六朝文》，【四】，《全梁文》，卷五十三，頁 3261-3262。

卜居動靜之間，不以山水為忘。庭起半丘半壑，聽以目達心想。進不入聲榮，退不為隱放。[57]

以園林為隱所的風氣因而日盛。

歷來學界討論魏晉南北朝隱逸，常會提及東晉王康琚〈反招隱〉詩的描述：

小隱隱陵藪，大隱隱朝市；伯夷竄首陽，老聃伏柱史。[58]

中唐白居易（772-846）似乎是針對〈反招隱〉而作〈中隱〉詩曰：

大隱住朝市，小隱入丘樊。丘樊太冷落，朝市太囂喧。不如作中隱，隱在留司官。[59]

白居易將「大隱」解讀為「朝市太囂喧」委實言過其實。王康琚的「大隱」典範，是「老聃伏柱史」，即任周守藏室史的李耳老聃。無論是職位還是環境，守藏室史顯然都與「囂喧」扯不上關係。事實上，白氏所謂「中隱」，就其生存狀態及心態、或說處世態度與行為方式而言，即如「老聃伏柱史」般的「大隱」，亦即西晉夏侯湛（243？-291？）〈東方朔畫贊〉所推崇的「朝隱」：

退不終否，進亦避榮……染跡朝隱，和而不同。棲遲下位，聊以從容。[60]

---

[57] 姜質〈亭山賦〉，《全上古三代秦漢三國六朝文》，【四】，《全後魏文》，卷五十四，頁 3785。

[58] 王康琚〈反招隱〉，《先秦漢魏晉南北朝詩》，【中】，頁 953。

[59] 白居易〈中隱〉，唐寅主編：《全唐詩》（上海：上海古籍出版社，1991），【下】，頁 1115。

[60] 夏侯湛〈東方朔畫贊〉，《文選》，頁 669。《文選》注引臧榮緒《晉書》云：「此贊為當時所重。」

歸根結底，這也就是後人所說的「吏隱」[61]。

在魏晉人的現實生活中，便有如「吏非吏，隱非隱」[62]；「居官無官官之事，處事無事事之心」[63]之類的現象。評山濤（205-283）語帶貶意，誄劉惔則為美言，二者都是孫綽（314-371）對魏晉吏隱現象的評述——身居吏位，卻應物無累，不與時務經懷，無案牘之勞形；即亦仕亦隱，仕隱調和，將世俗利祿情懷與超然閒適心態結合起來。

白居易所推崇「隱在留司官」的「中隱」之士，雖然有多種生存型態，但還是多以園林為隱所：

> 歌酒悠遊聊卒歲，園林瀟灑可終身。留侯爵秩誠虛貴，疏受生涯未苦貧。月俸百千官二品，朝廷雇我作閒人。[64]

魏晉南北朝士人，亦多是如此表現。

魏晉南北朝時期，園林廣布。史書多有記載：

> 吳下士人共為築室、聚石、引水、植林、開澗，少時繁密，有若自然。[65]

（頁 668）王毅據此論析，認為「朝隱」由此成為隱逸文化主流，「朝隱」原則的確立顯示士人園林勃興的最直接和最有力的動因，隱逸和園林生活由此發展為全面容納士人階層相對獨立性的豐富而完整的文化體系。參氏著《中國園林文化史》，頁 222-223。

[61] 「吏隱」一詞最早起於何時，已不可確考。從宋之問〈藍田山莊〉「宦遊非吏隱，心事好幽偏」，可知初唐文人已有此概念。參李紅霞〈論唐詩中的吏隱主題〉，《深圳大學學報》，第 26 卷第 6 期（2009 年 11 月），頁 93。

[62] 《晉書‧孫綽傳》引孫綽評山濤語，《晉書》，【五】，頁 1544。

[63] 《晉書‧劉惔傳》引孫綽誄劉惔語，《晉書》，【七】，頁 1992。

[64] 白居易〈從同州刺史改授太子少傅分司〉，《全唐詩》，【下】，頁 1152。

[65] 《宋書‧戴顒傳》，沈約撰《宋書》，《二十五史》，【2】，頁 1644。

飛館生風，重樓起霧。高臺芳榭，家家而築。花林曲池，園園而有。[66]

石崇（249-300）的金谷園、王羲之（303-361）的蘭亭、劉勔（？-474）的東山、謝靈運（385-433）的始甯別墅、文惠太子蕭長懋的玄圃、湘東王蕭繹的湘東苑、茹法亮（435-498）的宅園、沈約（441-513）的東田、何尚之（382-460）的南瀕等，皆是當時有名的園林。這些園林，人為經營的痕跡甚為明顯（「築」、「聚」、「引」、「植」、「開」等動詞連用可見一斑），卻仍是「有若自然」。「若自然」已然為魏晉南北朝士人造園思想的綱領性主張，除《宋書・戴顒傳》外，尚有如此記述：

（梁冀）又廣開園囿，采土築山，十里九陂，以像二崤，深林絕澗，有若自然。[67]

園林山池之美，諸王莫及。（張）倫造景陽山，有若自然。[68]

（謝）舉宅內山齋捨以為寺，泉石之美，殆若自然。[69]

此當肇啟了後人的造園（及賞園）思想：

平地變邱壑，安排若自然。[70]

---

[66]《洛陽伽藍記》卷四，《洛陽伽藍記》，頁 153。

[67]《後漢書・梁冀傳》，范曄撰《後漢書》，《二十五史》，【1】，頁 772。

[68]《洛陽伽藍記》，卷二，頁 75。

[69]《南史・謝舉傳》，李延壽撰：《南史》，《二十五史》，【3】，頁 2599。

[70]戴復古〈侄孫亦龍作亭於小山之上〉其一，《石屏詩集》（北京：線裝書局，2004），卷 4，頁 65。

> 山池別院，山谷虧蔽，勢若自然。[71]

> 雖由人作，宛自天開。[72]

> 今得一院鼎新，林泉幽勝，景趣蕭灑，若自然化成。[73]

> 構怡園于里第之旁，築山引流，灘瀨平遠，有若自然。[74]

凡此種種，莫不凸顯著「第二自然」向「第一自然」趨歸的追求與特色。

如前所敘，魏晉南北朝官場昏暗，朝政紊亂。在這種政治環境氣氛下，文人難免會身在官場，心繫自然，但又難以決然掛冠歸隱，於是，「修營別業，傍山帶江，盡幽居之美」[75]；由此修建經營的別業[76]園林，「選自然之神麗，盡高棲之意得……風生浪於蘭渚，日倒景於椒塗；飛漸榭於中沚，取水月之歡娛」[77]，儼然成為這些文人亦吏亦隱、仕隱調和的勝地。

魏晉南北朝士人隱逸的場所，雖然有多種選項，但落實為園林者不為少數。漢末士人之於園林已有如此表現：

> 名不常存，人生易滅，優遊偃仰，可以自娛，欲卜居清曠以樂其

---

[71] 李昉等《太平御覽》，卷 180，居處部，《文淵閣四庫全書》（北京：臺灣商務印書館，1983），子部 200，頁 894-725。

[72] 計成〈園說〉，計成原作，黃長美撰述《園冶》（臺北：金楓出版社，1987），卷 1，頁 32。

[73] 〈宋正直院碑〉，阮元主編《兩浙金石志》（杭州：浙江古籍出版社，2012），卷 7，頁 157。

[74] 王士禛〈文靖王公神道碑銘〉，《帶經堂集》，續修四庫全書編纂委員會：《續修四庫全書》（上海：上海古籍出版社，1995），【1415】，卷 82，頁 96。

[75] 《宋書・謝靈運傳》，《宋書》，載《二十五史》，【2】，頁 1593。

[76] 所謂「別業」，指兼具居住、生產、遊娛多功能的園林式建築，園林的元素尤為突出。著名的有南朝謝靈運的山居，唐朝王維的輞川，皆為中國園林研究者所矚目。參周維權《中國古典園林史》有關章節。

[77] 謝靈運〈山居賦〉，《宋書》，載《二十五史》，【2】，頁 1593-1594。

> 志。論之曰：使居有良田廣宅，背山臨流；溝池環市，竹木周匝；場圃築前，果園樹後……躊躇畦苑，遊戲平林。濯清水，追涼風，釣遊鯉，弋高鴻。諷於舞雩之下，詠歸高堂之上。[78]

魏晉南北朝文史資料更是多有如此記載：

> 瞻性靜默，少交遊，好讀書……厚自奉養，立宅於烏衣巷，館宇崇麗，園池竹木，有足賞翫焉。慎行愛士，老而彌篤。[79]

> 初，勔高尚其意，託造園宅，名為「東山」，頗忽世務。[80]

> 聚石移果，雜以花卉，以娛休沐，用託性靈……桃李茂密，桐竹成陰，塍陌交通，渠畎相屬，華樓迴謝，頗有臨眺之美……吾此園有之二十載矣，今為天地物，物之與我，相校幾何哉？……或復冬日之陽，夏日之陰，良辰美景，文案閑隙，負杖躡屐，逍遙陋館，臨池觀魚，披林聽鳥，濁酒一杯，彈琴一曲，求數刻之暫樂，庶居常以待終，不宜復勞家間細務。[81]

由上所引（及前引）詩文例可知，魏晉南北朝時期，雖然某些山居別業式的園林，仍具有實用生產性的功能，但逍遙娛情、觀賞審美的思想觀念顯然已經貫徹到士人的造園活動與園林生活之中。可以說，魏晉南北朝士人便是通過園林這一文化載體，以達到避塵世、脫世俗、寄情山水、嚮往自然生活狀態的理想境界，從而獲得心情的愉悅歡欣，心靈的恬靜安適。正如謝朓

---

78 《後漢書・仲長統傳》，《後漢書》，《二十五史》，【1】，頁 808。

79 《晉書・紀瞻傳》，《晉書》，【六】，頁 1824。

80 《南齊書・高帝本紀》，蕭子顯撰《南齊書》（北京：中華書局，1995），【一】，頁 9。

81 徐勉〈為書誡子崧〉，《全上古三代秦漢三國六朝文》，【四】，《全梁文》，卷五十，頁 3239。

（464-499）所稱：「君有棲心地，伊我歡既同。」[82]這就是下文所要重點討論的魏晉南北朝園林與士人隱逸思想互動關係的問題。

自從春秋以來，出處仕隱的矛盾就一直困擾著士人[83]。至漢代東方朔，方掙脫「古之人乃避世於深山中」的傳統觀念，得出「陸沉於俗，避世金馬門；宮殿中可以避世全身，何必深山之中，蒿廬之下」[84]的經驗總結。夏侯湛與孫綽等語可謂進一步的論述。李善《文選》注引臧榮緒《晉書》稱夏侯湛「此贊為當時所重」[85]，《晉書．劉惔傳》在轉述孫綽為劉惔所作誄文後，也隨即強調「時人以為名言」[86]。由此可知，「退不終否，進亦避榮……染跡朝隱，和而不同」及「居官無官官之事，處事無事事之心」，已由對東方朔與劉惔的個人品鑒，演化為時人所推崇乃至仿效的行為準則與生活方式。也就是將亦仕亦隱、仕隱調和、世俗利祿情懷與超然閒適心態結合的現象，由個體性的事實描述上升為普遍性的理論闡發。

據《晉書》本傳載，孫綽本人亦為「有高尚之志，居於會稽，遊放山水，十有餘年，乃作〈遂初賦〉以致其意」[87]。在〈遂初賦〉序文中，孫綽闡述了其山居別墅園林化的主導思想[88]：

> 余少慕老莊之道，仰其風流久矣。卻感於陵賢妻之言，悵然悟之。乃經始東山，建五畝之宅，帶長阜，倚茂林，孰與坐華幕、

---

[82] 謝朓〈和沈祭酒行園詩〉，《先秦漢魏晉南北朝詩》，【中】，頁 1444。

[83] 王毅在《中國園林文化史》第九章「士大夫出處仕隱的矛盾與隱逸文化的發展」（頁 210-262）對此現象進行深入分析。

[84] 俱見《史記．滑稽列傳》，司馬遷撰：《史記》，《二十五史》，【1】，頁 271。

[85] 夏侯湛〈東方朔畫贊〉，《文選》，頁 668。

[86] 《晉書．劉惔傳》，《晉書》，【七】，頁 1992。

[87] 《晉書．孫綽傳》，《晉書》，【五】，頁 1544。

[88] 周維權認為〈遂初賦〉序文體現了孫綽山居別墅園林化的主導思想。參氏著《中國古典園林史》，頁 110。

擊鐘鼓者同年而語其樂哉。[89]

史書又有載：

其（謝萬〈八賢論〉）旨以處者為優，出者為劣；孫綽難之，以謂體玄識遠者，出處同歸。[90]

孫綽在此將「體玄識遠」作為「出處同歸」的前提，而「體玄識遠」便是一種心態／心境。可見，「以體玄識遠者則出處同歸」，即以玄遠心境，體識出（仕）處（隱）殊途同歸，可謂言簡意賅，闡述了調和仕隱的理論。此外，葛洪（283？-343）在《抱朴子・應嘲》篇中所闡述的「出處一情，隱顯任時」，「出處同歸，行止一致」[91]，以及鄧粲自詡的「夫隱之為道，朝亦可隱，市亦可隱；隱初在我，不在於物」[92]，與謝道韞評謝安（320-385）的「以無用為心，以顯隱為優劣，始末正當動靜之異」[93]等，也都同為調和仕隱的理論闡述。

這些闡述都為時人的隱逸實踐奠定了理論基礎。《晉書・孫統傳》載稱，孫綽之兄孫統「性好山水，乃求為鄞令，轉在吳寧；居職不留心碎務，縱意游肆，名山勝川，靡不窮究」[94]，便是亦仕亦隱生活的實踐，亦即後人所謂「吏隱」[95]。謝朓「既歡懷祿情，復協滄洲趣」[96]，更是一語道破「吏

---

[89] 孫綽〈遂初賦序〉，《全上古三代秦漢三國六朝文》，【二】，《全晉文》，卷六十一，頁 1807。

[90] 《世說新語・文學》注引《中興書》，《世說新語校箋》，【上】，頁 145。

[91] 葛洪撰《抱朴子》（臺北：中華書局，1966），【外篇】，卷 42，〈應嘲〉，頁 1。.

[92] 《晉書・鄧粲傳》，《晉書》，【七】，頁 2151。

[93] 《世說新語・排調》，《世說新語校箋》，【下】，頁 429。

[94] 《晉書・孫統傳》，《晉書》，【五】，頁 1543。

[95] 上海辭書出版社 1988 年出版的《辭海》對「吏隱」所作釋義，為「舊謂不以利祿縈心，雖居官而與隱者同」（頁 45），僅言「居官」而不言官職高低，這種處理較為圓融。在學界的探討中，多採此義，故王維、白居易的隱逸，甚至某些京官的「朝隱」均歸入「吏隱」的討論範圍。參呂友

隱」的核心價值。葛曉音便將謝朓的「既歡懷祿情，復協滄洲趣」視為吏隱觀念的典範體現，並認為由此影響到中唐劉長卿（726？-786？）、韋應物（737-792）、張籍（767？-830？）、姚合（781-855？）、許渾（791？-854？）、白居易等眾多運用「滄洲」典故反映吏隱情懷的詩作。[97]

謝朓詩所用之「滄洲」典故，當出自東漢揚雄（前 53-18）〈檄靈賦〉：「世有黃公者，起於蒼洲，精神養性，與道浮游。」[98]此處「蒼洲」，仍為傳統隱逸（隱於陵藪）之意。然而在謝朓詩中，「懷祿情」與「滄洲趣」並舉，顯然已是仕隱調和的表述，「隱逸」亦已聚焦為「吏隱」。其實，「滄洲」典故的運用在魏晉南北朝詩文頗為常見，諸如：

> 臨滄洲而謝支伯，登箕山以揖許由。[99]

> 傍覿滄洲，仰拂玄霄。[100]

> 升嶠眺日軌，臨迥望滄洲。[101]

仁、李慧玲〈杜詩、蘇詩、黃詩中「吏隱」注的澄清——輯本《汝南先賢傳》學術價值初探〉，《淮北煤炭師範學院學報》，2008 年第 1 期，頁 1-3。葛曉音〈中晚唐的郡齋詩和「滄洲吏」〉，《北京大學學報（哲學社會科學版）》，第 50 卷第 1 期（2013 年 1 月），頁 88-103。蔣寅〈「武功體」與「吏隱」主題的發展〉，《揚州大學學報（人文社會科學版）》，第 4 卷第 3 期（2000 年 5 月），頁 26-31。

[96] 謝朓〈之宣城郡出新林浦向板橋〉，《先秦漢魏晉南北朝詩》，【中】，頁 1429。

[97] 參葛曉音〈中晚唐的郡齋詩和「滄洲吏」〉，《北京大學學報》，第 50 卷第 1 期（2013 年 1 月），頁 88-103。

[98] 《文選》，卷第二十七，頁 384，「既懽懷祿情，復協滄州趣」句注引：「楊雄〈檄靈賦〉曰：『世有黃公者，起於蒼州，精神養性，與道浮游。』」

[99] 阮籍〈為鄭沖勸晉王箋〉，《全上古三代秦漢三國六朝文》，【二】，《全三國文》，卷四十五，頁 1307。

[100] 王彪之〈登會稽刻石山詩〉，《先秦漢魏晉南北朝詩》，【中】，頁 921。

[101] 鮑照〈蒜山被始興王命作詩〉，《先秦漢魏晉南北朝詩》，【中】，頁 1282。

心之所諳，咫尺千里；志之所符，滄洲曖然。[102]

若乃飛竿釣渚，濯足滄洲；獨浪煙霞，高臥風月；悠悠琴酒，岫遠誰來？[103]

比談討芝桂，借訪薜蘿；若已窺煙液，臨滄洲矣。[104]

訪跡雖中宇，循寄乃滄洲。[105]

寒雲晦滄洲，奔潮溢南浦。[106]

孤飛出溆浦，獨宿下滄洲。[107]

這些詩文，皆作於官場仕途，可謂置身吏職，心向山林的吏隱志趣表述。

「吏隱」的途徑或還可有山水、宴遊、家居等，但如前所述，園林無疑是最為普遍且重要的，堪稱典範者莫過白居易的「歌酒悠遊聊卒歲，園林瀟灑可終身……月俸百千官二品，朝廷雇我作閒人」[108]。以白居易的「中隱」個案而言，閒職與園林（尤其是私園）似乎是兩個重要元素，換言之，作為一種生活形態的隱逸，須借助園林環境和淡泊逍遙的生活實踐來完成。然而，倘若是作為一種文化形態的隱逸，仍堅持擁有清閒官職及自家園林是必

---

[102]謝朏〈與王儉書〉，《全上古三代秦漢三國六朝文》，【四】，《全梁文》，卷四十五，頁3207。

[103]張充〈與王儉書〉，《全上古三代秦漢三國六朝文》，【四】，《全梁文》，卷五十四，頁3268。

[104]王僧達〈答丘珍孫書〉，《全上古三代秦漢三國六朝文》，【三】，《全宋文》，卷十九，頁2541。

[105]袁粲〈五言詩〉，《先秦漢魏晉南北朝詩》，【中】，頁1322。

[106]柳惲〈贈吳均詩〉其一，《先秦漢魏晉南北朝詩》，【中】，頁1674。

[107]何遜〈詠白鷗兼嘲別者〉，《先秦漢魏晉南北朝詩》，【中】，頁1707。

[108]白居易〈從同州刺史改授太子少傅分司〉，《全唐詩》，【下】，頁1152。

不可少的因素，則恐會有膠柱鼓瑟之虞。須知，歷代（當然包括魏晉南北朝）的隱逸詩賦作品，不少便是「身在官場心繫自然」的產物。如一般都認為，東漢張衡（78-139）的〈歸田賦〉是身在仕途，心往閒逸之作，其中所描繪的隱居環境，全然為想像中的理想世界。[109]同理，作為個案，白居易的「中隱」固然可以是一種基於現實物質條件的生存狀態，即擁有清閒的官職（太子少傅分司等）及自家園林（洛陽履道園等）；然而，作為一種文化形態，隱逸所體現的更主要是一種心態、精神以及處世態度與行為方式，這就無關是否要擁有清閒的官職及自家園林了。魏晉南北朝園林與隱逸的相關現象探討，亦可作如是觀。

劉宋人袁粲（420-477）的例子最具代表性：

> （袁）粲負才尚氣，愛好虛遠，雖位任隆重，不以事務經懷。獨步園林，詩酒自適。家居負郭，每杖策逍遙，當其意得，悠然忘反。郡南一家頗有竹石，粲率爾步往，亦不通主人，直造竹所，嘯詠自得。[110]

袁粲官至劉宋中書監（形同宰相），開府儀同三司；可謂「位任隆重」（與白居易居太子少傅分司的位高權輕不同），卻是「不以事務經懷」，尤喜「獨步園林，詩酒自適」；當得知他人私家園林「頗有竹石」，便逕自前往遊賞，且「嘯詠自得」，這正是基於其「負才尚氣，愛好虛遠」的個性與志趣，直可媲美白居易「歌酒悠遊聊卒歲，園林瀟灑可終身」的中隱生活。

袁粲的例子，不僅說明魏晉南北朝「以園林為隱所」的現象，與是否清閒官職，沒有必然聯繫；還說明是否擁有自家園林，也並非是必然的聯繫。由此也可見，隱逸的實踐，關鍵在於心態、精神以及處世態度與行為方式，

---

[109] 參胡大雷《文選詩研究》（桂林：廣西師範大學出版社，2000），頁168-170。

[110]《南史・袁粲傳》，《南史》，《二十五史》，【3】，頁2612。

清閒官職及擁有園林以居以遊只是一種具體的表現形式。《南史·劉勔傳》載稱：

> 勔以世路糾紛，有懷止足，經始鍾嶺之南，以為栖息。聚石蓄水，髣佛丘中，朝士雅素者多往游之。[111]

劉勔「聚石蓄水，髣佛丘中」，固然是他自己以此實踐隱逸生活；而「朝士雅素者多往遊之」，也應多有企望通過「往遊」他人園林，以達至自己隱逸心願者。畢竟，身在廟堂（「朝士」）而心懷山林（「雅素」）[112]，已見「心隱」；再往遊園林，便是將此「心隱」落實到園林之中。

魏晉南北朝不乏此類借他人園林之景抒自己隱逸之意的例子。《晉書·王徽之傳》載：

> 時吳中一士大夫家有好竹，（徽之）欲觀之，便出坐輿造竹下，諷嘯良久。主人灑掃請坐，徽之不顧。將出，主人乃閉門，徽之便以此賞之，盡歡而去。嘗寄居空宅中，便令種竹。或問其故，徽之但嘯詠，指竹曰：「何可一日無此君邪！」[113]

無論是他人竹還是自家竹，對於王徽之（？-386？）來說皆是「何可一日無此君」，顯示的則同是其崇尚自然、特立獨行的隱士風範。無獨有偶，王羲之的弟弟獻之（344-386）也同樣癡愛園林，逕自往他人名園遊歷：

> 王子敬（獻之）自會稽經吳，聞顧辟疆有名園。先不識主人，徑

---

[111]《南史·劉勔傳》，《南史》，《二十五史》，【3】，頁 2640。

[112]「聚石蓄水，髣佛丘中」顯然是為「栖息」之意，同一語境的「朝士雅素者」亦當同此意願。

[113]《晉書·王徽之傳》，《晉書》，【七】，頁 2103。

往其家，值顧方集賓友酣燕。而王遊歷既畢，指麾好惡，傍若無人。[114]

此例所渲染的固然是王獻之簡傲不拘、任性使氣的名士風度，但其背景所彰顯的便是士人遊娛酣宴、寄情園林的吏隱風氣。

謝朓〈紀功曹中園〉也就是通過他人的園林，實踐自己（及園主）「永志能兩忘，即賞謝丘壑」[115]的隱逸願望（詳析見後文）。

當然也不排除說，園林除了寄寓隱逸思想，也可純為「遊賞」，尤其是以帝王或皇族為主導的園林活動（及其創作），「遊賞」主題更多為純粹且鮮明[116]；然而，倘若是以文士或文士化皇族主導的園林活動（及其創作），這種「遊賞」大多即為隱逸思想及生活情趣的外化及泛化，白居易與魏晉南北朝文士的園林詩都不乏此類作品。

這種現象體現在文學創作中，便是園林之象（景象／畫面）的運用，旨在反映隱逸之意（心態／思想）；所描寫的園林是否屬於自己，甚至園林之象是否實景並非重要，重要的是隱逸之意的體現，誠如宇文所安所強調的：「詩歌展示的對象不是園林，而是詩人自己。」[117]探究其哲學思想的根源，或可推溯。至魏晉南北朝士人所謂「隱初在我，不在於物」[118]，乃至「此還有真意，欲辨已忘言」[119]之類的觀念影響。

---

[114]《世說新語．簡傲》，《世說新語校箋》，【下】，頁 416。

[115]謝朓〈紀功曹中園〉，《先秦漢魏晉南北朝詩》，【中】，頁 1456。

[116]最為典型者就是六朝歷代帝王、皇族所主導的春禊遊園活動及由此產生的詩賦創作。在這類遊園活動及由此產生的詩賦創作中，遊娛乃至饗宴的因素遠超於園林的因素。參王力堅〈六朝春禊詩初論〉，《江蘇社會科學》，1998 年第 6 期，頁 145-151；王力堅〈齊梁饗宴文學論〉，《中國文學學報》，第三期（2012 年 12 月），頁 199-228。

[117]宇文所安著，陳引馳、陳磊譯，田曉菲校《中國「中世紀」的終結——中唐文學文化論集》（臺北：聯經出版事業公司，2007），頁 107。

[118]《晉書．鄧粲傳》，《晉書》，【七】，頁 2151。

[119]陶淵明〈飲酒〉其五，《先秦漢魏晉南北朝詩》，【中】，頁 998。

三、魏晉南北朝園林文學的定義、內涵及相關概念

目前學界對魏晉南北朝園林的討論雖然不少，但鮮有放置在「文學」——尤其是「園林文學」——的背景或平臺來進行的。因此，本章在探討魏晉南北朝士人隱逸與園林的關係時，尤為注重「文學」的元素，力圖由此凸顯並深入探析「園林文學」的現象。

李浩在多篇論文中倡言唐代文學研究應引入「園林詩」、「園林散文」的概念，並對唐代園林詩進行頗為深入的探討。[120]對此，筆者深以為然，並進而將此思考引入魏晉南北朝文學研究領域。

在「向外發現了自然，向內發現了自己的深情」[121]，重視自然景物表現與個人情志抒發的魏晉南北朝文壇，作為「人化自然」(「第二自然」) 的園林日漸成為文人筆下常見的描寫對象，這些園林描寫中，往往交織著士人隱逸思想及生活的表現，前文所引諸多詩文作品便頗為充分呈現這些特點，謝朓的詩作無疑最具典範意義。

如謝朓〈移病還園示親屬〉詩開首便稱：「疲策倦人世，斂性就幽蓬。」然而，其「幽蓬」並非遠離人世的深山老林，而只是清幽冷寂的園林：「停琴佇涼月，滅燭聽歸鴻。涼熏乘暮晰，秋華臨夜空。葉低知露密，崖斷識雲重。」詩末的「煙衡時未歇，芝蘭去相從」，則是以園中煙霧縱橫不歇、芝蘭枯榮相從的景觀，來喻示詩人隨緣順意，隱跡園林的心願。[122]

在〈直中書省〉中，謝朓開篇「紫殿肅陰陰，彤庭赫弘敞」以肅穆而幽

[120]李浩〈微型自然、私人天地與唐代文學詮釋的空間〉，《文學評論》，2007 年第 6 期，頁 118-122。李浩、王書豔〈被遮蔽的幽境：唐代園林詩初探〉，《陝西師範大學學報》，第 39 卷第 1 期（2010 年 1 月），頁 96-100。

[121]宗白華《美學散步》（上海：上海人民出版社，1998），頁 215。

[122]俱見謝朓〈移病還園示親屬〉，《先秦漢魏晉南北朝詩》，【中】，頁 1435。

雅的中書衙府帶入，繼而表示「信美非吾室，中園思偃仰」，顯示衙府生活並不是詩人所愛，他希望到園林去偃仰遊娛。在園林他可以「朋情以郁陶，春物方駘蕩；安得淩風翰，聊恣山泉賞」——陶郁於友情之間，駘蕩於春景之中，滿足其「以園林為隱所」的心願，將「吏隱」落實到了園林之中。[123]再看謝朓〈紀功曹中園〉的表現：

> 蘭亭仰遠風，芳林接雲崿。傾葉順清飆，修莖佇高鶴。連綿夕雲歸，晻曖日將落。寸陰不可留，蘭墀豈停酌。丹纓猶照樹，綠筠方解籜。永志能兩忘，即賞謝丘壑。[124]

詩中所描繪的，可說是頗為典型的園林景觀：亭臺、林木、禽鳥、花樹、翠竹，加上詩人充分利用造園借景藝術，將大自然的景觀融匯進來：遠風、雲崿、夕雲、落日，第一自然與第二自然渾然一體，人們遊宴其間（「蘭墀豈停酌」），油然而生隱逸之情：「永志能兩忘，即賞謝丘壑」。該詩此最後二句當可呼應〈直中書省〉末二句「安得淩風翰，聊恣山泉賞」[125]。

謝朓這些詩的園林書寫，可概括出如此特點：以隱逸為旨歸，以氛圍的恬靜、生活的安適、景色的唯美為表徵。事實上，這也正是魏晉南北朝士人園林文學的普遍表現特徵。本章所引眾多魏晉南北朝文士的詩作、賦作，乃至各類史籍、書信所載的園林書寫文字，皆不同程度呈現出這麼一個表現特徵。

近年來，魏晉南北朝文壇的園林書寫已開始受到學界的重視，韓國學者沈禹英便將「園林」的概念引入魏晉文學研究，提出「園林詩」的現象，並

---

[123]俱見謝朓〈直中書省〉，《先秦漢魏晉南北朝詩》，【中】，頁 1431。

[124]謝朓〈紀功曹中園〉，《先秦漢魏晉南北朝詩》，【中】，頁 1456。

[125]謝朓〈直中書省〉，《先秦漢魏晉南北朝詩》，【中】，頁 1431。

對此進行分析探討。[126]中國大陸學者王春也將園林詩的發展追溯到魏晉南北朝時期，指出「文士園林與山水園林詩一起代表當時新的文化潮流」[127]。

不過，從整體性來說，魏晉南北朝士人園林及其跟隱逸現象與思想以及士人園林文學的關係，尚未得到學界更為充分的正視與重視。因此，我們有必要對此進行更具廣度與深度的探討研究，以期起到補苴罅漏的作用，作出具有開拓性的嘗試與貢獻。

從現有文獻資料看，學界有關「魏晉南北朝園林文學」的概念確實甚為淡薄，大多是將之混淆於山水文學、隱逸文學之中。

因此，進行魏晉南北朝士人園林文學研究，就有必要在文體上進行判析。眾所周知，山水、隱逸等題材皆指涉園林書寫。確切的說，三者有交集，但側重點不同。倘若以山水、隱逸各自為表現主體，園林只是附屬因素，便形成山水、隱逸不同類型的創作。其實，山水與隱逸二者互涉的現象便十分顯著，山水景物描寫中寄寓隱逸思想，隱逸生活描述中襯以山水景色，但不妨礙各自有山水文學與隱逸文學的形成及歸類。同理，當園林成為表現主體時，儘管也旁涉其他因素，仍可視為園林文學。李浩等在討論唐代園林詩時亦指出：「園林詩作為一種獨立於山水詩、田園詩又與其有交叉關係的詩歌類型，有著自己的特點。」並對唐代的山水詩、田園詩以及園林詩進行了深入細緻的釐析。[128]本章要強調的是，雖然不排除有純然描寫園林的文學作品，但至於我們所關注的魏晉南北朝士人園林文學，其園林景觀的描繪，結合隱逸思想的闡發與體現，無疑是重要的衡量標準。

事實上，園林不同於山水自然，是具有十分鮮明的人文因素的「第二自然」；與之相聯繫的魏晉南北朝士人隱逸思想，也不同於傳統的「小隱」（隱

---

[126]沈禹英〈魏晉園林詩與生活美學〉，載成功大學中文系編《魏晉南北朝文學與思想學術研討會論文集》（臺北：里仁書局，2010），第六輯，頁 265-281。

[127]王春〈園林詩對中國古典園林的審美觀照〉，《湖北大學學報》，第 38 卷第 3 期（2011 年 5 月），頁 80-83。

[128]參李浩、王書豔《被遮蔽的幽境：唐代園林詩初探》，頁 96-100。

於陵藪）。相比較而言，以人化景觀為表現主體的士人園林文學，所反映的隱逸思想多為閒逸自得、樂遊人生、怡情適意、出處相宜，此類表現南朝多於魏晉；以自然景觀為表現主體的山水文學，所反映的隱逸思想雖也不乏前者所具特徵，但或會多幾分幽玄哲思、高遠志趣、遣興縱情、遁世任性，此類表現魏晉多於南朝。反過來看，南朝隱逸思想之所以轉趨閒逸自得、樂遊人生、怡情適意、出處相宜，跟經歷了魏晉以降玄佛思想的浸濡沖釋有關。相對質性開放的山水而言，質性內斂的士人園林亦因此更為適應與契合這樣一種思想的轉化。

至此，本著循名責實的原則，我們有必要將園林文學從山水文學與隱逸文學中析分出來，以「第二自然」的園林文化與疏淡閒靜的隱逸思想及生活為構成要素，對「士人園林文學」進行定義：隱逸思想，是士人園林文學的精神內核，氛圍的恬靜、生活的安適、景色的唯美則為士人園林文學的表現特徵。魏晉南北朝士人園林文學中，固然有純然描寫園林的作品，但更多是通過園林景觀來映襯、折射隱逸生活與思想（即前文所謂「隱逸思想及生活情趣的外化及泛化」）。準確地說，本章所關注的魏晉南北朝士人園林文學，是較為全面地強調涵括：隱逸思想的闡發，恬靜氛圍的營造，安適生活的鋪寫，當然還有清麗景色的描繪。前文所引諸多魏晉南北朝詩文賦作品，便在不同程度有如此表現。

至於當時士人隱逸思想內涵，或可從三方面解讀：政治姿勢疏離化（非脫離）；生活態度怡情化（非憂患）；自然觀念審美化（非實用）。

所謂「政治姿勢疏離化（非脫離）」，即與政治的關係並非是完全脫離，而是亦即亦離；疏離政治，固然才有可能免於憂患；而亦即亦離，也才能滿足現世物質生活的需求。於是，魏晉南北朝現實中，少有陶淵明般的徹底歸隱，更多是山濤般的「吏非吏，隱非隱」[129]，與劉惔般的「居官無官官之事，處事無事事之心」[130]。

---

[129]《晉書・孫綽傳》引孫綽評山濤語，《晉書》，【五】，頁 1544。

[130]《晉書・劉惔傳》引孫綽誄劉惔語，《晉書》，【七】，頁 1992。

所謂「生活態度怡情化（非憂患）」，即沒有糾結於苦痛悲憤的憂患意識，而是轉向怡情逍遙的生活態度，一如謝朓的「君有棲心地，伊我歡既同」[131]，與蕭綱的「我有逍遙趣，中園復可嘉」[132]。

所謂「自然觀念審美化（非實用）」，即怡情園林的生活態度，自然導向審美的追求，於是便有紀瞻與徐勉般的景物審美化表現：「館宇崇麗，園池竹木，有足賞翫焉。」[133]「桃李茂密，桐竹成陰，睠陌交通，渠畎相屬，華樓迥謝，頗有臨眺之美。」[134]

這三方面的演化，皆落實到士人園林文化的範疇；於是，隱逸思想作為中介，連接朝野（亦吏亦隱／方內與方外），促進了士人園林文化的興盛，也促進了士人園林文學的興盛。正因如此，我們要特別注意隱逸思想與園林文化結合所產生的變化及其特點。

宇文所安在分析隱逸文化在中唐的變化時指出，中古（王按：即主要為魏晉南北朝）的隱逸表現出私人性拒斥公共性的特點，到中唐，隱逸的主旨轉向對包孕在私人空間（private-space）裡的私人天地（private-sphere）的創造，而私人空間既存在於公共世界（public-world）之中，又自我封閉，不受公共世界的干擾影響。所謂私人天地當為士人的心境，而所謂私人空間，首先就是園林。[135]其實，對比魏晉南北朝可見：謝朓在府衙值班，生發「信美非吾室，中園思偃仰……安得淩風翰，聊恣山泉賞」[136]的感慨；蕭子良則以皇族之身，在園林中享受「丘壑每淹留，風雲多賞會」[137]的意趣。這些表現，已見出處相宜，而無傳統隱逸遁世避俗之態。據此可說，魏晉南北朝隱

---

[131]謝朓〈和沈祭酒行園詩〉，《先秦漢魏晉南北朝詩》，【中】，頁 1444。

[132]蕭綱〈臨後園詩〉，《先秦漢魏晉南北朝詩》，【下】，頁 1966。

[133]《晉書・紀瞻傳》，《晉書》，【六】，頁 1824。

[134]徐勉〈為書誡子崧〉，《全上古三代秦漢三國六朝文》，【四】，《全梁文》，卷五十，頁 3239。

[135]《中國「中世紀」的終結——中唐文學文化論集》，頁 89-91。

[136]謝朓〈直中書省〉，《先秦漢魏晉南北朝詩》，【中】，頁 1431。

[137]蕭子良〈遊後園〉，《先秦漢魏晉南北朝詩》，【中】，頁 1383。

逸文化與士人園林文化的關係，亦已在一定程度具有「既存在於公共世界之中，又自我封閉，不受公共世界的干擾影響」的特點。其實，也就是將隱逸思想亦即亦離的政治姿態，貫徹於隱逸文化與園林文化的互動關係之中。

然而，我們也需注意到，相比較於開放型的自然山水，士人園林相對內斂、封閉、狹小的有限實景，卻也蘊含著開放、遼遠的無限空間。造園藝術與隱逸思想的結合，則當會產生紆徐委曲、步移景異、對照映襯，乃至以小窺大、無中生有、虛實相交、物我渾然等效果；「壺中天地」、「咫尺山水」中，寄寓無遠弗屆的遐思冥想。魏晉南北朝士人園林已具如此特色：

> 眾流溉灌以環近，諸堤擁抑以接遠。遠堤兼陌，近流開湍。凌阜泛波，水往步還。還回往匝，枉渚員巒……修竹葳蕤以翳薈，灌木森沈以蒙茂；蘿曼延以攀援，花芬薰而媚秀。[138]

> 崎嶇石路似壅而通，崢嶸澗道，盤行復宜……泉水紆徐如浪峭，山石高下復危多。五尋百拔，十步千過。[139]

庾信（513-581）〈小園賦〉更在開篇即道出個中玄機：「若夫一枝之上，巢父得安巢之所；一壺之中，壺公有容身之地。」[140]惟其如此，隱逸思想中的生活態度怡情化與自然觀念審美化，在士人園林文化範疇得以更為充分且具創意的發揮與呈現。

---

[138]謝靈運〈山居賦〉，《宋書》，載《二十五史》，【2】，頁 1594。

[139]姜質〈亭山賦〉，《全上古三代秦漢三國六朝文》，【四】，《全後魏文》，卷五十四，頁 3785。

[140]庾信〈小園賦〉，《全上古三代秦漢三國六朝文》，【四】，《全後周文》，卷八，頁 3921。

結 語

本章將士人園林文化、士人隱逸思想及士人園林文學三者作為一個相互聯繫的研究對象，以期獲得考察魏晉南北朝文學的新視角。

以後世（尤其是明清時期）的標準來衡量，園林是包含有山石、水景、花木、建築和布局設計等元素的藝術化居遊空間；魏晉南北朝時期的士人園林固然無法（也不宜）以後世的標準來衡量，但上述諸元素亦已不同程度運用到魏晉南北朝士人園林的建構與經營之中。而作為「第二自然」，魏晉南北朝士人園林既有鮮明的人為經營表現，亦與山水自然保持密切的聯繫，「有若自然」的造園思想與借景的造園藝術在魏晉南北朝士人園林的表現已顯而易見[141]。

「居遊」無疑是園林的主要功能，但從魏晉南北朝的文化生態上來考察，隱逸的因素亦當是至關重要的。作為生活形態的隱逸，無疑須借助園林環境和淡泊逍遙的生活實踐來完成；但作為文化形態，隱逸所體現的更主要是一種心態、精神以及處世態度與行為方式。於是，在魏晉南北朝士人的文化生活中，園林更多呈現為別具象徵意義的「棲心地」[142]；帝王皇族的「濠、濮間想」[143]、「尚想濠梁」[144]，以及「朝士雅素者」[145]借他人園林之景抒自己隱逸之意的現象，也都得以順理成章的產生。

基於士人園林是具有鮮明人文因素而又具有山水兼備，花樹交雜，野趣

[141]相比較而言，士人園林更見人為經營痕跡，皇家園林與寺廟園林與山水原生態自然的關係更為密切。

[142]謝朓〈和沈祭酒行園詩〉，《先秦漢魏晉南北朝詩》，【中】，頁 1444。

[143]《世說新語．言語》，《世說新語校箋》，【上】，頁 67。

[144]王儉〈侍太子九日宴玄圃詩〉，《先秦漢魏晉南北朝詩》，【中】，頁 1378。

[145]《南史．劉勔傳》，《南史》，《二十五史》，【3】，頁 2640。

盎然的「第二自然」；而經過玄佛思想的浸濡沖釋，隱逸思想由魏晉時期的幽玄哲思、高遠志趣、遣興縱情、遁世任性表現，漸進轉化為南朝時期的閒逸自得、樂遊人生、怡情適意、出處相宜；如此「第二自然」與隱逸思想的交匯，構成魏晉南北朝士人園林文學有別於其他文學（如山水文學、隱逸文學等）的類型。[146]

魏晉南北朝文學研究歷來為學界的熱點，但魏晉南北朝園林文學研究卻可說是方興未艾，大有持續發揮、多方發掘之空間——或可聯繫魏晉南北朝玄學及佛學的形神說、言意說、色空說等，及其在造園思想及園林形制的表現上展開深入探究；或可結合詩文賦等文類，以及不同文類有關山水、隱逸、宴遊等題材的創作形態進行歸納辨析；或可有系統地比較探討不同類型文學作品中的園林景物描寫，以及隱逸思想在不同歷史階段及社會環境的表現特徵。諸如此類的議題，均當以專題論文乃至論著的形式進行更具廣度與深度的研究。

然而，作為對「魏晉南北朝士人園林文學」的初步探討，亦因篇幅所限，本章惟能集中通過從魏晉南北朝諸多隱逸思想的表述及現象中，釐析出別具一格的亦仕亦隱思想，進而剖析魏晉南北朝士人園林與隱逸思想的對話關係——即二者所形成的互生、互涉、互動、交集、共構、影響等關係與意義；並通過對魏晉南北朝士人園林文學的定義、內涵及相關概念，進行界定、釐析及初步討論，以期為日後對魏晉南北朝園林文學的全面研究奠定基礎，從而為魏晉南北朝文學研究開拓出新的思考方向。

146本章結語的總結思考，受益於一位朋友的啟發，特此鳴謝。

第五章
佛教、寺廟園林與文學

在中國園林發展史上，魏晉南北朝期間，三大園林體系——皇家園林、士人園林、佛寺園林——並駕齊驅。相比較而言，三大園林體系中，佛寺園林起步最晚。皇家園林在秦漢已達鼎盛，士人園林在東漢已具規模，而佛寺園林遲至西晉方成型。[1]然而，佛寺園林的發展頗為迅速。

「佛寺園林」或許應該稱之為「寺廟園林」。即「寺廟」當概指包括佛教與道教用於祭祀等宗教活動的場所。但相對而言，魏晉南北朝期間的寺廟發展，佛教遠勝於道教。另外，在道教發展後期，其宮觀園林的形制、功用、景觀雖然與佛寺園林有頗多相似之處，但其發展之初，尤其道教本身的發展及表現，與佛教大不一樣[2]。因此，為了論述集中，本章所討論者，便聚焦於佛寺園林。

長久以來，佛教已然為學術界之顯學；至於佛教與文學的關係，雖然亦已成為學術界的討論熱點，但討論的聚焦多表現為如下幾個方面：佛教思想在文學創作中的體現，佛教思想與文學思想觀念的關係，佛教對文體、格

---

1 參吳功正《六朝園林》（南京：南京出版社，1992）。余開亮《六朝園林美學》（重慶：重慶出版社，2007）。傅晶《魏晉南北朝園林史研究》（天津：天津大學博士學位論文，2003）。

2 參林富士〈試論六朝時期的道巫之別〉，周質平、Willard J. Peterson 編《國史浮海開新錄：余英時教授榮退論文集》（臺北：聯經出版公司，2002），頁 19-38。林永勝〈六朝道教三一論的興起與轉折——以存思技法為線索〉，《漢學研究》第 26 卷第 1 期（2008 年 3 月），頁 67-102。蘇婧〈道教園林景觀空間中的道家美學思想——以樓觀臺道教園林為例〉，《南京林業大學學報（人文社會科學版）》第 9 卷第 3 期（2009 年 9 月），頁 66-71。許俐俐、余巍巍、官雲蘭〈廬山自然環境與道教的關係探討〉，《東華理工大學學報（社會科學版）》第 33 卷第 4 期（2014 年 12 月），頁 345-347。

式、聲律乃至語言、風格的影響，佛教與山水在文學作品中的交融表現等[3]。然而，聚焦於佛寺園林與文學的關係者，確乎鮮見；關於佛寺園林文學的討論，更是杳無蹤影。在多種資料庫[4]通過「題目」、「主題」、「關鍵詞」乃至「全文」檢索，竟無任何以「佛寺園林文學」為專題研究的論著。換言之，長期以來，學術界確實對具有獨立文類（文體）意義的佛寺園林文學缺乏應有的重視甚至正視。

基於此，本章試圖在魏晉南北朝的研究範疇內提出了如下思考：佛寺何以與園林結緣？其表現形態及特徵是什麼？佛寺園林又何以與文學創作結緣（即佛寺園林文學成型）？其表現形態及特徵又是什麼？本章最終的討論聚焦則在於：如何認定、解讀作為獨立文體形態的佛寺園林文學？

一、「王室佛教」與佛寺的發展

討論的起點，無疑是「佛寺」。佛寺的發展，無疑以佛教的傳播為前提。

漢魏時期，佛教多被視為社會流行的一種鬼神方術[5]。然而，依憑著帝王勢力仍得以較為順利地傳播。如迦葉摩騰（？-73）及竺法蘭得助於漢明帝（28-75，57-75 在位），安世高及支婁迦讖得助於漢桓帝（132-167，146-

[3] 參孫昌武《佛教與中國文學》（上海：上海人民出版社，1988）。孫尚勇《佛教經典詩學研究》（北京：高等教育出版社，2013）。蔣述卓《佛經傳譯與中古文學思潮》（南昌：江西人民出版社，1990）。陳洪《佛教與中國古典文學》（天津：天津人民出版社，1993）。張伯偉《禪與詩學》（杭州：浙江人民出版社，1996）。程亞林《詩與禪》（南昌：江西人民出版社，2000）。（日）加地哲定著，劉衛星譯《中國佛教文學》（北京：今日中國出版社，1990）。蕭馳《佛法與詩境》（北京：中華書局，2005）。普慧《南朝佛教與文學》（北京：中華書局，2002）。

[4] 包括「臺灣聯大館藏」、「國家圖書館館藏目錄查詢系統」、「臺灣博碩士論文知識加值系統」、「臺灣期刊論文索引系統」、「中國期刊全文數據庫」、「中國博士論文全文數據庫」、「中國優秀碩士論文全文數據庫」、「中國重要會議全文數據庫」、「國際會議論文全文數據庫」。

[5] 參湯用彤《漢魏兩晉南北朝佛教史》（上海：上海書店，1991），頁 51-53，第四章〈漢代佛法之流布〉「鬼神方術」條。

167 在位），支謙及康僧會（？-280）得助於吳王孫權（182-252，229-252 在位），均使佛教的傳播得以推展[6]。此時佛教在中土的傳播雖屬初始時期，但對後世的影響不可小覷。如安世高「宣譯眾經，改胡為漢，出《安般守意》、《陰持入》、《大》、《小》、《十二門》及《百六十品》」[7]，所譯經典形成後世的小乘禪數學；支婁迦讖「傳譯梵文，出《般若道行》、《般舟》、《首楞嚴》等三經，又有《阿闍世王》、《寶積》等十餘部經」[8]，所譯經典發展為後世的大乘般若學。

儘管如此，佛教的普及流行還應是始於西晉，即梁僧祐（445-518）〈弘明集後序〉（又名〈弘明論〉）所謂「漢魏法微，晉代始盛」[9]。佛教在西晉得以盛行[10]，亦是得到帝王的支持，如晉武帝司馬炎（236-290，265-290 在位）「大弘佛事，廣樹伽藍」[11]，佛教（及佛寺）得以極大普及。竺法護等高僧從武帝太康到惠帝（259-307，290-307 在位）元康二十年間，譯出的大小三藏經典一百五十四部，東西兩京（洛陽、長安）的寺院亦已有一百八十所，其中包括著名的白馬寺、竹林寺等。

佛教的真正興盛發展當在東晉，即梁啟超所說的「佛法確立，實自東晉」[12]。這個局面，除了「士大夫佛教」（Gentry Buddhism）[13]——在士大夫

---

[6] 參野上俊靜等著，釋聖嚴譯，《中國佛教史概說》（臺北：臺灣商務印書館，1995），頁 10-18。

[7] 《高僧傳》卷一，釋僧皎撰，湯用彤校注，湯一玄整理，《高僧傳》（北京，中華書局，1997），頁 4-5。

[8] 《高僧傳》卷一，《高僧傳》，頁 10。

[9] 僧祐〈弘明集後序〉，嚴可均輯《全上古三代秦漢三國六朝文》（北京：中華書局，1995），【四】，《全梁文》，卷七十二，頁 3381。

[10] 兩晉的佛教傳播與魏晉玄學的風行關係密切。參許抗生〈玄風籠罩下的兩晉佛學〉。趙朴初、任繼愈等《佛教與中國文化》（臺北：國文天地雜誌社，1990），頁 56-61。湯一介《佛教與中國文化》（北京：宗教文化出版社，2000），頁 10-32。

[11] 法琳《辯正論》，高麗大藏經完刊推進委員會原刊，《景印高麗大藏經》（臺北：新文豐，1982），第 33 冊，頁 20。

[12] 梁啟超〈中國佛法興衰沿革說略〉，氏著《佛學研究十八篇》（北京：中華書局，1989），頁 3。

[13] 參許理和著，李四龍、裴勇等譯《佛教征服中國：佛教在中國中古早期的傳播與適應》（南京：江蘇人民出版社，2003），頁 4-6，70-74。梁啟超則稱之為「佛教士大夫化」，參〈中國佛法興衰沿

社會得到極大普及與推崇的原因外，更跟帝王（及王儲皇族）的態度關係密切。東晉的明帝司馬紹（299-325，323-325 在位）、哀帝司馬丕（341-365，361-365 在位）、簡文帝司馬昱（320-372，371-372 在位）、孝武帝司馬曜（362-396，372-396 在位）、安帝司馬德宗（382-419，397-419 在位），以及一度掌控朝權的司馬道子（364-403）及司馬元顯（382-402）父子等，都在不同程度上信仰佛法，並大力支持高僧（如竺潛）的傳教活動[14]。正如東晉高僧道安（312-385）所說：「不依國主，則法事難舉。」[15]梁啟超亦強調：「東晉後佛法大昌，其受帝王及士大夫弘法之賜者不少。」[16]海外漢學家更徑直將這種現象稱之為「王室佛教」（Court Buddhism）[17]。

北方十六國的各少數族統治者，諸如後趙的石勒（274-333，319-333 在位）、石虎（295-349，334-349 在位），前秦的苻堅（338-385，357-385 在位），後秦的姚興（366-416，394-416 在位）、姚萇（329-393，384-393 在位）等，也莫不對僧人表示崇敬；五涼（前涼、後涼、西涼、北涼、南涼）時期，河西漢譯佛經中心所經歷由敦煌到姑臧的興盛至解體的過程，亦與王室佛教影響力的興衰密切相關[18]。至南北朝時期，南朝的宋文帝劉義隆（407-453，424-453 在位）、齊文宣王蕭子良（460-494），梁武帝蕭衍（464-549，502-549 在位）、簡文帝蕭綱（503-551，549-551 在位），陳武帝陳霸先（503-559，557-559 在位）、宣帝陳頊（530-582，568-582 在位）、後主陳叔

革說略〉，《佛學研究十八篇》，頁 4-5。相比較而言，文人士大夫與佛教的關係，主要表現在生活及文學創作上，與佛寺的關係，遠不如帝王密切，故在此對「士大夫佛教」不作詳論。

[14] 參《漢魏兩晉南北朝佛教史》，頁 181-184，第七章〈兩晉際之名僧與名士〉「東晉諸帝與佛法」條。王永平〈東晉中後期佛教僧尼與宮廷政治之關係考述〉，《社會科學戰線》2010 年第 9 期，頁 248-308。

[15] 《高僧傳》卷五，《高僧傳》，頁 178。

[16] 梁啟超〈中國佛法興衰沿革說略〉，《佛學研究十八篇》，頁 5。

[17] 參許理和《佛教征服中國：佛教在中國中古早期的傳播與適應》，頁 128-130。

[18] 參李智君〈漢晉河西地緣政治與漢譯佛經中心的轉移〉，《學術月刊》第 40 卷第 12 期（2008 年 12 月），頁 113-121。

寶（553-604，582-589 在位）等，均崇佛尤甚；北朝崇佛的帝王則有北魏道武帝拓跋珪（371-409，386-409 在位）、明元帝拓跋嗣（392-423，409-423 在位）、文成帝拓跋濬（440-465，452-465 在位）、獻文帝拓跋弘（454-476，465-471 在位）、孝文帝元宏（467-499，471-499 在位）、宣武帝元恪（483-515，499-515 在位），北齊文宣帝高洋（529-559，550-559 在位）、武成帝高湛（537-569，561-565 在位）、後主高緯（556-577，565-577 在位），北周文帝宇文泰（507-556，507-556 在位）、孝閔帝宇文覺（542-557，557 在位）、明帝宇文毓（534-560，557-560 在位），等等。[19]

無可諱言，「王室佛教」亦帶來頗具負面意義的現象：帝王意志操作、僧侶干政以及奢華甚至淫靡風氣的盛行。如天竺高僧曇無讖（385-433）在北涼的譯經傳教活動，首先就是為了滿足北涼君王沮渠蒙遜（368-433，401-433 在位）「素奉大法，志在弘通」[20]的意願。曇無讖亦因而獲沮渠蒙遜奉為國師，「每以國事諮之」[21]。梁武帝蕭衍更因崇佛至深而多次出家為僧，由朝廷出資數億贖身，在其治下，「都下佛寺五百餘所，窮極宏麗；僧尼十餘萬，資產豐沃」[22]。儘管如此，從佛教發展史看，「王室佛教」確實使崇佛之風益演益盛，於是，作為佛門標誌性的佛寺建築亦如雨後春筍般湧現。

據有關資料統計，東晉以降，南方的佛寺數量分別是：東晉 1768 座，劉宋 1913 座，蕭齊 2015 座，蕭梁 2846 座，陳 1232 座；北魏的佛寺則有 6478 座，魏末國都洛陽的佛寺便有 1367 座，北方全域佛寺更增至 30000 餘座。[23]這些佛寺的建造背景與現象，多如北朝楊衒之《洛陽伽藍記》所描

---

[19] 參《漢魏兩晉南北朝佛教史》，頁 415-486，第十三章〈佛教之南統〉「宋初諸帝與佛法」、「諸王與佛教」、「齊竟陵王」、「梁武帝」、「陳代佛教」諸條；頁 500-509，第十四章〈佛教之北統〉「北魏諸帝與佛法」條。羅宏曾《魏晉南北朝文化史》（成都：四川人民出版社，1989），頁 220-249。

[20] 《高僧傳》卷二，《高僧傳》，頁 77。

[21] 《魏書・釋老志》，魏收《魏書》（北京：中華書局，2003），【八】，頁 3032。

[22] 《南史・郭祖深傳》，李延壽《南史》（北京：中華書局，2003），第六冊，頁 1721。

[23] 參野上俊靜等著，釋聖嚴譯《中國佛教史概說》，頁 31。若從「有名可錄」的標準要求，有關數字則大打折扣，如清末孫文川《金陵六朝古寺考》收六朝都城佛寺 224 座。陳作霖《南朝佛寺

述：

> 逮皇魏受圖，光宅嵩洛，篤信彌繁，法教愈盛；王侯貴臣，棄象馬如脫屣；庶士豪家，捨資財若遺跡；於是招提櫛比，寶塔駢羅，爭寫天上之姿，競摹山中之影；金剎與靈臺比高，講殿共阿房等壯。[24]

在整個社會篤信佛法的風氣下，中上層的「王侯貴臣」「庶士豪家」更是捨資捐財，大建佛寺，以致形成「招提櫛比，寶塔駢羅」,「金剎與靈臺比高，講殿共阿房等壯」的繁盛景象。

中土早期的佛寺，尚有仿造原始佛教「天竺舊狀」建築的表現，如曹魏時期，魏明帝曹叡（204-239，226-239 在位）「徙（浮屠）於道東，為作周閣百間」；爾後，曇柯迦羅「自洛中構白馬寺，盛飾佛圖，畫跡甚妙，為四方式；凡宮塔制度，猶依天竺舊狀而重構之」[25]；以致形成當時以佛塔（浮屠）為主體，四周環佈附屬建築的佛寺形制。到了兩晉南北朝，隨著佛教興盛發展並趨向中土化，佛寺在大量興造的過程中，佛寺形制亦迅速趨向中土化——園林化。即佛寺園林化的現象益見普遍，佛寺園林迅速蔚為大觀，而且還越來越呈現出與山水自然環境緊密結合的趨勢。

志》收 226 座。劉世珩《南朝寺考》收 227 座。今人考索，得六朝佛寺共計 299 座，其中始建於東吳者 2 座、東晉 45 座、劉宋 79 座、蕭齊 41 座、蕭梁 108 座、陳 24 座。(俱參賀雲翱〈六朝都城佛寺和佛塔的初步研究〉,《東南文化》2010 年第 3 期，頁 101，111）此數字與《南史．郭祖深傳》所稱「都下佛寺五百餘所」(《南史》，第六冊，頁 1721）亦相差甚遠，儘管如此，仍顯見魏晉南北朝時期佛教佛寺空前發展的勢態。我以為，湮沒於歷史之無名佛寺當為不少。不同的具體數字，亦當錄以備考。

[24] 楊衒之撰，楊勇校箋《洛陽伽藍記校箋》(北京：中華書局，2008)，頁 1。

[25] 俱見《魏書．釋老志》,《魏書》,【八】，頁 3029。

二、佛寺園林化：山林建寺與捨宅為寺

佛寺園林化主要緣由，來自佛寺建造的途徑。魏晉南北朝佛寺的建造主要有兩大途徑：山林建寺與捨宅為寺。

佛教自身歷史與園林淵源極深[26]並崇奉自然生態觀[27]，加上原始佛教山居禪觀和山林講經修為[28]傳統的潛在影響，因而佛門中人擇地建寺時，往往矚目於遠離塵囂且景色秀麗的名山大川，諸如：

> 康僧淵在豫章，去郭數十里，立精舍。旁連嶺，帶長川，芳林列於軒庭，清流激於堂宇。乃閒居研講，希心理味。[29]

---

[26] 如園林環境便彰顯佛陀投身伺虎的無上功德：「如來苦行投身餓虎之處。高山巃嵸，危岫入雲。嘉木靈芝，叢生其上。林泉婉麗，花彩曜目。」(《洛陽伽藍記》卷五，《洛陽伽藍記校箋》，頁 212-213）同時也是佛陀無上功德的威力所致：「復有五百妙好園林，流泉浴池；種種花果，皆悉遍滿。並現在於迦毘羅城，四面周匝，悉是太子威德力故。」(天竺三藏闍那崛多譯《佛本行集經》〈從園還城品下〉，大藏經刊行會出版《大正新脩大藏經》，臺北：新文豐，1973，【三】，頁 692）漢語的「佛寺」即梵語 Sangharama，譯為僧伽藍摩，伽藍等，意即「僧眾所住之園林」。參丁福寶《佛學大辭典》(北京：文物出版社，1984)，頁 472。

[27] 佛教生態觀的主要內容包括：無情有性的自然觀，眾生平等、不殺生的生命觀，追求淨土的理想觀。緣起論為佛教生態觀的哲學基礎。參魏德東〈佛教的生態觀〉，《中國社會科學》1999 年第 5 期，頁 105-118。

[28] 佛家經典有云：「宴坐山林，下中上修，能見自心妄想流注。」(求那跋陁羅譯《楞伽阿跋多羅寶經》，高麗大藏經完刊推進委員會原刊《景印高麗大藏經》，第 19 冊，頁 789)「山岩空谷間，坐禪而念定，風寒諸勤苦，悉能忍受之。」(吉迦夜共曇曜譯《付法藏因緣經》卷二，上海書店編《佛藏》，上海：上海書店，2011，第 48 冊，頁 115）今人亦有云：「佛陀的本生事跡，修道於山林，成道於樹下，講道於園林。」(曉雲〈園林思想講座致詞〉，釋曉雲等《園林思想》，臺北：原泉出版社，1976，頁 80）湯用彤《漢魏兩晉南北朝佛教史》第十九章〈北方之禪法淨土與戒律〉，列「禪窟與山居」條（頁 775-776)，指出「嵩岳一帶，佛寺甚多」，惜未展開申論。

[29] 《世說新語・棲逸》，劉義慶撰，徐震堮校箋《世說新語校箋》(北京：中華書局，1994)，【下】，頁 360。

> （竺僧朗）於金輿谷崑崙山中別立精舍……朗創築房室，製窮山美。內外屋宇數十餘區。聞風而造者百有餘人。[30]

> （釋慧遠）創造精舍，洞盡山美。卻負香爐之峯。傍帶瀑布之壑。仍石壘基，即松栽構。清泉環階，白雲滿室。復於寺內別置禪林，森樹烟凝，石筵苔合。凡在瞻履，皆神清而氣肅焉。[31]

> （釋僧業）為造閑居寺。地勢清曠，環帶長川。[32]

崇佛帝王敕建的佛寺，也充分利用山林地勢。傅熹年認為：

> 皇室造寺祈福之風，先盛於北魏，後漸於南朝。《建康實錄》所記南朝建康佛寺中，以梁武帝時所置者最多，計四十餘所，其中武帝為祈福而親立者，便有七所。[33]

這七所佛寺，僅有同泰寺建於城區，其餘六所均建於山林，如：

> （梁武帝）於鍾山北澗建大愛敬寺……中院之去大門，延袤七里，廊廡相架，簷霤臨屬。旁置三十六院，皆設池臺，周宇環繞。千有餘僧，四事供給。[34]

---

[30] 《高僧傳》卷五，《高僧傳》，頁 190。

[31] 《高僧傳》卷六，《高僧傳》，頁 212。

[32] 《高僧傳》卷十一，《高僧傳》，頁 429。

[33] 傅熹年《中國古代建築史——兩晉、南北朝、隋唐、五代建築》（北京：中國建築工業出版社，2001），第二卷，頁 163。

[34] 道宣《續高僧傳》，《佛藏》，第 48 冊，頁 594-595。

即使建於城區的同泰寺亦頗具代表性。該寺建於緊鄰建康宮城的雞籠山，雖然「帝創同泰寺，寺在宮後」[35]，但佛寺主體顯然是深入雞籠山腹地山林，並呈園林化勢態：

> 禪窟、禪房，山林之內，東西般若臺各三層。築山構隴，亘在西北，栢殿在其中。東南有旋璣殿，殿外積石種樹為山，有蓋天儀，激水隨滴而轉。[36]

如此表現，當與梁武帝的佛教觀念密切相關。有學者認為，同泰寺的擇址、佈局以至景觀處理等方面，都與梁武帝融合印度佛教「須彌山」宇宙觀和中國「蓋天說」的天象論宇宙圖式有明顯的對應關係[37]。

凡此種種，導引了山林寺廟的發展。文人士大夫也深受此風影響，尤其是在東晉成帝司馬衍（321-342，325-342 在位）、康帝司馬岳（322-344，342-344 在位）時期，王導（276-339）、庾亮（289-340）先後謝世，不少與之交好的僧人和名士為避禍全身而隱跡山林，群集遊處，相繼建造起一批山林佛寺。[38]依山林建佛寺的現象，在東晉以後的社會民間已頗為普遍，如東晉招提寺為「郢州某甲」在「郢州某山」所建造，其寺「縈負郊原，面帶城雉；枕倚岩壑，吐納煙霞；重門洞啟發，未創飛行之殿；步櫩中霤，猶寡密石之功」[39]。這種築建於山林的佛寺，顯見山水化的園林景觀；或者說，山林佛寺的園林化，一開始便與自然山水有天然的聯繫。

晉宋之際，西域罽賓僧人曇摩密多（356-442）在東來途中，通過沙漠

---

[35]《建康實錄（二）》，許嵩撰，酈承銓補正《建康實錄校記》（南京：南京出版社，2010），頁 355。

[36]《建康實錄（二）》引《輿地志》，《建康實錄校記》，頁 355。

[37] 參傅晶《魏晉南北朝園林史研究》，頁 260-261。

[38] 參傅晶《魏晉南北朝園林史研究》，頁 250，266-269。

[39] 蕭綱〈為人作造寺疏〉，《全上古三代秦漢三國六朝文》，【三】，《全梁文》，卷十四，頁 3034。

進入時為佛教東傳譯經中心的敦煌[40]，即「於閑曠之地建立精舍，植奈千株開園百畝，房閣池沼極為嚴淨」[41]。劉宋元嘉十年，曇摩密多遠遊四方還都抵鍾山下定林寺，「天性凝靖雅愛山水」的他更「以為鍾山鎮嶽埒美嵩華，常歎下寺基構臨澗低側，於是乘高相地揆卜山勢，以元嘉十二年斬石刊木營建上寺」[42]；便是認為下定林寺「臨澗低側」，未能充分利用鍾山「埒美嵩華」的自然山林景觀，故「乘高相地揆卜山勢」再營建上定林寺。

從「乘高相地揆卜山勢」一語還可見，人們在建造佛寺同時，已體現出結合自然山水因地制宜建造佛寺園林的思考與規劃。典型的例子如：

> （馮）亮既雅愛山水，又兼巧思，結架巖林，甚得栖游之適，頗以此聞。世宗給其工力，令與沙門統僧暹、河南尹甄琛等，周視崧高形勝之處，遂造閑居佛寺。林泉既奇，營製又美，曲盡山居之妙。[43]

這裡闡述了一個幾乎完整的造寺過程：由「巧思」，到「結架巖林」，到「世宗給其工力」，到「周視崧高形勝之處，遂造閑居佛寺」，到「林泉既奇，營製又美」。由此可見，在建造佛寺過程中，園林化的自然山林因素始終是思考、關注及營建的重點，亦因此，才能達到「曲盡山居之妙」的效果。

從上引諸例亦可知，人們建造佛寺，固然有「閒居研講，希心理味」的意圖，但「製窮山美」、「洞盡山美」、「埒美嵩華」、「營製又美」諸語顯示，無論是山林地貌的選擇，還是佛寺建構的標準，皆已體現出自然審美的追求。

---

[40] 參李智君〈漢晉河西地緣政治與漢譯佛經中心的轉移〉，《學術月刊》第 40 卷第 12 期（2008 年 12 月），頁 113-121。

[41] 《高僧傳》卷三，《高僧傳》，頁 121。

[42] 俱見《高僧傳》卷三，《高僧傳》，頁 122。

[43] 《魏書．逸士列傳》，《魏書》，第六冊，頁 1931。

與「山林建寺」相比較，「捨宅為寺」的現象在魏晉南北朝更為普遍，亦更具時代特色。

其實也可以說，「捨宅為寺」很大程度與前文所述的「帝王敕建佛寺」均當屬「王室佛教」的衍生物。所謂「捨宅為寺」，便是帝王、皇族，以及達官貴人捐（捨）出自己的宅院，改建為佛寺。這類宅院大多已有園林或有園林化的環境，改建為寺，便順理成章成為佛寺園林。此類佛寺園林，基本集中在都城或市郊——如建康與洛陽一帶。

儘管東漢已有沈戎（？-58）「國難既夷，掛冠遠遁，捨故宅為佛寺，棄封侯如脫屣，進不為身，退不為名」[44]，即因掛冠遠遁而捨宅為寺；然而到了魏晉南北朝，尤其是晉室南渡後，「捨宅為寺」方為造寺風氣中的普遍現象。此時「捨宅為寺」的現實目的除了宗教信仰的奉獻精神外，亦多以祈福取代隱遁，例如：

> 宋元嘉初，徐羨之、檀道濟等，專權朝政。（范）泰有不平之色。嘗肆言罵之。羨等深憾。聞者皆憂泰在不測。泰亦慮及於禍，迺問義安身之術。義曰：「忠順不失以事其上，故上下能相親也。何慮之足憂。」因勸泰以果竹園六十畝施寺，以為幽冥之祐。泰從之，終享其福。[45]

> 建中寺，普泰元年尚書令樂平王爾朱世隆所立也。本是閹官司空劉騰宅……建明元年，尚書令樂平王爾朱世隆為榮追福，題以為寺。[46]

[44] 劉義隆〈追封東漢沈戎為述善侯詔〉，《全上古三代秦漢三國六朝文》，【三】，《全宋文》，卷二，頁2452。

[45] 《高僧傳》卷七，《高僧傳》，頁266-267。

[46] 《洛陽伽藍記》卷一，《洛陽伽藍記校箋》，頁40-41。

前例為范泰（355-428）聽從釋慧義（371-444）所勸，以果竹園六十畝施其所建祇洹寺，以求「幽冥之祐」，實為在朝廷傾軋爭鬥中求得避禍全身。後例為爾朱世隆（500-532）以司空劉騰故宅為從兄爾朱榮（493-530）立建中寺，以求「追福」，當為替爾朱榮消弭「河陰之變」[47]的罪孽。這種現世情懷取代出世思想的現象，可謂佛教世俗化／佛教士大夫化[48]的反映。

僅《南朝寺考》所記，南朝歷代的莊嚴寺、瓦官寺、平陸寺、青園尼寺、南林寺、福齊寺、宣武寺、小莊嚴寺、光宅寺、棲元寺、湘宮寺等等，便均為「捨宅為寺」的結果。北朝則因有「河陰之變」:「河陰之酷，朝士死者，其家多捨居宅，以施僧尼，京邑第舍，略為寺矣。」[49]由是，佛寺激增到 30000 餘所，首都洛陽就有 1367 所。這些非富即貴的私宅，大都原本就有豐富的園林因素：

> 擅山海之富，居川林之饒。爭修園宅，互相誇競。崇門豐室，洞戶連房，飛館生風，重樓起霧。高臺芳榭，家家而築；花林曲池，園園而有。莫不桃李夏綠，竹柏冬青。[50]

捨以為寺後，原有的園林因素便得以發揚光大，如《洛陽伽藍記》卷四對河間寺的描繪：

> 入其後園，見溝瀆蹇產，石磴礁嶢，朱荷出池，綠萍浮水，飛梁

47 「河陰之變」是北魏武泰元年（528）太原王爾朱榮策劃並實施的一起針對皇族和百官公卿的屠殺事件。北魏諸王及文武百官遭殺戮者數以千計。之後，爾朱榮獨掌朝政，大量武將進入政治舞臺，填補北魏的權力真空。因事件發生在河陰縣，故名。

48 佛教士大夫化的現象在晉宋後益為普遍及深入（主要在南朝）。參《漢魏兩晉南北朝佛教史》，頁 428-441，483-486，第十三章〈佛教之南統〉「世族與佛教」、「謝靈運」、「陳代佛教」諸條；何劍平〈南朝士大夫的佛教信仰與文學書寫——以江淹為考察中心〉，《四川大學學報（哲學社會科學版）》2015 年第 5 期，頁 98-108。

49 《魏書．釋老志》，《魏書》，【八】，頁 3047。

50 《洛陽伽藍記》卷五，《洛陽伽藍記校箋》，頁 178-179。

跨閣，高樹出雲，咸皆唧唧，雖梁王兔苑，想之不如也。[51]

該寺為河陰之變後秦州刺史王琛舊宅所捨。王琛貪婪無厭，為河間「豪首」，「諸王服其豪富」，曾揚言：「不恨我不見石崇，恨石崇不見我！」[52]其舊宅改建為寺後的園林，豪奢程度竟然超逾漢代梁孝王劉武（？-前 144）「諸宮觀相連，奇果佳樹，瑰禽異獸，靡不畢備」[53]的兔苑。南朝劉宋建平王劉宏（434-458）臨終前囑咐將「置第於雞籠山，盡山水之美」[54]的府第捨作棲元寺，之後，「住持既多宿德，復極山水之美」[55]。在此，無論是「置第」所「盡」還是「住持」所「復極」的，皆當為園林化的「山水之美」。如果說，河間寺的園林還殘存著對物慾享受的依戀，那麼，棲元寺的園林已標榜了自然審美的追求。《南史．謝舉傳》則從另一角度進行闡述：

（謝）舉宅內山齋捨以為寺，泉石之美，殆若自然。[56]

這些捨宅為寺的園林「泉石之美」固然只是人為的「第二自然」，但卻「殆若自然」，即以「第一自然」為圭臬。除《南史．謝舉傳》外，尚有如下諸例記述：

（梁冀）又廣開園囿，採土築山，十里九坂，以像二崤，深林絕澗，有若自然。[57]

---

[51]《洛陽伽藍記校箋》，頁 180。

[52]俱見《洛陽伽藍記》卷四，《洛陽伽藍記校箋》，頁 179。

[53]《西京雜記》卷二，葛洪撰，成林、程章燦譯注《西京雜記全譯》（貴陽：貴州人民出版社，1993），頁 82。

[54]《南史．宋建平王宏傳》，《南史》，【二】，頁 400。

[55]《南朝寺考．棲元寺》，劉世珩《南朝寺考》（臺北：新文豐，1987），頁 56。

[56]《南史》，頁 564。

[57]《後漢書．梁冀傳》，范曄撰，李賢等注《後漢書》（北京：中華書局，2003），【四】，1182。

吳下士人共為築室、聚石引水、植林開澗，少時繁密，有若自然。[58]

園林山池之美，諸王莫及。(張) 倫造景陽山，有若自然。[59]

此類「自然」當是具有形上意味的自然，其形上意味，不僅是彰顯審美意識（「泉石之美」「園林山池之美」），還應具有「道法自然」[60]、「自然者為上品之上」[61]的本體意義，或者說是融匯著（造園者／賞園者）主體意識的自然觀念（詳析見後文）。這樣一種具有形上意味的「若自然」觀念，已然為東漢及魏晉南北朝士人造園思想的綱領性主張，亦成為後世造園藝術的最高準則——即明人計成（1582-1642）所推崇的「雖由人作，宛自天開」[62]；落實到現實的園林體驗，便有了「胸中丘壑」的品題：

先翁胷中有丘壑，頂築園亭向山郭。[63]

佳園勝致畢備，足見老年伯胸中丘壑。[64]

既然是「胸中」的「丘壑」，顯然已非純粹的自然，而是融匯了主體意識的

---

58 《宋書・戴顒傳》，沈約《宋書》（北京：中華書局，2003），【八】，頁 2277。

59 《洛陽伽藍記》卷二，《洛陽伽藍記校箋》，頁 93。

60 《道德經》第二十五章，王弼注，樓宇烈校釋《老子道德經注校釋》（北京：中華書局，2011），頁 64。

61 《歷代名畫記》卷二，張彥遠撰，岡村繁譯注，華東師範大學東方文化研究中心編譯《歷代名畫記譯注》（上海：上海古籍出版社，2002），頁 102。

62 《園冶》〈園說〉，計成撰，胡天麟譯註《園冶：破解中國園林設計密碼》（臺北：信實文化，2015），頁 46。

63 丁鶴年〈紫芝山房〉，《丁鶴年集》（臺北：臺灣商務印書館，1966），頁 43。

64 筆煉閣主人《五色石》（上海：上海古籍出版社，1993），頁 7，〈二橋春〉引。

自然。

在「捨宅為寺」的模式中，有一種頗為特別的方式──「捨苑為寺」。據《建康實錄》卷十七案引《輿地志》載稱：

> 梁武普通中起，是吳之後苑、晉廷尉之地遷於六門外，以其地為寺。兼門左右營，置四周池塹，浮圖九層，大殿六所，小殿及堂十餘所。[65]

《魏書・釋老志》亦有記載：

> 高祖踐位，顯祖移御北苑崇光宮，覽習玄籍；建鹿野佛圖於苑中西山，去崇光右十里，岩房禪室，禪僧居其中焉。[66]

這裡的「苑」顯然就是皇家園林的組成部分，由「苑」而「寺」，前者的園林因素當會順理成章轉移到後者。如梁武帝蕭衍成就帝業後，在齊武帝蕭賾（440-493，482-493 在位）的靈邱苑建置法王寺，之後再於寺側起王遊苑[67]。法王寺的前身靈邱苑為皇家園林，於是，皇家園林的風格或建園思想，難免不融匯於法王寺及其所附園林之中。一如沈約（441-513）〈法王寺碑〉記述之法王寺景觀，隱然可見皇家園林的恢弘氣象：

> 臨朝夕之濬池，帶長洲之茂苑。藉離宮於漢舊，因林光於秦餘。迴廊敞匝，複殿重起。連房極睇，周堵如雲。[68]

---

[65] 《建康實錄（二）》，《建康實錄校記》，頁 355。

[66] 《魏書》，【八】，頁 3038。

[67] 參《南朝寺考・法王寺》，《南朝寺考》，頁 78。

[68] 沈約〈法王寺碑〉，《全上古三代秦漢三國六朝文》，【三】，《全梁文》，卷三十一，頁 3130-3131。

有時候，還會有「捨園為寺」的現象——所捨者基本上就是園林。前引范泰「以果竹園六十畝施寺」[69]即可為例；青園寺亦是宋文帝劉義隆捨果園而建成[70]。又如安樂寺即是王坦之（330-375）「捨園為寺，以受本鄉為名，號曰『安樂』」[71]。也有相反的例子，即如《南朝寺考・天王寺》所云：

> 天王寺在梅嶺岡，劉宋時置，梁為昭明太子果園。梅聖俞詩所謂「宋曰天王寺，梁時太子園」也。[72]

如此「寺」「園」互置，正說明二者從形制到內涵乃至功用，都有密切交融的關係。

從前引資料可見，「佛教發達，南北駢進」[73]，南北佛教的性質有異[74]，南北方佛寺園林景觀表現亦有所差異。主要是北朝佛寺園林如《洛陽伽藍記》所載園林景觀的特色，大抵為環繞佛寺建築（或交雜其間）種植各類嘉木珍果、奇花異草，與佛寺建築相互映襯。這些佛寺多為帝王皇族所建，其園林景觀與佛寺建築的相互映襯，往往就形成清幽雅緻與富麗堂皇交混的環境氛圍，多少保留或延續了皇家園林的奢華風格，有的甚至似乎是刻意模仿秦漢皇家園林鼎盛時代的恢弘氣勢及仙境風采，諸如：

> （景樂寺）堂廡周環，曲房連接，輕條拂戶，花蕊被庭。至於六齋，常設女樂，歌聲繞梁，舞袖徐轉，絲管寥亮，諧妙入神。以

---

[69] 《高僧傳》卷七，《高僧傳》，頁 266-267。

[70] 《南朝寺考・青園寺》，《南朝寺考》，頁 33。

[71] 《南朝寺考・安樂寺》，《南朝寺考》，頁 22。

[72] 《南朝寺考》，頁 64。

[73] 梁啟超〈中國佛法興衰沿革說略〉，《佛學研究十八篇》，頁 7。

[74] 梁啟超認為，相比較而言：「南方尚理解，北方重迷信；南方為社會思潮，北方為帝王勢力。故其結果也，南方自由研究，北方專制盲從；南方深造，北方普及。」（梁啟超〈中國佛法興衰沿革說略〉，《佛學研究十八篇》，頁 7）

是尼寺，丈夫不得入。得往觀者，以為至天堂。[75]

（景明寺）複殿重房，交疏對霤。青臺紫閣，浮道相通。雖外有四時，而內無寒暑。房簷之外，皆是山池。松竹蘭芷，垂列階墀，含風團露，流香吐馥……妝飾華麗，侔於永寧。金盤寶鐸，煥爛霞表。[76]

如此繁複恢弘而富麗炫目的佛寺園林景觀，誠不亞於司馬相如（前 179？-前 118）〈上林苑〉與揚雄（前 53-18）〈甘泉賦〉所渲染的兩漢皇家園林的鼎盛輝煌。

南朝的佛寺園林，如《南朝寺考》所描述者，則甚少富麗誇飾的表現，即便是如前述梁武帝蕭衍所建的大愛敬寺，亦是呈現「朝日照花林，光風起香山；飛鳥發差池，出雲去連綿；落英分綺色，墜露散珠圓」[77]之類自然清麗景觀[78]。總的來說，南方佛寺大多或是由於多為僧人所建，或是由於受到佛教士大夫化風氣影響，景觀風貌多趨歸自然。上定林寺便是在建康城郊「埒美嵩華」[79]的鍾山所建成的山林式佛寺[80]，遠離城郊位居山林的佛寺園林，更是多善於借助周邊環境的原生態自然山水，形成開放式的園林景觀，與人為的佛寺建築及園林營造結合起來，相得益彰，諸如：

---

[75] 《洛陽伽藍記》卷一，《洛陽伽藍記校箋》，頁 51。

[76] 《洛陽伽藍記》卷三，《洛陽伽藍記校箋》，頁 124。

[77] 蕭衍〈遊鍾山大愛敬寺詩〉，逯欽立輯校《先秦漢魏晉南北朝詩》（北京：中華書局，2008），【中】，頁 1531。

[78] 其原因當是多方面的，如帝王（皇族）文士化，南方地域及民風影響等；此外，還或與北方統治者在南北對峙的政治格局中是勝利者，而南方統治者則是失敗者有一定關係（南朝後期的統治者更缺乏北伐意志，也就更少了對昔日輝煌想象與緬懷的動因）。

[79] 《高僧傳》卷三，《高僧傳》，頁 122。

[80] 賀雲翱即認為六朝都市佛寺在東晉至南朝，出現山林式風格的建築，而「棲霞寺、上定林寺都屬於郊野『山林式』佛寺」。參氏著〈六朝都城佛寺和佛塔的初步研究〉，《東南文化》2010 年第 3 期，頁 105-106。

> 時宰磻溪心，非關狎竹林。鷲嶽青松繞，雞峰白日沈。天迴浮雲細，山空明月深。摧殘枯樹影，零落古藤陰。霜村夜烏去，風路寒猿吟。[81]

> 宇陰陰而怡曠，階肅肅而虛靜。朗華鐘之妙音，曜光燈之清影。其房則開窗木未，浮柱山叢。引含光之澄月，納自遠之輕風。因明兮目極，憑迴兮望通。平原兮無際，連山兮不窮。識生煙於岫裡，眄列樹於巖中。樹陵危而秀色，煙出遠而浮空。[82]

上述描寫中，「鷲嶽青松繞，雞峰白日沈；天迴浮雲細，山空明月深；摧殘枯樹影，零落古藤陰」；「引含光之澄月，納自遠之輕風……識生煙於岫裡，眄列樹於巖中；樹陵危而秀色，煙出遠而浮空」顯然是原生態的自然景觀，並不屬於「攝山棲霞寺」及「山寺」的佛寺園林範圍。然而，正因此類原生態的山水元素介入，方成就了這些佛寺園林的特色，形成此類山林佛寺園林開放性的全視域自然景觀，達至「造化本靈奇，人功兼製置」[83]的渾然一體效果。

由上可見，魏晉南北朝佛寺園林雖然起步較晚，但憑藉著宗教傳播及帝王及士大夫社會推崇的助力，捨宅為寺方式的普遍化，得以迅速發展。其應用功能的開放性——兼具宗教的教化與世俗的享樂，涵括帝王皇族、達官貴人、平民百姓不同階層；其造園思想的多元化——兼具皇家園林的奢華與士人園林的清幽，尤其是山林佛寺涵攝原生態自然景觀的萬千氣象，致成佛寺園林形制的多樣化。由此造成對當世社會及後世歷史的影響，超越了皇家園林與士人園林而取得後來居上的地位；為後世歷代的佛寺建造，尤其是佛寺園林的發展呈現了堪稱典範的意義。

---

[81] 陳叔寶〈同江僕射遊攝山棲霞寺詩〉，《先秦漢魏晉南北朝詩》，【下】，頁 2513-2514。

[82] 王錫〈宿山寺賦〉，《全上古三代秦漢三國六朝文》，【四】，《全梁文》，卷五十九，頁 3300。

[83] 王冏〈奉和往虎窟山寺詩〉，《先秦漢魏晉南北朝詩》，【下】，頁 2092。

三、「遊觀－賦作」與「禪行教化」：佛寺園林文學創作模式

佛寺園林的宗教功用，無疑是通過營造幽遠清雅、沉寂寧靜的環境氛圍，以期更好地傳播教義和教化人心。曇摩密多與康僧淵等所建的寺廟園林，便達到「息心之眾，萬里來集；諷誦肅邕，望風成化」[84]；「名僧勝達，響附成群；以常持心梵經，空理幽遠」[85]；以及「閑居研講，希心理味」[86]的效果，即所謂「梵境幽玄，義歸清曠；伽藍淨土，理絕囂塵」[87]。但其在日常世俗生活中的功用，除了怡情養性，便是催生了為數眾多的園林文學創作。如《洛陽伽藍記》卷五載：

> 凝雲寺，閹官濟州刺史賈璨……值母亡，捨以為寺。地形高顯，下臨城闕。房廡精麗，竹柏成林，實是淨行息心之所也。王公卿士來遊觀，為五言者，不可勝數。[88]

在此，所謂「淨行息心之所」當為宗教功用；「為五言者，不可勝數」，顯然就是文學創作的表現了。

上例末尾所言「王公卿士來遊觀，為五言者，不可勝數」，恰表明了一個「遊觀－賦作」的模式，而且似乎在魏晉南北朝佛寺園林文化中已然為普

---

[84] 《高僧傳》卷三，《高僧傳》，頁 122。

[85] 《高僧傳》卷四，《高僧傳》，頁 151。

[86] 《世說新語・棲逸》，《世說新語校箋》，【下】，頁 360。

[87] 孝靜帝〈禁斷城中新立寺詔〉，《全上古三代秦漢三國六朝文》，【四】，《全後魏文》，卷十三，頁 3580。

[88] 《洛陽伽藍記校箋》，頁 209。

遍的模式[89]。《洛陽伽藍記》卷四亦有記載，如：

> 園中有一海，號「咸池」。葭菼被岸，菱荷覆水，青松翠竹，羅生其旁。京邑士子，至於良辰美日，休沐告歸，徵友命朋，來遊此寺。雷車接軫，羽蓋成陰。或置酒林泉，題詩花圃，折藕浮瓜，以為興適。[90]

以下詩作，便是這種佛寺園林「遊觀－賦作」文化活動的反映：

> 乘和蕩猶豫，此焉聊止息。連山去無限，長洲望不極。參差照光彩，左右皆春色。晻曖矚遊絲，出沒看飛翼。其樂信難忘，翛然寧有飾。[91]

> 陪遊入舊豐，雲氣鬱青蔥。紫陌垂青柳，輕槐拂慧風。八泉光綺樹，四柱曖臨空。翠網隨煙碧，丹花共日紅。方欣大雲溥，慈波流淨宮。[92]

> 甘棠聽訟罷，福宇試登臨。兔苑移飛蓋，王城列玳簪。階荒猶累玉，地古尚填金。龍橋丹桂偃，鷲嶺白雲深。秋窗被旅葛，夏戶響山禽。清風吹麥壟，細雨濯梅林。[93]

---

[89] 參祁立峰〈即「寺」遊玄：論南朝文學集團「遊寺詩」共作的文化意涵〉，《政大中文學報》21 期（2014 年第 6 期），頁 97-130。普慧〈齊梁崇佛文人遊寫佛寺之詩歌〉，《人文雜誌》2005 年第 5 期，頁 79-84。

[90] 《洛陽伽藍記校箋》，頁 174。

[91] 蕭衍〈天安寺疏圃堂詩〉，《先秦漢魏晉南北朝詩》，【中】，頁 1529。

[92] 蕭綱〈遊光宅寺詩應令詩〉，《先秦漢魏晉南北朝詩》，【中】，頁 1936。

[93] 張正見〈陪衡陽王遊耆闍寺詩〉，《先秦漢魏晉南北朝詩》，【下】，頁 2487。

良辰美景，乘興遊觀；興之所至，述諸筆端。筆下所展示的景物成分頗為豐富多彩，交匯了皇家園林（「紫陌垂青柳，輕槐拂慧風」；「兔苑移飛蓋，王城列玳簪」），與山林野趣（「連山去無限，長洲望不極」；「秋窗被旅葛，夏戶響山禽」）的景色特徵表現。

當然，或遊或憩，亦歌亦吟，都是詩人對生活的感受，對人生的喟歎。這些詩中，便往往在佛寺園林景物描寫之中，穿插了情感的抒發：

> 鷲嶺春光遍，王城野望通。登臨情不極，蕭散趣無窮。鶯隨入戶樹，花逐下山風。棟裡歸雲白，牕外落暉紅。古石何年臥，枯樹幾春空。淹留惜未及，幽桂在芳叢。[94]

> 幽人住山北，月上照山東。洞戶臨松徑，虛窗隱竹叢。出林避炎影，步逕逐涼風。平雲斷高岫，長河隔淨空。數螢流暗草，一鳥宿疏桐。興逸煙霄上，神閑宇宙中。還思城闕下，何異處樊籠。[95]

> 淨心抱冰雪，暮齒逼桑榆。太息波川迅，悲哉人世拘。歲華皆採穫，冬晚共嚴枯。濯流濟八水，開襟入四衢。茲山靈妙合，當與天地俱。石瀨乍深淺，崖煙遞有無。缺碑橫古隧，盤木臥荒塗。行行備履歷，步步轔威紆。高僧跡共遠，勝地心相符。樵隱各有得，丹青獨不渝。遺風佇芳桂，比德喻生芻。寄言長往客，悽然傷鄙夫。[96]

上引諸詩末二句，均為表達了作者仕隱兩難的矛盾心態。跟其他隱逸詩不同的是，這些矛盾心態，是通過點綴著佛教文化因素的景物描寫烘托出來的；

---

[94] 陰鏗〈開善寺詩〉，《先秦漢魏晉南北朝詩》，【下】，頁 2453。

[95] 劉孝先〈和亡名法師秋夜草堂寺禪房月下詩〉，《先秦漢魏晉南北朝詩》，【下】，頁 2065-2066。

[96] 江總〈入攝山棲霞寺詩〉，《先秦漢魏晉南北朝詩》，【下】，頁 2583。

「高僧跡共遠，勝地心相符；樵隱各有得，丹青獨不渝」四句最具典範意義。從中還可看到，通過宗教文化與園林文化的交織相契，詩人力圖營構一種內在超越[97]的思想境界與審美範疇，「興逸煙霄上，神閑宇宙中」二句或可透見玄機。這也正是魏晉南北朝佛寺園林文學與一般的園林文學（如皇家園林文學與士人園林文學）區別所在。

園林的基本功能便是供人休閒娛樂、遊憩觀賞；遊興所至，發之筆端，便是「遊觀－賦作」模式的主要成因。因此，「遊觀－賦作」並不僅限於佛寺園林文化，也是其他園林文化常見的模式，但這個模式在佛寺園林文化中的特殊表現亦是顯而易見的：既然所遊觀者為佛寺之園林，那麼其賦作便更容易引發佛理玄思的遐想。《洛陽伽藍記》卷四這一段記載即當為此意：

> （元）彧性愛林泉，又重賓客。至於春風扇揚，花樹如錦，晨食南館，夜遊後園，僚寀成群，俊民滿席。絲桐發響，羽觴流行；詩賦並陳，清言乍起；莫不領其玄奧，忘其褊吝焉。[98]

遊園而「詩賦並陳」，伴隨「詩賦並陳」的是「清言乍起」，其效果自然便是落實為「領其玄奧」了。事實上，魏晉南北朝士人遊觀佛寺園林所賦詩作，便多有此類表現：

> 塵中喧慮積，物外眾情捐。茲地信爽塏，墟壟曖阡眠。藹藹車徒

---

[97] 「內在超越」的概念於二十世紀五十年代初由唐君毅、牟宗三等新儒家學者提出，後廣泛運用於解釋儒釋道三家的思想。在佛學研究中，一般認為佛教（尤其是禪宗）的精神實質就是其內在超越性——從眾生到佛、煩惱到菩提、無明到智慧、生死到涅槃、此岸到淨土、在家到出家、現世到出世等方面的超越，皆為內在性的超越——不僅是超越所要達到的目標內在於人們自心，而且超越的實現亦依賴於人們內在的悟性與修為。參湯一介〈論禪宗思想中的內在性和超越性問題〉，《北京社會科學》1990 年第 4 期，頁 111-117。方立天〈心性論——佛教哲學與中國固有哲學的主要契合點〉，《社會科學戰線》1993 年第 1 期，頁 112-114。

[98] 《洛陽伽藍記校箋》，頁 176。

邁，飄飄旌旄懸。細松斜繞逕，峻嶺半藏天。古樹無枝葉，荒郊多野煙。分花出黃鳥，挂石下新泉。蓊鬱均雙樹，清虛類八禪。栖神紫臺上，縱意白雲邊。徒然嗟小藥，何由齊大年。[99]

美境多勝跡，道場實茲地。造化本靈奇，人功兼製置。房廊相映屬，階閣並殊異。高明留睿賞，清靜穆神思。豫遊窮嶺歷，藉此芳春至。野花奪人眼，山鶯紛可喜。風景共鮮華，水石相輝媚。像法無塵染，真僧絕名利。陪遊既伏心，聞道方刻意。[100]

重巒千仞塔，危磴九層臺。石關恒逆上，山梁乍鬥回。階下雲峰出，窗前風洞開。隔嶺鐘聲度，中天梵響來。平時欣侍從，於此蹔徘徊。[101]

魏晉南北朝期間所流行的大乘佛教，先後有支遁（314-366）、道安的般若學與竺道生（355-434）的涅槃學。二者雖然有「小頓悟」與「大頓悟」之別，但基於「色即為空」[102]、「色即是佛」[103]的思維方式，均將世間萬物視為佛性的顯現，萬法皆具佛性，即《華嚴經》所謂「佛身充滿法界」[104]。由此產生別具形上意味的佛教玄思山水觀[105]，並且普遍反映在魏晉南北朝詩

---

[99] 蕭綱〈往虎窟山寺詩〉，《先秦漢魏晉南北朝詩》，【下】，頁 1934。

[100] 王冏〈奉和往虎窟山寺詩〉，《先秦漢魏晉南北朝詩》，【下】，頁 2092。

[101] 庾信〈和從駕登雲居寺塔〉，《先秦漢魏晉南北朝詩》，【下】，頁 2364。

[102] 《世說新語．文學》劉孝標注引《支道林集．妙觀章》，《世說新語校箋》，【上】，頁 121。

[103] 僧肇撰《注維摩詰經》卷九，《大正新脩大藏經》，第三十八冊（經疏部．六），頁 410。

[104] 大乘佛教中，「法」指一切諸法，即是世間萬物。「界」者，意為「分界」。萬物因各有體性，分界不同，故名為「諸法的界限」，即指現象界。參唐．于闐國三藏實叉難陀譯《大方廣佛華嚴經（八十卷）》，《景印高麗大藏經》，第 8 冊，頁 460。

[105] 余開亮認為：「般若學主張山水是佛的化身，要求人以佛理去關照山水，這種關照有一種『格物』的味道，還說不上是頓悟。而涅槃學則要求人在山水中頓悟佛理。不管是哪種方式，都是強調要從山水到達對佛的體認。」（《六朝園林美學》，頁 214）

文對自然山水的表述上：

> 寥亮心神瑩，含虛映自然。[106]

> 崇岩吐清氣，幽岫棲神跡。[107]

> 土為淨國，地即金床。[108]

> 山水以形媚道，而仁者樂……峰岫嶢嶷，雲林森渺。聖賢映於絕代，萬趣融其神思。[109]

> 乃悟幽人之覽，達恆物之大情，其為神趣，豈山水而已哉！[110]

這樣一種帶有形上意味的佛教玄思山水觀，在園林山水化或山水園林化高度互洽匯通的魏晉南北朝佛寺園林文化中，得以頗為充分的落實與實踐。因此，魏晉南北朝佛寺園林文學對園林景觀的描寫，頗為充分融注了佛教自然生態觀的體悟與認知；抑或在園林景觀描寫之中，交雜著佛理玄思的點綴與闡發。試以蕭綱與臣僚遊同泰寺唱和同詠的詩作為例：

> 遙看官佛圖，帶璧復垂珠。燭銀踰漢女，寶鐸邁昆吾。日起光芒散，風吟宮徵殊。露落盤恒滿，桐生鳳引雛。飛幡雜晚虹，畫鳥狎晨梟。梵世陵空下，應真蔽景趨。帝馬咸千轡，天衣盡六銖。

---

106 支遁〈詠懷詩〉其一，《先秦漢魏晉南北朝詩》，【中】，頁 1080。

107 慧遠〈廬山東林雜詩〉，《先秦漢魏晉南北朝詩》，【中】，頁 1085。

108 沈約〈光宅寺剎下銘〉，《全上古三代秦漢三國六朝文》，【三】，《全梁文》，卷三十，頁 3127。

109 宗炳〈畫山水序〉，《全上古三代秦漢三國六朝文》，【三】，《全宋文》，卷二十，頁 2545-2546。

110 慧遠〈廬山諸道人遊石門詩序〉，《先秦漢魏晉南北朝詩》，【中】，頁 1086。

意樂開長表，多寶現全軀。能令苦海渡，復使慢山踰。願能同四忍，長當出九居。[111]

副君坐飛觀，城傍屬大林。王門雖八達，露塔復千尋。重櫨出漢表，曾栱冒雲心。昆山雕潤玉，麗水瑩明金。懸盤同露掌，插鳳似飛禽。月落簷西暗，日去柱東侵。反流開睿屬，搦翰動神衿。願托牢舟友，長免愛河深。[112]

朝光正晃朗，踴塔標千丈。儀鳳異靈烏，金盤代仙掌。積栱承雕桷，高簷掛珠網。寶地若池沙，風鈴如積響。刻削生千變，丹青圖萬象。煙霞時出沒，神仙乍來往。晨霧半層生，飛幡接雲上。遊霓不敢息，翔鵾詎能仰。贊善資哲人，流詠歸明兩。願假舟航末，彼岸誰云廣。[113]

同泰寺建成於梁武帝普通八年，在南朝地位頗為崇高，梁武帝蕭衍屢次親臨禮懺並設無遮大會等法會，又親升法座，開講涅槃、般若等經，亦曾四度捨身此寺[114]。上引諸詩，莫不在渲染其間的園林景觀之際，點綴著頗為鮮明的佛理玄思。

從前引作品的表現來看，佛理玄思的闡發與佛寺園林的描繪是佛寺園林文學最為顯著的兩大現象，二者是互為依存、相輔相成的關係，前者固然可以直接表述，但更多時候是藉助後者得以更為充分且形象地彰顯；後者也固

---

[111] 蕭綱〈望同泰寺浮圖詩〉,《先秦漢魏晉南北朝詩》,【下】, 頁 1935。

[112] 王訓〈奉和同泰寺浮圖詩〉,《先秦漢魏晉南北朝詩》,【中】, 頁 1717-1718。

[113] 王臺卿〈奉和望同泰寺浮圖詩〉,《先秦漢魏晉南北朝詩》,【下】, 頁 2088。

[114]《梁書》〈武帝紀〉載，梁武帝分別於大通元年、中大通元年、太清元年三次捨身同泰寺。《佛祖統紀》卷三十八載，中大同元年梁武帝亦幸同泰寺行清淨大捨，若計此，梁武帝便有四次捨身。參姚思廉《梁書》(北京：中華書局，2003),【一】, 頁 71，73，92；志磐撰，釋道法校注《佛祖統紀校注》(上海：上海古籍出版社，2012),【下】, 頁 863。

然可以是純然的景觀呈現，但更多時候可視為前者的對象化顯像，即如梁人劉勰（465？-520？）所云：「登山則情滿於山，觀海則意溢於海。」[115]明人計成所云：「片山多致，寸石生情。」[116]亦如當今論者所說：「中國園林審美的主體意識則包含在自然形式之中，主客體間的和諧以山水之自然體現出來。」[117]慧遠（334-416）的俗家弟子宗炳（375-443）在〈畫山水序〉中，基於「山水質有而靈趣」「萬趣融其神思」的認知，推導出「山水以形媚道」[118]；在〈明佛論〉中，則基於佛經所論「一切諸法，從意生形」，推導出「是以清心潔情，必妙生於英麗之境」[119]。這也正是魏晉南北朝佛寺園林文學藉助園林景觀闡發佛理玄思的不二法門，亦是藉由悟道與審美交集的有效途徑。誠如當代法師所揭示：

> 這種直接啟示身心之禪行教化……超脫一般心理而達到心靈湛寂，耳之所聞，目之所見，皆有一番風光怡悅之境界。[120]

魏晉南北朝佛寺園林詩中，不難看出這種體現悟道與審美交集的「禪行教化」範式，試以如下二詩為例：

> 迎旭凌絕嶝，映泫歸溆浦。鑽燧斷山木，掩岸墐石戶。結架非丹甍，藉田資宿莽。同遊息心客，曖然若可睹。清霄揚浮煙，空林響法鼓。忘懷狎鷗鯈，攝生馴兕虎。望嶺眷靈鷲，延心念淨土。若乘四等觀，永拔三界苦。[121]

---

[115]劉勰撰，范文瀾注《文心雕龍注》（北京：人民文學出版社，2011），【下】，頁 493-494。

[116]《園冶・城市地》，《園冶：破解中國園林設計密碼》，頁 60。

[117]成玉甯〈中國古典園林審美的基本特徵〉，《東南文化》1993.I:274。

[118]宗炳〈畫山水序〉《全上古三代秦漢三國六朝文》，【三】，《全宋文》，卷二十，頁 2545-2546。

[119]宗炳〈明佛論〉《全上古三代秦漢三國六朝文》，【三】，《全宋文》，卷二十一，頁 2548。

[120]曉雲〈前言〉，釋曉雲等《園林思想》，頁 15-16。

[121]謝靈運〈登石室飯僧詩〉，《先秦漢魏晉南北朝詩》，【中】，頁 1164。

> 聊追鄴城友，躧步出蘭宮。法侶殊人世，天花異俗中。鳥聲不測處，松吟未覺風。此時超愛網，還復洗塵蒙。[122]

前者的「迎旭凌絕嶝，映泫歸溆浦；鑽燧斷山木，掩岸墐石戶」，分明為山林佛寺景觀，自然而然顯現「清霄揚浮煙，空林響法鼓」不無美感的佛禪境界，卻也自然引發「望嶺眷靈鷲，延心念淨土」的嚮往，最後落實為「若乘四等觀，永拔三界苦」[123]祈願。後者雖然有「法侶殊人世，天花異俗中」與「此時超愛網，還復洗塵蒙」的佛理禪思，但夾嵌其間的「鳥聲不測處，松吟未覺風」二句，儼然有梁人王籍〈入若耶溪〉「蟬噪林逾靜，鳥鳴山更幽」[124]的空靈禪意。如此意境，可謂「內照交映，而萬像生焉」，「悟相湛一，清明自然」，令人「昧然忘知」[125]，給人以哲思與美感交融的體驗。由此顯見淨土信仰[126]三昧禪觀[127]對文人士大夫生活及其創作的深刻影響。

---

[122]徐伯陽〈遊鍾山開善寺詩〉，《先秦漢魏晉南北朝詩》，【下】，頁 2470。

[123]「四等觀」：佛教四種廣大的利他心。即為令無量眾生離苦得樂，而起的慈（Maitrī）、悲（Karuṇā）、喜（Muditā）、舍（Upekṣā）四種心，或入慈、悲、喜、舍四種禪觀。又稱四無量、四等心、四等、四梵住、四梵行、無量心解脫。「三界」：指有情存在的三個領域——欲界、色界、無色界，構成世間，相當於三有。參普慧〈彌陀淨土信仰與謝靈運的山水文學創作〉，普慧主編《中國佛教文學研究》（北京：中華書局，2012）頁 99-116。李小榮〈觀想念佛與謝靈運山水詩〉，《貴州大學學報（社會科學版）》第 18 卷第 4 期（2000 年 7 月），頁 47-52。

[124]王籍〈入若耶溪〉，《先秦漢魏晉南北朝詩》，【下】，頁 1854。

[125]俱見慧遠〈念佛三昧詩集序〉，《全上古三代秦漢三國六朝文》，【三】，《全晉文》，卷一百六十二，頁 2402。

[126]除了上引詩句，謝靈運還有如此表述：「淨土一何妙，來者皆清英。」（〈無量壽佛頌〉）「當相尋於淨土，解顏於道場。」（〈佛影銘〉）由此可知其對淨土信仰的執著。見《全上古三代秦漢三國六朝文》，【三】，《全宋文》，卷三十三，頁 2617，2618。關於謝靈運的淨土信仰，參普慧〈彌陀淨土信仰與謝靈運的山水文學創作〉，《中國佛教文學研究》，頁 99-116。其時淨土信仰的流行情形，參《漢魏兩晉南北朝佛教史》，頁 217-219，第八章〈釋道安〉「彌勒淨土之信仰」條；頁 365-371，第十一章〈釋慧遠〉「慧遠與彌陀淨土」條；頁 802-807，第十九章〈北方之禪法淨土與戒律〉「曇鸞與阿彌陀淨土」條。

[127]「三昧」（Samādhi），又譯三摩地、三摩提，意譯為等持、正心行處、心一境性，為傳統印度教修行方式之一，意指專注於所緣境，而進入心不散亂的狀態。「禪觀」的「禪」指集中意識後獲

從上引詩例還可直觀地看到：與一般園林（如皇家園林或士人園林）的景觀相比，佛寺園林的景觀有其特殊的表現——更為充分且全方位地交織、融匯了第二自然與第一自然。尤其是，魏晉南北朝詩賦所描寫的佛寺園林多位於深山老林，更易於交織、融匯原生態的自然景觀。這種原生態的自然景觀因素，在皇家園林、士人園林中亦都存在。它們的分野，則基於其各自的特質所在：皇家園林富足而涵博，士人園林內斂而幽密，佛寺園林相容而開放。具體而言，在規模相對宏大的皇家園林，大量原生態的自然景觀是作為有機組成部分囊括進廣袤的皇家園林範圍（即班固〔32-92〕所謂「因原野以作苑」[128]），以鋪張揚厲之勢渲染帝王聲威，即蕭何（前 257？-前 193）所稱：「天子四海為家，非壯麗無以重威。」[129]士人園林多位於城區、市郊，規模與空間普遍較小，審美旨趣趨於內向幽閉，因而可供借納的園外原生態自然景觀較為有限（多為園內景觀互借）。至於佛寺園林，尤其是建造於深山老林中的佛寺園林，則可開放性地充分利用周遭原生態自然環境，從高、遠、深、廣等不同層次與角度，與佛寺園林組成了恆定且緊密的關係，形成不可分割的有機成分。在園林觀賞時，也就常常能開放性地充分容納更為廣泛的遠山近水、飛鳥游魚，乃至日月星辰、風嵐雲霓，由此構成的「借景」視野效果，也就更為豐富多彩。即如：

> 面勢周大地，縈帶極長川。稜層疊嶂遠，迤邐隥道懸。朝日照花林，光風起香山。飛鳥發差池，出雲去連綿。落英分綺色，墜露

得的心性統一和安定，「觀」即「觀想」，指在禪的境地中思念、念想的對象。此處所用「三昧禪觀」，意謂詩人沈浸在清淨自然的園林景象，隨意起觀，不拘時空，契入動靜自如、豁然得悟的境界。參慧遠〈念佛三昧詩集序〉，《全上古三代秦漢三國六朝文》，【三】，《全晉文》，卷一百六十二，頁 2402。三昧禪觀對其時文人士大夫的影響，參普慧〈彌陀淨土信仰與謝靈運的山水文學創作〉，《中國佛教文學研究》，頁 99-116。李小榮〈觀想念佛與謝靈運山水詩〉，《貴州大學學報（社會科學版）》第 18 卷第 4 期（2000 年 7 月），頁 47-52。

[128] 班固〈東都賦〉，《全上古三代秦漢三國六朝文》，【一】，《全後漢文》，卷二十四，頁 605。

[129] 《史記・高祖本紀》引蕭何語，司馬遷撰，瀧川龜太郎考證，水澤利忠校補《史記會注考證附校補》（上海：上海古籍出版社，1986），頁 249-250。

散珠圓。[130]

茲地信閒寂，清曠惟道場。玉樹琉璃水，羽帳鬱金牀。紫柱珊瑚地，神幢明月璫。牽蘿下石磴，攀桂陟松梁。澗斜日欲隱，煙生樓半藏。[131]

壍柳朝綠，江暉暝紅。落霞將暮，鮮雲夕布。峯下陽烏，林生陰兔。分佩隔浦，皇樯隱霧。[132]

這些詩文作品的反映，實際上就是園林觀賞效應的文字具象化呈現。上述諸例所呈現的清麗風貌，隱去有關佛寺的背景（如詩題），很難不被視為原生態的大自然神麗[133]景象。如此效應，與其是說將後世所謂借景藝術發揮得淋漓盡致，不如說是慧遠〈廬山諸道人遊石門詩序〉所说的那样：「徘徊崇嶺，流目四矚」之際，折服於大自然「其為神趣，豈山水而已」，更進而產生「乃喟然歎，宇宙雖遐，古今一契」[134]的感悟，也就是經歷了前文所說的悟道與審美交集的「禪行教化」。如此效應，本當產生於人們遊觀山水大自然，在此卻也產生於遊觀交織融匯了第二自然與第一自然的佛寺園林；而

[130] 蕭衍〈遊鍾山大愛敬寺詩〉，《先秦漢魏晉南北朝詩》，【中】，頁 1531。

[131] 蕭統〈開善寺法會詩〉，《先秦漢魏晉南北朝詩》，【中】，頁 1596。

[132] 蕭繹〈郢州晉安寺碑〉，《全上古三代秦漢三國六朝文》，【三】，《全梁文》，卷十八，頁 3056。

[133] 在漢代辭賦中，「神麗」常用以形容宮殿，如：「皇城之內，宮室光明，闕庭神麗，奢不可踰，儉不能侈。」（班固〈東都賦〉，《全上古三代秦漢三國六朝文》，【一】，《全後漢文》，卷二十四，頁 605）然而，在魏晉南北朝詩文賦中，「神麗」則常用以指稱自然山水，諸如：「夫所以經營其左右者，固以自然神麗，而足思願愛樂矣。」（嵇康〈琴賦〉，《全上古三代秦漢三國六朝文》，【二】，《全三國文》，卷四十七，頁 1319）「清泉分流而合注，渌淵鏡淨於天池。文石發綵，煥若披面。檉松芳草，蔚然光目。其為神麗，亦已備矣。」（慧遠〈廬山諸道人遊石門詩序〉，《先秦漢魏晉南北朝詩》，【中】，頁 1086）「選自然之神麗，盡高棲之意得。」（謝靈運〈山居賦〉，《全上古三代秦漢三國六朝文》，【三】，《全宋文》，卷三十一，頁 2604）

[134] 慧遠〈廬山諸道人遊石門詩序〉，《先秦漢魏晉南北朝詩》，【中】，頁 1086。

遊觀皇家園林及士人園林，是難有如此效應的。這無疑是哲思與美感交融的效應，其產生固然來自佛理玄思的感悟與佛寺園林的賞覽，但也使後二者得以從哲學／園藝學（植物學、地理學）範疇轉入文學／美學範疇，從而構成佛寺園林文學獨特的審美規範。

可見，這樣一種哲思與美感交融的審美規範，來自於悟道與審美交集的「禪行教化」。於是，在哲思與美感交融的審美規範中，佛理玄思雖然是旨意所在，體現的是具有形上本體意義的自然觀念，但悟道所不可或缺的外在自然（包括第一自然與第二自然）美感形態亦得到充分重視，也就是後人所強調的「外師造化，中得心源」[135]。因而使當時的佛寺園林構成，不僅著意師法自然，還不同程度有意無意涵納周邊各種大自然景觀，從而普遍呈現出後世園林建構（及欣賞）極為重要的「借景」效應。

由此也可知，相比較皇家園林及士人園林，在形下的構建元素與形制方面，佛寺園林固然與山水大自然有更多的交集；在形上的美感享受與情思逸發方面，如果說，皇家園林以其奢華，張揚著物慾的愉悅與歡欣；士人園林以其清幽，尋求著心靈的恬靜與安適；那麼，佛寺園林則多是以其神麗，寄寓著精神的超越與升華。而後者也正是魏晉南北朝（尤其後期）佛教世俗化／士大夫化的時代風尚在文學創作上的新體現。

結 語

在園林與文學創作的關係上，皇家園林文學集中表現在伴隨著君臣宴遊活動而產生的應制奉和詩賦，士人園林文學則是表現在士人日常生活中的觸景生情而作，或遊園賦詩唱和、同題共作等群體性創作。此二類創作，創作主體與描寫對象在時空及心態上有相當大的一致性與緊密度，創作形態的規

---

[135]《歷代名畫記》卷十引張璪語，《歷代名畫記譯注》，頁 477。

模與作品數量，均頗具發達之狀。相比較而言，佛寺園林文學的創作主體雖不乏佛門中人，但更多只是世俗崇佛者，創作主體對描寫對象無恒定／穩定的擁有關係，相處的時間也不如前二者長久與頻密，相應地，創作規模與作品數量亦不及前述二者。

從文體學的角度思考，當能進一步深入闡釋並總結魏晉南北朝佛寺園林文學的文體定位、文學功能、審美規範及其文學史地位與意義。吳承學指出：

> 文體形態並不是純粹的形式，它具有豐富的內涵。文本諸要素在相互作用中形成相對穩定的特殊關係，從而構成了某一體裁的獨特的審美規範。[136]

從前文所述可見，魏晉南北朝佛寺園林文學不失為一種具有豐富內涵的文體形態，其文體構成的諸要素在相互作用中形成了相對穩定的關係，從而構成了獨特的審美規範。

首先，就文體形態建構而言，魏晉南北朝佛寺園林文學內外諸要素具有相對的獨特性與穩定性。佛寺園林文學的文體要素，主要有作為外在要素的「佛寺園林」與「佛理玄思」，以及作為內在要素的「空靈禪意」與「清麗風貌」。文體的界定，決定於各自具備的內外諸要素具有相對的獨特性及穩定性。在佛寺園林文學文體中，前述內外諸要素均具相對的穩定性，而「佛寺園林」更無疑具有「絕對的」獨特性，是佛寺園林文學之所以能成為獨立文體的決定性要素。除此之外，「佛理玄思」、「空靈禪意」及「清麗風貌」諸要素，則是不同程度也存在於其他文體如一般的佛理（玄言）詩、（士人）園林詩、隱逸詩、遊仙詩、山水詩之中。然而，沒有「佛寺園林」這一基本的（文化）載體，其他文體中的「佛理玄思」、「空靈禪意」及「清麗風

---

[136] 吳承學〈文體形態：有意味的形式〉，《學術研究》2001 年第 4 期，頁 121。

貌」的表現，便會體現為不同的語言風格及美學風貌。據此可說，在魏晉南北朝佛寺園林文學文體形態建構中，「佛寺園林」具有絕對的獨特性，為該文體不可或缺的基本（文化）載體，是文體諸要素中的核心要素。該文體各種要素的相互作用，均圍繞「佛寺園林」而展開、進行，並且「在相互作用中形成相對穩定的特殊關係」，從而構成了具有相對獨立意義的文體。

其次，從文體屬種概念關係[137]及其內外諸要素關係看，作為魏晉南北朝園林文學（屬概念）重要一支的佛寺園林文學（種概念），其最外在亦最顯著的文體要素「佛寺園林」與「佛理玄思」是互為依存、相輔相成的關係，前者可視為後者的對象化顯像，後者則藉助前者得以更充分且形象地彰顯，亦即後世禪宗所強調的「青青翠竹盡是真如，鬱鬱黃花無非般若」[138]——從本體論說，此為萬法均具佛性之謂；從表現論看，則是在藉助園林景觀闡發佛理玄思之際，亦藉由悟道與審美交集，體現了別具一格的「禪行教化」的文學功能。其文體內在的要素，則為上述外在二要素相互作用而產生的「空靈禪意」及「清麗風貌」。這麼一種內在要素，既是對應上述外在要素而產生，亦使後者得以從哲學／園藝學（植物學、地理學）範疇轉入文學／美學範疇，從而構成「獨特的審美規範」——亦即前文所謂「以其神麗，寄寓著精神的超越與升華」，呈現「哲思與美感交融的效應」。這樣一種哲思與美感交融的審美規範，與悟道與審美交集的「禪行教化」文學功能是一體兩面相輔相成的關係：前者基於後者，後者成就前者；後者體現於過程，前者體現為結果。

再次，作為一種具有豐富內涵的文體形態，魏晉南北朝佛寺園林文學更

---

[137]屬種概念關係：邏輯學術語，指一個概念的部分外延與另一個概念的全部外延重合的關係，外延較大的概念稱屬概念，外延較小的概念稱種概念。屬概念與種概念的區分是相對的。比如，在魏晉南北朝園林文學與佛寺園林文學這組關係中，前者無疑是屬概念而後者是種概念；但在魏晉南北朝文學與魏晉南北朝隱逸文學、園林文學、山水文學的關係中，前者又無疑是屬概念而後三者皆為種概念。

[138]雪竇重顯頌古，圜悟克勤評唱《佛果圜悟禪師碧巖錄》，《大正新脩大藏經》，第四十八冊（諸宗部・五），頁200。

能彰顯其文學史上承前啟後的地位與意義。任何文學在文學史上的地位與意義，均須置於歷時性（diachronic）的歷史發展與共時性（synchronic）的社會文化之中進行考察；而歸屬於寫景類型的魏晉南北朝佛寺園林文學，便是在「詩經之山水比德」→「漢賦之上林誇飾」→「魏晉詩賦之園林遊娛」的景觀書寫傳統的脈絡化演進[139]的基礎上，因應當時的宗教文化、園林文化、隱逸文化，乃至（王朝）政治文化氛圍與精神，而產生、發展、演變、興盛。這麼一種文體形態，無疑是魏晉南北朝文人「感受世界、闡釋世界的工具」，反映了「時代的審美選擇與社會心態」，呈現了「時代的文學風尚」[140]——亦即佛教士大夫化的生活體驗及精神感受、日趨成熟的文學觀念以及景物玄思觀／審美觀，在文學創作中得以較為圓融相契地表達，並且與其他文類一起，共同促成了魏晉南北朝文壇模山範水的風氣，亦更為後世禪佛文學確立了禪理與景觀交織的文體範式[141]。

[139] 限於篇幅，此演進過程當另撰專文詳述，未便在此充分展開，只能列出一粗線條的演變進路。

[140] 俱參吳承學〈文體形態：有意味的形式〉，《學術研究》2001 年第 4 期，頁 122-123。

[141] 參釋曉雲等《園林思想》。張伯偉《禪與詩學》。程亞林，《詩與禪》。蕭馳，《佛法與詩境》。普慧主編《中國佛教文學研究》。

第六章
皇家園林的演化與文學

中國古代的皇家園林，源起於商周，興盛於秦漢。「溥天之下，莫非王土。率土之濱，莫非王臣」[1]，春秋以來的大一統觀念，在周文王（前 1152-前 1056）的靈囿得以頗為充分的呈現：

> 王在靈囿，麀鹿攸伏。麀鹿濯濯，白鳥翯翯。王在靈沼，於牣魚躍。虡業維樅，賁鼓維鏞。於論鼓鐘，於樂辟廱。於論鼓鐘，於樂辟廱。鼉鼓逢逢，矇瞍奏公。[2]

其鼎盛之景，至漢武帝劉徹（前 156-前 87，前 141-前 87 在位）上林苑更得以淋漓盡致的展現：

> 左蒼梧，右西極，丹水更其南，紫淵徑其北。終始灞滻，出入涇渭。酆鎬潦潏，紆餘委蛇，經營乎其內。蕩蕩兮八川分流，相背而異態……于是乎遊戲懈怠，置酒乎昊天之臺，張樂乎轇輵之宇。撞千石之鐘，立萬石之虡。建翠華之旗，樹靈鼉之鼓，奏陶唐氏之舞，聽葛天氏之歌。千人唱，萬人和。山陵為之震動，川

1 《詩經・北山》，見王先謙撰，吳格點校《詩三家義集疏》（北京：中華書局，1987），【下】，頁 739。

2 《詩經・靈臺》，《詩三家義集疏》，【下】，頁 863-865。

谷為之蕩波。[3]

其極盡張揚「巨麗」[4]的美學風貌，立足於「天子四海為家，非壯麗無以重威」[5]的認知。

從周文王的靈囿到漢武帝的上林苑，二者的一脈相承是顯而易見的：其構成涵括了廣袤的自然原生態山川景觀；其功能統括遊獵、通神、娛樂，乃至朝政、軍事、外交。二者的發展變化亦是顯而易見的：前者濃郁的神話色彩來自於巫史文化的浸淫；後者張揚的帝國意志彰顯了宗法文化的氛圍。後者雜糅了先秦神仙思想與漢代禎祥觀念而形成的「一池三山」[6]模式，更對後世皇家園林建設起到深遠的影響。

魏晉南北朝，是中國園林全面發展的時期，除了士人園林與寺廟園林相繼興起，皇家園林亦得以延續並不無新意的發展演變。

據學者的不完全統計，魏晉南北朝皇家園林計有曹魏 6 處，孫吳 4 處，西晉 1 處，東晉 2 處，劉宋 4 處，蕭齊 7 處，蕭梁 5 處，陳 3 處，北魏 1 處，北齊 3 處。主要分佈在鄴城（今河北臨漳縣一帶）、建康[7]及其附近新林等地。[8]著名皇家園林則有魏晉的西園、落星苑、桂林苑、洛陽華林園（芳林園），南朝的建康華林園、樂游苑、芳樂苑、上林苑、新林苑、博望苑、

---

3 俱見司馬相如〈子虛賦〉，嚴可均《全上古三代秦漢三國六朝文》（北京：中華書局，1995），【一】，《全漢文》，卷二十一，頁 242-243。

4 司馬相如〈子虛賦〉，《全上古三代秦漢三國六朝文》，【一】，《全漢文》，卷二十一，頁 242。

5 《史記．高祖本紀》：「蕭丞相營作未央宮，立東闕北闕。前殿武庫太倉。高祖還見宮闕壯，甚怒，謂蕭何曰：『天下匈匈，苦戰數歲，成敗未可知。是何治宮室過度也？』蕭何曰：『天下方未定，故可因遂就宮室。且夫天子四海為家，非壯麗無以重威，且無令後世有以加也。』高祖乃說。」見司馬遷著，瀧川龜太郎考證，水澤利忠校補《史記會注考證附校補》（上海：上海古籍出版社，1986），頁 249-250。

6 漢武帝劉徹擴建上林苑建章宮，在其北治太液池，中有蓬萊、方丈、瀛洲。這種「一池（水）三山」的形式，成為後世歷代皇家園林建築的典範佈局模式。

7 魏晉南北朝時期，自東吳起，其治所稱秣陵，之後，相繼改稱建業、建鄴，晉愍帝司馬鄴建興元年，改名建康，此後，東晉及南朝四朝均定都建康。為敘述方便，本章統稱為建康。

8 參余開亮《六朝園林美學》（重慶：重慶出版社，2007），頁 52-54。

青林苑、江潭苑等，北朝的洛陽華林園、西遊園、龍騰苑、仙都苑、玄洲苑、鹿苑、北苑、西苑、東苑、遊豫園、清風園等。[9]

這些皇家園林的形制、功能、景觀等有多元化的表現，本章所關注者，在於園林與文學的互動關係[10]。長久以來，學界的討論基本集中在秦漢或明清的皇家園林，甚少關注到其他時期的皇家園林，更鮮有對魏晉南北朝皇家園林進行專題研究；尤其是魏晉南北朝皇家園林與文學的關係，幾乎無人涉獵。因此，本章將以文學性思維為導向，從「魏晉南北朝皇家園林的演變」、「與文學結緣之皇家園林」、「魏晉南北朝皇家園林文學綜論」等三個方面展開探討，以期能較為全面且有系統地探討與論述魏晉南北朝皇家園林及其文化、王朝政治及其文化，與皇家園林文學的互動關係；並進一步掌握魏晉南北朝皇家園林的歷史演變，及其與社會生活、王朝政治發展的關係，從而對該時期皇家園林文學的創作生態，進行更為系統而深入的文化詮釋。

一、魏晉南北朝皇家園林的演變

在秦漢大一統的歷史時期，皇家園林呈現相對穩定的發展勢態；魏晉南北朝長期的動亂分裂局勢 及其對社會廣泛而深刻的影響，則致成皇家園林的發展呈現頗為明顯的動態演變的特徵。因此，對此時期皇家園林演變歷程及面貌的考察，是本章的基礎研究。其重要性表現為：只有從歷史的動態演變角度以及相應的因素影響，進行爬梳及掌握魏晉南北朝皇家園林的概貌，方可展開後續問題的討論。如前所述，魏晉南北朝時期，在文士園林與寺廟

---

[9] 參吳功正《六朝園林文化研究》1994 年春之卷（总第 3 期），頁 112。張縱〈從園林起源談六朝時期的皇家宮苑及其它園林形式〉，《東南文化》2003 年第 3 期，頁 50。王貴祥〈中國古代園林史芻（15 世紀以前）〉，《美術大觀》2015 年第 3 期，頁 105。余開亮《六朝園林美學》，頁 289-297。

[10] 比如，就功能而論，除了宴遊之外，魏晉南北朝皇家園林至少還具有政治、軍事、外交、教育、宗教，以及生活等諸種功能。然而，這些功能所產生的活動及其表現跟文學創作關係甚為疏遠，本章將採取存而不論的處理方式。

園林相繼興起之際，皇家園林亦得以延續並不無新意的發展演變。魏晉南北朝皇家園林的發展變化有三個顯而易見的因素：政治因素，地域因素，人文因素；由此導致三種相應的現象：帝國象徵的趨落，諸種中心的南移，帝王皇族文士化。

(一) 政治因素：帝國象徵的趨落

漢末以降，大一統的基礎大為削弱，無論是帝王意志、經濟實力，都不足以支撐、維繫豪奢無度的皇家園林。秦漢帝國皇家園林極盡奢華誇飾的模式，在魏晉南北朝受到不同程度的抑制與收斂。縱觀魏晉南北朝，雖然不乏如後主陳叔寶（553？-604，582-589 在位）那樣罔顧危世當前仍將皇家園林的建構推向病態奢華享受的極致，歷代一般的統治者，儘管心存擁有奢華皇家園林的念頭，但面對艱窘的現實與賢臣的勸諫，亦不得不收斂而為之。如魏明帝曹叡（205-239，226-239 在位）雖然有追慕「漢西京之制」的心志，但修築芳林苑，也只能「使公卿皆負土，捕禽獸置其中。群臣穿方舉土，面目垢黑，沾體塗足，衣冠了鳥」，最終，惟能有「以崇無益，其所以不能興國」[11]的慨歎。針對東晉穆帝司馬聃（343-361，344-361 在位）欲大興土木，「修後池，起閣道」，吏部郎江逌（307？-364？）上疏，先順應穆帝的心態，以「臣聞王者處萬乘之極，享富有之大，必顯明制度以表崇高，盛其文物以殊貴賤。建靈臺，浚辟雍，立宮館，設苑囿，所以弘於皇之尊，彰臨下之義」，將昔日輝煌鋪敘一番，再以「今者二虜未殄，神州荒蕪，舉江左之眾，經略艱難，漕揚越之粟，北饋河洛，兵不獲戢，運戍悠遠，倉庫內罄，百姓力竭」的衰敗現實警戒，終至「帝嘉其言而止」[12]。

於是，魏晉南北朝的皇家園林由帝國象徵趨落於現實生活，轉向相對適度乃至收斂平實的表現，真山真水的宏大格局，逐漸為疊山、聚石、引水的

---

[11] 俱見《金樓子》卷一，蕭繹撰，陳志平、熊清元疏證校注《金樓子疏證校注》（上海：上海古籍出版社，2014），【上】，頁 220、222。

[12] 俱見《晉書．江逌傳》，房玄齡等撰《晉書》（北京：中華書局，1998），【七】，頁 2172-2173。

人為經營所取代。且看魏都皇家園林的建造：

> 建社稷，作清廟。築曾宮以回匝，比岡隒而無陂。造文昌之廣殿，極棟宇之弘規。崱若崇山崫起以崔嵬，髣若玄雲舒蜺以高垂。瓌材巨世，埔塀參差。枌橑複結，欒櫨疊施。丹梁虹申以並亙，朱桷森布而支離。綺井列疏以懸蔕，華蓮重葩而倒披。[13]

如此表現，固然承襲秦漢皇家園林「非壯麗無以重威」[14]的遺風，體現了「雖則衰世，而盛德形於管絃；雖踰千祀，而懷舊蘊於遐年」[15]的觀念；然而，「右則疏圃曲池，下畹高堂；蘭渚莓莓，石瀨湯湯；弱蔓係實，輕葉振芳……苑以玄武，陪以幽林；繚垣開囿，觀宇相臨；碩果灌叢，圍木竦尋；篁篠懷風，蒲陶結陰；回淵漼，積水深；蒹葭贙，雚蒻森；丹藕凌波而的皪，綠芰泛濤而浸潭」[16]之類的景觀，少了誇飾神奇的奢華色彩，多了清麗平實的生活氛圍。其中，水景的應用及表現尤為突出。南方吳都皇家園林的水景表現亦不遑多讓：「吳後主皓寶鼎元年，開城北渠，引後湖水流入宮，巡遶殿堂，窮極伎巧，功費萬倍。」[17]這裡的水景應用，雖然也有出於軍事的考量，但其應用於遊娛生活的功能無疑是更為顯著。

晉室南渡後，南北對峙，各自朝廷內部殺戮慘烈，但南北政權（及社會）各自亦獲得相對穩定發展的時間與空間。

東晉以降，南朝的宋、齊、梁的政權更替，均以禪代的方式進行，這使作為王朝象徵的皇家園林（如華林園）得以歷代相續，前敘「抑制與收斂」的觀念與表現，也得以持續相傳，如宋文帝劉義隆（407-453，424-453 在

---

[13] 左思〈魏都賦〉，《全上古三代秦漢三國六朝文》，【二】，《全晉文》，卷七十四，頁 1887。

[14] 《史記．高祖本紀》引蕭何語，《史記會注考證附校補》，頁 250。

[15] 左思〈魏都賦〉，《全上古三代秦漢三國六朝文》，【二】，《全晉文》，卷七十四，頁 1887。

[16] 左思〈魏都賦〉，《全上古三代秦漢三國六朝文》，【二】，《全晉文》，卷七十四，頁 1887-1888。

[17] 周敦頤撰，張忱石點校《六朝事跡編類》（北京：中華書局，2012），【上】，頁 45。

位）欲造玄武湖，並於湖中立方丈、蓬萊、瀛洲三神山，以再現秦漢皇家園林的一水三山盛景，但經「（何）尚之固諫乃止」[18]。齊明帝蕭鸞（452-498，494-498 在位）甚至有「罷世祖所起新林苑，以地還百姓」[19]的「義舉」。至梁末侯景（503-552）之亂[20]，皇家園林受到嚴重摧毀，陳朝再造皇家園林，奢華風氣復熾：

> 至德二年，乃於光照殿前起臨春、結綺、望仙三閣。閣高數丈，竝數十間，其窗牖、壁帶、懸楣、欄檻之類，竝以沈檀香木為之，又飾以金玉，間以珠翠，外施珠簾，內有寶牀、寶帳，其服玩之屬，瑰奇珍麗，近古所未有。每微風暫至，香聞數里，朝日初照，光暎後庭。其下積石為山，引水為池，植以奇樹，雜以花藥。[21]

如此奢華侈靡風氣，被解讀為導致亡國的「華孽」：「華者，猶榮華容色之象也。以色亂國，故謂華孽。」[22]

北朝的皇家園林也有類似的表現。有的帝王違逆天意（民意）大費周章建皇家園林，不僅規模遠遜於秦漢，且最終遭受惡果。如後趙武帝石季龍（295-349，334-349 在位）罔顧群臣有關「天文錯亂，蒼生凋弊」的上疏勸諫，執意「發近郡男女十六萬，車十萬乘，運土築華林苑及長牆於鄴北，廣

---

18 《宋書・何尚之傳》，沈約《宋書》（北京：中華書局，2008），【六】，頁 1734。

19 《南齊書・明帝本紀》，蕭子顯《南齊書》（北京：中華書局，1997），【一】，頁 92。

20 梁武帝太清二年八月，東魏降將侯景勾結京城守將蕭正德舉兵謀反。梁武帝被軟禁餓死，蕭綱先被立為傀儡皇帝，後被廢殺而立蕭棟，再廢殺蕭棟而侯景自稱帝，其它皇族成員或被殺或逃亡。承聖元年二月王僧辯與陳霸先聯合擊敗侯景，十一月蕭繹稱帝於江陵，是為梁元帝；承聖三年底，西魏大軍攻入江陵，元帝亡。

21 《陳書・張貴妃傳》，姚思廉《陳書》（北京：中華書局，2008），【一】，頁 131-132。

22 《隋書・五行志下》引《洪範・五行傳》語，魏徵、令狐德棻《隋書》（北京：中華書局，2002），【三】，頁 657。

長數十里……鑿北城，引水于華林園」，最終導致「城崩，壓死者百餘人」[23]。後燕昭文帝慕容熙（385-407，401-407 在位）亦「大築龍騰苑，廣袤十餘里，役徒二萬人。起景雲山于苑內，基廣五百步，峯高十七丈；又起逍遙宮、甘露殿，連房數百，觀閣相交。鑿天河渠，引水入宮。又為其昭儀苻氏鑿曲光海、清涼池」，卻也造成「季夏盛暑，士卒不得休息，暍死者太半」[24]的惡劣後果。最具典範意義的北齊後主高緯（556-577，565-577 在位），屢屢在皇家園林建築中，試圖踵武秦漢，維繫一水三山的規模。比如在天統年間，高緯「於遊豫園穿池，周以列館，中起三山，構臺，以象滄海，並大修佛寺，勞役鉅萬計」；與此同時，卻是「財用不給，乃減朝士之祿，斷諸曹糧膳……以其所入，以供御府聲色之費，軍國之用不豫焉」[25]；及至武平年間，更不顧民間饑饉疾苦，「大興土木之功於仙都苑，又起宮於邯鄲，窮侈極麗」；「於仙都苑穿池築山，樓殿間起，窮華極麗」；最終導致「逆中氣之咎也」，「功始就而亡國」[26]。

隋朝一統天下後，更是大興土木，重現秦漢皇家園林般的輝煌：

> 移嶺樹以為林藪，包芒山以為苑囿……又於皁澗營顯仁宮，苑囿連接，北至新安，南及飛山，西至澠池，周圍數百里。課天下諸州，各貢草木花果，奇禽異獸於其中。開渠，引穀、洛水，自苑西入，而東注于洛。又自板渚引河，達于淮海，謂之御河。河畔築御道，樹以柳。又命黃門侍郎王弘、上儀同於士澄，往江南諸州採大木，引至東都。所經州縣，遞送往返，首尾相屬，不絕者千里。而東都役使促迫，僵仆而斃者，十四五焉。[27]

---

[23] 俱見《晉書．石季龍載記》，《晉書》，【九】，頁 2782。

[24] 俱見《晉書．慕容熙載記》，《晉書》，【十】，頁 3105。

[25] 俱見《隋書．食貨志》，《隋書》，【三】，頁 678-679。

[26] 俱見《隋書．五行志》，《隋書》，【三】，頁 623、658。

[27] 《隋書．食貨志》，《隋書》，【三】，頁 672、686。

隋朝統治者「何雕麗之若此」的宮苑建造，導致「隋之侈，民不堪命」[28]的結果，被唐開國功臣蘇世長（？- 627？）作為告誡唐高祖李淵（566-635，618-626 在位）的歷史教訓。

可見，體現帝王意識，展現王朝象徵的皇家園林，其命運的興衰，與不同時期的王朝政治因素密切相關，亦頗為直接導引王朝政治的發展。在影響魏晉南北朝皇家園林的諸多因素中，政治因素無疑是主導因素，主導著各歷史階段皇家園林的演變發展，同時也滲透其他影響因素——如下文所要討論的地域因素與人文因素之中。

(二) 地域因素：諸種中心的南移

秦漢帝國的政治中心、經濟中心、文化中心無疑是北方地區，然而，自漢末以來，連年不斷的戰爭、疫災，及至軍閥割據、五胡亂華、逐鹿中原。北方地區原有的政治、經濟、文化優勢迅速消解；與此同時，自然條件優越，土地肥沃，水陸交通便利的江南地區則在相對安定的環境條件下得以穩步发展。據統計，東漢時期江南地區的人口增長及經濟發展的速度已呈現超越中原的態勢。[29]

永嘉之變[30]，晉室南遷，包括世族在內的大量中原人口為避戰亂遷往江南，此即史稱「衣冠南渡」。大量的僑州僑郡設立，致使江南得以迅速開發，經濟得以迅速發展。由是，不僅是政治中心南移，文化中心、經濟中心亦已南移。至齊梁年間，已呈現一派繁榮富庶的景象：

> 江南之為國，盛矣。雖南包象浦，西括邛山，至於外奉貢賦，內

---

[28] 俱見《舊唐書·蘇世長傳》，劉昫等撰《舊唐書》（北京：中華書局，1987），【八】，頁 2629。

[29] 參高敏《魏晉南北朝經濟史》（上海：上海人民出版社，1996），頁 27。

[30] 永嘉之變：西晉永嘉五年，外族軍隊擊敗西晉京師洛陽的守軍，攻陷洛陽並大肆搶掠殺戮，俘擄晉懷帝等王公大臣，西晉滅。之後，琅琊王司馬睿在士族王導等支持下於建康即帝位，為晉元帝，史稱東晉。

> 充府實，止於荊、揚二州。……至於元嘉末，三十有九載，兵車勿用，民不外勞，役寬務簡，氓庶繁息，至餘糧栖畝，戶不夜扃，蓋東西之極盛也。既揚部分析，境極江南，考之漢域，惟丹陽會稽而已。自晉氏遷流，迄於太元之世，百許年中，無風塵之警，區域之內，晏如也。……自此以至大明之季，年逾六紀，民戶繁育，將曩時一矣。地廣野豐，民勤本業，一歲或稔，則數郡忘饑。會土帶海傍湖，良疇亦數十萬頃，膏腴上地，畝直一金，鄠、杜之間，不能比也。荊城跨南楚之富，揚部有全吳之沃，魚鹽杞梓之利，充仞八方；絲綿布帛之饒，覆衣天下。[31]

優美富饒的自然環境，繁榮富庶的社會經濟，為皇家園林的發展奠定了不可或缺的物質基礎，水網遍佈山陵起伏的江南地域特色，也導引了皇家園林新的發展勢態。且看湘東苑的表現：

> 湘東王於子城中造湘東苑，穿地構山，長數百丈，植蓮蒲緣岸，雜以奇木。其上有通波閣，跨水為之。南有芙蓉堂，東有禊飲堂，堂後有隱士亭，北有正武堂，堂前有射堋、馬埒。其西有鄉射堂，堂安行堋，可得移動。東南有連理，太清初生此連理，當時以為湘東踐祚之瑞。北有映月亭、脩竹堂、臨水齋，前有高山，山有洞石，潛行宛委二百餘步。山上有陽雲樓，極高峻，遠近皆見。北有臨風亭、明月樓。[32]

由「長數百丈」可知，湘東苑規模並不大，景區卻繁富多彩而錯落有致，頗見「江左地促，不如中國；若使阡陌條暢，則一覽而盡。故紆餘委曲，若不

---

31 《宋書‧沈曇慶傳》，《宋書》，【五】，頁 1540。

32 《太平御覽‧居處部‧苑囿》，李昉等撰《太平御覽》，收於《影印文淵閣四庫全書》（臺北：臺灣商務印書館，1983），第 894 冊，頁 837。

可測」[33]的江南地域特色。在湘東苑山水草木亭臺樓閣的諸多景觀中，水景的因素尤為突出。「植蓮蒲緣岸，雜以奇木」，以「岸」帶出了水，順理成章便有了「其上有通波閣，跨水為之」。「通波閣」的名稱本身就很形象表明「跨水為之」的狀態，其周邊諸多亭臺樓閣景觀，從名稱如「芙蓉堂」、「禊飲堂」、「映月亭」、「脩竹堂」、「臨水齋」等看，大多均為依水而建。前者得後者烘托映照而生色，後者有前者圍擁點綴而生輝。

可以說，像這樣充分且靈活利用水景因素的現象，在東晉與南朝的皇家園林頗為普遍。有的就是以某一水系為主體，將不同空間甚至時間的景區聯結起來。如玄武湖，東吳時已辟為皇家園林，晉元帝司馬睿（276-323，318-323 在位）於大興三年，更「築長堤以壅北山之水，東自覆舟山，西至宣武城，六里餘」[34]；宋文帝劉義隆元嘉二十三年加築北堤，「立玄武湖於樂遊苑之北，湖中亭臺四所」[35]；至齊武帝蕭賾（440-493，482-493），則「號曰昆明池……又於湖側作大竇，通水入華林園天淵池，引殿內諸溝經太極殿，由東、西掖門下注城南塹，故臺中諸溝水常縈流迴轉，不捨晝夜」[36]。於是，玄武湖成為東吳、東晉、宋、齊歷代諸多皇家園林的關鍵性元素。又如陳朝江總（519-594）〈秋日侍宴婁湖苑應詔詩〉全詩八聯，寫景的六聯均籠罩於波光水影之中：

> 翠渚還鑾輅，瑤池命羽觴；千門響雲蹕，四澤動榮光。玉軸昆池浪，金舟太液張；虹旗照島嶼，鳳蓋繞林塘。野靜重陰闊，淮秋水氣涼；霧開樓闕近，日迥煙波長。[37]

---

[33] 《世說新語．言語》，《世說新語校箋》，【上】，頁 87。

[34] 許嵩《建康實錄（二）》，收葉皓主編《建康實錄校記》（南京：南京出版社，2010），【上】，頁 195。

[35] 《六朝事迹編類》引《南史》語，《六朝事跡編類》，【上】，頁 45。

[36] 《六朝事跡編類》卷二引《輿地志》語，《六朝事跡編類》，【上】，頁 45。

[37] 江總〈秋日侍宴婁湖苑應詔詩〉，逯欽立輯校《先秦漢魏晉南北朝詩》（北京：中華書局，2008），【下】，頁 2578。

婁湖水景，儼然婁湖苑的靈魂；婁湖之苑，可謂名副其實。

北朝皇家園林對水景的利用並不亞於南朝，據《洛陽伽藍記》卷一記載，北魏世宗宣武帝元恪（483-515，499-515 在位）在曹魏遺留下來的華林園，以天淵池為中心，大肆建構各種亭臺樓閣：在天淵池內築蓬萊山，山上設僊人館、釣臺殿，並作虹蜺閣，乘虛來往；天淵池西有藏冰室，西南有景陽殿。東面羲和嶺設溫風室，西面姮娥峰設露寒館，並飛閣相通，凌山跨谷；北面有玄武池，南面有清暑殿，殿東有臨澗亭，殿西有臨危臺；柰（果）林西有都堂，有流觴池，堂東有扶桑海。這些水體的設計與建構，頗具工巧：

> 凡此諸海，皆有石竇流於地下。西通穀水，東連陽渠，亦與翟泉相連。若旱魃為害，穀水注之不竭；離畢滂潤，陽渠泄之不盈。至於鱗甲異品，羽毛殊類，濯波浮浪，如似自然也。[38]

類似的記載尚有：「鑿渠引武川水注之（鹿）苑中，疏為三溝，分流宮城內外，又穿鴻雁池」[39]；「穿魚池於北苑」[40]；「起永樂遊觀殿於北苑，穿神淵池」[41]；等等。

如前所述，晉室南遷後，經濟中心與文化中心亦南移。佔據中原的北朝諸政權，在政治、文化（乃至文學）上，除了繼承發揚原有的中原傳統外，不可避免通過不同方式受到同時期的南方文化影響[42]，皇家園林建設及其風

---

[38] 楊衒之著，楊勇校箋《洛陽伽藍記校箋》（北京：中華書局，2008），頁 63-64。

[39] 《魏書・太祖本紀》，魏收《魏書》（北京：中華書局，2006），【一】，頁 35。

[40] 《魏書・太宗本紀》，《魏書》，【一】，頁 52。

[41] 《魏書・高祖本紀》，《魏書》，【一】，頁 144。

[42] 陳君〈「南朝詞臣北朝客」──陳隋間入北的南方文人及其文學活動〉，《安徽大學學報（哲學社會科學版）》2016 年第 1 期，頁 42-51。王永平〈南朝人士之北奔與江左文化之北傳〉，《南京師範專科學校學報》第 16 卷第 1 期（2000 年 3 月），頁 20-31。牟發松〈從南北朝到隋唐──唐代的南朝化傾向再論〉，《南京曉莊學院學報》2007 年第 4 期，頁 17-24。

格表現亦概莫能外。上述北朝皇家園林的水體設置與水景表現，當可為例。或有一個更為直接的原因——南方造園工藝的實施與影響。

前述熱衷於皇家園林建設的北魏世宗宣武帝，至少就曾受過兩位來自南方的造園家的影響。一位是馮亮，蕭梁平北將軍蔡道恭（？-504）之甥，因北魏中山王元英（？-510）平義陽被俘入洛，先後受中山王與世宗以禮相待；並得世宗襄助，「造閑居佛寺。林泉既奇，營製又美，曲盡山居之妙」[43]。馮亮雖然沒有直接造皇家園林，卻無疑是由於因造園技藝高超而受到禮遇；其在寺廟園林建設上的出色表現，亦無疑給世宗深刻印象。另一位是茹皓，舊吳人，父隨宋巴陵王劉休若（448-471）為將。茹皓年少時，則得北魏南徐州刺史沈陵賞識而隨之入洛。後在驃騎將軍任上，統領華林園修建工程，史書有載：

> 皓性微工巧，多所興立。為山於天淵池西，採掘北邙及南山佳石。徙竹汝潁，羅蒔其間；經構樓館，列於上下。樹草栽木，頗有野致。世宗心悅之，以時臨幸。[44]

在這些南方造園家的主導下，南方造園工藝及南方園林風格對北方皇家園林的影響可想而知。

(三) 人文因素：帝王皇族文士化

這裡所說的「人文因素」，可包括帝王皇族的文士化、文士園林觀、文士生活方式。這些因素，對魏晉南北朝皇家園林演變發展的影響是不可忽視的，即如論者所指出：

---

[43] 《魏書・逸士傳》，《魏書》，【六】，頁 1931。

[44] 《魏書・恩倖傳》，《魏書》，【六】，頁 2001。

> 東晉簡文帝司馬昱、宋孝武帝劉駿、宋明帝劉彧、齊竟陵王蕭子良、梁武帝蕭衍、梁昭明太子蕭統、梁簡文帝蕭綱、梁元帝蕭繹等，皆以具有高度士大夫文化修養而著稱（參見相關本紀載述）。這樣的社會文化潮流和帝王的文人化趨勢，大大促進了皇家園林中文人氣質的增長，帝王對士人文化和士人園林的傾心和追慕常常溢於言表。[45]

就整個魏晉南北朝時期而言，帝王皇族的文士化肇始於建安曹魏集團。曹操（155-220）、曹丕（187-226，220-226 在位）、曹植（192-232）、曹叡等，既具帝王皇族身份，又同時是文壇領袖。這樣一種雙重身份對皇家園林建設的影響，最顯著的就是促使皇家園林的功能，由彰顯帝王意識張揚王朝氣象轉向君臣禊宴暢逸遊娛。換言之，以曹氏父子為中心的建安文士集團活動，多為以皇家園林為場合的宴遊（詳見後文）。

帝王皇族文士化的現象，雖然在兩晉一度不甚明顯，但隨著劉裕（363-422，420-422 在位）藉助京口北府軍事集團奪取政權，也就開啟了宋、齊、梁三朝「以北人中武裝善戰的豪族為君主，而北人中不善戰的文化高門為公卿，相互利用，以成統治之局的歷史」[46]，由此也加速了帝王皇族文士化的進程。同是出自南蘭陵蕭氏豪家將種的齊梁王室成員，更以政壇及文壇領袖的雙重身份，促進並完成了北府將領文士化的轉型，也將帝王皇族文士化推至極境。

魏晉南北朝之所以有帝王皇族文士化的現象，在於當時崇文的士族社會氛圍。文化高門的光環，對崛起於寒門的帝王皇族具有致命的吸引力與號召力。所謂的「致命」，意味著崛起於寒門的皇室在這樣一個轉型過程中，文化及文學素養的不斷增強而成為優勢，卻是以強宗武力傳統的日漸羸弱而成

---

[45] 傅晶《魏晉南北朝園林史研究》（天津：天津大學博士學位論文，2003），頁 162。

[46] 萬繩楠整理《陳寅恪魏晉南北朝史講演錄》（臺北：昭明出版社，1999），頁 217。

劣勢為代價的。而事實上，齊梁正是世家大族賴以安身立命的門閥制度從鼎盛向衰落演進的關鍵時期，南蘭陵蕭氏家族的轉型也正好伴隨了這一個重要的歷史轉折過程。[47]儘管如此，帝王皇族文士化依然持續自覺進行；而帝王皇族文士化對文學的發展，更無疑是起到正面積極的促進作用。

王融（467-493）的例子，尤顯文化高門的號召力。王融出身琅邪王氏，其後人王筠（481-549）自稱：「七葉之中，名德重光，爵位相繼，人人有集，如吾門世者也。」[48]沈約（441-513）亦語人云：「自開闢已來，未有爵位蟬聯，文才相繼，如王氏之盛者也。」[49]王融與蕭衍（464-549，502-549 在位）同屬「竟陵八友」，素以文章才學自負，「自謂無對當時」[50]，《南齊書．王融傳》所謂「文藻富麗，當世稱之」[51]，足見其自負非妄言。值得注意的是，這一傲世風範便是在「上幸芳林園禊宴朝臣，使融為〈曲水詩序〉」[52]的蕭齊皇家園林文化活動中得以呈現的。原屬「竟陵八友」之一的蕭衍登基後，更是挾開國帝王的聲威與光環，積極「引後進文學之士」[53]、「旁求儒雅，詔採異人」[54]。崇尚文化，獎勵文學，儼然成為齊梁皇室的既定方針。該方針的製定與實施，便是庶族皇室對士族文化的認同和重視，也從而促進了帝王皇族文士化的轉型。

帝王皇族文士化反映到皇家園林文化中，最明顯的就是其園林觀念與園林生活的變化。前者的典型例子便如《世說新語．言語》所載：

---

[47] 參王力堅〈士族與饗宴——齊梁文學的新思考〉，《中國古典詩學新境界論文集》（臺中：東海大學中國文學系，2011），頁 171-194。

[48] 《梁書．王筠傳》，姚思廉《梁書》（北京：中華書局，1997），【二】，頁 486-487。

[49] 《梁書．王筠傳》，《梁書》，【二】，頁 487。

[50] 《南史．任昉傳》，李延壽《南史》（北京：中華書局，2008），【五】，頁 1452。

[51] 《南齊書．王融傳》，《南齊書》，【三】，頁 821。

[52] 《南齊書．王融傳》，《南齊書》，【三】，頁 821。

[53] 《梁書．劉苞傳》，《梁書》，【三】，頁 688。

[54] 《梁書．文學傳序》，《梁書》，【三】，頁 685。

> 簡文入華林園，顧謂左右曰：「會心處不必在遠。翳然林水，便自有濠、濮間想也。覺鳥獸禽魚，自來親人。」[55]

在位不足一年的晉簡文帝司馬昱（320-372，372 在位）是「清虛寡欲，尤善玄言」、「留心典籍，不以居處為意」[56]的文士化帝王，他入華林園有「有濠、濮間想」，與時下文士藉助園林以寄寓隱逸之思的風氣如出一轍。此現象在魏晉南北朝頗為普遍，齊名臣王儉（452-489）〈侍太子九日宴玄圃詩〉所述「眷言淄苑，尚想濠梁」[57]，以及歷仕齊梁兩朝的裴子野（469-530）所作〈遊華林園賦〉，對皇家園林建康華林園的描述均可透見這一現象：

> 諒無庸於殿省，且棲遲而不事。譬籠鳥與池魚，本山川而有思。伊暇日而容與，時遨遊以蕩志。[58]

由此可知，雖然此時帝王「處萬乘之極，享富有之大」[59]的念頭尚未泯滅，文士化的園林觀念確實已浸淫了皇家園林的文化。與此相應，皇家園林的生活方式，雖然也不免仍有奢華享樂的情形，但文士化的表現更見普遍——即承襲自建安文士的宴遊風氣，已貫穿整個魏晉南北朝皇家園林生活。而宴遊風氣，正是催生了皇家園林文學的最大動因[60]（詳後），正如蕭繹（508-555，552-555 在位）在〈太常卿陸倕墓誌銘〉所自詡的：「南皮朝宴，西園

---

55 《世說新語校箋》，【上】，頁 67。

56 俱見《晉書．簡文帝本紀》，《晉書》，【一】，頁 219、223。

57 王儉〈侍太子九日宴玄圃詩〉，《先秦漢魏晉南北朝詩》，【中】，頁 1378。

58 裴子野〈遊華林園賦〉，《全上古三代秦漢三國六朝文》，【四】，《全梁文》，卷五十三，頁 3261-3262。

59 江逌〈諫鑿北池表〉，《全上古三代秦漢三國六朝文》，【二】，《全晉文》，卷一百七，頁 2073。

60 關於建安宴遊風氣及其對後世的影響，參王力堅〈建安遊宴風氣與文壇風尚之嬗變〉，南京大學中文系、《文學評論》編輯部、江蘇文藝出版社主編《文學評論叢刊》第 7 卷第 1 期（2004 年），頁 231-237。

夜遊。詞峰飆豎，逸氣雲浮。」[61]

皇家園林的建造，亦在相當程度受到文士文化的影響。如宋「隱遁有高名」的戴顒（377-441）所居黃鵠山「有竹林精舍，林澗甚美」。待華林園景陽山築成，戴顒已亡，宋文帝歎曰：「恨不得使戴顒觀之！」[62]由此顯示皇家園林的審美品位有向文士文化比美的意圖。而統監建造華林園的造園家，恰也正是「涉獵書史，能為文章，善隸書，曉音律，騎射雜藝，觸類兼善，又有巧思」[63]的張永（410-475）。這顯示了華林園本身就是文士園林美學的產物。又如前文所引述，北魏世宗宣武帝欣賞、重用的造園家馮亮的「曲盡山居之妙」[64]與茹皓的「頗有野致」[65]，顯然為追求自然雅緻的文士園林觀，有別於傳統以宏大富麗為標識的皇家園林觀。「世宗心悅之」[66]，則表明文士園林觀得到帝王的認可，亦應可貫徹到皇家園林的建造之中。

帝王皇族文士化的轉型是整體性的歷史社會現象，倘若落實到個人身上，文士化的徵象更為鮮明，反映到私人化的皇家園林[67]表現也更具文士化的表現特徵。這類皇家園林，除了宴遊功能得到強化外，在園林景區的設置、景區名稱的標示，也都體現出深受文士文化的影響。如前述梁湘東王蕭繹所造湘東苑，無論是沿岸種植的水草奇木，還是跨水搭建的通波閣，皆頗見當時文士園林的清簡風貌，一反傳統皇家園林「大者罩天地之表，細者入毫纖之內」[68]的宏侈風格。其中芙蓉堂、禊飲堂、隱士亭、鄉射堂、映月亭、脩竹堂、臨水齋、陽雲樓、臨風亭、明月樓[69]等亭臺樓閣的命名，更為

---

[61] 蕭繹〈太常卿陸倕墓誌銘〉，《全上古三代秦漢三國六朝文》【三】，《全梁文》，卷十八，頁 3055。

[62] 《宋書・戴顒傳》，《宋書》，【八】，頁 2276-2278。

[63] 《宋書・張永傳》，《宋書》，【五】，頁 1511。

[64] 《魏書・逸士傳》，《魏書》，【六】，頁 1931。

[65] 《魏書・恩倖傳》，《魏書》，【六】，頁 2001。

[66] 《魏書・恩倖傳》，《魏書》，【六】，頁 2001。

[67] 指以皇族身份歸屬的皇家園林，如玄圃、湘東苑等。

[68] 皇甫謐〈三都賦序〉，《全上古三代秦漢三國六朝文》【二】，《全晉文》，卷七十一，頁 1873。

[69] 見《太平御覽・居處部・苑囿》，《影印文淵閣四庫全書》，第 894 冊，頁 837。

體現雅緻的文士生活情趣。如此現象，誠如論者所言：

> 東晉南朝的皇家園林具有更強的文人化特徵，帝王本身就具有極高的文化修養，追求文人的氣質和生活方式，而園林是他們寄託文人情結的主要場所；文人化的園居生活方式、極具儒雅風流的御苑文會、以及反映文人審美理想的曲水流觴等園林景觀，無不彰顯著帝王的重文傾向。[70]

相比較而言，北朝的皇家園林更多執著於彰顯以「一水三山」為標識的帝王氣象[71]，文士化的表現較為淡薄，如前引《洛陽伽藍記》卷一所載，北魏世宗承襲前朝的華林園，雖然有臨澗亭、流觴池等較具文士氣的景區，但更多還是如天淵池、蓬萊山、僊人館、釣臺殿、虹蜺閣、景陽殿、露寒館、玄武池、清暑殿等[72]，刻意標榜帝王意識帝國氣象的景區命名，顯見秦漢皇家園林遺風影響至深。

二、與文學結緣之皇家園林

魏晉南北朝並非所有皇家園林都與文學結緣，但運用文史互證的方式，則可以有針對性的梳理出與文學結緣的皇家園林。據此，在前一問題探討的基礎上，本章將進一步聚焦於與文學有不同程度關係的皇家園林，以求探尋直接關乎皇家園林文學的創作背景及其不同的表現特徵。根據現存文史資料考察，魏晉南北朝時期的皇家園林跟文學有不同程度關係者，計有西園、玄

---

70 傅晶《魏晉南北朝園林史研究》，頁 164。

71 此現象或許跟北朝統治者「以中原為正統，神州為帝宅」的爭正統意識有關。參《魏書．禮志四．祭祀上》，《魏書》，【八】，頁 2744。

72 《洛陽伽藍記》卷一，《洛陽伽藍記校箋》，頁 63-64。

武苑、北園、華林園（芳林園）、上林苑、玄圃、樂遊苑、建興苑、西池、桂林苑、博望苑、鹿苑等。這些皇家園林有大小、先後、同名異地、異時同名、互有交錯、交集、包含等形態，擇其犖犖大端者陳述如下：

(一) 鄴城西園

兩漢的皇家園林是帝王武演校獵的主要場所（詳見後文），魏鄴城西園，仍保留著這個傳統：

> 長鎩糺霓，飛旗拂天。部曲按列，什伍相連。跱如叢林，動若崩山。抗沖天之素旄兮，靡格澤之修旃……消搖後庭，休息閑房。步輦西園，還坐玉堂。[73]

儘管如此，鄴城西園的主要功能已轉為遊娛。遊娛風氣在建安時代頗為盛行[74]，劉勰（465？-532？）《文心雕龍・明詩》即云：

> 建安之初，五言騰踴：文帝陳思，縱轡以騁節；王徐應劉，望路而爭驅。並憐風月，狎池苑，述恩榮，敘酣宴，慷慨以任氣，磊落以使才。[75]

這是對建安文壇概貌的描述，「憐風月，狎池苑，述恩榮，敘酣宴」便是其時文士生活場景亦是創作內容，曹丕〈又與吳質書〉已有陳述：「昔日遊處，行則連輿，止則接席，何曾須臾相失！每至觴酌流行，絲竹並奏，酒酣

---

[73] 曹丕〈校獵賦〉，《全上古三代秦漢三國六朝文》，【二】，《全三國文》，卷四，頁 1074。

[74] Robert J. Cutter 認為，建安宴遊風氣及其文學創作，主要產生於建安十三年至黃初元年之間。參 Robert J. Cutter, "Cao Zhi's (192-232) Symposium Poems," *Chinese Literature: Essays, Articles, Reviews*, Sponsoring Institutions: Indiana University, The University of Minnesota, and the University of Wisconsin, Vol. 6, No. 1&2 (July 1984), pp.1-33.

[75] 劉勰著，范文瀾注《文心雕龍注》（北京：人民文學出版社，2011），【上】，頁 66。

耳熱，仰而賦詩。」[76]吳質（177-230）的〈答魏太子箋〉亦有云：「出有微行之遊，入有管絃之歡，置酒樂飲，賦詩稱壽。」[77]

劉勰、曹丕、吳質等人的陳述，足見遊娛風氣與文學創作是關係密切的，而二者的交集的場所，便是皇家園林。西園，也就是這樣一個場所。

建安十七年春，曹丕以五官中郎將、副丞相身份，率眾「□遊西園，登銅雀臺，命余兄弟並作」，所作〈登臺賦〉云：

> 登高臺以騁望，好靈雀之麗嫻。飛閣崛其特起，層樓儼以承天。步逍遙以容與，聊遊目于西山。溪谷紆以交錯，草木鬱其相連。風飄飄而吹衣，鳥飛鳴而過前。申躊躇以周覽，臨城隅之通川。[78]

其景之清麗，其情之暢逸，與靈帝西園迥然異趣。如果說曹丕賦專注於眼前景心中情，那麼，曹植奉命而作的〈登臺賦〉則多了一層歌功頌德的濃彩：

> 從明后而嬉游兮，登層臺以娛情。見太府之廣開兮，觀聖德之所營。建高門之嵯峨兮，浮雙闕乎太清。立中天之華觀兮，連飛閣乎西城。臨漳水之長流兮，望園果之滋榮。仰春風之和穆兮，聽百鳥之悲鳴。天雲垣其既立兮，家願得而獲逞。楊仁化于宇內兮，盡肅恭于上京。惟桓文之為盛兮，豈足方乎聖明！休矣美矣！惠澤遠揚。翼佐我皇家兮，寧彼四方。同天地之規量兮，齊日月之暉光。永貴尊而無極兮，等年壽于東王。[79]

開篇二句，尚有「嬉游」、「娛情」之思，「建高門」以下八句亦尚見遼遠清

---

[76] 曹丕〈又與吳質書〉，《全上古三代秦漢三國六朝文》，【二】，《全三國文》，卷七，頁 1089。

[77] 吳質〈答魏太子箋〉，《全上古三代秦漢三國六朝文》，【二】，《全三國文》，卷三十，頁 1221。

[78] 曹丕〈登臺賦并序〉，《全上古三代秦漢三國六朝文》，【二】，《全三國文》，卷四，頁 1074。

[79] 曹植〈登臺賦〉，《全上古三代秦漢三國六朝文》，【二】，《全三國文》，卷十三，頁 1126。

朗之境，但「見太府之廣開兮，觀聖德之所營」、「楊仁化于宇內兮，盡肅恭于上京」、「惟桓文之為盛兮，豈足方乎聖明」等句，頌聖美德之意旨顯然，「休矣美矣！惠澤遠揚」的讚譽順理成章，以下諸句，已然為純粹的歌功頌德了。如此表現，反而更真實地凸顯了「皇家園林」的身份與地位。

西園之遊，在詩歌創作中亦得到頗為充分的反映：

> 乘輦夜行遊，逍遙步西園。雙渠相溉灌，嘉木繞通川。卑枝拂羽蓋，脩條摩蒼天。驚風扶輪轂，飛鳥翔我前。丹霞夾明月，華星出雲間。上天垂光彩，五色一何鮮。壽命非松喬，誰能得神仙。遨遊快心意，保己終百年。[80]

> 公子敬愛客，終宴不知疲。清夜遊西園，飛蓋相追隨。明月澄清影，列宿正參差。秋蘭被長坂，朱華冒綠池。潛魚躍清波，好鳥鳴高枝。神飆接丹轂，輕輦隨風移。飄颻放志意，千秋長若斯。[81]

雖然在詩中曹丕曹植二人的主從關係頗為明顯，隨著「逍遙步西園」「飛蓋相追隨」，展開對西園景致遊觀似的描寫。曹丕遊觀的動線是從地面的清渠嘉木上延到天上的雲霞星月，曹植的遊觀動線卻是始終盤桓於明月當空下的園中景色。二詩的共同點則是在自然景觀中點綴著能顯示身份的人文景象，如前詩的「乘輦夜行遊」「驚風扶輪轂」，後詩的「神飆接丹轂，輕輦隨風移」；二詩的結尾，亦同是抒發酣暢快意的情懷：「遨遊快心意，保己終百年」、「飄颻放志意，千秋長若斯」。值得注意的是，曹植詩名之「公讌」，卻始終聚焦於遊園。其他建安詩人亦有類似表現，如：

---

[80] 曹丕〈芙蓉池作詩〉，《先秦漢魏晉南北朝詩》，【上】，頁 400。

[81] 曹植〈公讌詩〉，《先秦漢魏晉南北朝詩》，【上】，頁 449-450。

> 永日行遊戲，歡樂猶未央。遺思在玄夜，相與復翱翔。輦車飛素蓋，從者盈路傍。月出照園中，珍木鬱蒼蒼。清川過石渠，流波為魚防。芙蓉散其華，菡萏溢金塘。靈鳥宿水裔，仁獸遊飛梁。華館寄流波，豁達來風涼。生平未始聞，歌之安能詳。投翰長歎息，綺麗不可忘。[82]

全詩十聯，前八聯均為寫遊園之景，末二聯則為觸景生情的抒發。不過，王粲（177-217）〈公讌詩〉的焦點倒是集中於宴席場景：「高會君子堂，並坐蔭華榱。嘉肴充圓方，旨酒盈金罍。管絃發徽音，曲度清且悲。合坐同所樂，但愬杯行遲。常聞詩人語，不醉且無歸。今日不極歡，含情欲待誰。」並且在詩末表達不無諛意的祈願：「願我賢主人，與天享巍巍。克符周公業，奕世不可追。」[83]

無論如何，西園之遊形成了這麼一個傳統：以上位者為中心，聚集文士，亦宴亦遊，最終導向群體性的創作。應瑒（？-217）的〈公讌詩〉頗能闡明這一現象：「巍巍主人德，佳會被四方。開館延群士，置酒于斯堂。辨論釋鬱結，援筆興文章。穆穆眾君子，好合同歡康。促坐褰重帷，傳滿騰羽觴。」[84]這個傳統得到梁昭明太子蕭統（501-531）的繼承：「宴遊西園，祖道清洛。三百載賦，該極連篇。七言致擬，見諸文學。博逸興詠，並命從遊。」[85]而「西園」也成為涵括園林、宴遊、文學的典事，諸如：「復乖雙闕之宴。文雅縱橫，即事分阻，清夜西園。」[86]「復有西園秋月，岸幘舉杯，左海春朝，連章摛翰。」[87]「南皮朝宴，西園夜遊。詞峰飆豎，逸氣雲

---

[82] 劉楨〈公讌詩〉，《先秦漢魏晉南北朝詩》，【上】，頁 369。

[83] 王粲〈公讌詩〉，《先秦漢魏晉南北朝詩》，【上】，頁 360。

[84] 應瑒〈公讌詩〉，《先秦漢魏晉南北朝詩》，【上】，頁 382。

[85] 劉孝綽〈《昭明太子集》序〉，《全上古三代秦漢三國六朝文》，【四】，《全梁文》，卷六十，頁 3312。

[86] 蕭綱〈與蕭臨川書〉，《全上古三代秦漢三國六朝文》，【三】，《全梁文》，卷十一，頁 3010。

[87] 蕭繹〈金樓子序〉，《全上古三代秦漢三國六朝文》，【三】，《全梁文》，卷十七，頁 3051。

浮。」[88]「副君西園宴，陳王謁帝歸。列位華池側，文雅縱橫飛。」[89]「帶才盡壯思，文采發雕英。樂是西園日，歡茲南館情。」[90]由此可見，建安文士西園遊娛賦詩所形成的君臣群體遊娛創作的傳統，對後世產生了深遠的影響。

(二) 玄武苑與北園

曹魏鄴城時期，著名的皇家園林還有玄武苑與北園等。《三國志・魏書・武帝紀》載：「(建安)十三年春正月，公還鄴，作玄武池以肄舟師。」[91]左思(250?-305)〈魏都賦〉描繪玄武苑風景有曰：

> 苑以玄武，陪以幽林。繚垣開囿，觀宇相臨。碩果灌叢，圍木竦尋。篁篠懷風，蒲陶結陰。回淵漼，積水深。蒹葭贊，雚蒻森。丹藕凌波而的皪，綠芰汎濤而浸潭……家安其所，而服美自悅。[92]

如此美景，卻甚少見諸詩文，或許是由於當年曹操建玄武苑的軍事目的(以肄舟師)，宋孝武帝劉駿(430-464，453-464 在位)的〈春蒐詔〉再次強調這一點：「可克日于玄武湖大閱水師，並巡江右，講武校獵。」[93]直至北魏晚期的酈道元(472?-527)《水經注・洹水》載稱：「其水際其西逕魏武玄武故苑，苑舊有玄武池以肄舟楫，有魚梁釣臺，竹木灌叢，今池林絕滅，略無遺跡矣。」[94]終其歷史，惟曹丕〈於玄武陂作〉有所記述：

---

[88] 蕭繹〈太常卿陸倕墓誌銘〉，《全上古三代秦漢三國六朝文》，【三】，《全梁文》，卷十八，頁 3055。

[89] 劉孝綽〈侍宴同〉，《先秦漢魏晉南北朝詩》，【下】，頁 1839。

[90] 陳叔寶〈上巳玄圃宣猷堂禊飲同共八韻詩〉，《先秦漢魏晉南北朝詩》，【下】，頁 2515。

[91] 《三國志・魏書・武帝紀》，陳壽著，裴松之注《三國志》，二十五史刊行委員會《二十五史》(臺北：臺灣開明書店，1962)，【2】，頁 919。

[92] 左思〈魏都賦〉，《全上古三代秦漢三國六朝文》，【二】，《全晉文》，卷七十四，頁 1888。

[93] 劉駿〈春蒐詔〉，《全上古三代秦漢三國六朝文》，【三】，《全宋文》，卷六，頁 2472。

[94] 王國維校《水經注校》(臺北：新文豐，1987)，頁 339。

> 兄弟共行遊，驅車出西城。野田廣開闢，川渠互相經。黍稷何鬱鬱，流波激悲聲。菱芡覆綠水，芙蓉發丹榮。柳垂重蔭綠，向我池邊生。乘渚望長洲，群鳥讙譁鳴。萍藻汎濫浮，澹澹隨風傾。忘憂共容與，暢此千秋情。[95]

後趙時期，石季龍復建鄴城華林園，將玄武池涵括進去；北魏宣武帝元恪建洛陽華林園，北齊後主高緯建晉陽仙都苑，也都加設玄武池景區；晉武帝司馬炎（236-290，265-290 在位）在東吳建康華林園基礎上進行擴建，玄武池也是重要的景區；此外，南朝歷代在建康玄武池周圍營建的皇家園林多達二十多座，如劉宋的樂遊苑、上林苑，蕭齊的清溪宮（芳林苑）、博望苑，蕭梁的江潭苑、建新苑等。[96]可以說，作為園林元素，玄武池的作用在魏晉南北朝皇家園林史上的作用與意義不容忽視。與此相關的詩文亦散見於魏晉南北朝不同的歷史階段，諸如：

> 暮冬霜朔嚴，地閉泉不流。玄武藏木陰，丹烏還養羞。勞農澤既周，役車時亦休。高薄符好稸，藻駕及時遊。鹿苑豈淹睇，兔園不足留。升嶠眺日軌，臨迥望滄洲。雲生玉堂裡，風靡銀臺陬。陂石類星懸，嶼木似煙浮。形勝信天府，珍寶麗皇州。白日迴清景，芳醴洽歡柔。參差出寒吹，飍戾江上謳。王德愛文雅，飛瀚灑鳴球。美哉物會昌，衣道服光猷。[97]

> 寒雲輕重色，秋水去來波。待我戎衣定，然送大風歌。[98]

---

[95] 曹丕〈於玄武陂作〉，《先秦漢魏晉南北朝詩》，【上】，頁 400。

[96] 周維權《中國古典園林史》（北京：清華大學出版社，1999），頁 89-99。

[97] 鮑照〈蒜山被始興王命作詩〉，《先秦漢魏晉南北朝詩》，【中】，頁 1282。

[98] 陳叔寶〈幸玄武湖餞吳興太守任惠詩〉，《先秦漢魏晉南北朝詩》，【下】，頁 2520。

> 詰曉三春暮，新雨百花朝。星宮移渡罕，天駟動行鑣。旆轉蒼龍闕，塵飛飲馬橋。翠觀迎斜照，丹樓望落潮。鳥聲雲裡出，樹影浪中搖。歌吟奉天詠，未必待聞韶。[99]

> 玉馬芝蘭北，金鳳鼓山東。舊國千門廢，荒壘四郊通。深潭直有菊，涸井半生桐。粉落粧樓毀，塵飛歌殿空。雖臨玄武觀，不識紫微宮。年代俄成昔，唯餘風月同。[100]

北園似乎是與建安文士文學創作聯繫密切的皇家園林，曹丕曾作〈敘詩〉云：「為太子時，北園及東閣講堂並賦詩，命王粲、劉楨、阮瑀、應瑒等同作。」[101]不過，檢索現存資料，僅繁欽（?-218）有〈贈梅公明詩〉一首：

> 瞻我北園，有條者桑。遘此春景，既茂且長。氤氳吐葉，柔潤有光。黃條蔓衍，青鳥來翔。日月其邁，時不可忘。公子瞻旃，勳名乃彰。[102]

另曹植與楊修（175-219）各有一篇〈節遊賦〉：

> 誦風人之所歎，遂駕言而出遊。步北園而馳騖，庶翺翔以解憂。望洪池之滉漾，遂降集乎輕舟。沈浮蟻于金罍，行觴爵于好仇。絲竹發而響厲，悲風激于中流。且容與以盡觀，聊永日而忘愁。[103]

---

[99] 江總〈侍宴玄武觀詩〉，《先秦漢魏晉南北朝詩》，【下】，頁 2578。

[100] 段君彥〈過故鄴詩〉，《先秦漢魏晉南北朝詩》，【下】，頁 2732-2733。

[101] 曹丕〈敘詩〉，《全上古三代秦漢三國六朝文》，【二】，《全三國文》，卷七，頁 1091。

[102] 繁欽〈贈梅公明詩〉，《先秦漢魏晉南北朝詩》，【上】，頁 384。

[103] 曹植〈節遊賦〉，《全上古三代秦漢三國六朝文》，【二】，《全三國文》，卷十三，頁 1124。

> 爾乃息偃暇豫，攜手同征。遊乎北園，以娛以逞。[104]

儘管如此，北園賦詩的傳統卻在後世得以呈現，如有鮑照（414-466）〈學劉公幹體詩五首〉其五：「白日正中時，天下共明光。北園有細草，當晝正含霜。乖榮頓如此，何用獨芬芳。抽琴為爾歌，絃斷不成章。」[105]似乎可替代當年劉楨（?-217）的應制之作。江總〈賦得一日成三賦應令詩〉所謂「副君睿賞遒，清夜北園遊；下筆成三賦，傳觴對九秋」[106]當可重現建安文士北園遊園賦詩的景象。蕭綱（503-551，549-551 在位）〈夜遊北園詩〉的「星芒侵嶺樹，月暈隱城樓；暗花舒不覺，明波動見流」[107]，與庾肩吾（487-551）〈奉和太子納涼梧下應令詩〉的「北園涼氣早，步輦暫逍遙；避日交長扇，迎風列短簫」[108]儼然鄴城君臣唱和風氣的翻版。

由南入北的庾信（513-581），似乎將北園故事帶到了北朝。庾信在長安北園落成應趙王宇文招（？-580）之命賦詩有云：

> 虹粉跂鳥翼，山節拱蘭枝。畫梁雲氣繞，彫窗玉女窺。月懸唯返照，蓮開長倒垂。盤根紐壞石，行雨暴澆池。長藤連格徙，高樹帶巢移。鳥聲唯雜曲，花風直亂吹。白虎題書觀，玄熊帖射皮。文弦入舞曲，月扇掩歌兒。玉節調笙管，金船代酒卮。若論曹子建，天人本共知。[109]

建安文士園林遊娛風氣，穿越了整個魏晉南北朝，產生了跨時空的影響。及

---

[104]楊修〈節遊賦〉，《全上古三代秦漢三國六朝文》，【一】，《全三國文》，卷五十一，頁 757。

[105]鮑照〈學劉公幹體詩五首〉其五，《先秦漢魏晉南北朝詩》，【中】，頁 1299。

[106]江總〈賦得一日成三賦應令詩〉，《先秦漢魏晉南北朝詩》，【下】，頁 2586。

[107]蕭綱〈夜遊北園詩〉，《先秦漢魏晉南北朝詩》，【下】，1967。

[108]庾肩吾〈奉和太子納涼梧下應令詩〉，《先秦漢魏晉南北朝詩》，【下】，1992。

[109]庾信〈北園新齋成應趙王教詩〉，《先秦漢魏晉南北朝詩》，【下】，2374-2375。

至隋人作詩，仍有「若奉西園夜，浩想北園愁」[110]的遐思。

由上可見，在史實記錄中，玄武苑（湖）與北園雖然未留下真切的痕跡，然而，通過文學作品，則呈現了掩映於歷史光影的故事。

(三) 華林園（芳林園）

魏晉南北朝時期，有北（鄴城，洛陽）南（建康）多個不同時空的華林園。

北方的華林園，始於鄴城。曹丕稱帝，定都洛陽，開始營建凌雲臺、靈芝池、天淵池等；至明帝曹叡繼位，更開始大規模的皇家園林建設，包括天淵池等景區在內的芳林園便建於此時：

> 是年（青龍三年）起太極諸殿，築總章觀，高十餘丈，建翔鳳於其上。又於芳林園中起陂池，楫櫂越歌。又於列殿之北，立八坊，諸才人以次序處其中，貴人夫人以上，轉南附焉；其秩石擬百官之數。帝常遊宴在內。[111]

> 魏明帝增崇宮殿，雕飾觀閣。鑿太行之石英，采穀城之文石。起景陽山於芳林園，建昭陽殿於太極之北。[112]

曹叡史上與曹操、曹丕並稱「三祖」，雖然文學成就遠不如後二者，但亦為善詩文之人；其遊宴園林的作風，顯然得自曹丕真傳。齊王曹芳（232-274，239-254 在位）繼位後，改稱芳林園為華林園。入晉以後，華林園更成為王公貴族遊宴賦詩的重要場合，干寶（286？-336）《晉紀》載：

---

[110] 陳政〈贈竇蔡二記室入蜀詩〉，《先秦漢魏晉南北朝詩》，【下】，2731。

[111] 《三國志・魏書・明帝紀》引《魏略》，《三國志》，《二十五史》，【2】，頁 926-927。

[112] 《太平御覽・地部・石上》引《魏志》語，《太平御覽》，《影印文淵閣四庫全書》，第 893 冊，頁 566。

泰始四年二月，上（晉武帝）幸芳林園，與群臣宴，賦詩觀志。孫盛《晉陽秋》曰：散騎常侍應貞詩最美。[113]

其實，被譽為「最美」的應貞（？-269）詩，不外是諸如「天垂其象，地耀其文」、「恢恢皇度，穆穆聖容」、「貽宴好會，不常厥數」、「文武之道，厥猷未墜」[114]之類虛美頌揚之辭。其他關涉華林園的詩作，如荀勖（？-289）〈從武帝華林園宴詩〉[115]、程咸〈平吳後三月三日從華林園作詩〉[116]、王濟〈平吳後三月三日從華林園詩〉與〈從事華林詩〉[117]、潘尼（250？-311？）〈上巳日帝會天淵池詩〉[118]等，亦均是如此風貌；惟荀勖〈三月三日從華林園詩〉稍顯清新之氣：「清節中季春，姑洗通滯塞。玉輅扶淥池，臨川蕩苛慝。」[119]

晉室南遷，南北對峙後，後漢帝王石季龍（石虎）曾於永和三年「使尚書張群發近郡男女十六萬，車十萬乘，運土築華林苑及長牆于鄴北，廣長數十里」[120]。此華林園的功能，僅止於供帝王宴遊享受，與文學毫無交集。直至北魏世宗宣武帝元恪命茹皓統領重建華林園，「為山於天淵池西，採掘北邙及南山佳石。徙竹汝潁，羅蒔其間；經構樓館，列於上下；樹草栽木，頗有野致」。野致盎然的華林園，也只為帝王提供遊樂場所：「世宗心悅之，以時臨幸」[121]。宣武靈皇后胡氏（？-528）與肅宗孝明帝元詡（510-528，515-

---

[113]《文選》李善注〈晉武帝華林園集詩〉篇首引，蕭統編，李善注《文選》(北京：中華書局，1990)，頁 286。

[114]應貞〈晉武帝華林園集詩〉,《先秦漢魏晉南北朝詩》,【上】，頁 580-581。

[115]荀勖〈從武帝華林園宴詩〉,《先秦漢魏晉南北朝詩》,【上】，頁 592。

[116]程咸〈平吳後三月三日從華林園作詩〉,《先秦漢魏晉南北朝詩》,【上】，頁 552。

[117]王濟〈平吳後三月三日從華林園詩〉與〈從事華林詩〉，俱見《先秦漢魏晉南北朝詩》,【上】，頁 597。

[118]潘尼〈上巳日帝會天淵池詩〉,《先秦漢魏晉南北朝詩》,【上】，頁 765。

[119]荀勖〈三月三日從華林園詩〉,《先秦漢魏晉南北朝詩》,【上】，頁 592。

[120]《晉書．石季龍載記》,《晉書》,【九】，頁 2782。

[121]俱見《魏書．恩倖傳》,《魏書》,【六】，頁 2001。

528 在位）於華林園宴群臣，「令王公已（以）下各賦七言詩」[122]，僅宣武靈皇后與孝明帝各存詩一句。之後，也只有北齊邢卲（496-561?）〈三日華林園公宴詩〉一首：

> 迴鑾自樂野，弭蓋屬瑤池。五丞接光景，七友樹風儀。芳春時欲遽，覽物惜將移。新萍已冒沼，餘花尚滿枝。草滋徑蕪沒，林長山蔽虧。芳筵羅玉俎，激水漾金巵。歌聲斷以續，舞袖合還離。[123]

由南入北，羈留北周庾信的〈三月三日華林園馬射賦並序〉倒是留下如此佳句：

> 千乘雷動，萬騎雲屯。落花與芝蓋同飛，楊柳共春旗一色……石堰水而澆園，花乘風而繞殿。熊耳刻杯，飛雲畫罍。水衡之錢山積，織室之錦霞開。司筵賞至，酒正杯來。至樂則賢乎秋水，歡笑則勝上春臺。[124]

南方的華林園，有不一樣的發展。據《至大金陵新志・古蹟志・城闕官署》載稱，東吳時，建康臺城便有宮苑華林園[125]。此後，歷經吳後主孫皓（242-284，264-280 在位）、晉元帝司馬睿、宋文帝劉義隆及孝武帝劉駿的治理營建，成為南方歷朝涵括天淵池、景陽樓（山）、華光殿，並聯接覆舟山、樂遊苑等景區在內的著名皇家園林[126]。雖然也用以習武、聽訟、講易、

---

[122]《魏書・宣武靈皇后傳》，《魏書》，【二】，頁 338。

[123]邢卲〈三日華林園公宴詩〉，《先秦漢魏晉南北朝詩》，【下】，頁 2263-2264。

[124]庾信〈三月三日華林園馬射賦並序〉，《全上古三代秦漢三國六朝文》，【四】，《全後周文》，卷八，頁 3921。

[125]張鉉《至大金陵新志》（臺北：臺灣商務印書館，1977），【六】，頁 41。

[126]參《六朝事跡類編・玄武湖》，《六朝事跡編類》，【上】，頁 44-45；周維權《中國古典園林史》，頁 96-97。

頌經，甚至列肆、射鬼等，但宴遊始終為華林園主導性的功能，即如陸雲公（511-547）所云：「華林園者，蓋江左以來，後庭遊晏之所也。」[127]而能與文學交集的也始終只是宴遊，如梁普通四年，長沙王蕭孝儼（498-？）從梁武帝蕭衍幸華林園，「於坐獻〈相風烏〉、〈華光殿〉、〈景陽山〉等頌，其文甚美，帝深賞異之」[128]。可惜諸作均無傳世，不過，其他關涉華林園（含景陽山【樓】、天淵池）的作品卻多有所見，諸如宋文帝劉義隆〈登景陽樓詩〉、顏延之（384-456）〈登景陽樓詩〉、江夏王劉義恭（413-465）〈登景陽樓詩〉、宋孝武帝劉駿〈華林園清暑殿賦〉、裴子野〈遊華林園賦〉、沈約〈九日侍宴樂遊苑詩〉、〈侍宴樂遊苑餞呂僧珍應詔詩〉與〈會圃臨春風〉、丘遲（464-508）〈九日侍宴樂遊苑詩〉、徐爰（394-475）〈華林北澗詩〉、謝朓（464-499）〈落日同何儀曹煦詩〉、蕭衍〈首夏汎天池詩〉、蕭綱〈蒙華林園戒詩〉、任昉（460-508）〈奉和登景陽山詩〉、柳惲（465-517）〈從武帝登景陽樓詩〉、王僧孺（465-522）〈侍宴景陽樓詩〉、張率（475-527）〈詠躍魚應詔詩〉、張正見（527-575）〈御幸樂遊苑侍宴詩〉、褚沄〈芳林園甘露頌〉、江總〈芳林園天淵池銘〉，等等。

「三月三」詩，是魏晉南北朝園林文學頗為引人注意的一個現象。據史書載稱：

> 三月三日曲水會，古禊祭也。《漢禮・儀志》云：「季春月上巳，官民皆絜濯於東流水上，自洗濯祓除去宿疾為大絜。」[129]

這樣一個頗具巫史文化色彩的古代禊祭儀式，在魏晉時期產生了變化：

---

[127]陸雲公〈御講《般若經》序〉，《全上古三代秦漢三國六朝文》，【四】，《全梁文》，卷五十三，頁3260。

[128]《南史・蕭孝儼傳》，《南史》，【四】，頁1267-1268。

[129]《南齊書・禮志》，《南齊書》，【一】，頁149。

> 魏明帝天淵池南，設流杯石溝，燕群臣。晉海西鍾山後流杯曲水，延百僚，皆其事也。官人循之至今。[130]

其變化有三：其一，出自民間的禊祭儀式，納入了王朝文化體制，且「官人循之至今」；其二，絜濯祓除的性質，蛻變為宴飲遊娛；其三，「於東流水」的場合，轉換為皇家園林「天淵池南」「流杯石溝」「流杯曲水」的景區。最後一點也有區別：魏國時是「流杯石溝」，入晉則為「流杯曲水」，也就是「曲水」成為關鍵的變化。儘管如此，西晉三月三詩，仍無曲水之語，一如《南齊書．禮志》所指出：「陸機云『天淵池南石溝，引御溝水，池西積石為禊堂，跨水，流杯飲酒』。亦不言曲水。」[131]東晉以降者，則多見曲水意象，曲水與禊祭已為密不可分的關係，亦即如《南齊書．禮志》所言：「禊與曲水，其義參差。舊言陽氣布暢，萬物訖出，姑洗絜之也。」[132]

南朝宋、齊、梁的「三月三」詩，除了少數為野外或難以辨別場合的作品外，均為華林園活動的反映，諸如宋孝武帝劉駿〈華林都亭曲水聯句效栢梁體詩〉、顏延之〈應詔讌曲水作詩〉與〈三月三日曲水詩序〉、謝惠連（407-433）〈三月三日曲水集詩〉、謝朓〈侍宴華光殿曲水奉勑為皇太子作詩〉、〈三日侍華光殿曲水宴代人應詔詩〉與〈三日侍宴曲水代人應詔詩〉、沈約〈上巳華光殿詩〉、劉孝綽（481-539）〈三日侍華光殿曲水宴詩〉與〈三日侍安成王曲水宴詩〉、王融〈三月三日曲水詩序〉、劉孝威（496-549）〈侍宴樂遊林光殿曲水詩〉、〈禊飲嘉樂殿詠曲水中燭影詩〉與〈三日侍皇太子曲水宴詩〉、蕭綱〈三日侍皇太子曲水宴詩并序〉、〈上巳侍宴林光殿曲水詩〉與〈曲水聯句詩〉、庾肩吾〈三日侍宴詠曲水中燭影詩〉等。

陳朝的華林園，是侯景亂後所重建，已然為後主及嬪妃居住享樂的場

---

[130]《宋書．禮志》，《宋書》，【二】，頁386。

[131]《南齊書．禮志》，《南齊書》，【一】，頁149。

[132]《南齊書．禮志》，《南齊書》，【一】，頁149。

所，與園林遊娛的目的有所疏離，故從現存詩文看，陳朝的三月春禊活動，無一在華林園舉行，而轉移到玄圃及其他皇家園林了（詳見後）。

(四) 上林苑

眾所周知，秦漢之際建於長安的上林苑是皇家園林的經典之作，也因此受到後世王朝的仿造。東漢京都洛陽亦有上林苑，規模雖遠遜於長安上林苑，但功能亦多為武演校獵。兩漢上林苑的校獵場面，在文人筆下得到頗為誇張的描繪：

> 武帝廣開上林……游觀侈靡，窮妙極麗。雖頗割其三垂，已贍齊民。然至羽獵，甲車戎馬，器械儲偫，禁禦所營，尚泰奢麗誇詡。……舉烽烈火，轡者施技。方馳千駟，狡騎萬帥。[133]

> 歲惟仲冬，大閱西園。虞人掌焉，先期戒事。悉率百禽，鳩諸靈囿。獸之所同，是謂告備。乃御小戎，撫輕軒。中畋四牡，既佶且閑。戈矛若林，牙旗繽紛。迄上林，結徒營。次和樹表，司鐸受鉦。坐作進退，節以軍聲。三令五申，示戮斬牲。[134]

儘管如此，從「遊戲懈怠，置酒乎昊天之臺，張樂乎轇輵之宇；撞千石之鐘，立萬石之虡；建翠華之旗，樹靈鼉之鼓，奏陶唐氏之舞，聽葛天氏之歌；千人唱，萬人和」[135]的描述，亦顯見其宴遊娛樂功能。

《宋書．孝武帝本紀》載，大明三年九月，宋孝武帝劉駿於建康玄武湖

---

[133]揚雄〈羽獵賦并序〉，《全上古三代秦漢三國六朝文》，【一】，《全漢文》，卷五十一，頁 405。

[134]《東漢會要》徵引〈東京賦〉語，注西園曰「上林苑也」。徐天麟撰《東漢會要》（臺北：九思出版，1979），頁 101。

[135]司馬相如〈子虛賦〉，《全上古三代秦漢三國六朝文》，【一】，《全漢文》，卷二十一，頁 243。

北重建上林苑。[136]從此以後，上林苑便一直是南朝歷代重要的皇家園林。與其他皇家園林如華林園不同，上林苑偶有武演校獵，卻少有聽訟講經之類的活動記錄，更多的是通過詩文記載的遊娛宴飲活動，有關詩文名錄如下：張率〈河南國獻舞馬賦應詔并序〉、庾肩吾〈謝賚菱啟〉、徐陵（507-583）〈謝賚鸝啟〉、庾信〈春賦〉、陸厥（472-499）〈左馮翊歌〉、蕭衍〈江南弄〉、〈登臺望秋月〉、王訓（511-536）〈獨不見〉、蕭統〈上林〉、劉孝威〈行行且遊獵篇〉、〈獨不見〉、蕭子暉〈應教使君春遊詩〉、蕭綱〈春日想上林詩〉、〈大同八年秋九月詩〉、〈倡樓怨節詩〉、蕭繹〈詠晚棲烏詩〉、〈春別應令詩四首〉其一、陰鏗（511？-563？）〈西遊咸陽中詩〉、顧野王（519？-581）〈芳樹〉、徐陵〈詠柑詩〉、江總〈詠採甘露應詔詩〉、蘇子卿〈朱鷺〉等。

周維權的《中國古典園林史》、傅晶的《魏晉南北朝園林史研究》、余開亮的《六朝園林美學》均不錄北朝上林苑。其實，北朝應該有皇家園林上林苑，而且還似乎一如秦漢舊制，包含昆明池、阿房宮，鄰近未央殿。《北史・魏太武帝本紀》載稱，太平真君元年二月，「曾發長安人五千浚昆明池」[137]。《北史・魏孝文帝本紀》則記載，太和二十一年四月，孝文帝元宏（467-499，471-499 在位）「幸未央殿、阿房宮，遂幸昆明池」[138]。北朝的詩，如陽休之（509-582）的〈正月七日登高侍宴詩〉、王褒（513？-576）的〈和張侍中看獵詩〉、庾信的〈同州還詩〉、〈見征客始還遇獵詩〉、〈和人日晚景宴昆明池詩〉與〈詠春近餘雪應詔詩〉、元行恭的〈秋遊昆明池詩〉、盧思道（531？-582？）的〈後園宴詩〉等，便有上林或昆明池的描述。這些詩文，或尚有烘托皇家奢華富麗的表現，諸如：

136《宋書・孝武帝本紀》，《宋書》，【一】，頁 124。

137《北史・魏太武帝本紀》，李延壽撰《北史》（北京：中華書局，2003），【一】，頁 54。

138《北史・魏孝文帝本紀》，《北史》，【一】，頁 117。

> 祥露曉氛氳，上林朝晃朗。千行珠樹出，萬葉瓊枝長。徐輪動仙駕，清晏留神賞。丹水波濤汎，黃山煙霧上。風亭翠旆開，雲殿朱絃響。徒知恩禮洽，自憐名實爽。[139]

> 廣殿麗年輝，上林起春色。風生拂彫輦，雲迴浮綺翼。[140]

儘管如此，其中的唯美傾向已與文壇風尚同步，尤其後者為北朝文士作品，顯見南朝的文風已深入影響北國文壇。

以下詩賦作品，更淡化王朝霸業色彩，重筆渲染後宮脂粉氣，其艷麗風貌直逼風靡一時的南朝宮體文學：

> 一叢香草足礙人，數尺遊絲即橫路。開上林而競入，擁河橋而爭渡。出麗華之金屋，下飛燕之蘭宮。釵朵多而訝重，髻鬟高而畏風。眉將柳而爭綠，面共桃而競紅。影來池裡，花落衫中。苔始綠而藏魚，麥才青而覆雉。[141]

> 眾花雜色滿上林，舒芳耀綠垂輕陰，連手躞蹀舞春心。舞春心，臨歲腴。中人望，獨踟躕。[142]

> 朝日斜來照戶，春鳥爭飛出林。片光片影皆麗，一聲一囀煎心。上林紛紛花落，淇水漠漠苔浮。年馳節流易盡，何為忍憶含羞。[143]

---

[139] 江總〈詠採甘露應詔詩〉，《先秦漢魏晉南北朝詩》，【下】，頁 2586。

[140] 陽休之〈正月七日登高侍宴詩〉，《先秦漢魏晉南北朝詩》，【下】，頁 2282。

[141] 庾信〈春賦〉，《全上古三代秦漢三國六朝文》，【四】，《全後周文》，卷八，頁 3920。

[142] 蕭衍〈江南弄〉，《先秦漢魏晉南北朝詩》，【中】，頁 1522。

[143] 蕭綱〈倡樓怨節詩〉，《先秦漢魏晉南北朝詩》，【下】，頁 1977。

> 昆明夜月光如練，上林朝花色如霞。花朝月夜動春心，誰忍相思不相見。[144]

這些詩賦的作者，均為宮體文學的領軍人物，筆下的上林苑：綺景、艷情、麗人，交相輝映，給人以色彩斑斕賞心悅目之感。

(五) 玄圃

玄圃有洛陽與建康兩處。洛陽玄圃或為西晉惠帝（259-307，290-307 在位）愍懷太子司馬遹（278-300）的園林[145]，亦當屬皇家園林。與此相關的詩作，只有兩首應制詩：陸機（261-303）〈皇太子宴玄圃宣猷堂有令賦詩〉[146]與潘尼〈七月七日侍皇太子宴玄圃園詩〉[147]。二詩均純粹為感恩頌德之作。愍懷太子不僅在文學上無建樹，在政治上亦無作為，更不堪的就是在遊玄圃之日被廢太子位[148]。不知何故，從此後洛陽玄圃在任何現存文史資料中再難尋蹤影。

相反，後來居上的建康玄圃發展卻甚為順暢。建康玄圃亦是太子園林——齊文惠太子蕭長懋（458-493）所拓建，「其中樓觀塔宇，多聚奇石，妙極山水」[149]。玄圃雖然是文惠太子私開的園林，但卻得到其父王世祖齊武帝蕭賾的「認證」:「世祖在東宮，於玄圃宴會朝臣。」[150]故可說是一座文士化的皇家園林，王儉〈侍太子九日宴玄圃詩〉當可表明這一點：

---

144 蕭繹〈春別應令詩四首〉其一，《先秦漢魏晉南北朝詩》，【下】，頁 2059。

145 《文選》載陸士衡〈皇太子讌玄圃宣猷堂有令賦詩〉篇首注引楊佺期《洛陽記》:「東宮之北曰玄圃園。」(《文選》，頁 284)

146 陸機〈皇太子宴玄圃宣猷堂有令賦詩〉，《先秦漢魏晉南北朝詩》，【上】，頁 671。

147 潘尼〈七月七日侍皇太子宴玄圃園詩〉，《先秦漢魏晉南北朝詩》，【上】，頁 765。

148 《晉書·愍懷太子傳》，《晉書》，【五】，頁 1460。

149 《南齊書·文惠太子傳》，《南齊書》，【二】，頁 401。

150 《南齊書·沈文季傳》，《南齊書》，【三】，頁 776。

> 明明儲后，沖默其量。徘徊禮樂，優游風尚。微言外融，幾神內王。就日齊暉，儀雲等望。本茂條榮，源澄流潔。漢稱間平，周云魯衛。咨我藩華，方軼前軌。秋日在房，鴻鴈來翔。寥寥清景，靄靄微霜。草木搖落，幽蘭獨芳。眷言淄苑，尚想濠梁。既暢旨酒，亦飽徽猷。有來斯悅，無遠不柔。[151]

從「徘徊禮樂，優游風尚」到「眷言淄苑，尚想濠梁」，儼然其時身在廟堂而心懷山林的文士風範。

入梁後，玄圃仍為太子園，但其皇家園林地位已然牢固：「高祖所製《五經講疏》，嘗於玄圃奉述，聽者傾朝野。」[152]在昭明太子蕭統主導下，玄圃的文士化更得到發揚光大。《梁書．昭明太子傳》載，蕭統「性愛山水，於玄圃穿築，更立亭館，與朝士名素者遊其中」，並慨詠左思〈招隱詩〉曰：「何必絲與竹，山水有清音。」[153]當可以之為玄圃的園林文化定位。尤其是「昭明太子愛文學士，常與筠及劉孝綽、陸倕、到洽、殷芸等遊宴玄圃」[154]，並作〈玄圃講詩〉云：

> 白藏氣已暮，玄英序方及。稍覺螿聲悽，轉聞鳴雁急。穿池狀浩汗，築峯形業岌。旰雲緣宇陰，晚景乘軒入。風來幔影轉，霜流樹條溼。林際素羽翾，漪間赬尾吸。試欲遊寶山，庶使信根立。名利白巾談，筆劄劉王給。茲樂踰笙磬，寧止消悁邑。雖娱惠有三，終寡聞知十。[155]

---

[151] 王儉〈侍太子九日宴玄圃詩〉，《先秦漢魏晉南北朝詩》，【中】，頁 1378。

[152]《梁書．簡文帝本紀》，《梁書》，【一】，頁 109。

[153]《梁書．昭明太子傳》，《梁書》，【一】，頁 168。

[154]《梁書．王筠傳》，《梁書》，【二】，頁 485。

[155] 蕭統〈玄圃講詩〉，《先秦漢魏晉南北朝詩》，【中】，頁 1797-1798。

雖然詩中內容與「講詩」關係不大，但詩題旨意所向、詩中的園林景觀描寫以及淡薄功名的意識，也為玄圃書寫導引了一個方向。

梁陳時期詩人所作玄圃詩的園林景觀，雖然仍不免有傳統的皇家氣息點染，如：「樵螟動蘭室，神飇起桂叢。」[156]「玄圃棲金碧，靈澗挹琨瑤。」[157]「綺殿三春晚，玉燭四時平。」[158]但更多是自然野趣展現，諸如：

> 岸崩下生窟，壁峭上干霄。噪蛙常獨沸，游魚或自跳。荒徑橫臨浦，空舟斜插橈。愁鴟集古樹，白鷺隱青苗。[159]

> 長洲春水滿，臨汎廣川中。石壁如明鏡，飛橋類飲虹。垂楊夾浦綠，新桃緣徑紅。對樓還泊岸，迎波暫守風。漁舟釣欲滿，蓮房採半空。[160]

> 石苔侵綠蘚，岸草發青袍。迴歌逐轉檝，浮冰隨度刀。遙看柳色嫩，迴望鳥飛高。[161]

> 寒輕條已翠，春初未轉禽。野雪明巖曲，山花照迥林。苔色隨水溜，樹影帶風沈。[162]

> 春池已渺漫，高枝自嵯森。日裡絲光動，水中花色沉。安流淺易

---

[156]劉緩〈奉和玄圃納涼詩〉，《先秦漢魏晉南北朝詩》，【下】，頁 1848。

[157]劉孝威〈奉和六月壬午應令詩〉，《先秦漢魏晉南北朝詩》，【下】，頁 1876。

[158]陳叔寶〈上巳玄圃宣猷堂禊飲同共八韻詩〉，《先秦漢魏晉南北朝詩》，【下】，頁 2515。

[159]劉孝威〈奉和六月壬午應令詩〉，《先秦漢魏晉南北朝詩》，【下】，頁 1876。

[160]王褒〈玄圃濬池臨汎奉和詩〉，《先秦漢魏晉南北朝詩》，【下】，頁 2338。

[161]陳叔寶〈立春日汎舟玄圃各賦一字六韻成篇〉，《先秦漢魏晉南北朝詩》，【下】，頁 2514。

[162]陳叔寶〈獻歲立春光風具美汎舟玄圃各賦六韻詩〉，《先秦漢魏晉南北朝詩》，【下】，頁 2514。

> 榜，峭壁逈難臨。野鶯添管響，深岫接鐃音。山遠風煙麗，苔輕激浪侵。[163]

與前述蕭綱等人的上林詩賦比較，在這些詩例中，蕭散清麗的風貌顯然已取代奢華綺豔的風格。

值得注意的是，侯景之亂，華林園盡毀[164]，陳朝雖然重修，並在園中光昭殿前建臨春閣、結綺閣、望僊閣，「其窗牖、壁帶、懸楣、欄檻之類，竝以沈檀香木為之，又飾以金玉，間以珠翠，外施珠簾，內有寶牀、寶帳，其服玩之屬，瑰奇珍麗，近古所未有。每微風暫至，香聞數里，朝日初照，光暎後庭。其下積石為山，引水為池，植以奇樹，雜以花藥」；但其功用主要是「後主自居臨春閣，張貴妃居結綺閣，龔、孔二貴嬪居望仙閣，竝複道交相往來……後主每引賓客對貴妃等遊宴，則使諸貴人及女學士與狎客共賦新詩，互相贈答，採其尤豔麗者以為曲詞，被以新聲」[165]，即供帝王后妃佞臣宴飲荒淫奢靡享樂，因此也產生了〈玉樹後庭花〉、〈臨春樂〉之類以艷麗相高的宮體詩作。

有意思的是，此時帝王的園林遊娛中心似乎已從華林園轉移到玄圃，所產生的詩文，與前述宮體詩迴然異趣。這些玄圃詩作，既沈浸「園林多趣賞，祓禊樂還尋」[166]的人生意趣，亦不乏「自得欣為樂，忘意若臨濠」[167]的方外之思；字裡行間，更流露「帶才盡壯思，文采發雕英」[168]、「既悅弦筒暢，復歡文酒和」[169]的文士情懷；景觀的描繪，則已是著意渲染清新明麗的

---

[163]陳叔寶〈祓禊汎舟春日玄圃各賦七韻詩〉，《先秦漢魏晉南北朝詩》，【下】，頁 2516。

[164]周維權《中國古典園林史》，頁 97；傅晶《魏晉南北朝園林史研究》，頁 156。

[165]俱見《陳書・張貴妃傳》，《陳書》，【一】，頁 132。

[166]陳叔寶〈祓禊汎舟春日玄圃各賦七韻詩〉，《先秦漢魏晉南北朝詩》，【下】，頁 2516。

[167]陳叔寶〈立春日汎舟玄圃各賦一字六韻成篇〉，《先秦漢魏晉南北朝詩》，【下】，頁 2514。

[168]陳叔寶〈上巳玄圃宣猷堂禊飲同共八韻詩〉，《先秦漢魏晉南北朝詩》，【下】，頁 2515。

[169]陳叔寶〈上巳玄圃宣猷嘉辰禊酌各賦六韻以次成篇詩〉，《先秦漢魏晉南北朝詩》，【下】，頁 2516。

山光水色：

> 石苔侵綠蘚，岸草發青袍。迴歌逐轉檝，浮冰隨度刀。遙看柳色嫩，回望鳥飛高。[170]

> 寒輕條已翠，春初未轉禽。野雪明岩曲，山花照逈林。苔色隨水溜，樹影帶風沉。[171]

> 園開簪帶合，亭逈春芳過。鶯度遊絲斷，風駛落花多。峯幽來鳥囀，洲橫擁浪波。[172]

> 春池已渺漫，高枝自嵸森。日裡絲光動，水中花色沉。安流淺易榜，峭壁逈難臨。野鶯添管響，深岫接鐃音。山遠風煙麗，苔輕激浪侵。[173]

玄圃詩的如此表現，顯然疏離了皇家園林文學而趨向文士園林文學的風貌。究其原因，一方面，或是由於玄圃之名與傳說中崑崙山頂的神仙居處、黃帝下都有關，張協（？-307？）〈游仙詩〉「崢嶸玄圃深，嵯峨天嶺峭」[174]，葛洪（283？-363）〈法嬰玄靈之曲〉其二「玄圃遏北臺，五城煥嵳峩」[175]，可見此意；另外，便是玄圃為太子園，而昭明太子又是文士化頗為徹底的皇

[170]陳叔寶〈立春日汎舟玄圃各賦一字六韻成篇〉，《先秦漢魏晉南北朝詩》，【下】，頁 2514。

[171]陳叔寶〈獻歲立春光風具美汎舟玄圃各賦六韻詩〉，《先秦漢魏晉南北朝詩》，【下】，頁 2514。

[172]陳叔寶〈上巳玄圃宣猷嘉辰禊酌各賦六韻以次成篇詩〉，《先秦漢魏晉南北朝詩》，【下】，頁 2516。

[173]陳叔寶〈祓禊汎舟春日玄圃各賦七韻詩〉，《先秦漢魏晉南北朝詩》，【下】，頁 2514。

[174]張協〈游仙詩〉，《先秦漢魏晉南北朝詩》，【上】，頁 748。

[175]葛洪〈法嬰玄靈之曲〉其二，《先秦漢魏晉南北朝詩》，【中】，頁 1092。

族；玄圃詩作者，不是文士便是高度文士化的皇族帝王（蕭綱與陳叔寶），於是，在文士園林盛行、皇族文士化日盛的南朝，玄圃的文士化，及其文學反映的文士化風貌，當是有跡可循亦自然而然的。

以上本節諸多皇家園林個案的論析，各具代表性地顯示了如下三個現象：

首先，縱向的歷史進程。西園之遊形成以上位者為中心，聚集文士，亦宴亦遊，最終導向群體性創作的傳統，對魏晉南北朝歷代皇家園林的遊娛賦詩活動產生深遠影響。玄武苑（湖）與北園雖然在史實記錄中未留下真切的痕跡；而是通過文學作品，呈現了掩映於貫穿魏晉南北朝歷史光影的故事。

其次，橫向的南北分治。魏晉南北朝時期，有北（鄴城，洛陽）南（建康）多個不同時空的華林園。北方華林園的功能，多用於供帝王宴遊享受，與文學甚少交集。南方華林園雖然也用以習武、聽訟、講易、頌經，甚至列肆、射鬼等，但宴遊始終為華林園主導性的功能，而能與文學交集的也始終只是宴遊。尤其是南朝宋、齊、梁的「三月三」詩，大多為華林園活動的反映。

再次，文學風格的分野。呈現為上林苑與玄圃的比較，前者的奢華綺豔 VS 後者的蕭散清麗。上林苑詩賦既有皇家奢華富麗的表現，亦表現出與文壇風尚同步的唯美傾向；更有甚者，其重筆渲染後宮脂粉氣，華豔風貌直逼風靡一時的南朝宮體文學；北朝上林苑的作品，亦顯見南朝的文風已深入影響北國文壇。洛陽玄圃在文史資料中難尋蹤影，建康玄圃發展卻甚為順暢，是一座文士化的皇家園林。梁陳詩人所寫玄圃詩，蕭散清麗的風貌顯然已取代奢華綺豔的風格。陳朝帝王的玄圃詩文，則與同期的宮體詩迥然異趣而趨向文士園林文學的風貌。

總的看來，皇家園林與文學結緣的關鍵因素為文士化。帝王皇族的文士化，促使皇家園林文化及其活動與文士世界交匯，皇家園林與文學更為廣汎與緊密的結緣。皇族與文士，君王與臣僚同遊共宴已然為皇家園林文化的常態，應制奉和等群體性的文學創作亦日漸蔚為風氣。

三、魏晉南北朝皇家園林文學綜論

本章討論魏晉南北朝皇家園林與文學的關係，目的就在於探討此時期皇家園林文學作為獨立文類（文體）表現的價值與意義。因此，在前述問題討論的基礎上，本節著重對魏晉南北朝皇家園林文學進行整體性的綜合論述，以期在結合具體的皇家園林文化與文學活動及相關的文學作品，對魏晉南北朝皇家園林文學進行較為全面的探討分析，並試圖在文體學層面進行更具學理性的總結。

魏晉南北朝皇家園林文學興起及發展的最關鍵因素，便是皇家園林活動的主導者及園林功用的定位。如曹魏時期的玄武苑，儘管是曹操所督造，但其主要功能定位於「以肄舟師」[176]，因此，儘管景色優美，亦只有曹丕〈於玄武陂作〉的描寫存世。相反，西園活動的主導者無疑為曹丕（曹操從未現身），西園的文學元素得以極大活化，園林景觀的唯美化與園林活動的文學化密切交融，催生了以曹丕為主的建安文士西園詩賦創作，並形成君臣群體遊娛創作的傳統，對後世產生深刻影響。

華林園是魏晉南北朝堪稱典範的皇家園林，其與文學的關係，也隨著不同時空的園林活動主導者的不同而表現出密切或疏離的現象。華林園創始者魏明帝曹叡為善文之人，對華林園「楫櫂越歌」因素的強調以及「遊宴」功用的定位[177]，為華林園與文學的結緣奠定了基礎；晉武帝司馬炎雖非善文，卻也是好文者，他「幸芳林園，與群臣宴」，有「賦詩觀志」之舉[178]。晉武帝的華林園活動顯然直接促成應制園林文學創作，但也因其非文士化的身份，這些應制詩作，多為虛美頌揚之辭，文學色彩大打折扣。南北對峙後，

---

[176]《三國志・魏書・武帝紀》，《三國志》，《二十五史》，【2】，頁 919。

[177]《三國志・魏書・明帝紀》引《魏略》：「於芳林園中起陂池，楫櫂越歌……帝常游宴在內。」（《三國志》，《二十五史》，【2】，頁 927）

[178]俱見《文選》李善注〈晉武帝華林園集詩〉篇首引干寶《晉紀》，《文選》，頁 286。

北方華林園的活動主導者的文學才能大為有限，即使有心亦難以促進其園林文學化的發展。典型例子即是如前所述，宣武靈皇后胡氏與肅宗孝明帝元詡「幸華林園，宴群臣于都亭曲水，令王公已（以）下各賦七言詩」，也僅是宣武靈皇后與孝明帝各存詩一句[179]。之後，也僅是與魏收（507？-572）、溫子升（?-547）並稱「北地三才子」的邢邵及由南入北的庾信，各有一詩一賦存世。

南方的華林園，由於「江左以來，後庭遊晏之所」[180]的定位，以及宋、齊、梁三朝的園林活動主導者，尤其是宋文帝劉義隆、宋孝武帝劉駿、梁武帝蕭衍、梁簡文帝蕭綱等，均為善文甚至是高度文士化的帝王，因此，三朝的華林園文學創作得到長足發展，也由此彰顯了華林園在魏晉南北朝時期文學化的典範意義。華林園毀於侯景之亂後，陳朝重建，其功用定位於供帝王后妃佞臣宴飲奢靡享樂，園林遊娛的功用被玄圃取代，華林園詩墮入宮體華艷一途，無論是從創作數量還是清麗詩風，都不能與其他園林的文學表現相提比論。而建康玄圃之所以能後來居上（較之洛陽玄圃）並發展順利，更在陳朝超越華林園而取得皇家園林文學的領先地位，除了玄圃以遊娛為主要功用的定位外，歷代建康玄圃活動主導者多為高度文士化的帝王皇族（文惠太子蕭長懋、昭明太子蕭統、簡文帝蕭綱、後主陳叔寶）更是至關重要的因素。

雖然漢武帝的上林苑對魏晉南北朝皇家園林的建造影響至深，然而，對魏晉南北朝皇家園林文化／文學影響更顯著的並非漢武帝劉徹的上林苑而是梁孝王劉武（前 184-前 144）的菟（兔）園。後者正是一個皇族文士化與遊娛文學化組合的典範。《西京雜記》曰：「梁孝王好營宮室苑囿之樂，作曜華宮，築兔園。」[181]在魏晉南北朝，梁孝王的菟園之遊，不僅被譽為「其

---

[179] 俱見《魏書·宣武靈皇后傳》，《魏書》，【二】，頁 338。

[180] 陸雲公〈御講《般若經》序〉，《全上古三代秦漢三國六朝文》，【四】，《全梁文》，卷五十三，頁 3260。

[181]《西京雜記》卷二〈梁孝王宮囿〉原文：「梁孝王好營宮室苑囿之樂，作曜華宮，築兔園。園中

樂足以棄國釋位，遺死忘歸也」[182]，更被作為園林文化／文學的典故頻頻出現在詩文之中：「欲見葳蕤色，當來菟苑看。」[183]「平臺禮申穆，兔苑接卿雲。」[184]「曳裾出兔苑，引領望龍樓。」[185]「兔苑移飛蓋，王城列玳簪。」[186]「懷宿昔之璵璠，並來遊於菟園。」[187]「兔園夾池水，脩竹復檀欒。」[188]「長戢兔園情，永別金華殿。」[189]甚至作為皇家園林文化以及遊園為文的模式發揚光大：

> 入其後園，見溝瀆蹇產，石磴礁嶢，朱荷出池，綠萍浮水，飛梁跨閣，高樹出雲，咸皆唧唧；雖梁王兔苑，想之不如也。[190]

> 殿下摛藻蕙樓，暢藝蘭苑；敷積玉於風筵，疊連珠於月韻；兔園掩秀，鄴水慙奇。[191]

> 侍遊西苑，陪騁北場。雅愛人倫，尤好儒者。臣稱唐宋，客曰枚

有百靈山，山有膚寸石、落猿岩、棲龍岫。又有雁池，池間有鶴洲鳧渚。其諸宮觀相連，延亘數十里，奇果異樹，瑰禽怪獸畢備。王日與宮人賓客弋釣其中。」（葛洪輯，成林、程章燦譯注《西京雜記全譯》，貴陽：貴州人民出版社，1993，頁 82）

[182]江淹〈學梁王〈兔園賦〉并序〉，《全上古三代秦漢三國六朝文》，【三】，《全梁文》，卷三十三，頁 3145。

[183]陰鏗〈侍宴賦得夾池竹詩〉，《先秦漢魏晉南北朝詩》，【下】，頁 2459。

[184]蕭琛〈和元帝詩〉，《先秦漢魏晉南北朝詩》，【中】，頁 1804。

[185]朱超〈別劉孝先詩〉，《先秦漢魏晉南北朝詩》，【下】，頁 2093。

[186]張正見〈陪衡陽王遊耆闍寺詩〉，《先秦漢魏晉南北朝詩》，【下】，頁 2487。

[187]蕭繹〈言志賦〉，《全上古三代秦漢三國六朝文》，【三】，《全梁文》，卷十五，頁 3038。

[188]陸厥〈京兆歌〉，《先秦漢魏晉南北朝詩》，【中】，頁 1465。

[189]沈約〈長歌行〉，《先秦漢魏晉南北朝詩》，【中】，頁 1614。

[190]《洛陽伽藍記》卷四，《洛陽伽藍記校箋》，頁 180。

[191]王融〈謝武陵王賜弓啟〉，《全上古三代秦漢三國六朝文》，【三】，《全齊文》，卷十二，頁 2857。

> 馬。菟園之上，荊臺之下，繾綣遊從，縱橫文雅。[192]

「菟園」，已儼然成為園林文學化的代名詞。

魏晉南北朝皇家園林文學的發展，還須放在一個更大的背景下考察：當時瀰漫於整個社會的尚俗與唯美交織的風氣。

尚俗的風氣籠罩南北，南方是：「宋、梁之間，南朝文物，號為最盛；人謠國俗，亦世有新聲。」[193]「家競新哇，人尚謠俗。」[194]北方是：「孝文頗為詩歌，以勗在位，謠俗流傳，布諸音律。」[195]後者以北魏孝文帝元宏的例子，反映尚俗風氣直接影響到上層社會及其文學創作。在南朝，尚俗風氣對上層貴遊文學的影響，便是宮體文學的產生與興盛[196]；而對上層社會的影響，恰是集中體現在皇家園林文化之中。

其實，自東漢後期起，歷代皇家園林文化的尚俗風氣就十分明顯，史書多有記載：

> 是歲（光和四年）帝作列肆於後宮，使諸采女販賣，更相盜竊爭鬭。帝著商估服，飲宴為樂。又於西園弄狗，著進賢冠，帶綬。[197]

> （愍懷太子）於宮中為市，使人屠酤，手揣斤兩，輕重不差。其母本屠家女也，故太子好之。又令西園賣葵菜、藍子、雞、麪之

---

[192]〈北齊馮翊王高潤墓誌〉，見趙超《漢魏南北朝墓誌彙編》（天津：天津古籍出版社，1992），頁473。

[193]《舊唐書．音樂志》，《舊唐書》，【四】，頁1062。

[194]王僧虔〈樂表〉，《全上古三代秦漢三國六朝文》，【三】，《全齊文》，卷八，頁2835。

[195]《隋書．音樂志》，《隋書》，【二】，頁286。

[196]參王力堅《由山水到宮體——南朝的唯美詩風》（臺北：臺灣商務印書館，1997），頁120-124。須指出，宮體詩人的創作，大多採取以雅化俗的做法。詳見後。

[197]《後漢書．靈帝紀》，范曄撰，李賢等注《後漢書》，《二十五史》，【1】，頁668。

屬，而收其利。[198]

時（景平二年）帝於華林園為列肆，親自酤賣。又開瀆聚土，以象破岡埭，與左右引船唱呼，以為歡樂。夕游天淵池，即龍舟而寢。[199]

晉司馬道子於府北園內為酒鑪列肆，使姬人酤鬻酒肴，如裨販者，數遊其中，身自買易，因醉寓寢，動連日夜。漢靈帝嘗若此。干寶以為：「君將失位，降在皁隸之象也。」[200]

又以閱武堂為芳樂苑，窮奇極麗。當暑種樹，朝種夕死，死而復種，率無一生……山石皆塗以采色，跨池水立紫閣諸樓，壁上畫男女私褻之像……又於苑中立店肆，模大市，日游市中。[201]

儼然一幅幅喧囂熱鬧且粗俗鄙陋的市井風情圖。

這些帝王皇族絕非要體察民情，也似乎不僅僅是嬉鬧惡搞，反而或是有如齊鬱林王蕭昭業（473-494，493-494 在位）那樣，因懼於宮廷殺戮而認為「（天子）不如作市邊屠沽富兒百倍矣」[202]。這些帝王皇族固然均荒淫無能或年少，但還有一點或須注意：他們均非文士化的帝王皇族，並多為帝業失意，惟能如干寶所批評那樣自降其格於「皁隸（差役）之象」，在皇家園林幹起列肆酤賣、弊衣乞食的營生。相應地，他們治下的皇家園林只能呈現如「窮奇極麗；當暑種樹，朝種夕死，死而復種，率無一生……山石皆塗以采

---

[198] 《晉書‧愍懷太子傳》，《晉書》，【五】，頁 1458。

[199] 《宋書‧少帝本紀》，《宋書》，【一】，頁 66。

[200] 《宋書‧五行志》，《宋書》，【三】，頁 890。

[201] 《南史‧齊廢帝東昏侯本紀》，《南史》，【一】，頁 154-155。

[202] 《太平御覽‧偏霸部‧南齊蕭昭業》，《太平御覽》，《影印文淵閣四庫全書》，第 894 冊，頁 317。

色，跨池水立紫閣諸樓，壁上畫男女私褻之像」[203]之類的惡俗景象；而這類史料的記載，在文學創作中並無任何表現。

相比較而言，前引文士化的晉簡文帝司馬昱，帝業失意，入華林園「便自有濠、濮間想」[204]；此類意識，則產生了如王儉〈侍太子九日宴玄圃詩〉「眷言淄苑，尚想濠梁」[205]，裴子野〈遊華林園賦〉「譬籠鳥與池魚，本山川而有思；伊暇日而容與，時遨遊以蕩志」[206]的園林書寫。而政壇兼詩壇領袖的陳後主，卻也能將其華林園宴飲荒淫奢靡享樂生活，轉化為以艷麗相高的宮體詩作。

尚俗風氣在魏晉南北朝皇家園林文學中的具體表現之一，便是關涉節令題材的創作。這類題材有立春如陳叔寶〈立春日汎舟玄圃各賦一字六韻成篇〉、七夕如陳叔寶〈七夕宴玄圃各賦五韻詩〉、重陽如庾肩吾〈九日侍宴樂遊苑應令詩〉等，最為普遍且突出的就是三月春禊（見後）。這類本屬於「小傳統」（little tradition）[207]的民間習俗，如此大量進入上層社會的皇家園林文學創作，顯然是「謠俗流傳」[208]的表現。作為小傳統的民間俗文化進入作為大傳統（great tradition）的王朝雅文化體系，當會產生不同程度的演化變異，反映在皇家園林文學創作中[209]，則會因創作主體的意旨不同而展現不

---

[203]《南史・齊廢帝東昏侯本紀》，《南史》，【一】，頁 154-155。

[204]《世說新語・言語》，劉義慶撰，徐震堮校箋《世說新語校箋》（北京：中華書局，1994），【上】，頁 67。

[205]王儉〈侍太子九日宴玄圃詩〉，《先秦漢魏晉南北朝詩》，【中】，頁 1378。

[206]裴子野〈遊華林園賦〉，《全上古三代秦漢三國六朝文》，【四】，《全梁文》，卷五十三，頁 3261-3262。

[207]「小傳統」（little tradition）是相對於「大傳統」（great tradition）的概念，由美國人類學家芮斐德（Robert Redfield）在 1956 年出版的《鄉民社會與文化：一位人類學家對文明之研究》一書中提出，認為相對於由社會上層的士紳與知識分子所代表的精英文化傳統（大傳統）；小傳統是由鄉民、俗民所代表的生活文化傳統。參 Robert Redfield, *Peasant Society and Culture: An Anthropological Approach to Civilization,* Chicago: University of Chicago Press, 1956。

[208]《隋書・音樂志》，《隋書》，【二】，頁 286。

[209]雖然三月春禊題材在皇家園林文學中的表現十分突出，但也應該指出，在其他類型的文學中亦有所反映，群體創作最有代表性的就是晉穆帝永和九年三月王羲之等人的蘭亭集會，參王力堅〈六

同的風格表現。諸如：

> 晷運無窮已，時逝焉可追。斗酒足為歡，臨川胡獨悲。暮春春服成，百草敷英蕤。聊為三日遊，方駕結龍旗。廊廟多豪俊，都邑有豔姿。朱軒蔭蘭皐，翠幙映洛湄。臨岸濯素手，涉水搴輕衣。沈鈎出比目，舉弋落雙飛。羽觴乘波進，素卵隨流歸。[210]

> 虞風載帝狩，夏諺頌王遊。春方動宸駕，望幸傾五州。山祇蹕嶠路，水若警滄流。神御出瑤軫，天儀降藻舟。萬軸胤行衛，千翼汎飛浮。彫雲麗璇蓋，祥飆被綵斿。江南進荊豔，河激獻趙謳。金練照海浦，笳鼓震溟洲。藐眄覯青崖，衍漾觀綠疇。民靈騖都野，鱗翰聳淵丘。德禮既普洽，川嶽徧懷柔。[211]

在此展現的是巫史文化－讖緯神學－王朝意識混合體的風格：祓除祈福的民俗傳統交混著皇恩聖威的現實歌頌，儼然「鋪錦列繡，亦雕績滿眼」[212]的廊廟典雅之體，雖博物可嘉，卻也往往清采頓失[213]。又如：

> 薰祓三陽暮，濯禊元巳初。皇心睠樂飲，帳殿臨春渠。豫遊高夏諺，凱樂盛周居。復以焚林日，丰茸花樹舒。羽觴環階轉，清瀾傍

朝春禊詩初探〉，《江蘇社會科學》1998 年第 6 期，頁 145-151。個體創作出色者有庾闡，J.D. Frodsham 即認為庾闡的三月春禊詩體現了真正的山水自然意識，堪比謝靈運山水詩作，參 J.D. Frodsham, *The Murmuring Stream*, Kuala Lumpur: University of Malaya Press, 1967, p.97.

[210] 潘尼〈三月三日洛水作詩〉，《先秦漢魏晉南北朝詩》，【上】，頁 767。

[211] 顏延之〈車駕幸京口三月三日侍遊曲阿後湖作詩〉，《先秦漢魏晉南北朝詩》，【中】，頁 1231。

[212] 《南史・顏延之傳》引鮑照評謝靈運與顏延之詩語：「謝五言如初發芙蓉，自然可愛。君詩若鋪錦列繡，亦雕績滿眼。」（《南史》，【三】，頁 881）

[213] 劉熙載《藝概・詩概》：「延年詩長於廊廟之體。」而「博物可嘉」「頓失清采」，則為蕭子顯《南齊書・文學傳論》批評劉宋文學之一體用語。該體一般認為是指顏延之的廊廟體詩。見劉熙載《藝概》（臺北：華正書局，1985），頁 56。

> 席疏。妍歌已嘹亮，妙舞復紆餘。九成變絲竹，百戲起龍魚。[214]

> 綺殿三春晚，玉燭四時平。藤交近浦暗，花照遠林明。百戲堦庭滿，八音弦調清。鶯喧雜管韻，鐘響帶風生。山高雲氣積，水急溜杯輕。簪纓今盛此，俊乂本多名。帶才盡壯思，文采發雕英。樂是西園日，歡茲南館情。[215]

在此可見三月三日春禊遊娛踏青舞雩的元素得到發揚光大，放置於皇家園林的環境氛圍之中，尤顯花團錦簇，英華秀麗，享受現世，歡樂人生；而情感指向顯然又是源自建安文士園林遊娛的文學傳統：「帶才盡壯思，文采發雕英。樂是西園日，歡茲南館情。」

上述表現雖有風格及效果不同，但都反映了大傳統文化系統強大的消解能力及主導功能，能有效地將俗文化消納於雅文化之中——即以雅化俗。

魏晉南北朝正處於「雅俗沿革之際」[216]，時人有鮮明的雅俗觀：

> 庶令雅俗區別，群望無惑。[217]

> 或問雅俗。曰：「判風流，正位分，涇渭殊流，雅鄭異調，題帖分明，標榜可觀，斯謂之雅俗矣。」[218]

> 濟有人倫鑒識，其雅俗是非，少有優潤。[219]

---

[214]劉孝綽〈三日侍華光殿曲水宴詩〉，《先秦漢魏晉南北朝詩》，【下】，頁 1826。

[215]陳叔寶〈上巳玄圃宣猷堂禊飲同共八韻詩〉，《先秦漢魏晉南北朝詩》，【下】，頁 2515。

[216]王夫之《古詩評選》卷一，王夫之著，李中華、李利民校點《古詩評選》（上海：上海古籍出版社，2011），頁 43。

[217]王導〈遷丹陽太守上牋〉，《全上古三代秦漢三國六朝文》，【二】，《全晉文》，卷十九，頁 1564。

[218]孫綽《孫子》，《全上古三代秦漢三國六朝文》，【二】，《全晉文》，卷六十二，頁 1815。

[219]《世說新語．賞譽》引《晉陽秋》語，《世說新語校箋》，【上】，頁 234。

> 胡毋輔之少有雅俗鑒識，與王澄、庾敳、王敦、王夷甫為四友。[220]

> 爾其曲也，雅俗兼施，諧《雲門》與四變，雜六列與《咸池》。王讚既工，阮賦亦奇。曹后聽之而歡謙，謝相聞之而涕垂。[221]

> 漢魏已降，達識繼軌，雅俗所歸，惟稱許、郭。[222]

> 吐石含金，滋潤婉切。雜以風謠，輕脣利吻，不雅不俗，獨中胸懷。[223]

如果說前五例還有政治或道德的含義，那麼，後二例顯然已經是立足於美學／文學立場的論述。更值得重視的是，前五例只是對雅俗進行區分，後二例卻是表明美學／文學上所追求的是「雅俗兼施」「不雅不俗」，亦即以雅化俗，雅俗相濟。而以雅化俗的關鍵轉換機制，便是魏晉南北朝社會及文壇的唯美追求。

魏晉南北朝社會對美的追求頗為普遍，從《世說新語》「言語」「文學」二篇所擇，便足見魏晉士人社會的無處不在的唯美風氣：「各言其土地人物之美」[224]；「山水之美，使人應接不暇」[225]；「二門公甚相愛美」[226]；「須眉美秀，姿容甚偉」[227]；「脩明秀有美稱，善隸行書」[228]；「但共嗟詠二家之

220《世說新語．品藻》引《八王故事》語，《世說新語校箋》，【上】，頁 280。

221蕭綱〈箏賦〉，《全上古三代秦漢三國六朝文》，【三】，《全梁文》，卷八，頁 2996。

222任昉〈為范尚書讓吏部封侯第一表〉，《全上古三代秦漢三國六朝文》，【三】，《全梁文》，卷四十二，頁 3194。

223蕭子顯《南齊書．文學傳論》，《南齊書》，【三】，頁 908-909。

224《世說新語．言語》，《世說新語校箋》，【上】，頁 47。

225《世說新語．言語》引王子敬語，《世說新語校箋》，【上】，頁 82。

226《世說新語．言語》，《世說新語校箋》，【上】，頁 85。

227《世說新語．文學》引〈鄭玄別傳〉語，《世說新語校箋》，【上】，頁 104。

228《世說新語．文學》引〈文字志〉語，《世說新語校箋》，【上】，頁 122。

美，不辯其理之所在」[229]；「一坐同時拊掌而笑，稱美良久」[230]；「桓彝有人倫鑒，見融甚歎美之」[231]；「婦人之美，非誄不顯」[232]；「所誦五言，又其所未嘗聞，歎美不能已」[233]；「玄文翰之美，高於一世」[234]。

南朝以降，時風彌盛：「自江左以來，年踰二百，文物之盛，獨美于茲。」[235]整個社會，一派浮華俗艷的風氣：「凡百戶之鄉，有市之邑，謌謠舞蹈，觸處成群，蓋宋世之極盛也。」[236]「都邑之盛，士女富逸，歌聲舞節，袨服華妝。」[237]世家皇族更追逐「姿質端妍，衣服鮮麗」[238]「無不熏衣剃面，傅粉施朱」[239]「其服玩之屬，瑰奇珍麗，近古所未有」[240]的綺靡奢淫生活。

北朝亦不乏唯美意識，僅從《魏書》諸帝本紀所擇，便可見一斑：「德行清美、學優義博」[241]；「大行大名未盡盛美」[242]；「任之政事，共臻邕熙之美」[243]；「若信清能，眾所稱美」[244]；「以助沖人，共成斯美」[245]；「朕雖沖

229《世說新語．文學》，《世說新語校箋》，【上】，頁 124。

230《世說新語．文學》引《中興書》語，《世說新語校箋》，【上】，頁 139。

231《世說新語．文學》，《世說新語校箋》，【上】，頁 142。

232《世說新語．文學》，《世說新語校箋》，【上】，頁 142。

233《世說新語．文學》，《世說新語校箋》，【上】，頁 144。

234《世說新語．文學》引〈晉安帝紀〉語，《世說新語校箋》，【上】，頁 149。

235《南史．梁武帝本紀》，《南史》，【一】，頁 226。

236《宋書．良吏傳序》，《宋書》，【八】，頁 2261。

237《南齊書．良政傳序》，《南齊書》，【三】，頁 913。

238《宋書．徐湛之傳》，《宋書》，【六】，頁 1844。

239《顏氏家訓．勉學》，顏之推撰，王利器注《顏氏家訓集解》（臺北：明文書局，1984），頁 145。

240《陳書．張貴妃傳》，《陳書》，【一】，頁 132。

241《魏書．太宗本紀》，《魏書》，【一】，頁 52。

242《魏書．太宗本紀》，《魏書》，【一】，頁 60。

243《魏書．世祖本紀》，《魏書》，【一】，頁 79。

244《魏書．高宗本紀》，《魏書》，【一】，頁 115。

245《魏書．高祖本紀》，《魏書》，【一】，頁 146。

味，每尚其美」[246]；「善風儀，美容貌」[247]；「表其門閭，以彰厥美」[248]；「庶濟濟之美，無替往時」[249]；「風神秀慧，姿貌甚美」[250]；「帝好文學，美容儀」[251]。

文壇的唯美追求，則當肇始於建安時代曹丕「詩賦欲麗」[252]的文學主張，明確標舉「麗」的唯美訴求。皇甫謐（215-282）〈三都賦序〉更質疑「昔之為文者，非苟尚辭而已，將以紐之王教，本乎勸戒也」，要求為賦「文必極美，觸類而長之，故辭必盡麗」。[253]至陸機的「詩緣情而綺靡」[254]踵事增華，完善了內緣情外綺靡的文學審美模式，由此貫穿了整個魏晉南北朝文壇：

> 吟詠性靈，豈惟薄伎；屬詞婉約，緣情綺靡。[255]

> 吟詠風謠，流連哀思者，謂之文。……惟須綺穀紛披，宮徵靡曼，脣吻遒會，情靈搖盪。[256]

> 吟詠情性，往往麗絕當世。[257]

---

[246]《魏書・高祖本紀》，《魏書》，【一】，頁 147。

[247]《魏書・世宗本紀》，《魏書》，【一】，頁 215。

[248]《魏書・肅宗本紀》，《魏書》，【一】，頁 222。

[249]《魏書・肅宗本紀》，《魏書》，【一】，頁 240。

[250]《魏書・孝莊帝本紀》，《魏書》，【一】，頁 255。

[251]《魏書・孝靜帝本紀》，《魏書》，【一】，頁 313。

[252]曹丕《典論・論文》，《全上古三代秦漢三國六朝文》，【二】，《全三國文》，卷八，頁 1098。

[253]皇甫謐〈三都賦序〉，《全上古三代秦漢三國六朝文》，【二】，《全晉文》，卷七十一，頁 1872。

[254]陸機〈文賦〉，《全上古三代秦漢三國六朝文》，【二】，《全晉文》，卷九十七，頁 2013。

[255]王筠〈昭明太子哀冊文〉，《全上古三代秦漢三國六朝文》，【四】，《全梁文》，卷六十五，頁 3338。

[256]蕭繹《金樓子・立言》，蕭繹撰，陳志平、熊清元疏證校注《金樓子疏證校注》（上海：上海古籍出版社，2014），【下】，頁 770。

[257]邢臧〈與王昕王暉書〉，《全上古三代秦漢三國六朝文》，【四】，《全後魏文》，卷四十三，頁 3728。

妙善文詞，尤工詩賦，窮緣情之綺靡，盡體物之瀏亮。[258]

眾所周知，南朝的唯美文論及唯美文學創作風氣尤盛，在當時以及後世均為令人矚目（詬病或讚譽）的現象；[259]相比較而言，雖然北朝唯美文論不多，但其文壇唯美風氣並非不顯，僅《魏書》便有此類記載：「往魏任城以武著稱，今魏任城乃以文見美也。」[260]「熙既蕃王之貴，加有文學，好奇愛異，交結偉俊，風氣甚高，名美當世，先達後進，多造其門。」[261]「篇籍之美，頗足可觀。」[262]「高祖以其文雅之美，每優禮之。」[263]「凡所交遊皆倍年，儁秀才藻之美，為時所稱。」[264]「常景以文義見宗，著美當代。」[265]「其文不能贍逸，而有清麗之美。」[266]「為〈還園賦〉，其辭甚美。」[267]無論篇籍、文風、聲名、才藻，均唯美是求，可謂全方位的唯美追求。

審美意識流貫於魏晉南北朝皇家園林文化活動及文學創作之中：「時惟上巳，美景在斯。」[268]「芳年多美色，麗景復妍遙。」[269]「仁風開美景，瑞氣動非煙。」[270]——園林美景是人們遊娛賞樂的動機；「春秋美景，朝遊夕

---

[258]滕王逌〈《庾信集》序〉，《全上古三代秦漢三國六朝文》，【四】，《全後周文》，卷八，頁3902。

[259]參王力堅《南朝的唯美詩風——由山水到宮體》；《六朝唯美詩學》（臺北：文津出版社，1997）。

[260]《魏書．拓跋澄傳》引庾華語，《魏書》，【二】，頁464。

[261]《魏書．拓跋熙傳》，《魏書》，【二】，頁504。

[262]《魏書．劉昞傳》，《魏書》，【四】，頁1161。

[263]《魏書．高閭傳》，《魏書》，【四】，頁1210。

[264]《魏書．李邕傳》，《魏書》，【四】，頁1641。

[265]《魏書．常景傳》，《魏書》，【五】，頁1808。

[266]《魏書．裴敬憲傳》，《魏書》，【五】，頁1871。

[267]《魏書．封肅傳》，《魏書》，【五】，頁1871。

[268]張率〈河南國獻舞馬賦應詔並序〉，《全上古三代秦漢三國六朝文》，【四】，《全梁文》，卷五十四，頁3269。

[269]蕭綱〈三月三日率爾成詩〉，《先秦漢魏晉南北朝詩》，【下】，頁1945。

[270]庾肩吾〈侍宴詩〉，《先秦漢魏晉南北朝詩》，【下】，頁1993。

宴，酒酣得意，賦詩聯章。」[271]——賞景遊娛，進而賦詩；「上幸芳林園禊宴朝臣，使融為〈曲水詩序〉，文藻富麗，當世稱之。」[272]「泰始四年二月，上幸芳林園，與群臣宴，賦詩觀志。孫盛《晉陽秋》曰：散騎常侍應貞詩最美。」[273]「武帝與宴，必詔惲賦詩。嘗和帝〈登景陽樓篇〉……深見賞美，當時咸共稱傳。」[274]——所賦詩文，唯美稱之。

倘若皇家園林活動主導者為非文士化的帝王皇族，皇家園林文學多表現為歌功頌德奢景麗辭，晉宋時期多為此類；倘若皇家園林活動主導者為文士化的帝王皇族，皇家園林文學則多見暢逸怡情清景雅辭，建安及齊梁陳多為此類。相比較而言，後者的表現更顯著，成就更突出，影響更深遠。究其原因，這些文士化的帝王皇族，除了是皇家園林活動的主導者外，還多為文壇領袖，導引著當時文學自覺的發展。因而在皇家園林文學創作中，作者也就能夠較為自覺運用審美的意識，以美達雅，以雅為美，故「文雅」概念，屢屢見於詩中：「賦詩連篇章，極夜不知歸。君侯多壯思，文雅縱橫飛。」[275]「兔園文雅盛，章臺冠蓋多。」[276]「平臺盛文雅，西園富群英。」[277]「奕奕工辭賦，翩翩富文雅。麗藻若龍雕，洪才類河瀉。」[278]「副君西園宴，陳王謁帝歸。列位華池側，文雅縱橫飛。」[279]「愧乏天庭藻，徒參文雅雄。」[280]

---

[271] 劉師知〈《侍中沈府君集》序〉，《全上古三代秦漢三國六朝文》，【四】，《全陳文》，卷十五，頁3488。

[272] 《南齊書・王融傳》，《南齊書》，【三】，頁821。

[273] 《文選》李善注〈晉武帝華林園集詩〉篇首引干寶《晉紀》，《文選》，頁286。

[274] 《南史・柳惲傳》，《南史》，【四】，頁988。

[275] 劉楨〈贈五官中郎將詩四首〉其四，《先秦漢魏晉南北朝詩》，【上】，頁3705。

[276] 謝朓〈和王長史臥病詩〉，《先秦漢魏晉南北朝詩》，【中】，頁1444。

[277] 謝朓〈奉和隨王殿下詩十六首〉其二，《先秦漢魏晉南北朝詩》，【中】，頁14455。

[278] 蕭琛〈和元帝詩〉，《先秦漢魏晉南北朝詩》，【中】，頁1803。

[279] 劉孝綽〈侍宴同〉，《先秦漢魏晉南北朝詩》，【下】，頁1839。

[280] 庾肩吾〈九日侍宴樂遊苑應令詩〉，《先秦漢魏晉南北朝詩》，【下】，頁1985。

「苟令多文藻，臨戎賦雅篇。」[281]「風流盛儒雅，泉湧富文詞。」[282]「綺殿文雅遒，玳筵歡趣密。」[283]顯然是要以「雅」的文辭與形式，化解「俗」的內容題材，以達至「美」的文學風貌。

以帝王皇族為主導的皇家園林文學，必然是群體化、類型化的創作活動。與文士自行組合的群體創作[284]具有較大的自由發揮不同，此類皇家園林文學的群體創作，從本章所引諸多詩賦即可見，大多是在從遊、侍宴之中，以應詔、奉和、同題共作等形式進行，故只能像其他南朝宮廷詩一樣，側重於形式上的「創造性模仿」（creative imitation），力圖在技巧、文體和精緻方面加以補償[285]，在聲調、措辭和結構方面著意開拓[286]。亦正因如此，此類詩歌創作在走向形式的雅緻化同時，也走向了風格的唯美化。

陳叔寶的皇家園林詩創作或可為例。如前所述，陳叔寶在華林園建臨春閣、結綺閣、望僊閣，「其窗牖、壁帶、懸楣、欄檻之類，竝以沈檀香木為之，又飾以金玉，間以珠翠，外施珠簾，內有寶牀、寶帳，其服玩之屬，瑰奇珍麗，近古所未有」[287]——如此陳飾，已近乎惡俗。後主更在這種環境與后妃佞臣宴飲荒淫奢靡享樂，因此也產生了〈玉樹後庭花〉、〈臨春樂〉之類「綺艷相高，極於輕蕩」[288]的宮體詩作。然而，從陳叔寶〈玉樹後庭花〉詩

---

[281] 蕭繹〈和王僧辯從軍詩〉，《先秦漢魏晉南北朝詩》，【下】，頁 2037。

[282] 庾信〈上益州上柱國趙王詩二首〉其一，《先秦漢魏晉南北朝詩》，【下】，頁 2356。

[283] 江總〈今日樂相樂〉，《先秦漢魏晉南北朝詩》，【下】，頁 2571。

[284] 孫康宜曾詳盡論述，永明年間，以謝朓等人為中心形成的「文學沙龍」（the literary salon）促進了詩歌藝術的發展。參 Kang-i Sun Chang, *Six Dynasties Poetry*, New Jersey: Princeton University Press, 1986, pp.115-125.

[285] 參 Stephen Owen, *The Poetry of the Early T'ang*, New Haven and London: Yale University Press, 1977, p.7.

[286] 參 Ronald C. Miao, "Palace-style Poetry: The Courtly Treatment of Glamour and love," in Ronald C. Miao(ed.) *Studies in Chinese Poetry and Poetics*, San Francisco: Chinese Materials Center, Inc. 1987, Vol.1, p.13.

[287] 《陳書・張貴妃傳》，《陳書》，【一】，頁 132。

[288] 《隋書・音樂志》，《隋書》，【二】，頁 309。

中，卻不見此類荒淫輕蕩的惡俗表現，取而代之的是一派雖綺艷卻也唯美的畫面：

麗宇芳林對高閣，新粧豔質本傾城。映戶凝嬌乍不進，出帷含態笑相迎。妖姬臉似花含露，玉樹流光照後庭。[289]

其皇家園林書寫，更多還是反映暢逸怡情清景雅辭的作品：

園林多趣賞，祓禊樂還尋。春池已渺漫，高枝自嵸森。日裡絲光動，水中花色沉。安流淺易榜，峭壁迥難臨。野鶯添管響，深岫接鐃音。山遠風煙麗，苔輕激浪侵。置酒來英雅，嘉賢良所欽。[290]

春光反禁苑，煖日曖源桃。霄煙近漠漠，暗浪遠滔滔。石苔侵綠蘚，岸草發青袍。迴歌逐轉檝，浮冰隨度刀。遙看柳色嫩，迴望鳥飛高。自得欣為樂，忘意若臨濠。[291]

寒輕條已翠，春初未轉禽。野雪明巖曲，山花照迥林。苔色隨水溜，樹影帶風沈。沙長見水落，歌遙覺浦深。餘輝斜四戶，流風颺八音。既此留連席，道欣放曠心。[292]

這些詩例中，連〈玉樹後庭花〉那樣的綺豔風脂粉氣亦已銷聲匿跡，惟以雅致文辭，展現儼然文士般的蕭散情懷以及交織著原生態自然的園林清麗景

[289] 陳叔寶〈玉樹後庭花〉，《先秦漢魏晉南北朝詩》，【下】，頁 2511。

[290] 陳叔寶〈祓禊汎舟春日玄圃各賦七韻詩〉，《先秦漢魏晉南北朝詩》，【下】，頁 2516。

[291] 陳叔寶〈立春日汎舟玄圃各賦一字六韻成篇〉，《先秦漢魏晉南北朝詩》，【下】，頁 2514。

[292] 陳叔寶〈獻歲立春光風具美汎舟玄圃各賦六韻詩〉，《先秦漢魏晉南北朝詩》，【下】，頁 2514-2515。

觀。這個現象，或可以陳叔寶自己的一段陳述解釋：

> 頗用談笑娛情，琴樽間作，雅篇豔什，迭互鋒起。每清風明月，美景良辰，對群山之參差，望巨波之滉瀁，或翫新花，時觀落葉，既聽春鳥，又聆秋雁，未嘗不促膝舉觴，連情發藻。[293]

所謂「雅篇豔什」，便是以「雅文」化「俗艷」，免於淪為「雕藻淫艷，傾炫心魄」[294]的惡俗；而聚焦於「清風明月，美景良辰」的園林風光，「或翫新花，時觀落葉」的園林遊娛，趨向了「濯粉滌朱，獨表清揚之質」[295]的雅美風貌，在相當程度上達成了陸機〈文賦〉「雅而不豔」[296]的要求。

美國人類學家芮斐德（Robert Redfield）於 1956 年出版了《鄉民社會與文化：一位人類學家對文明之研究》一書，首次提出大傳統（great tradition）與小傳統（little tradition）這一對概念。「大傳統」指的是以都市為中心，社會中少數上層士紳、知識份子所代表的文化；「小傳統」則指散佈在村落中多數農民所代表的生活文化。芮斐德認為小傳統在文化系統中處於被動地位，使得在文明的發展中，小傳統不可避免地被大傳統所「吞食」與「同化」。[297]歐洲學者用精英文化與大眾文化對大傳統與小傳統理論進行了修正，認為小傳統由於上層精英的介入，被動地受到大傳統的影響，是一種由上往下的單向文化流動。中國大陸學者則認為，作為小傳統的鄉土文化並沒有在國家精英文化的大傳統介入中消失。而是採取開放的態度，與大傳

---

[293] 陳叔寶〈與江總書悼陸瑜〉，《全上古三代秦漢三國六朝文》，【四】，《全陳文》，卷四，頁 3424。

[294] 《南齊書．文學傳論》，《南齊書》，【三】，頁 908。

[295] 《采菽堂古詩選》卷二六，陳祚明《采菽堂古詩選》，續修四庫全書編纂委員會編《續修四庫全書．集部．總集類》（上海：上海古籍出版社，1995），第 1591 冊，頁 275。

[296] 陸機〈文賦〉，《全上古三代秦漢三國六朝文》，【二】，《全晉文》，卷九十七，頁 2014。

[297] 參 Robert Redfield, *Peasant Society and Culture: An Anthropological Approach to Civilization,* Chicago: University of Chicago Press, 1956.

統融合，進行一種雙向流動，雙向選擇的「文化創造」。[298]筆者更感興趣的是，臺灣學者李亦園將大傳統、小傳統與中國的雅文化、俗文化相對應，用以分析中國文化。[299]

從人類學大小傳統理論來看，魏晉南北朝雅文化與俗文化二者關係反映在皇家園林文學創作的表現形態上，雖然不至於像芮斐德那樣悲觀地理解為後者被前者「吞食」與「同化」，或歐洲學者所理解的「小傳統由於上層精英的介入，被動地受到大傳統的影響……是一種由上往下的單向文化流動」；卻也不像中國學者那樣樂觀地解讀為二者是「雙向的流動，雙向的選擇」[300]；而是表現為雖然後者對前者影響至深，卻仍是以前者為主導，是前者對後者的主動接受、改造、革新、再創，最終以前者的「雅」消納了後者的「俗」，用雅的形態表現俗的內容。

結 語

從以上諸方面的探討可見，在魏晉南北朝時期，皇家園林、士人園林、寺廟園林三大園林體系並存發展，卻也相互交集影響。魏晉南北朝皇家園林承續秦漢皇家園林盛世的遺韻，一方面緬懷昔日輝煌，一方面沉溺現世享受。南北對峙，經濟文化中心南移，在喪失「惟帝王之神麗」[301]政治優勢同時，卻從經濟到地域為皇家園林爭取到極大的發展優勢，皇家園林得以持續

---

[298] 鄭萍〈村落視野中的大傳統與小傳統——東鄭莊的人類學個案分析〉，《讀書》2005 年第 7 期，頁 11-18。

[299] 李亦園〈中國文化中小傳統的再認識〉，《現代與傳統》1995 年第 8 輯，頁 16-24；《人類的視野》（上海：上海文藝出版社，1997），頁 142-145。

[300] 參鄭萍〈村落視野中的大傳統與小傳統——東鄭莊的人類學個案分析〉，《讀書》2005 年第 7 期，頁 11-12。

[301] 張衡〈西京賦〉，《全上古三代秦漢三國六朝文》，【一】，《全後漢文》，卷五十二，頁 762。

發展，在「奉聖王之高義，遊兔園而容與」[302]張揚其王朝政治象徵意義之際，也極大發揮了其「排鳳闕以高遊，開爵園而廣宴」[303]的宴飲遊樂功能，為皇家園林的遊娛審美拓寬了文學表現的新徑。

帝王的推崇及「捨宅（苑）為寺」模式的普遍化，致使皇家園林對寺廟園林的影響頗為深入，如法王寺的前身靈邱苑為皇家園林，於是，皇家園林的風格或建園思想，難免不融匯於法王寺及其所附園林之中。由沈約〈法王寺碑〉所描述法王寺景觀隱然可見皇家園林的恢弘氣象：「臨朝夕之濬池，帶長洲之茂苑。藉離宮於漢舊，因林光於秦餘。迴廊敞匝，複殿重起。連房極睇，周堵如雲。」[304]另一方面，宗教（尤其是佛教）文化對皇家園林的介入與影響亦頗為明顯（尤其在梁代），但其在皇家園林中的活動多為了傳經講頌，與皇家園林的宴遊文化頗為疏離；其宗教活動產生的頌啟贊文，儘管也在某種程度上體現了莊嚴肅穆與華彩繽紛交織的特色[305]，但與以宴遊題材為主流的皇家園林文學創作還是缺乏更廣汎與深入的交集。

相反，士人園林經由模仿皇家園林而走向獨立發展，但其蓬勃的文化生命力反過來在人文意識、審美趣味方面深刻影響了皇家園林的精神嬗變。尤其是帝王皇族文士化，更促使皇家園林文化及其活動與文士世界交匯，皇家園林與文學更為廣泛與緊密的結緣。皇族與文士，君王與臣僚同遊共宴已然為皇家園林文化的常態，應制奉和等群體性的文學創作蔚然成風。文學自覺的同步發展，使唯美追求與尚俗風氣進行了不盡協調卻也頗為有效的交集，皇家園林文學創作，得以在歌功頌德浮華奢靡的潮流之中，另開了一派堪稱雅俗兼備的氣象。

如果說以園林為隱所的思想催生了文士園林文學，「遊觀－賦作」的模

[302] 李諧〈述身賦〉，《全上古三代秦漢三國六朝文》，【四】，《全後魏文》，卷三十五，頁 3690。

[303] 顏延之〈三月三日曲水詩序〉，《全上古三代秦漢三國六朝文》，【三】，《全宋文》，卷三十七，頁 2640。

[304] 沈約〈法王寺碑〉，《全上古三代秦漢三國六朝文》，【三】，《全梁文》，卷三十一，頁 3130。

[305] 參王力堅〈齊梁饗宴文學論〉，《中國文學學報》第 3 期（2012 年 12 月），頁 201-204。

式成就了寺廟園林文學，那麼，遊宴風氣則是皇家園林得以與文學結緣的重要途徑。相比較而言，三者有如下相異之處：其一，文士園林文學更多是反映隱逸思想與園林景觀的交融的表現；寺廟園林文學中，「遊」的因素甚為顯著而「宴」的因素甚為淡薄；只有在皇家園林文學中，「遊」與「宴」的因素所起到的作用都那麼顯著與重要。其二，在園林景觀的表現上，文士園林文學多以清幽雅緻見長；寺廟園林文學在清幽之外亦可見奢華色彩（北方寺廟園林文學尤為明顯）；皇家園林文學則是在奢華與清幽並存。其三，文士園林文學以個體創作為主，多為緣情而作，借景抒情，情的因素頗顯重要；寺廟園林文學雖也有奉和應制之作，但個體意識的表達仍較為明顯，景觀的表現尤有特色（如借景）；皇家園林文學的群體類型化創作鮮明，優劣互見，劣者一味阿諛頌德，優者尤見文學唯美風貌。

總結

魏晉南北朝時期，是中國各種文化藝術得到頗為全面且迅速發展的重要階段，也正是中國文學發展正處於走向成熟與自覺發展的重要階段。文學的發展，一方面逐步擺脫對經學、史學、哲學的依附而走上獨立發展的道路，一方面卻又與社會人生諸多形態發生密切聯繫，從而形成更具有豐富內涵的創作形態與文學形態。因此，本書以專題形式，既立足於文學亦跨逾其他領域，從較為多元的視角對魏晉南北朝文學進行探討。

歷來人們多將建安時代「世積亂離」（《文心雕龍・時序》）的原因解讀為朝政黑暗、誅戮交加、戰爭頻仍，事實上，由於戰亂、荒饉所引發的疫災交雜，橫行肆虐，對整個社會各方面亦都造成極大的破壞與影響，同時，也對當時的文學發展造成深刻的影響。從疫災到文學的轉換機制，是人們關於人生苦短世事無常的遷逝感。遷逝感作用於文學，產生了不同的審美觀念與風貌相異的文學樣式。一是以悲為美，由此衍生為人生無常與及時行樂主題交融的宴遊詩，以及憑弔帝國宗廟與哀悼百姓生民的挽歌；一是反以悲為美，由此衍生為以方外之思來達至心靈救贖的遊仙詩。

魏晉品鑒緣起於東漢的人物品鑒，而人物品鑒又與清議密切相關，具有濃鬱的現實政治色彩。人物品鑒只是對人物的品評鑒識，但清議的內容除了人物品鑒外，還涉及朝政、社會等更為廣泛的問題。人物品鑒在魏晉實施九品中正制之際，得到促進發展並在現實政治生活中起到不可忽視的作用。然而，魏晉品鑒最有意義的變化恰恰就是體現在清議疏离政治而蛻變為清談。畫龍點睛的品鑒範式是東漢人物品鑒的普遍範式，更是魏晉品鑒的普遍範式。魏晉品鑒一般上來說都體現出語言簡潔、含蓄雋永的特點。魏晉品鑒除了品鑒人物之外，還發展到品事、品物、品畫、品書、品詩、品文、品賦等諸多方面，呈現出多元化發展的勢態。這些品鑒，儘管有不同的表達方式，但審美的眼光卻是一致的，基本上都能言簡意賅地表達被品對象的菁華或特徵，並將傳統的人物品鑒方式與方興未艾的文學批評聯係起來，從而形成了魏晉品鑒中一種獨特的「品文」現象，同時也就形成了魏晉南北朝文學批評中的一種獨特表現形式。

「饗宴－文學」是六朝文學，尤其是齊梁文學一個顯著現象。該現象既有承襲建安文壇模式與傳統的一面，亦有其順應時代發展而呈現的新氣象：從整體表現看，齊梁的饗宴同樣是多以帝王／皇族為中心；從歷史發展看，齊梁的饗宴是北府將領文人化／寒族世族化的一條重要途徑；從文學發展看，齊梁的饗宴是以皇族為中心形成文人集團的一個主要形式；從文學創作看，齊梁的饗宴是文學創作群體化／模式化的主要場域，同時也是文學內容宮體化／風格唯美化的重要原因。齊梁饗宴文學體現出雙重性質：政治實用與遊戲娛情，而其「饗宴－文學」的文化生態對後世文壇產生了十分深遠的影響。

園林是六朝一個普遍的文化現象，隱逸是六朝一個普遍的社會現象；而六朝眾多的寫景詩文賦中，園林更是一個常見的描寫對象，以致形成園林文學的類型。事實上，園林、隱逸、園林文學，三者之間的關係密不可分——園林，是士人隱逸思想及相關文學創作的文化載體；士人的隱逸思想，既是士人園林興起的主要原因，也往往借助園林得以滋長及呈現；士人園林文化以及借助園林滋長與呈現的士人隱逸思想訴諸筆墨，便形成了六朝興盛一時的士人園林文學。六朝文人希冀通過園林這一文化載體，以達到避塵世、脫世俗、寄情於山水、嚮往原始自然生活狀態的理想境界，從而獲得心靈的恬靜安適。而這一切，在六朝的士人園林文學中得到頗為充分的表現。

魏晉南北朝佛寺園林雖然起步較晚，但憑藉著宗教傳播及帝王推崇的助力，捨宅為寺方式的普遍化，得以迅速發展。其應用功能的開放性，造園思想的開放性，致使佛寺園林形製的多元化，超越皇家園林與士人園林而取得後來居上的地位，為後世歷代的寺廟建造，尤其是佛寺園林的發展呈現了堪稱典範的意義。佛寺園林文學的創作規模與作品數量雖不如皇家園林文學與士人園林文學。儘管如此，在「理過其辭，淡乎寡味」[1]的玄言詩興盛一時之際，魏晉南北朝佛寺園林文學在「遊觀－賦作」的模式，哲思與審美交融的「禪行教化」，多樣景觀的描寫以展現借景藝術的魅力等方面，當有其不容忽視的成就表現。

魏晉南北朝皇家園林承續秦漢皇家園林的遺韻，一方面緬懷昔日輝煌，一方面沉溺現世享受。南北對峙，經濟文化中心南移，在喪失政治優勢同時，卻從經濟到地域為皇家園林爭取到極大的發展優勢，皇家園林得以持續發展，在張揚其王朝政治象徵意義之際，也極大發揮了宴飲遊樂功能，為皇家園林的遊娛審美拓寬了新徑。士人園林在人文意識、審美趣味等方面深刻影響了皇家園林的精神嬗變，尤其是帝王皇族文士化，更促使皇家園林文化及其活動與文士世界交匯，皇族與文士，君王與臣僚同遊共宴已然為皇家園林文化的常態，應制奉和等群體性的文學創作蔚然成風。此時期文學自覺的同步發展，使唯美追求與尚俗風氣進行了有效的交集，皇家園林文學創作，得以在歌功頌德浮華奢靡的潮流之中，另辟了一派堪稱雅俗兼備的氣象。

宗白華曾以富於詩情的語言論述道：「漢末魏晉南北朝是中國政治上最混亂、社會上最苦痛的時代，然而卻是精神史上極自由、極解放、最富於智慧、最濃於熱情的一個時代。因此也就是最富有藝術精神的一個時代。」[2]宗氏的論述雖然有過譽之嫌，卻也頗為形象地道出魏晉南北朝複雜多元而精彩繽紛的時代背景與特徵；這樣一個背景與特徵，無疑已經融匯在魏晉南北朝文學的發展及其表現之中。這也正是本書對魏晉南北朝文學進行跨域研究的深層底蘊與根本緣由。

---

[1] 鍾嶸〈詩品序〉，鍾嶸撰，曹旭集注《詩品集注（增訂本）》（上海：上海古籍出版社，2011），頁28。

[2] 宗白華〈論《世說新語》和晉人的美〉，氏著《美學散步》（上海：上海人民出版社，1983），頁177。

主要參考書目

1. 二十五史刊行委員會《二十五史》(臺北：臺灣開明書店，1962)。
2. 王力堅《六朝唯美詩學》(臺北：文津出版社，1997)。
3. ——《中古文學的文化思考》(新加坡：新社，2003)。
4. ——《由山水到宮體：南朝的唯美詩風》(臺北：臺灣商務印書館，1997)。
5. ——《魏晉詩歌的審美觀照》(臺北：文津出版社，2000)。
6. 王國維校《水經注校》(臺北：新文豐，1987)。
7. 王瑤《中古文學史論》(北京：北京大學出版社，1986)。
8. 王毅《中國園林文化史》(上海：上海人民出版社，2005)。
9. 王夢鷗《古典文學論探索》(臺北：正中書局，1984)。
10. 毛漢光《中國中古社會史論》(臺北：聯經出版事業公司，1988)。
11. 任繼愈等《佛教與中國文化》(臺北：國文天地雜誌社，1990)。
12. 宇文所安著，陳引馳、陳磊譯，田曉菲校《中國「中世紀」的終結——中唐文學文化論集》(臺北：聯經出版事業公司，2007)。
13. 谷川道雄《六朝時代的政治和文化以及地域社會的作用》(東京：玄文社，1989)。
14. 李延壽撰《南史》(北京：中華書局，1995)。
15. 吳功正《六朝園林》(南京：南京出版社，1992)。
16. 河北師範學院中文系古典文學教研組編《三曹資料彙編》(北京：中華書局，2004)。
17. 宗白華《美學散步》(上海：上海人民出版社，1998)。
18. 周維權《中國古典園林史》(北京：清華大學出版社，1999)。
19. 胡大雷《文選詩研究》(桂林：廣西師範大學出版社，2000)。
20. 紀昀等總纂《景印文淵閣四庫全書》(臺北：臺灣商務印書館，1986)。

21. 房玄齡等撰《晉書》(北京:中華書局,1996)。
22. 姚思廉撰《梁書》(北京:中華書局,1992)。
23. 班固撰《漢書》(北京:中華書局,1964)。
24. 宮崎市定著,韓昇、劉建英譯《九品官人法研究》(北京:中華書局,2008)。
25. 唐長孺《魏晉南北朝史論拾遺》(北京:中華書局,1983)。
26. 許嵩撰,酈承銓補正《建康實錄》(南京:南京出版社,2010)。
27. 許理和著,李四龍、裴勇等譯《佛教征服中國:佛教在中國中古早期的傳播與適應》(南京:江蘇人民出版社,2003)。
28. 曹道衡、劉躍進《南北朝文學編年史》(北京:人民文學出版社,2000)。
29. 張伯偉《禪與詩學》(杭州:浙江人民出版社,1996)。
30. 張彥遠撰,岡村繁譯注,華東師範大學東方文化研究中心編譯《歷代名畫記譯注》(上海:上海古籍出版社,2002)。
31. 張蓓蓓《中古學術論略》(臺北:大安出版社,1991)。
32. 陳洪《佛教與中國古典文學》(天津:天津人民出版社,1993)。
33. 陳寅恪《金明館叢稿初編》(上海:上海古籍出版社,1980)。
34. 陳昌明《沉迷與超越:六朝文學之感官辯證》(臺北:里仁書局,2005)。
35. 逯欽立輯校《先秦漢魏晉南北朝詩》(北京:中華書局,1998)。
36. 湯一介《佛教與中國文化》(北京:宗教文化出版社,2000)。
37. 湯用彤《漢魏兩晉南北朝佛教史》(上海:上海書店,1991)。
38. 葛洪撰,成林、程章燦譯注《西京雜記全譯》(貴陽:貴州人民出版社,1993)。
39. 鍾嶸撰,曹旭集註《詩品集註》【增訂本】(上海:上海古籍出版社,2011)
40. 楊衒之撰,楊勇校箋《洛陽伽藍記校箋》(北京:中華書局,2008)。
41. 魏收撰《魏書》(北京:中華書局,2003)。
42. 萬繩楠整理《陳寅恪魏晉南北朝史講演錄》(臺北:昭明出版社,1999)。
43. 閻采平《齊梁詩歌研究》(北京:北京大學出版社,1994)。
44. 劉世珩《南朝寺考》(臺北:新文豐,1987)。
45. 劉義慶編撰、徐震堮校箋《世說新語校箋》(北京:中華書局,1994)。
46. 劉勰著、周振甫注《文心雕龍注釋》(北京:人民文學出版社,1981)。

47. 道宣編《廣弘明集》(上海：上海古籍出版社，1991)。
48. 傅熹年《中國古代建築史——兩晉、南北朝、隋唐、五代建築》(北京：中國建築工業出版社，2001)。
49. 孫昌武《佛教與中國文學》(上海：上海人民出版社，1988)。
50. 孫尚勇《佛教經典詩學研究》(北京：高等教育出版社，2013)。
51. 梁啟超《佛學研究十八篇》(北京：中華書局，1989)。
52. 普慧主編《中國佛教文學研究》(北京：中華書局，2012)。
53. ——《南朝佛教與文學》(北京：中華書局，2002)。
54. 顏之推撰、王利器注《顏氏家訓集解》(臺北：漢京文化事業有限公司，1983)。
55. 蘇紹興《兩晉南朝的士族》(臺北：聯經，1987)。
56. 蔣述卓《佛經傳譯與中古文學思潮》(南昌：江西人民出版社，1990)。
57. 羅宏曾《魏晉南北朝文化史》(成都：四川人民出版社，1989)。
58. 釋慧皎編《高僧傳》(臺北：廣文書局，1976)。
59. 釋曉雲等《園林思想》(臺北：原泉出版社，1976)。
60. 蕭子顯撰《南齊書》(北京：中華書局，1995)。
61. 蕭統編，李善注《文選》(北京：中華書局，1990)。
62. 蕭馳《佛法與詩境》(北京：中華書局，2005)。
63. 嚴可均《全上古三代秦漢三國六朝文》(北京：中華書局，1991)。

後 記

我的學術生涯，或許可以說是緣起於大學二年級時寫的一篇小文章。那時我因打籃球右腳板尾趾骨折，撐了兩個月拐杖，缺席文學史課，得以專心撰寫了一篇有關陶淵明詩的評論文章充當文學史課作業。該文章頗得任課老師鄭孟彤教授認可，激勵起我從事學術研究的念頭。大學畢業後，便順理成章考取為鄭孟彤教授與湯擎民教授的碩士研究生，研究領域便是魏晉南北朝隋唐文學。到論文選題時，我自己提出選題：韓愈險怪詩研究。考量的原因很簡單，此題不大不小，符合 2-3 萬字的篇幅要求。其實，還有一個不太好承認的想法：湊合著完成論文畢業了事。說白了，從大學本科讀到碩士研究生，連續 7 年，已有疲憊心態，甚至厭倦心態；加上我是經過文革失學 10 年，24 歲才考進大學，到碩士研究生畢業已經 31 歲，更是急於趕緊進入社會，成家立業。畢業後，受聘到深圳市教育學院任教，當時還以為，這就是自己的人生事業起點站兼終點站了。

若干年後，1989 年一個劃時代的大事件，令我燃起遠走他鄉出國留學的念頭。於是就到了新加坡國立大學中文系，師從系主任林徐典教授攻讀博士學位。博士論文的選題是林徐典教授指定的「六朝唯美詩風研究」。應該說，這才是我學術生涯的正式開始——以學術研究為此後終生事業。

儘管如此，我生命中的不安分因素仍在作怪：完成博士論文後的次年，我的研究領域便從魏晉南北朝轉向了清代，而且是毫無預兆亦毫不猶豫地轉向。那是收到高雄中山大學徐信義教授的會議邀請函，從未到過臺灣的我喜出望外，即刻決意應邀赴會，即使待看清楚是清代學術會議，也只是因意外而稍作遲疑，卻當即決定擇題、撰文、赴會。從此後一發不可收拾，十多年來都在清代領域打轉：詞學、詩學、女性文學……相繼發表了系列論文，並結集出版了《清代才媛文學之文化考察》（2006）、《清代才媛沈善寶研究》（2009）、《清代文學跨域研究》（2013）等專書。在此期間，也還插花似地進行過新加坡客家文化研究與近當代文學研究，出版了《回眸青春──中國知青文學》（2008 年初版，2013 年增訂版）、《新加坡客家會館文化研究》（2012）等專書。

但是，我亦未有完全放棄魏晉南北朝文學研究。在完成了博士論文，並在幾年間將博士論文分拆出版了《六朝唯美詩學》（1997）、《由山水到宮體：南朝的唯美詩風》（1997）、《魏晉詩歌的審美觀照》（2000）三書之後，我還陸續撰寫並發表了有關中古辭賦、三曹詩風、建安宴遊詩、陶淵明詩、南朝緣情說、六朝春褉詩，以及宋代婉約詞與六朝詩風的關係等論文，這些論文均收集於 2003 年出版的《中古文學的文化思考》一書。

至於本書上編的三章，則是我十多年來，在清代文學研究過程中，斷斷續續承續著的魏晉南北朝文學研究的產物。下編的三章，便是近三年來徹底脫離清代文學研究領域，回歸老本行，潛心下來，扎扎實實進行的魏晉南北朝園林文化與文學的系列研究，由此匯集而成的《魏晉南北朝文學跨域研究》，可稱是我多年後回歸本行的誠意之作。

本書內容，曾作為若干單篇論文，陸續發表在臺灣、香港與大陸的學術期刊與論文集，現在整合為書，當能呈現更為系統、完整而豐富的內涵。

要補充說明的是，本書第二至第六的四章，均為科技部（國科會）專題研究計畫案，研究助理均為中央大學中文系博士生林廣一先生。廣一先生為其中部分古籍資料的核實做出貢獻，在此謹致謝意。元華文創股份有限公司慨然應允出版拙著，尤其是總經理蔡佩玲女士的熱情關切與支持，使拙著的出版得以順利出版；我的多年好友，上海師範大學的曹旭教授，欣然惠賜墨寶，為拙著題寫書名，在此一併深表萬分感激之情！

國家圖書館出版品預行編目(CIP) 資料

魏晉南北朝文學跨域研究 / 王力堅著. -- 初版.
-- 臺北市 : 元華文創, 民107.10
面 ;　公分

ISBN 978-957-711-035-0 (平裝)

1.六朝文學 2.文學評論

820.903　　　107016036

魏晉南北朝文學跨域研究

王力堅　著

發 行 人：陳文鋒
出 版 者：元華文創股份有限公司
聯絡地址：100 臺北市中正區重慶南路二段 51 號 5 樓
電　　話：(02) 2351-1607
傳　　真：(02) 2351-1549
網　　址：www.eculture.com.tw
E-mail：service@eculture.com.tw
出版年月：2018（民 107）年 10 月 初版
定　　價：新臺幣 480 元

ISBN：978-957-711-035-0 (平裝)

總 經 銷：易可數位行銷股份有限公司
地　　址：231 新北市新店區寶橋路 235 巷 6 弄 3 號 5 樓
電　　話：(02) 8911-0825　　傳　　真：(02) 8911-0801

封面圖片引用出處：chuxiyue
https://goo.gl/LCSqKs